CRISTINA
MORACHO

ZWILLINGS-
STERNE

Aus dem Englischen von
Annette von der Weppen

FÜR MEINE ELTERN

CRISTINA
MORACHO

ZWILLINGS-
STERNE

Look me in the eye
And tell me that I'm satisfied
Were you satisfied?
– The Replacements

1. KAPITEL

»Was wäre dir lieber? Eine Meile barfuß über Legosteine zu laufen oder dir ein Tattoo innen aufs Augenlid machen zu lassen?«

»Das ist doch beides völlig krank.« Olivers Worte sind vor Müdigkeit verwaschen.

»Darum geht's ja gerade. Also entscheide dich. Ohne lange nachzudenken.«

Althea gibt sich alle Mühe, Oliver wach zu halten, bis sie bei ihm zu Hause sind. Die Seitenfenster sind heruntergekurbelt, bissige Märzluft peitscht durch den Wagen und lässt Altheas blonde Haare wie ein Paar angriffslustige Flügel um ihr Gesicht flattern. Aus dem Radio tönt schrilles Punkrock-Gejaule. Althea muss schreien, um die Musik zu übertönen, aber Oliver, den Kopf hinten an den Sitz gelehnt, kann trotzdem kaum die Augen offen halten. Altheas Stimme, die winterliche Kälte und das metallische Knirschen der E-Gitarren rücken immer mehr in den Hintergrund und er dämmert weg.

Er denkt an die zarte Haut unter seinen Fußsohlen und verzieht das Gesicht. Eine Meile ist viel zu lang. »Das Tattoo. Ich nehm lieber das Tattoo.«

Altheas Wettlauf gegen die Zeit kann nicht verhindern, was gleich passiert, aber sie fährt trotzdem, als hinge ihr Leben davon ab, die Lippen fest aufeinandergepresst, während sie noch bei Gelb über eine Ampel rast. »Gleich sind wir da«, sagt sie.

»Sei still«, sagt er. »Lass mich schlafen.«

»Willst du mir etwa den Mund verbieten?«

»Und ob ich das will.«

Es spielt ohnehin keine Rolle mehr. In wenigen Minuten wird er eingeschlafen sein, ganz gleich, wo. Am liebsten natürlich zu Hause im Bett, aber der Beifahrersitz im Toyota seiner besten Freundin wäre nun auch nicht das Schlimmste. Vorhin, in der Schule, ist er im Chemielabor eingenickt, in gefährlicher Nähe zum Bunsenbrenner.

»Ich bin so müde«, sagt er.

»Ich weiß.«

»Und du? Was wäre dir lieber?«, fragt Oliver. Das Sprechen fällt ihm schwer, seine Zunge ist dick und unkooperativ.

»Das Tattoo. Ist doch klar.« Althea unterstreicht ihre Worte, indem sie den Fahrer vor ihnen anhupt, der für ihren Geschmack viel zu langsam über die College Road schleicht.

Oliver öffnet den Reißverschluss seiner Jeans, hebt die Hüften vom Sitz und ruckelt so lange hin und her, bis ihm die Hose auf die Knöcheln rutscht. Er trägt seine kirschroten Lieblings-Boxershorts, und ihr Anblick wirkt kurzzeitig erheiternd.

»Stimmt was nicht mit deiner Hose?«, fragt sie.

»Ich will schon mal möglichst viele Hindernisse aus dem Weg räumen«, sagt er.

»Du hättest erst die Schuhe ausziehen sollen.«

»Scheiße.« Er starrt auf seine Hosenbeine hinunter, die an den Fersen seiner Turnschuhe festhängen, und die vor ihm liegende Aufgabe scheint ihm unüberwindlich. Kraftlos strampelt er mit den Füßen, die sich aber nur noch weiter im Jeansstoff verfangen. Er stößt ein verärgertes Grunzen aus.

»Lass es doch einfach«, sagt Althea. »Ich mach das, wenn wir da sind.«

Ihr zuliebe setzt sich Oliver wieder aufrechter hin, stützt den Ellbogen auf die Fensterkante und legt den Kopf in die Hand. »Ich habe auch was für dich.«

»Lass hören.« Althea dreht die Lautstärke runter, damit er nicht über *Rocket from the Crypt* hinwegschreien muss.

»Was wäre dir lieber …« Sein Kopf kippt nach vorn, aber er richtet ihn gleich wieder auf. »Was wäre dir lieber …« Althea biegt in ihre Straße ein und sein Widerstand schwindet. Gleich liegt er oben unter seinem Federbett und muss nicht mehr kämpfen.

Sie boxt ihn gegen den Arm. »Oliver!«

»Jaja, schon gut.« Sie rollt die Einfahrt vor seinem Haus hinauf. »Eigenhändig einen Hundewelpen umzubringen …«

»Du meinst, erwürgen?«, fragt Althea, während sie den Motor abstellt und ihren Sicherheitsgurt öffnet.

»Egal, von mir aus auch im Eimer ertränken.« Oliver tastet nach dem Verschluss an seinem Gurt.

»Das gefällt mir jetzt schon nicht.«

Althea kommt zu ihm herum und kauert sich vor die offene

Tür. Unter der zusammengeschobenen Jeans tastet sie nach seinen Schnürsenkeln, bindet sie auf und zieht ihm die Schuhe aus. Die Hose rutscht ihm ohne weitere Gegenwehr von den Beinen. »Alles klar«, sagt Althea und tätschelt ihm den Knöchel.

Oliver steigt in Socken und Unterhose aus dem Wagen, den Rucksack immer noch über den schwarzen Kapuzenpulli geschnallt. Er taumelt und Althea legt ihm stützend den Arm um die Taille.

»Das Outfit sollten wir uns merken«, sagt sie. »Ein echter Knaller. Allerdings eher was fürs Frühjahr.«

Während sie die Verandastufen hinaufgehen, kramt Oliver den Schlüssel hervor. Auf der anderen Straßenseite fegt Mrs Parker, ihre ältliche Nachbarin, in einem dunkelblauen Stepp-Hausmantel den Gehweg und mustert den hosenlosen Oliver mit unverhülltem Interesse. Seine Hand wackelt vor dem Schlüsselloch, sein Blick verschwimmt und er hört, wie Metall über die abblätternde weiße Türfarbe kratzt. »Guckt sie zu mir rüber?«

»Lass sie doch glotzen, die neugierige Ziege.« Althea entwindet ihm sanft den Schlüssel und schließt selbst auf. »Was ist denn nun meine Alternative? Zu dem Welpen?«

Nebeneinander steigen sie die Treppe hinauf, er stützt sich jetzt schwer auf sie. Sie führt ihn in sein Zimmer, schlägt die Daunendecke zurück und bringt ihn ins Bett. Die Laken gleiten sanft über seine nackten Beine. Als sie noch Kinder waren und Flanellschlafanzüge trugen, haben sie oft im Dunkeln gelegen und so lange mit den Beinen unter der Bettdecke gestrampelt, bis durch die Reibung grüne Funken sprühten. Oliver schmiegt seinen Kopf ins Kissen.

»Oder irgendeinen Menschen mit einem Präzisionsgewehr aus einer Meile Entfernung zu erschießen«, schließt er.

»Dazwischen habe ich die Wahl? Einen Welpen zu ertränken oder einen Fremden zu erschießen, den ich nicht mal sehen kann?« Er spürt ihr Gewicht neben sich auf dem Bett, ihre kühle Hand auf seinem fieberheißen Gesicht, während sie über seine hypothetische Frage nachdenkt. Ihre Stimme klingt amüsiert, aber schon weit entfernt.

»Hmhmm. Was wäre dir …« Nicht mal den Satz kann er noch zu Ende bringen. Wenn er aufwacht – wann immer er aufwacht –, wird es sich so anfühlen, als läge zwischen diesem und dem nächsten Moment nur ein unsicherer Sprung. Und dann kommt wieder diese Panik, im Schlaf etwas Wichtiges versäumt zu haben – eine Abschlussprüfung, eine Geburtstagsfeier, ein Fußballspiel auf der Stürmerposition. Irgendetwas stimmt nicht mit ihm, das ist sicher, denn eigentlich hätte es nicht noch mal passieren dürfen, ist es nun aber doch. Vielleicht müsste er sich stärker dagegen wehren, aber er ist so müde, und es ist einfach herrlich, jetzt hier in seinem Bett zu liegen. Manchmal gibt es nichts Schöneres, als aufzugeben, diese schuldbewusste Erleichterung, gepaart mit einer gesunden Portion von Ihr-könnt-mich-alle-mal, und er würde Althea gern bitten, sich keine Sorgen zu machen, denn jeder braucht irgendein Laster, und das hier ist eben seins.

»Ich sag's dir, wenn du aufwachst. Merk dir wo wir stehengeblieben sind«, flüstert sie, und dann ist er weg.

Althea bleibt noch bei ihm. Sie dreht sich auf den Rücken und betrachtet die Ansammlung von Plastiksternen oben an der

Decke, die allmählich zu leuchten beginnen, während das Tageslicht schwindet und die vertrauten Umrisse von Olivers Zimmer in die Schatten zurückweichen. Der winzige Fernseher hockt oben auf der zerschrammten Holzkommode, seine Antenne steht wie Hasenohren zu beiden Seiten ab, und das rote Stand-by-Lämpchen des Videorekorders glüht gespenstisch. Den selbst gebauten Schreibtisch hat sie Oliver zum letzten Geburtstag geschenkt: eine Sperrholzplatte, mit einer Collage aus den Hüllen seiner Lieblingsplatten beklebt, getragen von zwei Sägeböcken, die Althea auf einer Baustelle in der Innenstadt geklaut hat. Eine Sammlung alter Kino- und Konzertkarten, herausgerissene Seiten aus Altheas Skizzenbuch und einige Fotos von ihnen beiden sind an der riesigen Pinnwand befestigt. Die Fotoserie kennt sie auswendig: das erste Foto mit sechs Jahren, vor dem Weihnachtsbaum bei ihr zu Hause, Oliver noch ganz winzig und in eine Lichterkette gewickelt; das nächste mit neun, auf dem Oliver stolz sein eingegipstes Handgelenk in die Kamera hält, während Althea neidisch am Bildrand steht und schmollt; dann eins mit zwölf, Althea mit einem Paar pinkfarbener Boxhandschuhe an den Fäusten, während Oliver sich schützend die Arme vors Gesicht hält; dann das mit vierzehn, wo sie vor ihrem ersten Schultag an der Highschool auf Altheas Veranda stehen, Althea mit kreuzunglücklicher Miene, Oliver hingegen seltsam begeistert; und das letzte mit sechzehn, betrunken auf einer Halloween-Party, als Sid und Nancy verkleidet, wo sie irgendetwas in die Kamera brüllen.

Wäre er nur fünf Sekunden länger wach geblieben, hätte sie ihm seine Frage beantwortet, obwohl er sich bestimmt schon gedacht hat, dass sie den Welpen verschonen würde. Seit zehn

Jahren sind sie nun schon beste Freunde, da kann man den anderen nicht mehr so leicht überraschen. Die Ziffern auf dem Radiowecker stellen sich um und zeigen die nächste Minute an. Althea zählt so gleichmäßig wie möglich bis sechzig – *eins, zwei, drei* –, ist aber trotzdem als Erste fertig, und mehrere Sekunden kriechen noch dahin, bevor der Wecker zugibt, dass eine weitere Minute vergangen ist. *Wie viele müssen noch vergehen, bis er wieder aufwacht?*, fragt sie sich. Das letzte Mal waren es zwei Wochen. Da musste man schon verdammt lange zählen.

Ein Tag vergeht, dann noch einer, und noch einer. Jeden Morgen, wenn Althea auf dem Weg zur Schule bei Oliver vorbeikommt, fährt sie etwas langsamer – sie rechnet nicht damit, dass er vor dem Haus auf sie wartet, hofft es aber trotzdem. Nachts kann sie nicht schlafen, und in der Schule fallen ihr die Augen zu, trotz der allgegenwärtigen Thermoskanne Kaffee. Ein Lehrer macht sich über sie lustig, als sie im Unterricht eindöst, und fragt, ob sie sich vielleicht mit Olivers rätselhafter Krankheit angesteckt hat. Ihre Mitschüler kichern, und Althea krümmt sich auf ihrem Stuhl, peinlich berührt von dieser Aufmerksamkeit. Das Mittagessen nimmt sie in ihrem Auto ein, die Beine auf der hinteren Sitzbank ausgestreckt, den Rücken an die Tür gelehnt, als läge sie auf dem Sofa in ihrem Keller, nur dass sie hier aus dem Fenster starrt statt auf den Fernseher. Niemand sucht nach ihr. Nicht, dass sie sonst keine Freunde hätte, aber es sind doch eher Olivers als ihre. Sie findet es ungerecht, dass gerade derjenige, der viel besser dafür gerüstet wäre, ohne den anderen auszukommen, nie dazu gezwungen ist.

Nach der Schule fährt sie nach Hause und backt Zitronenschnitten; Backen lenkt sie ab, es erfordert so viel Aufmerksamkeit, dass sie sich endlich ein bisschen entspannen kann. Abends macht sie sich lustlos an die Mathe- und Chemiehausaufgaben, tut immer nur gerade so viel wie unbedingt nötig und schiebt dann rasch die Bücher beiseite, um ihr Skizzenbuch hervorzuholen. Eingehüllt vom Klang der Musik und vom Geruch frisch gespitzter Bleistifte schaltet sie jenen Teil ihres Gehirns ab, der ihr unablässig den schlafenden Oliver zeigt. Wie zum Beweis, dass sie sich auch allein beschäftigen kann, zeichnet sie eifrig vor sich hin, bis sie überzeugt ist, die Zeit vergessen zu haben, und füllt dabei Seite um Seite mit den Dinosauriern, die sie oft in ihren Träumen sieht.

Sie sind schon öfter voneinander getrennt gewesen, aber diesmal fühlt es sich anders an. Nicht wie früher, als sie noch regelmäßig zu Zwangsbesuchen bei ihrer Mutter geschickt wurde, nach Philadelphia, Chicago oder Denver oder an einen der vielen anderen Orte, an denen Alice gewohnt hatte, seit sie aus Wilmington fortgegangen war – in einer stetigen Bewegung nach Westen, wie eine sich langsam ausbreitende Seuche. Auch damals hatte Althea Oliver vermisst, heftig, auf kindliche Art und Weise, sie hatte ihren gemeinsamen Alltag vermisst, ihre Spiele und die ungezwungene Vertrautheit, umso mehr, als sich das Leben von Alice ständig im Umbruch befand, so dass es jedes Mal einen neuen Partner gab, den Althea kennenlernen sollte, neue Freunde, denen sie vorgeführt werden musste, und immer neue Hobbys und Leidenschaften, die sie gutheißen sollte.

Die Veränderung war im letzten Oktober eingetreten, als Garth, Altheas Vater, zu einer Tagung verreist war und Althea auf

Olivers Drängen hin eine Party gegeben hatte – ein vergeblicher Versuch, sie zu mehr Geselligkeit zu ermuntern. Den ganzen Tag lang hatte Oliver sämtlichen Plunder von Garth in Noppenfolie gewickelt und auf dem Dachboden verstaut; sie hatten die Perserteppiche zusammengerollt und ins Schlafzimmer geschleppt. Vor allem aber, so beschlossen sie, mussten sie eine Beschäftigung finden, die die Gäste im Garten hielt, damit sie nicht durchs Haus streiften und alles Mögliche stahlen oder kaputt machten. Weshalb sie am Ende ein billiges, aufblasbares Planschbecken mit Götterspeise füllten und auch diese Party in eine Riesensauerei verwandelten. Viele der Mädchen konnten es kaum erwarten, sich bis auf die Unterwäsche auszuziehen und in dem Glibberzeug mit Kirscharoma herumzuplanschen. Althea selbst begnügte sich damit, am Beckenrand zu stehen, abgestandenes Bier zu trinken und zu beklagen, dass sie keinen Eintritt verlangt hatten. Weder Bitten und Betteln noch ein steigender Alkoholpegel konnten sie dazu bewegen, in den Ring zu klettern, bis Oliver sie fragte, ob sie wirklich so große Angst vor einem Haufen betrunkener Partymiezen hätte. Das tat seine Wirkung. Sie schlüpfte nur rasch aus ihren Flip-Flops, stieg ins Becken, wo ihr die zermatschte Gelatine zwischen den Zehen hervorquoll, und forderte die Umstehenden zum Kampf; eine Stunde später war sie immer noch ungeschlagen. Als Letzter sprang Oliver selbst in den Pool, um auf sie loszugehen, und sie rangen miteinander, unter dem Sternenhimmel des Südens, ein Knäuel aus klatschnassen Kleidern und glitschigen Leibern, die nach ekelhaft süßem Hustensaft rochen.

Die Wolken kamen wie aus dem Nichts. Ein Blitz; irgendwer sagte »Ach du Schei…«, doch seine Stimme wurde vom Donnergrollen abgeschnitten. Es begann zu schütten und alle rannten ins Haus, darunter auch ein Dutzend Mädchen, die nichts am Leib hatten als ein bisschen Unterwäsche und Götterspeise; Mädchen, die überall kirschrote Fußabdrücke hinterließen, sich auf die Möbel setzten und sich mit Garths monogrammverzierten Handtüchern abtrockneten, bis das Haus der Carters schließlich aussah wie der Schauplatz eines Massenmords. Althea und Oliver blieben im Pool, ließen sich nass regnen und zuckten bei jedem Donnerschlag zusammen. Althea hatte nur ein paar Biere getrunken, gab sich aber betrunkener, als sie war, quasi zur Tarnung, denn während sie zusah, wie das Regenwasser in kleinen rosa Bächen über Olivers Schläfen und Unterarme rann, war ihr etwas Entsetzliches klar geworden: Sie wollte, dass er sie küsste.

Er hatte es nicht getan.

Am nächsten Tag war Oliver nur noch ein Häufchen Elend, das angstvoll zitternd der Rückkehr von Garth entgegensah; während er darum betete, die Sache möglichst schnell hinter sich zu bringen, wollte Althea unbedingt ein morbides Was-wäre-dir-lieber-Spiel spielen: *Würdest du lieber zusehen, wie der andere stirbt, oder selbst als Erster sterben, während der andere dir dabei zusehen muss?* Stundenlang putzten sie wie besessen. Am Ende hatte Althea ihn nach Hause geschickt, weil er Fieber bekam. Er ging früh zu Bett, wo er dann auch den Großteil der nächsten beiden Wochen verbrachte, und in dieser Zeit war ihr aufgefallen, dass sie ihn anders vermisste als früher. Sie vermisste ihn mit einer Ungeduld und Erwartung, als wären sie mitten im Gespräch unterbrochen worden, gerade als er ihr etwas Wichtiges mitteilen wollte, so dass sie nun gezwungen war, auf den richtigen Moment zu warten, um endlich fragen zu können »Was wolltest du damals sagen?«. Sie vermisste etwas, das noch nicht mal geschehen war und auch erst geschehen konnte, wenn Oliver wieder wach und zurechnungsfähig war und ihr endlich Aufmerksamkeit schenken würde.

Ausgerechnet ihre Mutter hatte diese Veränderung als Erste gespürt und Althea eines Tages am Telefon rundheraus gefragt, ob sie und Oliver miteinander schliefen.

»Ich gehe nicht davon aus, dass dein Vater mit dir über Verhütung redet«, hatte sie begonnen, und Althea war ihr sofort mit der Bemerkung ins Wort gefallen, dieses Thema hätten sie in der Schule schon ausführlich behandelt. Doch Alice war nicht zu bremsen gewesen. »Ihr werdet doch wohl nicht mehr ständig beim anderen übernachten, oder? Dafür seid ihr inzwischen zu alt, weißt du; ihr könnt jetzt nicht mehr im selben Bett schlafen wie früher, als ihr klein wart.«

»Bisher konnten wir unsere Hormone gerade noch im Zaum halten.«

»Du solltest dir die Pille verschreiben lassen. Dazu brauchst du nicht mal die Einwilligung deines Vaters.«

»Ich hab doch gerade gesagt, ich habe keinen Sex. Warum sollte ich die Pille nehmen?«, hatte Althea geantwortet.

»Vielleicht würde dann auch dein Busen größer.«

Althea hatte ihrer Mutter nie erzählt, dass sie sich für ihren flachen Busen schämte, und war deshalb umso erstaunter gewesen, dass Alice, obwohl sie seit Monaten nicht mehr miteinander telefoniert hatten, diesen zutiefst persönlichen Kummer sofort erkannt hatte. Vor lauter Verlegenheit hatte Althea den Hörer an

Garth weitergereicht, der dann das Gespräch in seinem Arbeitszimmer, hinter verschlossener Tür, zu Ende führte. Mit hochrotem Kopf war er wiederaufgetaucht, hatte sich einen Scotch eingeschenkt und seitdem dafür gesorgt, dass die Kellertür offen blieb, wenn Oliver da war. Die augenscheinliche Überzeugung ihrer Eltern, sie und Oliver würden bereits jetzt oder jedenfalls demnächst miteinander schlafen, hatte zur Folge, dass Althea sich des Nachts nur noch verzweifelter im Bett herumwarf und sich fragte, warum Oliver als Einziger nicht zu bemerken schien, was alle anderen offenbar für Gewissheit hielten.

»Zwischen Oliver und mir passiert überhaupt nichts«, hatte Althea am Telefon protestiert, und im Nachhinein wird ihr klar, dass gerade diese Heftigkeit sie verraten hat.

»Ach, Thea«, hatte Alice gesagt, »hab Geduld.«

Eine Woche später wird Althea von Oliver geweckt. Sie hört ihn im Dunkeln die Kellertreppe hinuntertapsen, erkennt seinen vertrauten Schritt. Garth hat einen tiefen Schlaf, und Oliver schlüpft schon seit Jahren heimlich mit seinem eigenen Schlüssel ins Haus der Carters. Der Uhr zufolge ist es schon fast drei. Oliver setzt sich auf die Sofakante und legt ihr den Arm um die Taille.

»Da bist du ja«, murmelt sie und dreht sich auf den Rücken. Die Decke gleitet zur Seite und ihr T-Shirt rutscht hoch. Er beugt sich vor und beißt ihr sanft in die Schulter, durch den Baumwollstoff spürt sie seine Zähne in ihrer Haut. »Wann bist du aufgewacht?«

»Ich hab Hunger«, sagt er. »Ich will ins *Waffle House.*«

»Das *Waffle House* ist ekelhaft.«

»Ich will ins *Waffle House.*« Olivers Augen sind glasig und verquollen, mit einem zartvioletten Glanz auf den Lidern. Seine eisigen Finger ruhen auf ihrem nackten Knie, und ihr Bein überzieht sich mit einer Gänsehaut.

»Du kannst das *Waffle House* nicht leiden«, sagt sie.

»Mir egal.«

»Soll ich dir nicht lieber ein Sandwich machen?«

»Es muss das *Waffle House* sein.« Oliver umschlingt seine Knie, wiegt sich vor und zurück und singt dazu »Waffeln, Waffeln, Waffeln«, mit einer Kleine-Jungen-Stimme, die sie zuletzt von ihm gehört hat, als sie noch Stützräder am Fahrrad hatten. Es war klar, dass er nach diesem zweiten Schub durcheinander sein würde, doch mit dieser eigentümlichen Regression hat sie nicht gerechnet.

»Bist du eben erst aufgewacht? Weiß Nicky Bescheid?«

»Waffeln, Waffeln, Waffeln.« Inzwischen hat er das Wort schon so oft wiederholt, dass es Gefahr läuft, jegliche Bedeutung zu verlieren. Altheas Gänsehaut breitet sich bis zu den Armen aus. Das Sofa erbebt im Takt von Olivers beharrlichem Geschaukel. So hat sie ihn noch nie erlebt, und sie wird alles tun, was er verlangt, wenn er nur mit diesem gruseligen Singsang aufhört.

»Na gut«, sagt sie langsam. »Hör auf mit dem Scheiß und du kriegst deine verdammten Waffeln.«

Sie rutscht vom Sofa herunter und streift sich in einer dunklen Ecke des Kellers ihre Jeans über. »Wie ist es draußen?«, fragt sie.

»Kalt«, antwortet er, aber als sie nach den Autoschlüsseln greifen will, hält er ihren Arm fest. »Lass uns zu Fuß gehen.«

Auf dem Weg zur Hintertür bindet sie ihr Haar mit einem

Gummiband zum Pferdeschwanz zusammen. Als sie damit fertig ist, nimmt er ihre Hand und steckt sie in seine Jackentasche. Er geht auf keine ihrer Fragen ein, doch sie hat ihn so sehr vermisst, dass es ihr vorerst genügt, mit ihm unter den Straßenlaternen entlangzugehen, seine Atemwolken in der Kälte zu sehen und zu spüren, wie sich ihre Daumen in der Tasche seines schwarzen Kapuzenpullovers einen Ringkampf liefern. Die Nacht ist klar und die Luft riecht nach Meer.

Oliver sagt kein Wort. Stattdessen singt er *Welcome to the Jungle* zweimal von vorn bis hinten durch. Hin und wieder bleibt er stehen, um hingebungsvoll auf seiner Luftgitarre zu spielen, wobei die Sehnen an seinem Hals vor Anstrengung hervortreten.

»Alles okay?«, fragt sie, als er mit dem Dacapo durch ist. Eine blöde, banale Frage, aber sie muss einfach irgendetwas sagen.

»Ich hab Hunger«, antwortet Oliver.

Die *Waffle House*-Logo besteht aus Buchstaben, die wie riesige Scrabble-Steine aussehen. Drinnen riecht es nach Sirup und Zigaretten. Die meisten der zehn, zwölf anderen Gäste sind LKW-Fahrer und Studenten, alle in ihre eigenen nächtlichen Gespräche vertieft. Althea und Oliver setzen sich nebeneinander in eine Nische, Oliver am Fenster, und legen die Füße auf die Bank gegenüber, die Gummisohlen ihrer Turnschuhe quietschen auf dem Kunstleder. Ihre Beine sind genau gleich lang. In der ersten Hälfte ihrer Highschool-Zeit ist Althea immer die Größere gewesen, doch im Verlauf des letzten Jahres hat Oliver sie eingeholt. Die Jeans, die sie trägt, gehört eigentlich ihm.

Die Bedienung kommt an ihren Tisch, eine kleine rothaarige

Frau mit einer Lücke zwischen den Schneidezähnen, Gesicht und Arme mit Sommersprossen übersät. Sie nimmt ihre Bestellung auf. »Ich bring euch erst mal den Kaffee.«

Oliver starrt Althea voller Panik an und zupft wie ein bettelnder Hund an ihrem Hosenbein. »Ich sterbe vor Hunger.«

»Ich weiß.«

Endlich kommt Olivers Essen, und es kommt immer noch mehr – Pekanwaffeln, Käse-Schinken-Omelett, zwei Sorten Kartoffelpuffer und Maisgrütze. Althea trinkt ihren Kaffee, während er alles in sich hineinschlingt, den Arm schützend um seine Teller gelegt, als könnten sie ihm jeden Moment weggenommen werden. Er isst geräuschvoll, ohne aufzusehen oder sich mit ihr zu unterhalten, und kaut mit offenem Mund auf großen, breiigen Bissen herum. Ein angekautes Stück Waffel fällt auf seinen Teller zurück und landet an der Stelle, wo Ahornsirup und Maisgrütze ineinanderlaufen. Althea unterdrückt ein Würgen und schaut schnell weg, aus dem Fenster, auf den Verkehr, der auf dem Highway vorbeirauscht, und ihr geisterhaftes Spiegelbild starrt aus der Scheibe zurück.

Als Oliver fertig ist, räumt die Kellnerin ab und legt die Rechnung auf den Tisch. Oliver gähnt, offenbar gesättigt, und reckt die Arme über den Kopf. »Mann, bin ich müde.«

»Du hast doch gerade erst eine Woche lang geschlafen.«

Noch während sie ihren Einwand vorbringt, legt er ihr schon den Kopf auf die Schulter. Sein Atem wird tiefer, und Althea erkennt viel zu spät – eine Meile von zu Hause entfernt, ohne Auto und mitten in der Nacht – ihren Irrtum. Es ist noch nicht vorbei, sie hat ihren Oliver noch nicht wieder. Er ist nur kurz aufgewacht, um dieses seltsame Zwischenspiel zu geben, und jetzt gehen gerade wieder die Lichter aus für den zweiten Akt.

Althea schnappt sich die Rechnung vom Tisch. »Komm, wir gehen.«

»Mir gefällt's hier aber«, sagt er. Er streckt sich auf der Bank aus, legt den Kopf auf ihren Schoß und klemmt die Fäuste unters Kinn.

»Vergiss es. Los, steh auf.«

»Ich hab gesagt, mir gefällt's hier«, wiederholt er laut und bockig.

Solange Oliver auf ihren Oberschenkeln liegt, kommt sie nicht mal an ihr Portemonnaie heran. »Steh auf«, sagt sie. Die Kellnerin hinter dem Tresen starrt schon zu ihnen herüber.

Er rührt sich noch immer nicht, und so packt Althea ihn am Kragen, zerrt ihn hoch und lehnt ihn gegen die Fensterscheibe.

»Hast du nicht gehört? Ich bin müde!«, nölt er und schlägt ihre Hände weg.

Die Stelle zwischen ihren Schulterblättern zieht sich zusammen, als würde jemand eine Schraube festdrehen. Zu Tode beschämt beobachtet Althea im verschwommenen Spiegelbild der Scheibe die Reaktion der anderen Gäste, deren Gespräche plötzlich verstummen. Die Zigaretten der Studenten qualmen unbeachtet in den Aschern vor sich hin, und ein paar ältere Männer mit Trucker-Caps und Schmerbäuchen stützen ihre breiten Handgelenke auf den Tisch, als wollten sie jeden Moment dazwischengehen. Auf dem Herd hinter dem Tresen brutzeln Bratkartoffeln mit Speck vor sich hin, aber der Koch hat sie vergessen und hält das Pfannenmesser wie eine Waffe vor der fettbespritzten Schürze hoch. Die Jukebox dudelt einen harmlosen Countrysong.

Althea ist ganz zittrig von dem vielen Kaffee. Ihr Körper hat anscheinend die Fähigkeit verloren, seine Temperatur zu regulieren; Hitze breitet sich in ihren Achselhöhlen aus und durchnässt ihr Sweatshirt, doch ihre Hände sind eiskalt und ihr Magen fühlt sich an, als wäre er überhaupt nicht mehr vorhanden. Mit fahrigen Bewegungen holt sie ihr Leinen-Portemonnaie hervor, das mit einem Totenschädel und mehreren, schon in Auflösung befindlichen roten Rosen bestickt ist. Das Geräusch, das der Klettverschluss beim Öffnen verursacht, wirkt in der Stille des Lokals ungeheuer laut. Während sie ihre Dollarscheine abzählt, fangen die Leute an zu tuscheln. Olivers Kopf sinkt auf das rissige rote Kunstleder der Bank zurück.

»Nicht einschlafen«, zischt sie, aber seine Lider flattern und schließen sich. Sie tritt ihn vors Schienbein, heftig, und er fährt hoch, plötzlich wieder hellwach.

»Was soll'n der Scheiß?«, schreit er. Er fuchtelt mit den Armen und wirft den Ketchup und die scharfe Soße um; der Ahornsirup poltert zu Boden und hinterlässt einen zuckerigen Ring auf der Resopalplatte in Holzimitat. Althea hebt das Kännchen hastig auf, doch bevor sie es zurückstellen kann, reißt Oliver es ihr aus der klebrigen Hand und schleudert es quer durchs Lokal. Althea muss hilflos mit ansehen, wie das Gefäß in die offene Küche segelt und mit lautem Scheppern auf dem Grill landet. Plastik verschmort und Sirup verdampft. Der Koch lässt das Pfannenmesser fallen, springt zurück und hebt schützend die Arme, als eine Wolke aus lilaschwarzem Qualm aufsteigt – widerlich süß und giftig. Althea stößt einen leisen Fluch aus und ihr Herz rast wie verrückt in ihrer Brust. Sie lässt den Stapel Scheine auf dem Tisch zurück, packt Oliver am Handgelenk und stürzt mit ihm zum Ausgang, an den Studenten vorbei, von denen sie nur hoffen kann, dass es nicht die ihres Vaters sind. Die LKW-Fahrer lehnen sich wieder in ihre Nischen zurück.

Althea läuft immer weiter, mit so großen, verzweifelten Schritten, dass Oliver kaum hinterherkommt. Jenseits der Hauptstraße wird es langsam hell. Sein Handgelenk immer noch fest im Griff, zerrt sie ihn hinter sich her, im Kielwasser der Scheinwerfer und Abgase vorbeifahrender Autos. Der Verkehrslärm wird schwächer, als sie vom Highway abbiegen und durch die schmalen Vorortstraßen laufen, in denen nur noch ihre scharfen Atemzüge und ihre Gummisohlen auf dem Asphalt zu hören sind. Erst als sie in ihre Straße einbiegen, verlangsamt Althea das Tempo.

Vor Olivers Haus stützt sie die Hände auf die Knie und versucht, wieder zu Atem zu kommen. Ihr Pferdeschwanz hat sich gelöst und das dichte blonde Haar fällt ihr ins Gesicht.

»Warum hast du das gemacht?«, stößt Oliver keuchend hervor. Er klingt wütend.

Durch ihren Vorhang aus Haaren starrt Althea ihn ungläubig an. »*Was* gemacht?«

»Dieses ganze Theater. Warum hast du das gemacht?« Er schreit jetzt und zieht einen Flunsch.

»Nicht so laut.« Althea richtet sich auf und lässt den Blick über die Häuser ringsherum schweifen, in der Erwartung, gleich irgendwo das Licht angehen und die Nachbarn hinter der Gardine hervorspähen zu sehen.

»Das hättest du nicht tun sollen«, brüllt Oliver.

»Ich habe überhaupt nichts getan. Geh jetzt lieber rein. Du

redest eh nur dummes Zeug.« Sie wendet sich ab, doch er packt sie am Handgelenk und zieht sie mit einem Ruck zu sich zurück.

»Warum hast du das getan?«, wiederholt er, mit etwas sanfterer, aber plötzlich auch bedrohlicher Stimme. Der Bewegungsmelder in der Einfahrt tickt weiter vor sich hin.

»Geh rein, Oliver. Und ich geh nach Hause.« Er verstärkt seinen Griff und zieht sie zu sich heran. So müssen die Leute im *Waffle House* ihn gesehen haben: ein Verrückter, ein gefährlicher Irrer.

»Wo willst du denn hin?«, fragt er. Seine Hand gleitet in den Ärmel ihres Sweatshirts, seine Finger zwirbeln ihre Haut und arbeiten sich unsanft bis zu ihrem Ellbogen vor.

»Hab ich doch gerade gesagt, McKinley. Ich geh nach Hause, verdammt noch mal.«

»Komm schon, Carter. Du weißt doch, ich schlaf nicht gern allein.«

Das grelle Scheinwerferlicht über der Garage strahlt die feinen Härchen auf seinem Hals und seinen Wangen von hinten an, und sein anzügliches Grinsen macht ihr Angst. Der lüsterne Ausdruck auf seinem Gesicht wirkt geradezu grotesk, und sie schämt sich maßlos für *ihren* Oliver, nicht für diesen Doppelgänger, der sein Gesicht und seine Hände hat, der immer noch ihren Arm umklammert hält. Aber wenn das gar nicht Oliver ist, wer ist es dann? Wer steckt da drin? Mit einem Klicken schaltet sich das Licht in der Einfahrt ab, und Althea wendet sich erneut zum Gehen. Sein Griff wird noch härter und er reißt sie so grob zurück, dass ein heftiger Schmerz durch ihre Schulter schießt.

»Lass mich los!«, schreit sie, ohne noch länger auf die Nachbarn, die Uhrzeit und den heller werdenden Himmel Rücksicht zu nehmen. Ein Müllwagen rumpelt die benachbarte Straße entlang. Oliver gibt sie tatsächlich frei, jedoch viel zu plötzlich. Sie taumelt zurück, als hätte jemand sie gestoßen, und kann ihren Sturz gerade noch abfangen. Oliver streckt ihr die Hand entgegen, doch sie schlägt sie weg, unbeholfen, aber hart genug, dass ihr die Finger brennen.

»Ich bin müde«, sagt er und sackt in die Knie. »So müde.«

»Steh auf«, flüstert sie und versucht ihn vom Boden hochzuzerren. Er wird schlaff, wie ein Demonstrant, der passiven Widerstand leistet, und kippt zur Seite, aber bei ihm ist das keine Absicht. Oliver ist wieder eingeschlafen. Althea lässt ihn sanft zu Boden gleiten, bis er mit der Wange auf dem Gehweg liegt. Er sabbert auf den fleckigen Zement, und sie setzt sich neben ihn, ohne die Kälte zu spüren, die aus den Steinen durch ihre Hose dringt.

Die Haustür öffnet sich und Olivers Mutter, Nicky, erscheint auf der Veranda, und das Flurlicht hinter ihr bildet einen Strahlenkranz um ihr langes braunes Haar.

»Wieso schreit ihr beide euch so ordinär in meinem Vorgarten an?«, fragt sie gereizt, ihre Stimme ein durchdringendes Flüstern. Dann bemerkt sie Olivers Zustand. »Ist er gerade wieder eingeschlafen?«

»Ja.«

Nicky schreitet die Stufen hinab, als stiege sie in das flache Ende eines Schwimmbeckens – vorsichtig, aber voller Anmut, mit einer Hand leicht am Geländer. »Hilf mir, ihn reinzubringen. Ich kann schon die Blicke der Nachbarn auf mir spüren.«

»Wie sollen wir ihn denn tragen? An Händen und Füßen?«

»Wir transportieren doch keine Leiche, Althea. Leg dir seinen Arm über die Schulter.« Sie ziehen Oliver auf die Füße. »Komm schon, Ol, hilf ein bisschen mit.«

Mit einem leisen Grunzen stolpert er vorwärts und entgleitet dabei fast ihrer beidseitigen Umarmung.

»Unglaublich«, murmelt Nicky.

Mit viel Zureden schaffen sie den immer noch schlafenden Oliver ins Haus und legen ihn auf das Sofa. Obwohl Nicky einen Schlafanzug trägt – eine 3/4-Jogginghose und ein langärmeliges Shirt –, hat Althea nicht den Eindruck, als hätte sie geschlafen. Während Nicky ihren Sohn in eine Chenille-Decke hüllt, wartet Althea auf eine Reaktion, irgendein Zeichen, ob sie gehen oder bleiben soll.

»Es tut mir leid«, sagt sie schließlich. »Er ist zu mir in den Keller gekommen und hat gesagt, er will ins *Waffle House*. Ich habe nicht kapiert, dass er immer noch … na ja, krank ist, deshalb bin ich mit ihm hingegangen.«

»Manchmal wacht er zwischendurch auf, aber dann benimmt er sich seltsam. Nicht so wie sonst. Ist dir sicher nicht entgangen. Kommst du mit in die Küche? Ich mach uns einen Tee.« Die Küche riecht genau wie Nicky – nach Jasmin, Rosenwasser und Tabak. Mit dem Unterarm schafft sie ein bisschen Platz auf dem Tisch, auf dem überall alte Ausgaben der *New York Times* und mehrere dieser Gummibälle herumliegen, mit denen sie ihre Hände trainiert. Olivers Kunstwerke aus der Grundschule, wellig und vergilbt, zieren immer noch den Kühlschrank. Alles, was hier zu lange herumsteht, ist von einer Schicht aus Asche und Staub überzogen, wie nach einem Vulkanausbruch. Auf den Fensterbänken, hinter den sonnengebleichten erdbeerfarbenen Gardinen, sind Topfpflanzen und Geckos und Ochsenfrösche aus Ton aufgereiht. Eine rostige Gießkanne steht auf dem Spülbeckenrand, an den Turm aus schmutzigem Geschirr gelehnt. Der Toasterofen ist voller Krümel und dafür berüchtigt, regelmäßig in Flammen aufzugehen. Eine Zigarette glimmt in einem geschnitzten Holzaschenbecher vor sich hin. Nicky ist noch keine vierzig, und obwohl Olivers Vater schon vor mehr als zehn Jahren gestorben ist, hat die Witwenschaft sie nicht altern lassen. Eher scheint sie Nicky in einer extrem verlängerten Postadoleszenz festzuhalten, die von Nikotinsucht, Stimmungsschwankungen und ungeselligem Verhalten gekennzeichnet ist; trotz eines nicht abreißenden Stroms von Verehrern geht Nicky fast nie aus. Und obwohl sie sich über die schweigende Missbilligung der Nachbarn beklagt, scheint sie es manchmal fast schon darauf anzulegen, dass doch mal einer von ihnen rüberkommt und ihr nahelegt, einen Kamm zu benutzen, den Rasen zu mähen oder die Ascher zu leeren. Sollten Althea und Oliver als Kinder auch nur die leiseste Hoffnung gehegt haben, ihre beiden alleinerziehenden Eltern zusammenzubringen, so war sie rasch verflogen angesichts einer so unüberwindlichen Gegensätzlichkeit, dass selbst zwei Achtjährige sie nicht übersehen konnten. Der einzige Besuch, den Nicky empfängt, ist Althea, die immer gern zuhört, wenn Nicky von ihrer lange zurückliegenden Zeit in Manhattan erzählt, als sie in einem Viertel namens Alphabet City wohnte, ihren Lebensunterhalt damit verdiente, Hunde auszuführen, und ihre Kleidung für zwei Dollar das Kilo in einem Secondhandladen weit draußen in Brooklyn kaufte. Hin und wieder kommen Sarah und Jimmy zu Besuch, ihre besten Freunde aus jenem Leben. In diesem hier arbeitet sie tagsüber als Masseurin in einem schicken Spa, wo sie den Reichen von North Carolina ihre Chakren öffnet, und sitzt abends auf der Veranda, den Hörer ans Ohr geklemmt, um stundenlang mit Sarah zu telefonieren.

Althea nippt an ihrem Tee, der nach Rauch schmeckt. Nickys Brustwarzen zeichnen sich unter ihrem dünnen Baumwollshirt ab, und Althea schaut weg.

Nicky zieht an ihrer Zigarette und atmet den Rauch stoßweise wieder aus. »Ich geh morgen noch mal mit ihm zum Arzt – oder vielmehr heute. Auch wenn ich nicht mal weiß, zu welchem ich überhaupt gehen soll. Jedenfalls wird er nicht noch einmal mitten in der Nacht bei dir aufkreuzen.«

Für Althea klingt das nicht gut. Was wäre ihr lieber: dieser Oliver oder gar keiner? Die Antwort ist so offensichtlich, dass sich die Frage im Grunde erübrigt. »Er fände es schrecklich, wenn er sehen könnte, wie er sich heute Nacht benommen hat. Er würde sich furchtbar schämen.«

»Wenn Scham sich am Ende als sein größtes Problem herausstellt, werde ich heilfroh sein. Daran ist noch keiner gestorben, glaub mir.«

Stille breitet sich zwischen ihnen aus, und Althea ist sicher, dass sie jetzt beide das Gleiche tun: überlegen, welche unsichtbaren Krankheiten es gab, die einen Jugendlichen tatsächlich umbringen oder ihm zumindest das Hirn ruinieren konnten. Nach einer Weile schüttelt Nicky den Kopf und drückt ihre Zigarette aus.

»Wir wollen mal nicht zu schwarz sehen«, sagt sie. »Es ist

schließlich erst zwei Mal passiert. Und du? Musst du dich nicht langsam für die Schule fertig machen?«

Beim Lauftraining an diesem Nachmittag nimmt Althea ihren Platz an der Startlinie ein und bindet erst ihre Schnürsenkel, dann ihren Pferdeschwanz noch mal strammer. Vier weitere Mädchen aus ihrer Mannschaft stehen versetzt an ihren Startblöcken, und obwohl Althea sie nicht absichtlich ignoriert, unternimmt sie auch keinen Versuch, ein Gespräch mit ihnen anzufangen. Oliver hat sie immer wieder gedrängt, es doch mal mit Lacrosse oder Hockey zu versuchen, weil ihr ein Sport, bei dem man mit einem Schläger auf seine Gegner losgehen darf, sicher Spaß machen würde, aber Taktik und Teamgeist interessieren sie nicht. Ihr langer, schmaler Körper ist für Schnelligkeit wie gemacht, und so bleibt sie beim Laufen. Althea hat keinerlei Bedürfnis, mit anderen im Mannschaftskreis zu stehen.

Schmutzig graue Regenwolken ziehen vom Atlantik herüber und die Luft ist feucht, eine klamme Kälte, die einem in die Knochen kriecht. Althea lässt die Arme kreisen, um die Durchblutung anzuregen, während ihr Blick gleichmütig über die Hürden wandert, die einmal um die ganze Bahn herum aufgebaut sind. Kurzstrecke und Hürdenlauf sind ihre besten Disziplinen – harte, schnelle Rennen, bei denen ihr Gehirn mit einem fast hörbaren Klicken abschaltet.

Die erste Hürde, die sie je übersprungen hat, war eine orange-weiße Absperrschranke, an der sie spätabends mit Oliver in der Stadt vorbeigekommen war. Sie stand verlassen in einer Seitenstraße, obwohl es die Baustelle längst nicht mehr gab. Vielleicht war dem Ganzen eine Wette vorausgegangen, oder eine Herausforderung, vielleicht war auch irgendeine Belohnung in Aussicht gestellt worden, jedenfalls stürmte Althea kurz darauf die Straße hinunter. Mehrere Schritte von der Sperre entfernt, sah sie sich schon mühelos darübersetzen – so, wie man schon beim Abwurf weiß, dass der Pfeil in der Mitte der Dartscheibe landen wird. Und sie schaffte es tatsächlich, mit wehenden Haaren, ohne auf Olivers begeisterten Jubel zu achten.

Heute hat sie nur Training – der erste Wettkampf der Saison findet erst in zwei Wochen statt –, aber sie schaut trotzdem zur Tribüne hinüber, wo Oliver normalerweise sitzt. Er ist nicht da, natürlich nicht, aber in diesem Moment setzt die Trainerin die Pfeife an die Lippen, und Althea kauert sich in die Starthaltung. Ihr Magen zieht sich mit einem Mal schmerzhaft zusammen.

Die Trainerin pfeift und Althea sprintet los, stürmt mit pumpenden Armen und Beinen auf die vorderste Hürde zu, doch zum ersten Mal sieht sie den Sprung nicht voraus, und als sie sich abstößt, spürt sie voller Bestürzung, wie sie mit den Zehen hängenbleibt und die Hürde hinter ihr umfällt. Bei der nächsten Hürde ist sie noch immer mit diesem Fehler beschäftigt, und obwohl sie ohne Zögern abspringt, hat sie ihren Rhythmus verloren und ist plötzlich nur noch Vorletzte. Doch statt schneller zu laufen, nähert sie sich jeder weiteren Hürde mit immer größerer Vorsicht, in der Hoffnung, zumindest ansatzweise ein Gefühl von Sicherheit und Souveränität zurückzugewinnen, was aber nur dazu führt, dass sie über Dinge nachdenkt, die eigentlich kein Nachdenken erfordern, bis sie schließlich als Letzte über die Ziellinie stolpert, glühend vor Scham.

Sie ist schweißgebadet, nicht vom Laufen, sondern vor Anspannung und mühsam unterdrückter Panik. Kein aufmunterndes Lächeln, kein anfeuernder Ruf kommt von den anderen Mädchen, und Althea begreift, dass sie sich mit ihrer abweisenden Art offenbar sämtliche Sympathien verscherzt hat. Niemand lacht sie offen aus oder grinst auch nur versteckt, aber Althea kann sich leicht ausrechnen, dass mindestens eines der vier Mädchen, die jetzt wieder an den Start gehen, sich diebisch über diese unerwartete öffentliche Zurschaustellung kompletter Unfähigkeit freut. Althea ist so sehr mit der Frage beschäftigt, welche von ihnen das sein könnte – sie tendiert zu Mary Beth, die schon seit Jahren in Oliver verknallt ist –, dass es einen Augenblick dauert, bis sie bemerkt, dass die Trainerin nach ihr ruft.

»Carter«, bellt die Trainerin und winkt sie heran.

Folgsam trabt Althea zu ihr hinüber. Sie mag die Trainerin so gern, wie sie jeden mag, der nicht Garth, Oliver oder Nicky heißt und daher zu jenen weiten Teilen der Menschheit zählt, aus denen sich ›der Rest der Welt‹ zusammensetzt. Mittelalt, mit kurzen, grauen Drahthaaren und so hervorstehenden Schlüsselbeinknochen, dass Althea sie fast schon ein bisschen eklig findet, gehört die Trainerin noch nicht jener Lehrer-Generation an, die sich kumpelhaft bei ihren Schülern anbiedert. Niemals würde sie ihnen ihren Vornamen oder sonst irgendein persönliches Detail verraten oder sich auf einen Plausch in der Mädchenumkleide einlassen, noch begegnet sie ihnen mit dieser schlecht verhüllten elterlichen Zuneigung, die in anderen Sportmannschaften immer mehr um sich greift. Dieses beidseitige Desinteresse an den eher emotionalen Aspekten des Schulsports hat zu einem lockeren, burschikosen Umgang zwischen ihnen beigetragen, der Althea mit dem merkwürdigen Stolz erfüllt, selbst von ihrer Trainerin kaum Anerkennung zu brauchen.

»Ja, Ma'am?«, sagt Althea.

»Was war denn gerade los?«

»Ich kann sie nicht mehr sehen.«

»Was, die Hürden?« Die Trainerin schaut verblüfft zur Bahn hinüber, wie um sich zu vergewissern, dass kein dichter Nebel über dem Gelände liegt.

»Nein, Ma'am. Die Bewegung – ich kann den Sprung nicht mehr voraussehen, wie ich das sonst immer tue.«

Die Trainerin nickt sofort. »Du blockierst dich selbst. Du denkst zu viel nach. Das musst du abstellen.«

»Ich kann mich nicht konzentrieren.«

»Du konzentrierst dich zu viel.«

»Ja, Ma'am. Aber wie soll ich das abstellen?«

Die anderen Hürdenläuferinnen haben inzwischen ihre Runde gedreht und sammeln sich wieder am Start, wo sie fröhlich schwatzend auf neue Anweisungen warten. Die übrige Mannschaft hat sich auf der Wiese verteilt und dehnt die Oberschenkelmuskulatur.

»Du musst deinen Geist entspannen. Wie beim Einschlafen, wenn du die Augen zumachst. Nur jetzt im Stehen. Und mit offenen Augen.«

Frustriert denkt Althea an all die schlaflosen Nächte, in denen sie sich im Bett herumwälzt und genau das, was die Trainerin beschreibt, nicht fertigbringt. »Ja, Ma'am.«

Sie trottet zu ihrem Platz an der Startlinie zurück.

Im Startblock kauernd versucht sie, ihren Verstand auszuschalten. Sie starrt auf ihre Finger hinunter, die leicht gespreizt auf dem ziegelroten Boden liegen, und lässt ihren Blick verschwimmen, wie beim Um-die-Wette-Starren mit Oliver, aber ihr Gehirn verweigert den Gehorsam. Irgendetwas ist anders geworden. Sie kann die verlorene Fähigkeit noch spüren wie einen amputierten Körperteil, fühlt den Phantomschmerz, den der Abzug dieser Fähigkeit von der kurzen Liste ihrer Begabungen hinterlässt, und sie weiß mit trotziger Gewissheit, dass sie nie mehr zurückkommen wird.

Die Trainerin pfeift erneut, aber diesmal ignoriert Althea den Pawlow'schen Reflex, vorwärtszustürmen, mit Fäusten, die sich wie Kolben seitlich auf und ab bewegen. Stattdessen schaut sie zu, wie die anderen Mädchen die Bahn umrunden, dreht sich dann um und geht, ohne die Rufe der Trainerin zu beachten, vom Platz.

2. KAPITEL

»Die schlechte Nachricht, Oliver, ist die, dass es zum zweiten Mal passiert ist. Und die gute, dass die Ärzte ansonsten nichts feststellen können«, sagt Nicky.

»Du meinst, sie wissen immer noch nicht, warum ich diese Schlafattacken habe?«

»Ihnen zufolge bist du kerngesund.«

Olivers Mutter sitzt am Verandatisch und dreht Zigaretten. Fast schon zwanghaft verwandelt sie die gesamte Tabakpackung in dünne, vollkommen identische Röllchen und stapelt sie neben ihrer halb leeren Flasche Spätburgunder zu einer Pyramide auf. Die Sonne hat ihren Zenit schon weit überschritten und dringt nur noch schwach durch die Zweige der Magnolienbäume, die der Straße ihren Namen verliehen haben. Nickys Aschenbecher ist schon randvoll mit der täglichen Ausbeute an winzig weißen Kippen – viel zu zierlich, hat Oliver immer schon gedacht, für ein so plumpes Wort wie *Stummel*. Ihr Weinglas steht auf der Titelseite der *New York Times* von heute. Als sie es anhebt, kommt eine

Reihe sich überlappender roter Kringel zum Vorschein, wo das Papier die Flüssigkeit gierig aufgesaugt hat. Ihr Glas an die Lippen setzend, tut Nicky dasselbe.

»Was ist das eigentlich für eine Alarmanlage?« Das nagelneue elektronische Tastenfeld ist Oliver auf dem Weg zur Vordertür aufgefallen, ein beunruhigend futuristischer Neuzugang in ihrem Wohnzimmer. »Die hatten wir vorher nicht. Wann hast du die einbauen lassen?«

»Vor ein paar Wochen«, räumt Nicky ein. »Damit du mir nicht ausbüxt.«

Bei dem Wort ›ausbüxen‹ sieht Oliver angeschirrte Kleinkinder im Einkaufszentrum vor sich. »Aber ich habe doch geschlafen.«

»Manchmal wecke ich dich, damit du was essen und aufs Klo gehen kannst. Manchmal wachst du aber auch von alleine auf, und dann finde ich dich in der Küche, wo du dir Sandwiches machst oder dich mit Eis vollstopfst, bis alles leer ist. Sobald du satt bist, gehst du wieder ins Bett.«

»Wie hast du mich eigentlich zum Arzt gekriegt?«

»Mit viel Mühe«, sagt Nicky.

»Und wieso weiß ich gar nichts mehr davon?«

»Keine Ahnung. Das letzte Mal konntest du dich auch an nichts erinnern.«

»Was ist mit deiner Arbeit? Bist du drei Wochen lang einfach nicht hingegangen?«, fragt Oliver.

»Ich habe im Gästezimmer eine Massageliege aufgestellt und ein paar Kunden hier zu Hause behandelt.«

Oliver hat einen seltsam metallischen Geschmack im Mund,

als kaute er auf einem Stück Alufolie herum. Er ist noch keine Stunde lang wach, aber vor lauter Anspannung schon wieder völlig erschöpft. Alles hier, seine Mutter, die Veranda, die Straße, sieht noch genauso aus wie vorher und doch irgendwie falsch, wie ein aufwendig konstruiertes Bühnenbild, das ihm weismachen soll, er wäre hier zu Hause. Es ist jetzt Anfang April und offiziell Frühling, und obwohl er weiß, dass drei Wochen vergangen sind, seit er im Chemielabor eingeschlafen ist, ist es eine Sache, das Datum auf Nickys Zeitung zu lesen, aber eine ganz andere, wirklich zu begreifen, dass er 21 Tage verloren hat, mal eben so, wie man einen Schlüssel verliert. Eine kräftige Bö rollt über sie hinweg, wie eine Welle, kurz bevor sie bricht, und versetzt das Windspiel aus Bambus in Bewegung. Oliver hasst dieses gespenstische Klappern, das Althea täuschend echt imitieren kann, wenn sie ihn ärgern will. Seiner Meinung nach sollten Windspiele wie die Kirchenglocken eines Hauses klingen, nicht wie dieses irre Gerassel, das ihn an das bewegliche Skelett im Bio-Raum erinnert. Seine Kopfschmerzen puckern auf unerträgliche Weise direkt über seinen Augenbrauen.

Als er das erste Mal krank war, fand er das eher seltsam als beängstigend. Zwei Wochen lang hatten Schlaf und Fieber ihn in ihrer Gewalt – und dann war es plötzlich vorbei. Er war mit dem Gefühl aufgewacht, schlecht geschlafen zu haben. Er konnte sich an eine Reihe belangloser Träume erinnern, die nicht weiter wichtig waren, jedoch den Eindruck verstärkten, dass er wesentlich mehr Zeit im Bett verbracht hatte, als seine Mutter normalerweise zulassen würde. Die einzige bruchstückhafte Erinnerung, die ihm noch blieb, war der Moment, als Nicky bei ihm auf der

Bettkante saß, mit dem Rücken zu ihm, sich dann plötzlich umdrehte und fragte: »Hast du Drogen genommen? Wenn du irgendwelche Scheißdrogen genommen hast, dann bring ich dich um« – in demselben gereizten Tonfall, den sie anschlug, wenn er zu lange vor der offenen Kühlschranktür stand.

Danach hatte man ihn einer Reihe von Lumbalpunktionen, Kernspin- und Computertomografien unterzogen, und als nichts zu finden gewesen war, hatten die Ärzte das Ganze als eine ›Laune der Natur‹ abgetan. Er hatte die Halbjahresprüfungen verpasst, ebenso wie die letzten beiden Wochen der Fußballsaison, aber es war nicht weiter schwierig gewesen, den Anschluss zu finden, und er gab sich alle Mühe, so weiterzumachen, als wäre das alles nie passiert.

Jetzt, beim zweiten Mal, fühlt sich das schon anders an. Die Wiederholung verleiht der Sache erheblich mehr an Bedeutung, an Gewicht, genug jedenfalls, um Nicky Angst zu machen, das ist nicht zu übersehen. Seit ihm versichert wurde, dass es sich weder um ein Aneurysma, einen Hirntumor oder sonst irgendetwas handelt, das mit einer allzu raschen Vermehrung seiner Zellen zu tun hat, fürchtet er sich weniger vor den Untersuchungen selbst als vielmehr vor der Zeit, in der sie auf die Ergebnisse warten. Je länger er im Krankenhaus bleiben muss, desto mehr werden sie beide ihn auch für krank halten. Er wäre Nickys kranker Sohn. Sie wäre die Mutter eines kranken Sohnes. Die Vorstellung ist so bedrückend, dass er sie rasch beiseiteschiebt.

Oliver ist das, was man gemeinhin als ›Einser-Schüler‹ bezeichnet, einer von denen, die man vor der Mathestunde fragt, ob sie einem schnell noch mal die Hausaufgaben kontrollieren. Die guten Noten fliegen ihm nur so zu, und nicht einmal die langen Fehlzeiten können sein Stipendium an der Cape Fear Academy gefährden. Die Naturwissenschaften mag er am liebsten. Was sich zunächst wie Philosophie anhört – Chaos- und String-Theorie und die ewige Suche nach einer einheitlichen Feldtheorie, der es endlich gelingen würde, Relativitäts- und Quantenphysik, Hyperraum und dunkle Materie und den grundlegenden, grandiosen Plan des Universums miteinander zu vereinen –, ist bis ins Letzte von Formeln und Gleichungen untermauert. Alles ist immer noch Wissenschaft und Mathematik. Jedes der heute erwiesenen naturwissenschaftlichen Prinzipien galt in früheren Zeiten als ein unergründliches Geheimnis, das dann, gegen alle Erwartungen, doch ergründet werden konnte.

Dieses Wissen hilft Oliver allerdings wenig, wenn ein ratloser Arzt nach dem anderen Nicky beiseitezieht, um sie zu fragen, ob Oliver nicht vielleicht doch Drogen nimmt, und ihm dann Ritalin verschreibt.

Das Telefon klingelt. Oliver schaut aufs Display und reicht Nicky den Hörer, mit den Worten »dein Paralleluniversum« – sein Spitzname für das New Yorker Gegenstück seiner Eltern: jenes Paar, das, von Kindern unbelastet, in Manhattan blieb, als die McKinleys nach Wilmington zogen, und das auch heute noch zusammenlebt, während Nicky nach dem Tod von Olivers Vater allein zurückblieb. Damals, oben im Norden, waren sie alle vier befreundet gewesen: Sarah, Nicky, Jimmy, Mack, und manchmal fragt sich Oliver, welchen Lauf die Dinge genommen hätten, wenn er in einer Acht-Millionen-Metropole aufgewachsen wäre, wenn Nicky ihre geliebte Stadt damals nicht verlassen hätte, um dann auch noch vor ihrem dreißigsten Geburtstag Witwe zu werden. Wenn er als Kind Bus und U-Bahn gefahren wäre statt Fahrrad und Skateboard, wie viel von dem heutigen Oliver wäre dann noch übrig? Und wie viel ist damals von Nicky verloren gegangen, an jenem Tag, als sein Vater bei einem Autounfall ums Leben kam?

»Ich geh rüber zu Althea.« Als er die Verandatreppe hinuntersteigt, spürt er schon seine Oberschenkel – eine überflüssige Mahnung an die dreiwöchige Untätigkeit seiner Muskeln. Er dreht sich noch mal zu seiner Mutter um, die ihm nachschaut, ohne das klingelnde Telefon in ihrer Hand zu beachten. »Jetzt guck nicht so besorgt. Die Ärzte haben doch gesagt, ich bin kerngesund.«

Bei Althea zu Hause stehen Unmengen von Antiquitäten und Kunstgegenständen herum – Kristallvasen auf kleinen Mahagoni-Tischchen, die ihre Prismen aus Winterlicht auf die Perserteppiche werfen; Tonkrüge und Pfeilspitzen und antike Terracotta-Fliesen, sorgsam in Glasvitrinen arrangiert – lauter Dinge, die Altheas Vater auf seinen vielen Reisen nebenbei erworben hat. Althea hat ihn noch nie begleitet. Mit beinahe zwanghafter Vorsicht sucht sich Oliver, immer noch wackelig auf den Beinen, seinen Weg durchs Erdgeschoss, dem Duft nach frischem Popcorn folgend, der ihn zur Kellertreppe führt.

Althea sitzt auf dem Sofa, das Skizzenbuch aufgeschlagen auf dem Schoß, und als sie Oliver entdeckt, reißt sie theatralisch die Augen auf, während ihre Hand wie erstarrt über dem Becher mit Stiften auf dem Sofatisch schwebt. »Und wenn du kurz vorm Verhungern bist, ich geh nicht mit dir ins *Waffle House.*« Sie zeigt auf die rote Keramikschüssel mit Popcorn auf dem Tisch. »Hier, das kannst du essen, wenn du Hunger hast.«

»Wer redet denn vom *Waffle House*? Das *Waffle House* ist ekelhaft«, sagt er.

»Gott sei Dank, du bist wieder normal.« Sie breitet die Arme aus und er wirft sich hinein, wobei Skizzenbuch und Stifte in alle Richtungen fliegen. »Du bist wieder der Echte Oliver, danke, lieber Gott, danke. Wie fühlst du dich? Alles in Ordnung? Bist du gerade erst aufgewacht?«

Er atmet tief ein, um den schimmelig-feuchten Geruch ihres inoffiziellen Hauptquartiers in sich aufzunehmen. Altheas Keller ist der Ort, wo Möbel ihre letzte Ruhe finden, wo mit Essen gekleckert und Teppiche nach Lust und Laune verschlissen werden dürfen. Der Sofabezug ist brüchig und an einigen Stellen aufgeplatzt, schwarze Kunstleder-Flocken rieseln auf den grauen Teppich hinunter, was Althea nicht davon abhält, die meisten Nächte hier unten zu verbringen. Von vielen Schlachten gezeichnete Beistelltische flankieren das Sofa zu beiden Seiten, dem Fernseher gegenüber, der eine volle Minute zum Warmlaufen braucht, während man die Röhre innen drin vibrieren hört. In den Zimmerecken stehen Pappkartons aufgestapelt, halb zerfleddert, weil sie alle Jahre wieder ihre saisonabhängigen Inhalte herausrücken müssen – Weihnachtsschmuck, Halloween-Kostüme, Campingausrüstung. Selbst das Klebeband, das den Lehnstuhl zusammenhält, löst sich an den Seiten in klebrige Silberfäden auf, die Oliver manchmal noch an seiner Kleidung findet, wenn er längst wieder zu Hause ist. Er kneift die Augen zu und vergräbt sein Gesicht an Altheas Hals, wo er ihr Kokosnuss-Shampoo und den schlichten, sauberen Geruch ihrer Seife am besten riechen kann. Sie streicht ihm übers Haar und murmelt ein paar unverständliche, beruhigende Worte.

»Warum hast du gedacht, ich will ins *Waffle House*?«, fragt er dann.

»Hat Nicky dir nichts von unserem Ausflug erzählt?«

»Nein, aber sie hat eine Alarmanlage eingebaut, offenbar, um einen weiteren zu verhindern. Was ist denn passiert?«

»Du hast mich mitten in der Nacht geweckt und gesagt, du hättest Hunger. Du wolltest unbedingt ins *Waffle House*. Wir sind dann zu dem gegangen, von dem ich dachte, dass es am wenigsten gegen die Hygienevorschriften verstößt. Und dann hast du dich … Erinnerst du dich noch an diese Studie über Fettsucht, die wir mal in Bio durchgenommen haben? Die mit diesen superfetten Mäusen? In so eine hast du dich verwandelt.«

In dieser Studie war einer Gruppe von Mäusen ein Gen entfernt worden, das ihnen sagt, wann sie satt sind. Die Kontrollgruppe, mit intakten Chromosomen, blieb schlank und lebhaft, während die Versuchsmäuse immer dicker wurden, bis sie nur noch wie fellbedeckte Kartoffelklöße aussahen. Auf den Fotos waren nicht mal mehr ihre Füße zu sehen. Von einer der fetten Mäuse gab es eine Großaufnahme, und ihr gieriger, gequälter Blick schien gleichzeitig um Hilfe und um Futter zu betteln.

»So habe ich ausgesehen?«, fragt Oliver. »Wie ein unersättliches Nagetier in Not?«

»Wenn ich dir aufzählen würde, was du in jener Nacht alles gegessen hast, würde dir jetzt noch schlecht werden. Und das Essen war nicht das Einzige. Du warst das pure ES, bis zum

Exzess. Hier«, sie hält ihm ihr Skizzenbuch hin, »ich hab's für dich gezeichnet.«

Er reißt ihr das Buch aus der Hand, wobei er rasch über ein paar ältere Zeichnungen hinwegblättert, auf denen sie beide zu sehen sind, wie sie in Altheas Auto fahren, am Strand liegen und bei *Lucky's* Pogo tanzen – Momentaufnahmen aus dem letzten Jahr. Während er ihre Bilder von den Ereignissen jener Nacht betrachtet, erzählt sie ihm die Geschichte dazu. Hier taucht er gerade bei ihr im Keller auf; hier laufen sie unter den Straßenlaternen am Rand des Highways entlang; hier beobachtet Althea zutiefst beschämt, wie er den Sirup quer durchs Lokal schleudert; und hier sieht er sein eigenes Gesicht, kaum noch wiederzuerkennen. Zum Vergleich hat Althea die Nahaufnahme der fetten Maus danebengeklebt.

Oliver muss an die Obdachlosen denken, die er manchmal in der Innenstadt sieht, mit ihren Einkaufswagen voller Plastiktüten, deren schwerfällige Masse sie herumbugsieren wie einen unwilligen Zirkuselefanten, und die dabei ihre bizarren Selbstgespräche führen. So wird niemand geboren; das passiert erst später, und Oliver fragt sich, ob er jetzt auch schon auf dem besten Weg dorthin ist.

»Dann war das so eine Art psychotischer Schub, oder was? Also bin ich jetzt tatsächlich verrückt, ich habe wirklich und wahrhaftig nicht mehr alle Tassen im Schrank. Und irgendwann gehöre ich dann zu diesen zwielichtigen Gestalten, die den ganzen Tag in der Bücherei sitzen, mit dem Oberkörper vor und zurück wippen und darüber Buch führen, wer sie gerade wieder verfolgt, bis Nicky kommt und mich anfleht, meine Medikamente zu nehmen.«

»Jetzt kauf dir aber bitte nicht gleich eine Zwangsjacke«, sagt Althea. »Ich glaube nämlich nicht, dass du verrückt wirst.«

»Woher willst du das wissen?«

»Weil du hier liegst und dir darüber Sorgen machst.«

»Ist das alles? Mehr Trost hast du mir nicht zu bieten?«, fragt Oliver enttäuscht.

»Ich weiß doch auch nicht mehr als du, ich würde dir gern eine bessere Antwort geben, aber das kann ich nun mal nicht. Mir macht das alles genauso viel Angst wie dir …«

»Das kann ich mir kaum vorstellen«, sagt er und bereut es sofort.

Sie fährt auf und stößt ihn so heftig weg, dass er fast vom Sofa fällt. »Das Einzige, was vielleicht noch schlimmer ist, als keinerlei Erinnerung an die letzten drei Wochen zu haben, ist die Tatsache, sich nur allzu gut an jede verfluchte Sekunde zu erinnern.«

»Schon klar, ich hab's kapiert, tut mir leid …«

»Ich musste mit ansehen, wie du vor deinen Waffeln zum Tier geworden bist«, kreischt sie. »Das war nicht schön.«

»Ist ja gut, jetzt reg dich nicht auf. Es tut mir leid.« Er hält sie fest, bis er spürt, dass sie ruhiger wird, wie ein Auto, das in eine Parkbucht einbiegt, und ihre verkrampften Muskeln sich schließlich entspannen, als hätte sie eben den Motor abgestellt und die Handbremse angezogen. Er weiß, dass sie Recht hat. Er kann sich an keine Krankheit oder Verletzung erinnern – das gebrochene Handgelenk, als er neun war, der heftige Ausbruch von Windpocken, der ihn im Jahr darauf zehn Tage lang ans Bett fesselte, jeder entstellende Sonnenbrand, jede Schniefnase und jedes aufgeschürfte Knie –, die sie nicht mit ihm zusammen durchlitten hätte, entweder am eigenen Leib oder in ihrem Herzen.

»Nicky will mich noch mal einem anderen Arzt vorstellen.«

»Aber dir geht's doch wieder gut.«

»*Fürs Erste* geht's mir wieder gut«, korrigiert er sie.

Althea kaut auf einer Haarsträhne herum, eine Angewohnheit, die das verbotene Daumenlutschen in ihrer Kindheit abgelöst hat, aber kaum noch in Erscheinung tritt, seit sie in ihrem ersten Jahr an der Cape Fear Academy mit dem Laufen angefangen hat. Nur wenn sie übernächtigt ist, zu viel Kaffee getrunken hat oder im Stau steht, flammt es noch mal auf. Er sieht zu, wie sie geistesabwesend die Strähne mit den Backenzähnen bearbeitet, und denkt dabei – nicht zum ersten Mal –, dass es quasi ein Wunder ist, dass sie noch nicht mit dem Rauchen angefangen hat, und letztlich nur noch eine Frage der Zeit, bis sie es tun wird. Sie nimmt ihr Skizzenbuch wieder auf den Schoß.

»Was zeichnest du gerade?«

Sie kehrt in die Gegenwart zurück. »Einen toten Frosch«, sagt sie. »Gut, oder?«

Ihre Abbildung eines bedauernswerten Sezier-Frosches ist erst halb fertig und im Stil dieser gruseligen, altmodischen Anatomiezeichnungen aus den Medizinbüchern des späten 19. Jahrhunderts angefertigt. Sogar die dünnen Silbernadeln, die in den Schwimmhäuten stecken und das Tier in ausgestreckter Position fixieren, hat sie gezeichnet. Die Bauchdecke ist der Länge nach aufgeschlitzt und aufgeklappt, um den Blick auf die inneren Organe freizugeben, die Althea mit römischen Ziffern versehen hat. Oliver betrachtet das Bild lange Zeit.

Und so ahnt er auch nichts Böses, als ihn das erste Stück Popcorn direkt ins Auge trifft. Seine Rückkehr hat Althea offenbar so übermütig gemacht, dass sie es nicht erträgt, wenn seine Aufmerksamkeit für längere Zeit von ihr abschweift. Die Dinge entwickeln sich rasch, bis der Inhalt der Schüssel gleichermaßen in ihren Haaren wie im Teppich klebt. Danach entwickeln sie sich noch etwas rascher und schon bald liegt Oliver bäuchlings auf dem Sofa, das Gesicht in die muffigen Polster gepresst. Altheas Knie bohren sich in seine Nieren und sein Arm ist so weit nach oben verdreht, dass seine Hand wie eine blasse Fahne über seinem Kopf hin- und herwedelt. Erbarmungslos drückt sie ihn mit ihrem Gewicht nach unten, und bei jeder kleinsten Bewegung explodieren kleine Feuerwerkskörper des Schmerzes in seiner Schulter. Dabei brüllen sie beide abwechselnd *Gibst du auf? – Leck mich!* in einer Lautstärke, dass keiner von beiden hört, wie oben an der Treppe die Tür aufgeht.

»Lass ihn los, Althea«, sagt ihr Vater.

Keuchend und widerstrebend steht Althea auf und pflückt sich das Popcorn aus dem Haar. Sie pustet sich ein paar Strähnen aus dem Gesicht, sagt aber nichts, sondern starrt ihren Vater nur finster an. Dieses Um-die-Wette-Starren wird sie allerdings nicht gewinnen, das weiß Oliver genau. Garth kommt die Treppe herunter, ein Glas mit Scotch in der Hand, und muss sich bücken, um nicht mit dem Kopf an die Deckenbalken zu stoßen.

Entscheidend geprägt wurde Olivers Meinung über den Vater seiner besten Freundin an einem Sommerabend, als Oliver und Althea acht Jahre alt waren und Garth Carter ihnen hinten im Garten zeigte, wie man ein Zelt aufbaut. Sie waren gerade dabei, dort weg und steckt ihn in den Mund, schmeckt das Salz auf der Zunge. Er überlegt noch einmal kurz, ihr Angebot anzunehmen, aber seit einigen Monaten sorgt eine neue Rastlosigkeit dafür, dass sie nicht mehr so gut in einem Bett schlafen können. Er hört ihre schweren Seufzer, mitten in der Nacht, wenn sie glaubt, dass er schläft, und spürt, wie sie sich hin und her wälzt, bis sie irgendwann zur Ruhe kommt, die Nase an seinem Hals vergraben, eine zögernde Hand federleicht auf seiner Hüfte. Und er traut sich auch nicht mehr, mit ihr Löffelchen zu liegen oder sonst eine ihrer keuschen Kuschelpositionen einzunehmen, aus Angst, sie könne, durch irgendeine unabsichtliche Berührung, eine Reaktion auslösen, bei der kein halbwüchsiger Junge erwischt werden will. Also zieht er mit einer entschlossenen Geste den Reißverschluss an seiner Jacke hoch und setzt die Kapuze auf. »Bis morgen früh?«

Sie schielt zu der Stelle, wo er sie berührt hat. »Das wollte ich mir für später aufheben«, sagt sie.

Als er zu Hause ankommt, liegt Nicky schlafend auf dem Sofa, eines ihrer Bücher noch aufgeschlagen vor der Nase. Auf dem Tischchen neben ihr flackert eine Duftkerze – Kamille und Pfefferminz, zur Verjüngung. Im Spa kosten die an die dreißig Dollar, aber Nicky bekommt einen Preisnachlass.

»Mom?«

Sie murmelt etwas und dreht sich auf die Seite. Das Buch rutscht ihr von der Brust und fällt zu Boden. Oliver löscht die Lampe über ihrem Kopf und pustet die Kerze aus.

Nicky hat seine Laken gewechselt, aber die Vorstellung, jetzt wieder ins Bett zu gehen, in dem Wissen, dort die letzten drei Wochen verbracht zu haben, erscheint ihm äußerst unattraktiv. Er setzt sich an den Schreibtisch, lehnt sich zurück und starrt an die Zimmerdecke, wo die Leuchtsterne ein zufälliges Muster bilden. Althea hatte sie dort angebracht, in einem Winter vor mehreren Jahren. Sie hatte auf seinem Bett gestanden, ein Bein in der Luft und mit dem anderen auf den Zehenspitzen balancierend wie eine langgliedrige Balletttänzerin, und einen nach dem anderen an die Decke geklebt. Anfangs war sie seinen Anweisungen gefolgt, die in etwa das Sternbild der Zwillinge, ihrer beider Sternzeichen, ergeben sollten, bis sie schließlich die Geduld verlor und den Rest einfach irgendwohin klatschte. Er hatte über das schlechte Wetter gejammert und dass er endlich wieder wandern und zelten gehen wollte, statt in ihrem Keller zu hocken und Gesellschaftsspiele zu spielen.

»Bis zum Frühjahr kannst du unter diesen Sternen schlafen«, hatte sie gesagt.

Einer plötzlichen Regung folgend schnappt er sich sein Teleskop – ein früheres Weihnachtsgeschenk von Garth – und den Schlafsack und schlüpft durch die Hintertür in den Garten hinaus. Er richtet das Objektiv auf jenen Ausschnitt des Himmels, der von Bäumen und den Satellitenschüsseln der Nachbarn unberührt ist, und stellt mit Erleichterung fest, dass alle Sterne noch dort sind, wo sie hingehören, dass die Hydra sich immer noch übers Firmament schlängelt und der Große Bär an Ort und Stelle steht. Er versucht den Eulennebel zu finden, aber dafür ist es nicht dunkel genug.

Mit zehn Jahren hatte Oliver unglücklicherweise irgendwo aufgeschnappt, dass der Sonne in ungefähr fünf Milliarden Jahren der

Saft ausgehen würde und das Leben in unserem Sonnensystem ein Ende hätte. Er hatte sich furchtbar darüber aufgeregt; es kam ihm so ungerecht vor. Doch Althea hatte ihm versichert, dass die Raumfahrt bis dahin sicher kein größeres Problem mehr darstellen würde und alle einfach zu einem anderen Sonnensystem fliegen könnten. Als Oliver jedoch von der These einiger Wissenschaftler hörte, eines Tages würde das gesamte *Universum* zu Ende gehen – hier gab es unterschiedliche Theorien –, hatte Althea keine Antwort mehr darauf, und Oliver war untröstlich. Nachts im Bett versuchte er sich vorzustellen, wie das wohl wäre, das Ende von allem. Irgendein Wissenschaftler hielt es für möglich, dass die Menschheit, sofern sie lange genug überlebte, ein Wurmloch entdecken könnte, das mit etwas Glück in ein Paralleluniversum führen würde, welches auch dann noch fortbestehen würde, wenn das unsere sein unrühmliches Ende genommen hätte. Diese These war zwar rasch widerlegt worden, aber Oliver hielt trotzdem an der tröstlichen Vorstellung fest, die Leute könnten irgendwann mit derselben Leichtigkeit, mit der sie ein Flugzeug bestiegen, ein Tor im Himmel durchschreiten und eine andere Dimension betreten, wo die Fußballspiele und Strandausflüge und Diskussionen darüber, wer mit Rasenmähen dran ist, nahtlos weitergehen konnten.

Seither ist seine Begeisterung für die Naturwissenschaften im Allgemeinen und die Astronomie im Besonderen zwar gereift, und er liebt die mathematischen Gleichungen, die diesen gewaltigen Theorien über das Weltall zu Grunde liegen, doch irgendwo im Hinterkopf hat er sich dieses Gefühl bewahrt, dass es um mehr geht, als nur einen guten Abschluss zu machen und die Eignungsprüfung für das Massachusetts Institute of Technology zu schaffen – irgendwo da draußen gab es ein Wurmloch, das uns alle retten wird.

Zwei Monate später, als sich ihr 11. Schuljahr dem Ende zuneigt, überredet Oliver Althea, mit ihm zu der Party eines Mitschülers zu gehen, den sie beide kaum kennen. Als er sie abholen will, läuft sie, nur mit einem kurzen Frottee-Bademantel bekleidet, im Zimmer auf und ab. An ihren Fußsohlen, zartrosa wie Muscheln, kleben ein paar Fusseln vom Boden. Hektisch bürstet sie ihr Haar und zerrt verbissen an den Knoten.

»Kannst du mal ganz kurz so tun, als wärst du ein Mädchen, und mir sagen, was ich anziehen soll?«, ruft sie ihm entgegen.

»Dafür müsste ich ja erst mal so tun, als wärst *du* ein Mädchen.« Noch während er das sagt, ruht sein Blick auf ihrem Dekolleté, jenem dunklen Spalt, wo sich die beiden Hälften ihres Bademantels überkreuzen.

Das bringt sie zum Schweigen. Ohnehin ist das eine Entscheidung, die meist nur auf die Frage, welche Jeans und welches T-Shirt, hinausläuft; ihre Garderobe besteht aus kaum etwas anderem. Diesmal gräbt sie jedoch im letzten Moment noch einen karierten Faltenrock und ihre Springerstiefel aus. Als sie auf der Bettkante sitzt, um sich die Stiefel zu schnüren, und geschickt die ausgefransten Schnürsenkel durch die zahllosen Löcher fädelt, beobachtet Oliver das Spiel der Muskeln an ihren Läuferbeinen und zieht ihr im Geiste alles wieder aus, was sie eben erst übergestreift hat, während er den Blick abwandte.

»Was ist?«, fragt sie. »Warum starrst du mich so an?«

Mit einem Ruck kommt er wieder zu sich. »Der Rock und die

Schuhe. Ist das nicht eine, wie soll ich sagen, etwas widersprüchliche Botschaft?«

»Du bist selber eine widersprüchliche Botschaft. Dein Mitspracherecht hast du vor zehn Minuten verspielt. Und jetzt komm.«

Zur Party ist es nicht weit, deshalb gehen sie zu Fuß. Althea hat die Arme vor der Brust verschränkt. Hin und wieder glättet sie ihr Haar oder streicht mit der Hand über ihren Rock, wobei sie jedes Mal leicht erschrocken zu sein scheint, dass der Saum mehr als zehn Zentimeter über ihren Knien endet. Oliver sieht, dass sie jetzt schon schlechte Laune hat. Wenn er nichts dagegen unternimmt, wird sie eine Dreiviertelstunde lang schmollend in irgendeiner Ecke stehen und dann nach Hause gehen wollen.

Er hebt den Arm und streift einige Blätter von einem Ast über seinem Kopf ab, die er beim Gehen zerreibt. Ihr Saft verklebt ihm die Finger.

»Ich hab eine Idee, für heute Abend«, sagt er.

»Mmh?«

»Wie wär's, wenn wir ein Spiel daraus machen? Aus der Party?«

»So eine Art Trinkspiel, oder was?«, fragt Althea.

»Nicht ganz. Dieses Spiel ist ganz neu; ich hab's gerade erst erfunden: Lass uns Ja sagen – zu allem.«

»Versteh ich nicht.«

»Immer wenn uns jemand was vorschlägt oder fragt, ob wir zu etwas Lust haben, sagen wir einfach Ja.«

»Und das soll ein neues Spiel sein?«, fragt sie skeptisch.

»Ja. Wir sind offen für alles, was das Universum uns zu bieten hat. Und ich nenne es: das Nonstop-Partymobil.« Er wirft die zerkrümelten Blätter wie Konfetti in die Luft.

Das allererste Spiel, das Althea und Oliver zusammen gespielt haben, war *Candy Land.* An einem Abend vor zehn Jahren hatte Olivers Babysitter kurzfristig abgesagt, woraufhin Nicky völlig panisch wurde und ihren Sohn aus lauter Verzweiflung zu einem Hochschullehrer brachte, der ein paar Häuser weiter wohnte und von dem sie wusste, dass er ein Töchterchen in Olivers Alter hatte. Garth ließ die beiden im Keller miteinander spielen, servierte ihnen rote Muffins und kramte das einzige Brettspiel heraus, das Althea besaß – ein Geschenk von irgendwelchen Verwandten. Sie gewann drei Mal hintereinander, bevor Garth ihnen behutsam nahelegte, doch etwas anderes zu spielen. Als Althea einwandte, sie besäße keine anderen Spiele, holte ihr Vater ein Kartendeck und einen Stapel Pokerchips hervor und erklärte ihnen die Feinheiten von *Texas Hold 'Em.* Bei Nickys Rückkehr lagen die Kinder an den entgegengesetzten Enden der Couch und schliefen, die Spielkarten fest an die Brust gepresst.

Candy Land haben sie danach nie wieder gespielt, aber im Winter haben sie sich nach der Schule oft im Keller verschanzt, mit heißem Apple Cider vor dem Heizlüfter, und ihre Militärstrategien auf dem *Risiko*-Brett verfeinert. Im Sommer, wenn es zu heiß war, um am Strand von Wrightsville Frisbee zu spielen oder sich auf einem LKW-Schlauch den Cape Fear River hinuntertreiben zu lassen, spielten sie im Schatten von Altheas Veranda *Gin Rommé* und *Casino*, einen Krug mit Cranberry-Eistee zwischen ihnen auf dem Tisch, während der Limettenkuchen in der Hitze schmolz.

Und dann gab es auch noch die selbst ausgedachten Spiele. Mit Sonnenbrille, schwarzen Klamotten und mürrischer Miene durch die Innenstadt von Wilmington stolzieren – das nannte sich ›New York spielen‹. Wer als Erster die Lippen zu einem Lächeln verzog, hatte verloren. Im August in der Gartenlaube sitzen, Limonenwasser aus silbernen Julep-Bechern trinken und sich in einem stark übertriebenen Südstaaten-Akzent über die drückende Hitze zu beklagen – das nannte sich ›New Orleans spielen‹. Gewonnen hatte derjenige, der den Akzent am längsten beibehielt. Und nachdem sie an einem Abend im letzten Frühjahr auf Kabel den Film *Beim Sterben ist jeder der Erste* gesehen hatten, waren sie eine Zeit lang jeden Nachmittag zum Ufer des Cape Fear River gefahren, um sich zwischen den Büschen aufzulauern und zu verfolgen. Da jedoch keiner von beiden bereit war, wie ein Schwein zu quieken, ging dieses Spiel letztlich unentschieden aus.

»Nonstop-Partymobil hört sich für mich nicht gerade wie ein gutes Spiel an«, sagt Althea, während sie sich das Laub aus den Haaren schüttelt.

»Umso leichter ist es zu spielen«, sagt Oliver.

»Warte mal eben.« Sie bleibt dicht vor ihm stehen und klopft ihm die Laubkrümel von den Schultern. Ihr Pullover riecht nach Strand.

Sie werden oft für Zwillinge gehalten, obwohl ihre Gesichter sich überhaupt nicht ähneln. Oliver hat nicht ihre hohen Wangenknochen, und sie hat nicht seine Grübchen. Aber beide sind schlank und schmal gebaut, und wenn Althea seine Sachen trägt, wirkt ihre knabenhafte Figur nicht viel anders als seine. Außerdem haben sie beide blondes Haar, helle Haut und blaue Augen. Mit einer Hand, an der sich die Haut schuppt und die Nägel abgebissen sind, streicht sich Althea jetzt den Pony aus ebendiesen

Augen, um Oliver wirkungsvoller anfunkeln zu können. Sie zieht die Nase kraus. »Okay, ich mach mit.«

Auf der Party angekommen, gerät jedoch Olivers eigene Entschlossenheit ins Wanken. Es scheint, als hätte hier jemand den jugendlichen Abschaum aus ganz New Hanover County zusammengetrommelt und mit so viel Alkohol abgefüllt, dass der Nächste, der sich eine Zigarette ansteckt, das ganze Haus in die Luft jagen wird. Oliver fasst Althea am Ellbogen und bahnt sich einen Weg durch die Menge. Die Luft ist zum Schneiden, als hielte man sich einen mit Whisky getränkten Lappen vor die Nase. Valerie, eine Freundin von Oliver, arbeitet sich aus der Gegenrichtung vor, ein Schlauch mit einem Plastiktrichter daran hängt ihr um den Hals wie ein Stethoskop. Coby, ein weiterer Freund von Oliver, drängt sich an ihnen vorbei, beladen mit einem halben Dutzend Bierdosen, die er sich unter Kinn und Arme geklemmt und in die Taschen gestopft hat.

»Wo zum Teufel will er damit hin?«, fragt Oliver.

»Sie verstecken«, sagt Valerie. »Das macht er auf jeder Party, ist euch das noch nie aufgefallen?«

»Wir sind nicht so die Partygänger«, sagt Althea.

»Im ganzen Haus. Im Briefkasten, in der Schublade, wo jemand seine Unterwäsche aufbewahrt. Spülkästen mag er am liebsten – da bleibt das Bier auch noch schön kalt. Aber er nimmt auch jeden anderen Ort, wo er sicher sein kann, noch eins zu finden, wenn sonst alles weg ist.«

»Oh Mann«, sagt Oliver. »Er sieht aus wie ein alkoholabhängiger Osterhase.« Es passt jedoch zu Coby, der so einer ist, der Bukowski liest und sich über der Garage seiner Eltern eine kleine

Wohnung baut, vermutlich deshalb, damit er ihnen auch dann noch ihren Bourbon klauen kann, wenn er längst mit dem Rest des 1997er Abschlussjahrgangs über die Ziellinie der Cape Fear Academy gehumpelt ist; so einer, der auf deiner Party im Zimmer deiner kleinen Schwester Sex hat und danach mit dem Bier abhaut.

»Kommt, wir gehen runter«, sagt Valerie. »Das Konzert fängt gleich an.«

Althea und Oliver wechseln einen Blick.

»Ja«, sagen sie beide.

Der Keller ist niedrig und hat keine Fenster. Eine Wolke aus Bier- und Schweißgeruch und Zigarettenqualm hängt in der Luft und umrahmt die Köpfe der ganzen Bande von Missetätern. Auf einem Tisch ist ein Bier-Pong-Spiel aufgebaut, die roten Becher zu beiden Seiten ordentlich aufgereiht; in einer Ecke spielt eine Gruppe von Schülern, die Oliver vage von der Hoddard-Schule kennt, der staatlichen Highschool in Wilmington, lärmend eine Runde *Arschloch*.

Eine Bühne gibt es nicht, nur ein unförmiges Rechteck, das mit Kreppband abgeklebt ist und in dessen Mitte ein rostbrauner Flauschteppich liegt, der unter den Instrumenten aus vierter Hand und Meilen von schwarzen Kabeln fast verschwindet. Howard, ebenfalls ein Freund von Oliver, steht in diesem Geviert und stimmt nervös seine Gitarre. Oliver winkt ihm aufmunternd zu. Howard antwortet mit einem schwachen Lächeln und überprüft vorsichtig den Zustand seines blauen Irokesenkamms, den er jeden Morgen dick mit Zahnpasta und Klebstoff einschmieren muss, damit er senkrecht hochsteht. Der durchdringende Mentholgeruch hat ihm in jüngster Zeit den albernen Spitznamen ›Minty Fresh‹ eingetragen.

»Wie heißt seine Band noch mal?«, fragt Althea.

»Weiß ich nicht mehr«, antwortet Oliver.

»Er hat den Namen geändert«, erklärt Valerie. »Erst waren sie die ›Great Expectations‹, jetzt heißen sie die ›Freddy Knuckles‹.«

Sie trinken Bier und warten. Der Schlagzeuger pult besorgt an einem Riss in seinem Crash-Becken herum und der Bassist übt unablässig die gleichen drei Töne in Folge. Irgendwann gibt Howard Valerie eines dieser kaum wahrnehmbaren Zeichen unter besten Freunden – vielleicht ein Heben der Augenbrauen oder ein diskreter Wink mit der Hand. Oliver hat es nicht gesehen, erkennt aber an der Eile, mit der Valerie plötzlich losläuft, die Stereoanlage ausmacht, das Licht runterdimmt und die Fraktion der *Arschloch*-Spieler anzischt, verdammt noch mal die Klappe zu halten, dass es gegeben worden sein muss. Nachdem sie für ausreichend Ruhe gesorgt hat, kehrt Valerie an den Rand der provisorischen Bühne zurück und gibt Howard das Zeichen zum Anfangen, und diesmal bemerkt Oliver die Geste, ein kurzes, aufmunterndes Nicken, das Howard sichtlich den Rücken stärkt. Er tritt ans Mikro, ein Plektrum zwischen den Fingerspitzen reibend, rasselt seine Begrüßung herunter und macht sich dann mit dem gleichen Zartgefühl über seine Gitarre her wie ein Waschbär über eine besonders verlockend riechende Mülltonne. Seine Bandkollegen erweisen sich als kaum geschickter im Umgang mit ihren Instrumenten, doch alle drei sind mit ungewöhnlicher Leidenschaft bei der Sache und irgendwo hinter dem Getöse ist zumindest andeutungsweise eine Melodie erkennbar. Howard ist der Leadsänger und irgendetwas an seinem Gesang kommt Oliver befremdlich vor, ohne dass er es benennen könnte, bis Althea sich zu ihm hinüberbeugt und ihm ins Ohr brüllt: »Wieso zum Teufel singt der mit britischem Akzent?«

Oliver zuckt die Achseln. Die Musik breitet sich so vollständig im Keller aus wie Luft in einem Ballon, und hinter Oliver drängen nun auch die restlichen Partygäste in den Raum, an die hundert Jugendliche, die mit den Armen fuchteln, während wässriges Bier über den Rand ihrer Plastikbecher schwappt. Valerie strahlt Howard voller Stolz an und ihre dicken braunen Zöpfe wippen beim Tanzen auf und ab. Althea, die vorhin nur widerwillig das Haus verlassen hat, scheint es jetzt zu genießen, sich von der Menge hin und her schubsen zu lassen und zurückzuschubsen. Oliver könnte nicht sagen, ob es tatsächlich die Musik ist, die ihr gefällt, oder nur die Lautstärke oder das Geschubse, aber er ist jedenfalls erleichtert. Sie biegt den langen Hals zurück, um ihr Bier auszutrinken, und ihr Kehlkopf bewegt sich dabei auf und ab. Sie lässt die Dose auf den Boden fallen, schlägt die Augen wieder auf und ertappt Oliver dabei, wie er sie reglos anstarrt, bevor er im nächsten Moment von einem Wogen der Menge fast umgeworfen wird. Sie packt ihn am Handgelenk und hält ihn aufrecht, während sich eine Handvoll Jugendlicher rücksichtslos nach vorne drängelt, bis Althea und Oliver von allen Seiten von dieser wogenden, schwitzenden und alkoholisierten Menge eingeschlossen sind und kaum noch die Band sehen können. Genervt wendet Oliver sich zur Treppe um, aber Althea hält ihn wieder fest, diesmal etwas sanfter. »Hierbleiben und tanzen«, schreit sie über die Musik hinweg. »Deine Regeln! Neinsagen gilt nicht.«

Sie hat Recht, wie so oft, was ihn immer furchtbar ärgert, also bleibt er da und lässt sich herumschubsen, so eng an die Schulterblätter und T-Shirts der anderen Gäste gepresst, dass er ihr Shampoo und das feuchte Moschusaroma ihres Schweißes riechen kann, und sogar, er ist sich ganz sicher, einen Hauch von Zahnpasta. Althea schnappt irgendeinem Fremden die frisch geöffnete Bierdose weg und hat schon die Hälfte davon hinuntergestürzt, bevor der andere auch nur protestieren kann. Den Rest reicht sie an Oliver weiter. Howard leert gerade sein Bier über den Leuten aus, die dem Mikro am nächsten stehen, und schleudert die Dose dann ins Publikum.

Das Ende ist ziemlich ernüchternd. Da es keine Bühne gibt, von der die Band abgehen kann, fangen sie gleich nach dem letzten Stück, noch ehe der lauwarme Beifall verklungen ist, mit dem Abbau an. Und im nächsten Moment ist es auch schon so, als hätten sie nie gespielt. Irgendwer schaltet das Licht und die Stereoanlage wieder ein und stellt die Becher auf dem Bier-Pong-Tisch zurecht.

»Komm, Althea, sei mein Partner beim *Bier-Pong*«, sagt Valerie und zieht sie am Ärmel. Althea schaut Oliver hilflos an. Der zuckt die Achseln. Er kann jetzt nicht seine eigenen Regeln brechen, auch wenn er weiß, dass *Bier-Pong* nicht ihr Spiel ist. Sie sollte lieber *Arschloch* spielen; da wäre sie garantiert nach ein paar Runden Präsidentin und hätte einen Riesenspaß daran, alle anderen für den Rest des Abends herumzukommandieren. Aber Valerie hat nun mal ihre Bitte geäußert; der sprichwörtliche Würfel ist gefallen.

»Komm, da lernen wir ein paar neue Leute kennen«, sagt Valerie. »Erweitern den Gen-Pool.«

Coby taucht wieder auf, mit einem Bier für Oliver.

»Das hast du aber nicht gerade aus dem Klo gefischt, oder?«, fragt Oliver und wischt die Oberseite der Dose mit seinem T-Shirt ab.

»Bis es dazu kommt, bist du eh schon so betrunken, dass dir alles egal ist.« Coby zeigt mit seinem Bier auf Althea. »Was musstest du tun, um sie aus dem Haus zu locken?«

»Auch wir gehen manchmal aus«, sagt Oliver.

»Auf Partys? Mit anderen Leuten?« Coby trinkt einen Schluck. »Sei ehrlich!«

Der Zementboden ist rutschig von dem verschütteten Bier. Aus einer Ecke hinter der Waschküche hört man, wie sich jemand ausdauernd und kraftvoll übergibt. Der Präsident beim *Arschloch*-Spiel befiehlt seiner Sekretärin, einen Lap Dance für ihn aufzuführen und dabei mit russischem Akzent ›I'm a little teapot‹ zu singen.

»Du hast Recht«, sagt Oliver. »Wir sollten wirklich öfter auf Partys gehen.«

Coby grinst. »Jetzt sei nicht so überheblich. Das sind schließlich unseresgleichen.«

Beide kichern verächtlich.

Erwartungsgemäß erweist sich Althea beim *Bier-Pong* als absolute Niete; Ballgefühl war noch nie ihre Stärke. Weshalb sie auch nie zum Bowlen, Minigolf- oder Billardspielen gehen. Jedes Mal, wenn sie wieder den Tischtennisball aus einem der roten Plastikbecher fischt und dann seinen warmen, schalen Inhalt trinken muss, feuert Coby sie an.

»Hast du diesen Sommer schon was vor?«, fragt er Oliver.

»Ich mache einen Astronomie-Kurs an der Uni. Um meine Hochschulbewerbung ein bisschen aufzupeppen.«

»Du solltest lieber beim Space Camp mitmachen. Dann wären sie mal so richtig beeindruckt.«

»Und welche Großprojekte hast du so geplant? Die nächste Trockenbauwand in diesem Baumhaus einziehen, das du dir über der Garage gebaut hast? Häng doch mal so eine Lichterkette draußen dran – du weißt schon, die so aussehen wie Chilischoten. Die Mädels werden dir die Bude einrennen.«

»Die kommen doch nicht wegen der Deko«, sagt Coby, legt eine Hand auf die Gürtelschnalle und zuckt bescheiden die Achseln. »Sondern wegen der netten Gesellschaft.«

»Sie kommen zum Videospielen und gehen mit Syphilis.«

»Das war nur ein Gerücht.«

Oliver schneidet eine Grimasse und trinkt sein Bier aus. Am *Bier-Pong*-Tisch geht Althea in die Hocke, um den Ball aufzuheben, und knallt beim Aufstehen mit dem Kopf gegen die lose Platte. Aus einigen Bechern obendrauf schwappt Bier. »Alles noch heil?«, ruft Oliver hinüber.

»Bis auf meinen Stolz, aber egal«, erwidert sie.

»Alter, deine Freundin ist ja betrunken«, sagt Coby.

»Sie ist nicht meine Freundin, das weißt du genau.«

»Ihr beide habt echt nichts laufen?«

»Nein.«

»Warum nicht? Ihr seid doch ständig zusammen.« Coby schüttelt den Kopf, anscheinend aufrichtig erstaunt, als wären Nähe und Gelegenheit alles, was es braucht.

»Sie ist meine beste Freundin.«

»Aber mit wem hat sie dann was laufen?«

»Mit niemandem«, sagt Oliver.

»Sicher?«

Oliver erinnert sich an die Götterspeisen-Party und an den Blick, mit dem Althea ihn in dem viel zu kleinen Becken angesehen hat. »Ganz sicher.«

Althea hat schon wieder nicht getroffen und Coby klatscht Beifall, während sie den Becher leert. Valerie schüttelt den Kopf und beklagt ihre Partnerwahl.

»Ich wusste, dass das nichts für sie ist«, sagt Oliver. »Bei so was ist sie immer grottenschlecht. Billard, Minigolf, alles, wo …«

»… was ins Loch reinmuss?« Coby lacht anzüglich.

»… man räumliche Orientierung braucht«, vollendet Oliver seinen Satz.

»Ich guck mal, ob ich ihr helfen kann.« Coby macht sich eifrig an Altheas Unterweisung, stellt sich dicht hinter sie und zeigt ihr, wie man den Ball mit einem sanften Schnicken aus dem Handgelenk bogenförmig in den Becher des Gegners befördert. Sie neigt sich zu ihm hinüber, um seine Ratschläge über die Musik hinweg zu verstehen, erpicht darauf, ihr Spiel zu verbessern, aber nicht mal das Einzelcoaching kann ihr helfen. Als sie zum sechsten Mal in Folge danebenwirft, wendet Oliver sich ab. Er kann es nicht länger mit ansehen.

»Wo willst du hin?«, ruft Althea ihm hinterher.

»Ich schau mal nach der Post«, sagt er.

Und tatsächlich findet er in dem Briefkasten am Ende der Einfahrt zwei Bierdosen, eingebettet zwischen die Seiten einer Reklamezeitschrift. Den Verschluss der einen Dose lässt er aufploppen, die andere steckt er in die Tasche vorn an seinem Pullover. Auf dem Weg zurück zum Haus wird ihm erstmals richtig klar, wie viele Leute heute Abend hier sind: Überall rennen Jugendliche aufeinander zu, um sich zu begrüßen, Mädchen kreischen schrill und fallen fast von der Veranda, während Jungs die Augen verdrehen und Desinteresse heucheln. Aus der Ferne glaubt er Jason, den Gastgeber, zu erkennen, der Coby hin und wieder Gras verkauft, und sie nicken sich über den Rasen hinweg zu. Er geht ins Haus zurück, um nach Althea zu suchen, aber inzwischen spielen andere Mädchen am *Bier-Pong*-Tisch. Er tritt aus der Hintertür. Auf einer Bank, etwas versteckt zwischen den Hartriegelbüschen, knutscht Howard mit einem Mädchen, das eine enge, schwarze Jeans voll nutzloser Riemen und Reißverschlüsse trägt. Seine Hand hält ihren Nacken umklammert, als könne sie ihm sonst jeden Moment in die Büsche davonlaufen. Die Sicherheitsnadel in ihrem Ohr schimmert im Mondlicht. Die Schwingtür klappt ständig auf und zu, um Jugendliche in den Garten zu spucken oder ins Haus zurückzusaugen. Howard flüstert dem Mädchen etwas zu und sie kichert, während sie vorsichtig über die Stacheln seines Iros streicht. Er schiebt die Hand unter ihre Jacke, bis auf ihren unteren Rücken, und zieht sie zu sich heran. Oliver trinkt sein Bier aus, wirft die Dose weg und öffnet die nächste.

Die Mädchen sind in der Küche. Valerie hält einen mit Bier gefüllten Trichter in die Höhe, während Althea, die vor ihr kniet, ungeduldig darauf wartet, dass der Schaum sich auflöst. Der Boden erzittert unter den Beats von *Lust for Life*, das aus den Boxen im Wohnzimmer dröhnt.

»Valerie bringt mir Trichtersaufen bei«, erklärt ihm Althea. »Sie sagt, ich bin ein Naturtalent, weil mir anscheinend der Würgereflex fehlt.«

»Unser Mädel hier wird irgendeinem Glückspilz mal sehr viel Freude bereiten«, sagt Valerie. »Es geht los, Althea. Und vergiss nicht, die Kehle offen zu lassen.«

Althea legt die Lippen um den Plastikschlauch, den sie bis zum letzten Moment mit den Fingern zudrückt. Dann legt sie den Kopf in den Nacken, lässt den Schlauch los, und das Bier rinnt ihr durch die Kehle, in einem einzigen, unfassbar langen Zug. Als der Trichter leer ist, steht sie auf, wischt sich über den Mund und gibt den Schlauch an Valerie zurück. »Jetzt ist Oliver dran«, sagt sie.

Coby kommt hinzu. »Hat einer von euch Minty Fresh gesehen? Ich brauch einen Partner fürs *Bier-Pong*.«

»Der ist hinten im Garten und erweitert den Gen-Pool«, sagt Oliver.

»Du verarschst mich doch«, sagt Coby.

»Ich hab's selber gesehen, ich schwör's«, sagt Oliver. »So ein Mädchen mit lauter Reißverschlüssen.«

»Unglaublich. Sieht aus wie ein Depp, riecht nach Zahnpasta und kriegt trotzdem mehr Action als jeder andere von uns. Das ist doch echt das Letzte!«

»Neid steht dir aber gar nicht gut«, sagt Valerie.

»Ach komm, als würdest du nicht auch jederzeit mit ihm tauschen«, erwidert Coby.

»Tja, das ist eben Pech, er hat sie nun mal zuerst gesehen. Komm her, Oliver.«

»Ich halte das für ihn«, sagt Althea und nimmt Valerie den gefüllten Trichter ab. »Knie dich hin, Oliver.«

»Was immer das hier wird«, sagt Coby, »ich bin als Nächster dran.«

Oliver schafft es nicht, seine Kehle offen zu lassen. Seine Lunge füllt sich mit Flüssigkeit, und er reißt sich den Schlauch aus dem Mund und spuckt den restlichen Inhalt als wässrige, schaumige Lache auf den Boden. Er ringt nach Luft und hat sekundenlang das panische Gefühl zu ersticken. Schließlich kommt ein Teil des Biers durch die Nase wieder heraus, den Rest versprüht er hustend auf Altheas nackte Beine, unter dem johlenden Gelächter der anderen. Sie bückt sich, um ihre Knie mit einem Geschirrtuch abzutrocknen, und Oliver, immer noch am Boden, erhascht einen flüchtigen Blick unter ihren Rock, eine verstörende Momentaufnahme jener Stelle ganz oben zwischen ihren Schenkeln, ein Aufblitzen blauer Unterwäsche und straff gespannter Baumwolle. Das Ganze ist fast schon vorbei, bevor es angefangen hat, aber doch lang genug, um Oliver seinen Spruch von vorhin bereuen zu lassen. *Dafür müsste ich ja erst mal so tun, als wärst du ein Mädchen*. Sie *ist* ein Mädchen, ohne jeden Zweifel.

Coby fragt Oliver, ob er statt Howard sein Partner beim *Bier-Pong* sein will, und Oliver kann nicht Nein sagen. Jedes Mal, wenn er den Tisch verlassen will, bittet Coby ihn, noch ein bisschen zu bleiben, nur noch eine Runde. Als er endlich wieder nach oben gehen kann, ist Althea nirgends zu sehen. Er wandert durchs Haus, in einen sanften Schleier gehüllt. Alles, was um ihn herum passiert, kommt erst mit drei, vier Sekunden Verzögerung bei ihm an. Aber das stört ihn nicht. Gerade jetzt stört ihn eigentlich so gut wie gar nichts. Irgendwann findet er den Weg ins Schlafzimmer von Jasons Eltern. Unter der Tür zum angrenzenden Badezimmer ist Licht zu sehen. Als er schon die Hand hebt, um anzuklopfen, ertönt ein Krachen und gleich darauf das atemberaubende, dekadente Klirren von schwerem Glas, das in tausend Stücke springt.

»Hey«, sagt er und klopft an. Die Person hinter der Tür schnappt nach Luft – ein Geräusch, das Oliver bekannt vorkommt. »Althea, bist du das da drin? Hast du diese herrliche Musik gemacht?«

»Ollie?«, flüstert sie, in einem Rückgriff auf den Kosenamen seiner Kindheit. Sie öffnet die Tür einen Spaltbreit und schaut sich hektisch um. Erleichtert, dass keine weiteren Zeugen zu sehen sind, packt sie ihn am Handgelenk, zerrt ihn ins Bad und verriegelt die Tür. »Mir ist was Schlimmes passiert.«

Das Badezimmer ist groß und luxuriös. In einer Ecke steht eine vollverglaste Dusche, in der anderen ein riesiger Whirlpool, und die Badematte dazwischen ist so dick und flauschig wie der Teppich in Altheas Wohnzimmer. Trockenblumen hängen überall an den Wänden, und auf dem Spülkasten sind lavendelfarbene Tontöpfe mit einer duftenden Mischung aus getrockneten Kräutern, Früchten und Blüten aufgereiht. An der Wand über dem Waschbecken umrahmen vier mit Glühbirnen besetzte Schienen ein leeres Quadrat, und darunter liegen, glitzernd und gleißend wie eine Galaxie herabgefallener Sterne, die Spiegelsplitter auf dem Porzellan verstreut.

»Warst du das?«, fragt er.

»Ich dachte, das wär der Medizinschrank, aber als ich ihn aufmachen wollte, ist er einfach heruntergefallen«, sagt sie.

»Was hast du denn überhaupt im Medizinschrank gesucht?«

»Sieht irgendwie toll aus, oder?«

Der Scherbenhaufen im Waschbecken, der das Licht der Glühbirnen zurückwirft, ist in der Tat ein prachtvoller, fesselnder

Anblick. Oliver muss an die Antiquitäten bei Althea zu Hause denken, all die Glasfiguren, die ihn immer so nervös machen. Es gibt so vieles, was die Leute mit Begeisterung kaufen, weil sie es schön finden, doch nichts davon kann es an Schönheit mit dieser Zerstörung aufnehmen. Dies ist zweifellos der beste Moment, den der Spiegel je hatte.

Althea legt die Hände vors Gesicht, lugt durch einen Spalt zwischen den Fingern zu ihm hinüber und ertappt ihn dabei, wie er das Waschbecken anstarrt. »Siehst du?«, sagt sie sanft.

»Sei still!«

»Willst du mir etwa den Mund verbieten?«

»Und ob ich das will.«

Es klopft an der Tür. »Ist jemand da drin?«

Althea hält das für den richtigen Moment, in unbezähmbares Gelächter auszubrechen.

»Hallo? Jetzt mal ernsthaft, ihr dürft da eigentlich nicht rein.« Hört sich an wie Jason.

Althea kann sich nicht mehr beherrschen, sie lehnt an der Fensterbank, hält sich den Bauch und wird von Kopf bis Fuß geschüttelt. Jason trommelt gegen die Tür.

»Bist du das, Coby? Ich schwör dir, wenn du schon wieder in der Wanne meiner Eltern vögelst, schlag ich dich zu Brei.«

Diese Aussage löst einen weiteren hysterischen Anfall aus. Jason hämmert weiter gegen die Tür, und Althea dreht den Wasserhahn an der Badewanne auf.

»Coby, du Hurensohn! Ich mein's ernst!«, brüllt Jason.

Jetzt klingt es so, als würde er mit der Schulter gegen die Tür rammen. Irgendwo hinter Jason ertönt eine Stimme. »Das ist nicht Coby da drin, der sitzt am *Bier-Pong*-Tisch. Hat mich eben erst abgezogen.«

»Wer zum Teufel vögelt dann in der Wanne meiner Eltern?«, schreit Jason und donnert mit der Faust gegen die Tür, um seinen Worten Nachdruck zu verleihen.

Eine Sirene heult vor dem Haus. Fast gleichzeitig, so scheint es, bricht die gesamte Party in den Ruf »Die Bullen!« aus, und alle rennen los. Das Schlafzimmer leert sich mit einem Schlag. Schwingtüren klappen auf und zu. Die Musik bricht unvermittelt ab, und das Haus bleibt hohl und leer zurück, als seine sämtlichen Insassen fliehen. Der Lärm kommt jetzt nur noch von draußen, und Althea und Oliver glauben schon, die Letzten im Haus zu sein, als sie schwere Schritte auf der Treppe hören. Aus einem Funkgerät dringt krächzend die Stimme eines Einsatzleiters. Althea kichert nervös und Oliver legt ihr hastig die Hand auf den Mund.

Das Badezimmerfenster geht auf das Schleppdach der hinteren Veranda hinaus. »Sieht so aus«, flüstert er, »als bliebe uns nichts anderes übrig.«

»Ich klettere da nicht raus«, sagt Althea. Das Funkgerät kracht und knattert erneut, diesmal etwas näher, im Flur.

»Denk an das Nonstop-Partymobil. Neinsagen gilt nicht.« Er klettert aufs Dach hinaus. Althea folgt ihm widerstrebend.

Im Garten sind die Jugendlichen gerade dabei, ihren Drogenvorrat unter den Topfpflanzen zu verstecken, um ihn dort später wieder abholen zu können. Das blau-rote Blinklicht in der Einfahrt gleitet rhythmisch über die Szenerie hinweg. Polizisten stürmen aus der Hintertür und fordern alle auf, zu bleiben, wo sie sind. Hand in Hand rutschen Oliver und Althea auf die Dachkante zu, bis ihre Beine unterhalb der Regenrinne baumeln. Vorsichtig lassen sie sich noch weiter hinab, fallen ein kurzes Stück und landen geduckt im feuchten Gras. Sie rennen durch die Hartriegelbüsche und den flachen Bachlauf, der das Grundstück begrenzt, und weiter durch die benachbarten Gärten, klettern über Zäune und lösen Bewegungsmelder aus. Als die Sirenen immer weiter zurückbleiben, schwindet das gejagte Gefühl. Sie laufen in normalem Tempo weiter und ihr Atem beruhigt sich.

Diese nächtlichen Stunden waren schon immer so etwas wie ihr Wohnzimmer, die zeitliche Entsprechung von Altheas Kellerraum, ob sie nun in einem Zweimannzelt in Olivers Garten lagen und sich gegenseitig vorlasen, in Altheas Keller aus Kisten und Decken eine Festung bauten oder sich, jeder in seinem eigenen Bett, flüsternd per Walkie-Talkie unterhielten und Pläne für zukünftige Schandtaten durch den Äther zwischen ihren Häusern schickten.

Der Himmel ist noch dunkel, der Mond sieht aus wie eine gebogene Glasscherbe, und in dem jungen Zuckerahorn über ihnen singt ein Vogel. Sie wechseln einen milde erstaunten Blick. Althea schleicht näher an den Baum heran und späht in seine Zweige hinauf, doch der Vogel wird vom frühsommerlichen Laub verborgen. Er setzt einen Schlag lang aus und hebt dann von neuem an, mit einer anderen Melodie und doch irgendwie derselben, wie die nächste Strophe in einem Liebeslied. Verzückt starren sie in das Gewirr aus Blättern und Knospen hinauf, während der Vogel immer weiterzwitschert.

Nach wer weiß wie langer Zeit legt Althea die Hände um den Stamm, der nicht breiter als ihre Taille ist, und schüttelt ihn vorsichtig. Der Vogel lässt sich nicht blicken.

»Ich will ihn sehen«, flüstert sie.

»Ich glaub aber nicht, dass *er* das will.«

Sie rüttelt wieder am Stamm, kräftiger diesmal, und ihre Unterarmmuskeln spannen sich unter der blassen Haut. Blätter rascheln und Zweige schwanken, doch der Vogel rührt sich nicht vom Fleck, gibt keinerlei Hinweis auf sein Versteck, sondern singt einfach weiter.

Althea erstarrt, beißt frustriert die Zähne zusammen und verstärkt ihren Griff, um es erneut zu versuchen. Oliver kennt diesen Blick, diese finstere Entschlossenheit, die ihre größte Stärke, aber auch ihre größte Schwäche ist. Sie hat alles vergessen, die Party, den zersplitterten Spiegel, und sogar Oliver, der neben ihr steht; dieser eine Vogel dort oben hat ihre volle Aufmerksamkeit. Oliver rechnet sich aus, dass ihm jetzt noch ungefähr dreißig Sekunden bleiben, bevor sie anfangen wird, lauthals herumzufluchen und auf den Baum zu klettern. Sanft umfasst er ihr schmales Handgelenk; ihre Knochen fühlen sich dünn und zerbrechlich an, wie die eines Vogels.

»Lass gut sein«, flüstert er.

Mit einem letzten, widerstrebenden Blick nach oben gibt sie nach; ihre Muskeln lockern sich wieder. Sie lässt den Baumstamm los, doch Oliver hält ihr Handgelenk weiter umklammert; aus irgendeinem rätselhaften Grund möchte er nicht, dass sie den Arm wieder sinken lässt. Ihr Gesichtsausdruck ändert sich, als sich ihr Interesse von dem, was oben im Baum passiert, auf das verlagert, was plötzlich darunter passiert.

Oliver zieht sie zu sich heran und zeichnet mit den Fingern die Linie ihrer Wangenknochen nach, während seine andere Hand auf ihrer Hüfte ruht und Althea ihm die Arme um die Taille legt. Der Hüftknochen unter ihrem Baumwollrock schmiegt sich perfekt in seine Handfläche. Die Luft ist salzig und warm, und bis auf den unbekümmerten Gesang des Vogels werden alle Geräusche der Straße von ihrem Dach aus blühenden Bäumen verschluckt. Das ist der Sommer, den sie sich gewünscht haben. Das Meer ist viel zu weit entfernt, um es bis hierher zu hören, aber Oliver kommt es trotzdem so vor, als sei das Rauschen in seinen Ohren Meeresrauschen. Kein einziges Licht brennt in den Häusern ringsum, kein zufällig vorbeifahrendes Auto streift sie mit seinen Scheinwerfern. Ihre Stadt liegt noch im Schlaf, in diesen langen Stunden, bevor der Morgen kommt. Oliver spürt, wie Altheas Blut sanft in ihren Adern pocht. Sie lächelt ihn schüchtern an und beißt sich auf die Lippen, um ein nervöses Kichern zu unterdrücken.

Er schließt die Augen, so dass unklar bleibt, wer von ihnen sich vorbeugt und die letzten Zentimeter überwindet. Sicher ist nur, dass sich ihre Lippen schließlich zu einem ersten Kuss begegnen. Althea schmeckt nach Bier und Pfefferminz; ein Hauch von Zigarettenrauch weht ihn aus ihren langen Haaren an. Ihre nackten Knie berühren seine Jeans. Zögernd ahmt sie die Bewegungen seiner Zunge und Lippen nach. Oliver beugt sich weiter vor und verliert das Gleichgewicht, so dass sie nach hinten stolpert, gegen den Stamm, und ihn dabei mit sich zieht. Baumrinde schrammt ihm über die Knöchel. Trunken und albern unterbrechen sie ihr Gekicher mit immer weiteren Küssen. Er knabbert an ihrer Halsbeuge. Althea, für ihre extreme Kitzligkeit bekannt, bebt vor unterdrücktem Lachen, den Kopf an den Stamm zurückgelegt. Ihre Haut ist warm und schmeckt salzig. Küssend arbeitet er sich wieder ihren Hals hinauf, und ihre Kehle vibriert unter seinen Lippen, während ihr Lachen langsam verebbt.

»Ich glaube, jetzt haben wir diesen Vogel doch noch verscheucht«, flüstert er und küsst sie wieder.

Mit jedem Kuss lernt Oliver dazu, gewinnt an Sicherheit, geleitet von einem unbekannten Instinkt. Er streicht ihr das Haar zurück, aus den Augen, aus der Stirn. Zu Anfang sind ihre Küsse zart und voller Ernst, im Bewusstsein ihrer eigenen Neuheit. Ihre Hand sucht die seine; ihre Finger verschränken sich. Liebevoll umschließt sie mit der anderen Hand seine Wange, nimmt sanft seine Unterlippe zwischen die Zähne und lässt sie wieder los.

Er drängt sie gegen den Stamm und umfasst ihre Hüfte, ihren Nacken. Ihr Zögern verschwindet, und zugleich auch ihr nervöses Gelächter; ihre Küsse werden drängender, intensiver. Altheas Finger bohren sich in seine Schulter; sie wandern an seiner Brust hinauf und zerren an seinem Shirt. Fast tut es ihm leid, dass sie jetzt nicht bei ihm in der Straße stehen; da bekäme Mrs Parker mal richtig was zu sehen.

Altheas Atem geht jetzt schneller. Olivers Hände zeichnen die Muskeln entlang ihrer nackten Oberschenkel nach. Die Fantasie, die er vorhin in ihrem Zimmer hatte, kehrt zurück. Seine Hände gleiten an ihren Seiten hinauf, streichen über ihre Brüste, und Althea stöhnt leise auf, ein nagelneues Althea-Geräusch, das er noch nie zuvor gehört hat. Er keucht jetzt auch, ihre Beine verflechten sich ineinander, und ihre identische Größe bringt sie genau auf Augenhöhe.

»Oliver«, flüstert sie heiser. »Vielleicht sollten wir zu mir nach Hause gehen.« Ihre Wangen sind gerötet, ihre Augen glasig.

Er nickt.

Sie lösen sich voneinander und Althea glättet ihr zerwühltes Haar und ihren zerknitterten Rock. Oliver nimmt sie bei der Hand und verfällt in einen lockeren Trab, den sie, natürlich, in ein Wettrennen verwandelt. Mal wird sie langsamer, damit er aufholen kann, mal zieht sie wieder lachend davon, und er jagt ihr nach, ohne auch nur den Hauch einer Chance, sie jemals einzuholen.

Der Sprint ist kurz, zu kurz, und plötzlich stehen sie vor ihrem Haus. Der Schleier vor seinen Augen lüftet sich allmählich. Auch wenn die gewohnte Klarheit noch nicht zurückgekehrt ist, wird ihm doch schlagartig bewusst, was sie im Begriff sind zu tun, was Althea ihm anbietet, als sie jetzt den Weg zur ihrer Haustür hinaufläuft.

»Warte mal«, sagt er.

»Wieso? Ach, stimmt. Wir gehen vielleicht besser hintenrum.«

»Nein, warte … bleib einfach mal stehen.«

»Was ist denn?«, fragt sie ungeduldig.

Oliver kann nur den Kopf schütteln.

»Stimmt was nicht?« Ihre Worte verschmelzen miteinander wie Eiswürfel in einem Glas. »Jetzt komm schon.«

Ihre Ungeduld verrät sie. Sie spürt sein Zögern und begreift, dass der Moment unter dem Baum vorbei ist. Und klammert sich verzweifelt an ihre letzte Chance, diese Sache doch noch zu Ende zu bringen, denn wenn sie erst einmal geschehen ist, gibt es kein Zurück. Für sie ist das so etwas wie ein erster Schritt, ein notwendiger Katalysator, der eine Reihe von Reaktionen in Gang setzen und ihre Beziehung komplett verändern wird. Für ihn ist es nur ein Experiment, die neugierige Überprüfung einer Hypothese.

Und genau das ist auch der Grund, warum er wie angewurzelt auf dem Fußweg steht und sich weigert, ihr in den Keller zu folgen und das alte Sofa endlich mal sinnvoll zu nutzen. Wenn er jetzt mit ihr reingeht, was dann? Sind sie dann beim Aufwachen ein Paar, nur weil er in betrunkenem Zustand mit ihr unter einem Baum geknutscht hat? Ist es nicht besser, sie jetzt zu enttäuschen, als damit bis zum Morgen zu warten?

»Ich …«, er zögert. »Ich bin noch nicht so weit.«

Sie versteckt die Hände in den Ärmeln ihres Pullovers, bohrt die Daumen durch die Löcher im Bündchen und zieht die Schultern hoch, bis ihr Hals zwischen ihnen verschwindet wie bei einer Schildkröte. »Das ist doch kompletter Blödsinn. Was bist du denn, ein Muffin, der im Ofen darauf wartet, dass der Wecker klingelt? Stehen wir vor einer roten Ampel und warten, bis es grün wird?«

»Al, es tut mir leid …«

»Warum hast du dann überhaupt erst angefangen?« Ihre Stimme wird lauter und kündigt die Rückkehr der jähzornigen Althea an.

»Ich war betrunken«, sagt er.

»Das ist jetzt nicht dein Ernst!«

»So war das nicht gemeint.«

»Weißt du, was? Du hast doch echt den Arsch offen, und ich werd den Teufel tun, dir da noch länger reinzukriechen.« Sie wendet sich ab, um ins Haus zu gehen, und lacht dann unvermittelt auf. »Ach du Scheiße!«

Der plötzliche Stimmungswechsel macht Oliver skeptisch. »Was denn?«

»Wir haben bei Jason das Wasser laufen lassen.«

3. KAPITEL

Am Montagmorgen, auf dem Weg zur Schule, bringt Althea wie gewohnt ihren Wagen vor Olivers Haus zum Stehen. Er wartet noch nicht draußen, deshalb tippt sie auf die Hupe, gerade lange genug, um ihr einen lauten Quäkton zu entlocken. Der nächste Schritt besteht üblicherweise darin, bei ihm Sturm zu klingeln, bis er endlich rauskommt, atemlos und genervt. Sie tastet schon nach dem Verschluss ihres Sicherheitsgurts, zögert dann aber und unterdrückt ein Gähnen. Die letzten beiden Nächte hat sie kaum geschlafen. Stattdessen hat sie sich auf dem Sofa hin und her gewälzt und sich bei der Erinnerung an Olivers Hand unter ihrem Rock abwechselnd vor Scham gekrümmt oder aber gefragt, ob er irgendwann rüberkommen und das noch mal tun würde. Lange Zeit hat sie wach gelegen und sich vorgestellt, wie er zu ihr in den Keller schleicht, um sich für seine unfassbar dämliche Bemerkung, er hätte sie nur geküsst, weil er betrunken gewesen sei, zu entschuldigen. Und ihr dann zu erklären, er hätte Angst gehabt oder es wäre ihm zu schnell gegangen oder was auch immer – sie hatte jede nur mögliche Deutung seines Verhaltens durchgespielt und am Ende beschlossen, dass ihr das alles komplett egal war, solange er am Ende seines Vortrags ihr Gesicht zärtlich in die Hände nehmen und zu sich heranziehen würde.

Doch Oliver hat sich für den Rest des Wochenendes nicht mehr blickenlassen, und jetzt ist sie hundemüde und hat einen langen Schultag vor sich und die Sorte Kopfschmerzen, bei denen ihre Augen sich anfühlen, als wären sie voller Sand. Wenn er es nicht mal nötig hatte, bei ihr vorbeizukommen und sich zu entschuldigen, konnte er sie mal kreuzweise. Sollte er doch mit dem Bus zur Schule fahren.

Zu Beginn der Mittagspause ist sie ganz kribbelig. Was, wenn er heute Morgen gar nicht spät dran war, sondern ihr bloß aus dem Weg gehen wollte? Was, wenn *er* auf *sie* sauer ist, aus welchem Grund auch immer? Sie schaut in der Cafeteria nach, auf dem Sportplatz und sogar in der Bibliothek, aber er ist nirgends zu finden. Als sie das dritte Mal an seinem Spind vorbeigeht, kommt ihr Valerie entgegen, eine Flasche *Dr Pepper* in der Hand, ein Buch unterm Arm und in einem T-Shirt, das aussieht, als hätte sie es selbst bedruckt: ein Totenkopf mit Messer und Gabel, wo eigentlich die gekreuzten Knochen sein sollten. Dazu die Aufschrift BON VIVANT in geschwungenen Buchstaben.

»Falls du Oliver suchst, ich glaub, der ist heute gar nicht gekommen«, sagt Valerie. »In Englisch war er jedenfalls nicht da.«

Gemeinsam schlendern sie die Flure entlang, während Valerie ihre Limo trinkt.

»Was liest du denn gerade?«, fragt Althea.

Valerie zeigt ihr das Cover, das im Neonlicht schimmert. »Minty Fresh hat gesagt, das soll ich mal lesen. Es geht um Diamantenhandel. Das ist eine unglaublich miese Branche. Die Diamanten liegen alle bei De Beers im Tresor und sind eigentlich überhaupt nichts wert. Aber die Leute kaufen sie trotzdem, weil sie in irgendeiner Anzeige gelesen haben, dass sie das tun sollen. Der Preis für Diamanten ist komplette Erfindung.«

Eine Zeit lang lässt sie sich darüber aus, wie vor hundert Jahren richtige Kriege unter den Diamantenhändlern ausbrachen, aus denen De Beers am Ende siegreich hervorging, um daraufhin ein so unangefochtenes Monopol zu errichten, dass sie jahrzehntelang den gesamten Diamantenhandel kontrollierten. Althea stellt sich den Tresorraum vor, unterirdisch und einbruchsicher, Schubfächer aus Metall, mit königsblauem Samt ausgekleidet, die sich lautlos öffnen und ihre Schätze offenbaren. Sie sieht einen groß gewachsenen Diamanten-Baron, mit einer Taschenuhr vorm Bauch, der sich in einsamen Nächten in diesen Tresorraum schleicht, um seine Juwelen zu liebkosen und zu zählen. Während Valerie sich weiter über die Ungleichverteilung globaler Ressourcen ereifert, über den Fehler im System, der daran schuld ist, dass es einen solchen Raum überhaupt gibt, nickt Althea zwar zustimmend, denkt sich aber im Stillen, dass sie selbst so etwas auch nicht freiwillig hergeben würde.

»Irgendwer hat rausgefunden, wie man Diamanten maschinell erzeugen kann«, sagt Valerie. »Stell dir das mal vor! Die Technologie ist noch nicht ausgereift, aber in zwanzig, dreißig Jahren können sie De Beers vielleicht vom Markt verdrängen.«

»Dein T-Shirt gefällt mir«, sagt Althea.

»Ich kann dir auch eins machen. Die Druckvorlage habe ich noch.«

»Echt?«

»Komm doch nächste Woche nach der Schule mal bei mir vorbei.« Valerie bleibt mitten auf dem Gang stehen und wirft ihre leere Flasche in einen Mülleimer, der noch mehrere Meter entfernt ist. »Ist Oliver der Einzige, der Al zu dir sagt?«

»Mein Vater manchmal auch. Und Olivers Mutter. Aber mir ist ›Al‹ eigentlich gar nicht so lieb. Die meisten halten mich eh schon für einen halben Jungen, weil ich mit einem Typen befreundet bin, da brauch ich nicht auch noch einen Jungennamen.«

»Ist irgendwas nicht daran in Ordnung, ein halber Junge zu sein?«, fragt Valerie.

Althea merkt, dass sie hier ein Fettnäpfchen erwischt hat, schließlich ist auch Valerie ein eher jungenhafter Typ. »Es stimmt einfach nicht. Als Junge würde ich bestimmt gerade die Schule schwänzen und am Fluss ein Baumhaus bauen. Was natürlich toll wäre.«

»Mmmh«, macht Valerie unverbindlich.

Althea wechselt das Thema. »Und du nennst ihn jetzt auch Minty Fresh?«

»Er hat mich darum gebeten. Er sagt, das wär immer noch besser als Howard. Und die Band heißt jetzt *Tartar Control*«, sagt Valerie. »Meinst du, Oliver ist wieder krank?«

»Keine Ahnung. Seit der Party habe ich ihn nicht mehr gesehen.«

»Wird schon alles in Ordnung sein. Oder machst du dir Sorgen?«

Althea überlegt, ob sie Valerie erzählen soll, was auf dem Heimweg von der Party passiert ist. Würden das nicht die meisten Mädchen tun? Leider hat Althea nicht viel Übung darin, sich jemandem anzuvertrauen, und was Jungs angeht, ist Valerie wohl die Person, die noch weniger Erfahrung hat als sie. »Nicht so richtig«, sagt Althea schließlich. »Nur ein bisschen.«

Am nächsten Morgen steht Nicky statt Oliver auf der Veranda und bestätigt, was Althea schon vermutet hat: dass Oliver wieder schläft, dass er nicht kommt. Womit er die allseits beliebten letzten Tage vor Ferienbeginn verpasst, an denen der starre Stundenplan von höflicher Anarchie abgelöst wird, weil ständig Schulabgänger in den Unterricht kommen, um sich von ihren Lieblingslehrern zu verabschieden, während andere Schüler den Inhalt ihrer Spinde in den Müll befördern und überfällige Bücher in die Bibliothek zurückbringen.

Ohne Oliver hat Althea eine schwierige Position. Mit seinen anderen Freunden ist sie inzwischen zu vertraut, als dass sie sich noch unbemerkt in ihre Einsamkeit zurückziehen könnte, und so beobachtet sie vom Rand dieser Clique aus, wie das Schuljahr zu Ende geht, hört zu, wie sich Valerie und Minty Fresh in ihrem eigenen Beste-Freunde-Kauderwelsch unterhalten, und stellt fest, dass Coby sie in dieser neuen, verwundbaren Situation nicht aus den Augen lässt. Für den letzten Schultag war verabredet, noch gemeinsam ein paar Biere zu trinken und bei der Band-Probe von Minty Fresh zuzuschauen, aber als sie das Schulgelände verlassen, steuert Althea wortlos auf ihr Auto zu.

»He, Carter, kommst du nicht mit?«, ruft Coby ihr nach.

Sie hasst es, wenn er sie mit ihrem Nachnamen anspricht, diese erzwungene Vertrautheit. »Ich kann nicht«, sagt sie und wendet sich ohne weitere Erklärung ab.

Aber Valerie hält sie doch noch auf. »Komm schon, Althea. Heute ist der letzte Schultag. Du kannst doch jetzt nicht einfach nach Hause gehen.« Sie beugt sich zu ihr hinüber und senkt die Stimme, damit die anderen sie nicht hören. »Du weißt doch genau, dass er noch nicht wieder wach ist. Da kannst du ebenso gut mitkommen.«

Fieberhaft versucht Althea, die Folgen ihrer Einladung abzuschätzen. Wo findet diese Band-Probe statt? Wie lange wird sie dauern? Auf wie viele Stunden legt sie sich fest, wenn sie Ja sagt? Und was wird dann von ihr erwartet, einfach nur rumsitzen und der Band zusehen? Das wäre vielleicht okay, das kriegt sie hin, aber wenn nicht, was dann? Zwei, drei oder gar vier Stunden lang Bier trinken und sich unterhalten – wäre das so schlimm? Allerdings. Das klingt wie das absolute Grauen. Sie will lieber nach Hause, zu ihrem Skizzenbuch und ihren durchwachten Nächten.

Andererseits hätte sie, wenn Oliver aufwacht, mal richtig was zu erzählen. Sicher wäre er beeindruckt, dass sie freiwillig eine Solofahrt mit dem Partymobil unternommen hat. Sie könnte ihm mit ihrer neuen Sozialkompetenz imponieren; sie könnte ihm als ein neuer, besserer Mensch erscheinen. Sie denkt an ihren leeren Keller und an all die Zeit, die sie noch totschlagen muss, bis Oliver zurückkommt. Auf einer Haarsträhne herumkauend, bemerkt sie plötzlich, dass Coby sie die ganze Zeit mustert, während er auf ihre Antwort wartet.

Sie greift ihm in die Brusttasche und zieht seine Zigaretten heraus. »Aber sicher. Kann ich eine haben?«

Althea trägt zwei großzügig bemessene Stücke Limettenkuchen in die Laube, wo Garth sich durch einen Krug Eistee und einen Billigschmöker durcharbeitet, dessen Titel in erhabenen, roten Buchstaben auf dem Buchdeckel prangt. Ein Spionageroman, kein Krimi, das erkennt sie an dem U-Boot und der sowjetischen Flagge auf dem Cover. Garth trägt ein weißes T-Shirt und eine Khakihose, die langen Beine hat er ausgestreckt und an den Knöcheln überkreuzt. Sein linker Unterarm ist sehr viel gebräunter als sein rechter, weil er ihn beim Autofahren immer ins offene Fenster legt. Seine Oberarme sind so weiß, dass sie fast leuchten.

»Na, frönst du heimlich dem Laster?«

»Davon halte ich nichts. Was einem Spaß macht, das sollte man einfach genießen. Ist doch Blödsinn, sich dafür zu schämen. Was ist das?«, fragt er, als sie ihm einen Teller reicht.

»Kuchen. Du weißt schon, so was zum Essen.« Sie macht es ihm vor, indem sie einen Bissen nimmt.

Garth folgt ihrem Beispiel und stößt einen Laut des Entzückens aus. »Köstlich.«

»Das will ich auch hoffen. Ich habe so viele Echte Limetten dafür ausgepresst, dass ich mir bestimmt ein Karpaltunnelsyndrom geholt hab.«

»Wo hattest du die überhaupt her?«

»Ich kenn da jemand.«

Sie essen. In der Laube wird es still, bis auf das Klappern ihrer Gabeln, doch die Nachbarschaft ringsherum ist erfüllt von den vielfältigen Geräuschen des Sommers: gurrende Tauben, das Summen von Insekten und das gummiartige Tuppen eines Basketballs, mit dem in irgendeiner Einfahrt ein paar Häuser weiter gespielt wird. Nachdem sie auch noch die letzten Kuchenkrümel mit den Fingern aufgepickt haben, stellt Althea die Teller auf den Boden und macht sich neben ihrem Vater lang, den Kopf auf seinen Oberschenkeln. Ein Bein lässt sie über die niedrige Laubenwand baumeln und pocht mit der Ferse gegen das Holz.

»Was ist eigentlich aus der Gastprofessorin geworden?«, fragt Althea.

»Sie war nur zu Gast, du erinnerst dich?«

»Nächstes Jahr kommt wieder eine.«

»Davon gehe ich aus.« Garth scheint sich seiner Chancen sicher.

»Du bist doch reich, oder?«, fragt sie.

»Wie bitte?«

»Ich meine, wir haben doch Geld, oder?«

»Genau genommen habe *ich* das Geld, während du nur die Nutznießerin meiner fortwährenden Großzügigkeit bist. Und wir sind nicht reich. Sagen wir eher, wir müssen uns keine Sorgen machen.«

Eine Wolkengruppe teilt sich und Sonnenlicht strömt durch das Lamellendach der Laube. Althea legt schützend die Hand über die Augen. »Warum fahren wir dann nie irgendwohin?«

»Du meinst, zur Eisdiele oder so?«

»Ich meine, an irgendeinen Ort außerhalb von Wilmington. Im Sommer haben wir immer gleichzeitig Ferien, aber wir fahren nie weg. Oder vielmehr: *du* fährst weg, nimmst mich aber nie mit. Du lässt mich einfach hier und sagst Nicky, sie soll ein Auge auf mich haben.«

»Hast du eine Werbung von *Disney World* gesehen und fühlst dich jetzt benachteiligt, weil du noch nie dort warst?« Garth versucht, sich unter ihrer Last bequemer hinzusetzen.

Sie richtet sich auf und schaut ihn vorwurfsvoll an. »Du bist Professor für Geschichte. Hast du nie den Wunsch verspürt, mir Pompeji zu zeigen? Mich die Stufen zu irgendeinem Aztekentempel raufzujagen, um mir einen Haufen Piktogramme zu übersetzen und die Feinheiten bei ihren Menschenopfern zu erläutern?«

Garth wirft einen sehnsüchtigen Blick auf sein Buch. »Althea, dieses ganze Vater-und-Tochter-machen-eine-Weltreise klingt sehr reizvoll, aber bisher hast du nie auch nur das geringste Interesse gezeigt, im Sommer irgendwas anderes zu tun, als mit Oliver an den Strand zu gehen oder im Garten zu zelten.«

»Wir hätten ihn mitnehmen können.«

»Er ist doch kein Kuscheltier, das man einfach mit in den Koffer packt. Nicky kann sich solche Fernreisen nicht leisten, und sie hätte niemals zugelassen, dass wir für ihn bezahlen. Sie hätte das als Almosen betrachtet. Erinnerst du dich noch, was los war, als ich Oliver damals das Teleskop zu Weihnachten geschenkt habe? Und jetzt stell dir vor, wir hätten ihn mit nach Europa nehmen wollen.«

Althea nickt verdrossen, sie erinnert sich noch gut. Nachdem seine Empörung über das unausweichliche Ende des Weltalls verklungen war, hatte Oliver seine Faszination für den Nachthimmel entdeckt. Er fing an, mit einer Sternkarte versehen, im Garten zu zelten, und ließ sich von Garth die Legenden zu den verschiedenen Sternbildern erzählen – von Kassiopeia, die kopfüber auf ihrem Himmelsthron sitzt, vom heldenhaften Orion und von ihrem Lieblingssternbild, den Zwillingen, mit Castor und Pollux als ihrem hellsten Doppelgestirn. Er war sogar in die Astronomische Gesellschaft von Cape Fear eingetreten, einen Sonntag im Monat zu den Versammlungen der Unitarisch-Universalistischen Kirche gegangen, wenn dort Gastvorträge über das Hubble-Teleskop und die Magellan-Sonde gehalten wurden, und nachts aus der Stadt rausgefahren, wo der Blick auf die Sterne nicht so stark durch die Lichtverschmutzung beeinträchtigt wurde. An jenem Weihnachtsmorgen hatten Althea und Oliver das Teleskop ehrfurchtsvoll bestaunt – sogar Altheas neues Skateboard war kurzzeitig in Vergessenheit geraten, als Oliver das Papier aufriss und ein Geschenk enthüllte, das Garth mehrere Hundert Dollar gekostet haben musste. Nicky hatte sich tapfer zusammengerissen, Garth freundlich gedankt und lächelnd zugesehen, wie Althea ihren mosaikverzierten Bilderrahmen ausgepackt hatte. In den darauffolgenden Monaten lehnte sie jedoch häufiger ab, wenn Garth sie alle vier zum Essen einlud, und wenn sie doch zusagte, war sie sehr viel schneller dabei, nach der Rechnung zu greifen, obwohl sie damals noch mitten in ihrer Ausbildung zur Masseurin steckte. Glücklicherweise kamen Althea und Oliver dann rasch in das Alter, in dem man sich ohnehin nicht mehr gern mit den Eltern in der Öffentlichkeit zeigt, so dass diese Restaurantbesuche bald der Vergangenheit angehörten.

Im Jahr darauf ließ sich Nicky dazu herab, ihre Eltern aus New Jersey zu Weihnachten einzuladen, aber der Versuch, zu diesem Anlass einen Schinkenbraten aufzutischen, bescherte ihr fast einen Nervenzusammenbruch. Irgendwann war Oliver dann völlig aufgelöst zu Althea geflüchtet, nachdem er zufällig mit angehört hatte, wie seine Großeltern Nicky überreden wollten, wieder bei ihnen einzuziehen, und Nicky erwidert hatte, wenn sie das Haus verließe, in dem sie mit Mack gelebt hatte, wäre das so, als hätte er nie gelebt. Althea versprach Oliver, eher mit ihm zusammen wegzulaufen, als zuzulassen, dass er nach New Jersey verschleppt wurde – an einen Ort, für den Nicky solche Verachtung empfand, dass sie den Namen nicht aussprechen konnte, ohne das Gesicht zu verziehen. Später am Abend, nachdem ihre Eltern ins Bett gegangen waren, war auch Nicky herübergekommen, erschöpft von dem Kampf mit dem Schinken und ihren Eltern, und sie hatten zu viert im Keller gesessen, *Stirb langsam* geguckt und die halb gare Lasagne gegessen, von Althea selbst gekocht. Danach hatten sie ihre alten Weihnachtsbräuche wieder aufgenommen, jedoch ohne Geschenke von den Erwachsenen.

»Und ohne ihn wolltest du ja nie weg«, schließt Garth. »Du bist immer aus freien Stücken hiergeblieben.«

»Tja, aber jetzt ist er auch einfach ohne mich verschwunden und hat mich hier sitzenlassen. Kannst du mich nicht für ein paar Wochen nach Europa schicken oder so?«

Garth scheint etwas weicher zu werden, er nippt an seinem Eistee und beobachtet, wie sie einen Hautfetzen von ihrer Ferse pult. »Wo möchtest du denn gern hin?«, fragt er.

»Keine Ahnung. Wo, glaubst du, würde es mir gefallen?«

Er starrt in den Garten hinaus und überlegt einen Moment. »Griechenland. Eine der Inseln vielleicht, wo du einen Strand in der Nähe hast und jeden Tag schwimmen gehen kannst. Wo es viel zu sehen gibt, aber nicht allzu viel los ist. Die griechische Mythologie und Geschichte würden dich sicher sehr inspirieren. Dein Skizzenbuch wäre im Handumdrehen voll.«

»Super. Lass uns gleich losfahren.«

»Mädchen, ich buche doch keine Reise nach Kreta, wenn ich schon genau weiß, dass ich sie, falls Oliver morgen aufwacht, gleich wieder stornieren muss.« Althea bestreitet das nicht, sondern starrt nur auf ihre Füße hinunter. »Solange du es nicht erträgst, von ihm getrennt zu sein, musst du dich eben hier in Wilmington amüsieren.«

»Aber man kann sein Auto nicht unendlich oft durch die Waschanlage fahren.«

»Wenn du wirklich mal wegwillst, kannst du auch jederzeit deine Mutter besuchen. Die würde sich bestimmt freuen.«

Althea zuckt bei dem Vorschlag zusammen. »Die besuche ich erst wieder, wenn sie an irgendeine Küste zieht. Mit dieser Frau irgendwo mitten auf dem Land zu hocken, würde ich nicht ertragen.«

Garth erwidert nichts darauf, offenbar will er seine Exfrau weder verteidigen noch weiter kritisieren. Althea wundert sich über seine Zurückhaltung. Einen Moment lang herrscht Schweigen.

»Was glaubst du, was ihm fehlt? Oliver, mein ich. Was könnte das sein?«, fragt sie.

»Keine Ahnung. Das Ganze hat so was Märchenhaftes – wie Dornröschen, das plötzlich in einen hundertjährigen Schlaf fällt.«

»Für ein Märchen finde ich das alles viel zu beschissen.«

»Ach komm, du hast doch die Brüder Grimm gelesen. Märchen sind oft unglaublich beschissen. Wusstest du, dass es eine Version von *Dornröschen* gibt, wo sie im Schlaf vergewaltigt wird? Du bist doch sonst nicht so zartbesaitet, Al.«

»Ich komm mir vor wie ein Depp«, sagt sie. »Als würde er mich zum Deppen machen.«

»Im Moment tut er gar nichts. Er schläft nur.«

Der Schmerz über Olivers Zurückweisung ist immer noch so

frisch wie in der Nacht nach der Party. »Er hat mehr als genug getan, das kannst du mir glauben.«

Althea hat nicht wirklich vorgehabt, Valerie zu besuchen; sie ist nur ein bisschen mit dem Rad durch die Stadt gefahren, aber als sie an ihrem Haus vorbeikommt, steht Val gerade im Vorgarten, zusammen mit Minty Fresh, und spritzt ein paar riesige Töpfe und Pfannen mit dem Gartenschlauch ab. Beide winken und rufen ihren Namen, und so bleibt ihr nichts anderes übrig, als anzuhalten und abzusteigen, ihr Rad legt sie vorsichtig ins nasse Gras. Aus einem alten Kassettenrekorder, der auf dem schmalen Verandageländer steht, dröhnt eine Punkrock-Hymne, mit viel Dudelsack und E-Gitarre. Valerie trocknet die Töpfe und Pfannen mit einem großen pinkfarbenen Badehandtuch ab und stapelt sie in einem rostigen Einkaufswagen auf.

»Was ist denn das für ein Abwasch?«, fragt Althea.

»Wir sind gerade mit der Schicht bei *Bread and Roses* fertig«, sagt Minty Fresh. Seine Jeans, die er über den Springerstiefeln umgekrempelt hat, sitzt erstaunlich eng, fast wie eine Leggings.

»Seit wann interessiert ihr zwei euch für die Speisung von Obdachlosen?«

»Eigentlich wollten wir bloß mal ein paar neue Mädchen kennenlernen«, sagt Valerie. »Aber jetzt macht es uns Spaß.«

»Die Lebensmittel fischen wir aus den Müllcontainern hinterm Supermarkt, kochen hier eine Mahlzeit daraus und verteilen sie dann umsonst an die Obdachlosen im Park«, sagt Minty. »Komm doch auch mal mit. Oliver sagt immer, dass du super kochen kannst.«

»Nickys Kochkünste haben seine Ansprüche ziemlich gesenkt«, erwidert Althea. »Dann essen die Obdachlosen bei euch also Sachen aus dem Müll?«

»Das ist kein Müll!«, protestiert Valerie energisch. »Du glaubst gar nicht, was die im Supermarkt alles wegschmeißen, nur weil es nicht mehr ganz perfekt aussieht. Der reine Wahnsinn.«

Coby kommt aus dem Haus. Er bleibt auf der Veranda stehen, steckt sich eine Zigarette an, öffnet dann mit dem Feuerzeug seine Bierflasche und lässt den Kronkorken achtlos fallen. Als er Althea sieht, lächelt er und kommt die Stufen herunter, dabei nimmt er gleichzeitig einen langen Zug aus der Flasche.

»Hey, Carter«, sagt er.

Althea hat nicht mit einer Umarmung gerechnet, aber da ist sie auch schon; Cobys magere Arme legen sich um ihren Körper, und offen gestanden fühlt es sich gar nicht so schlecht an. Er riecht nach Rauch, Schweiß und frisch gemähtem Gras – nach Sommer eben, nach einem ganz normalen Sommer –, aber sie weicht trotzdem einen Schritt zurück.

»Hey«, sagt sie. »Jetzt erzähl mir nicht, dass du dich auch für gemeinnützige Arbeit interessierst.«

»Die geht mir sonst wo vorbei. Ich bin nur hergekommen, um die Reste zu essen.«

»Coby, verdammt noch mal!«, ruft Valerie. »Ich hab doch gesagt, du sollst meinem Vater nicht das Bier wegtrinken.«

»Ein so 'n kleines Bierchen merkt er doch gar nicht«, sagt Coby.

»Dann lass die Pulle wenigstens nicht irgendwo rumstehen, sonst kriege ich richtig Ärger.«

»Darf ich sie in die Recycling-Tonne werfen oder muss ich sie hinten im Garten vergraben?«

»Steck sie dir doch einfach in den Arsch!«

»Gott, wie ich es hasse, wenn Mum und Dad sich streiten«, sagt Minty.

Althea hebt ihr Fahrrad auf. »Also dann, war nett mit euch.«

Coby hält sie an einer Gürtelschlaufe fest. »Wart mal, du bist doch eben erst gekommen.«

Von seiner Eindringlichkeit entwaffnet, achtet sie kaum darauf, wie sich seine Finger in die Lücke zwischen ihrem T-Shirt und dem Hosenbund schieben.

Minty spült den letzten Topf aus und verwässerte Erbsensuppe sickert ins Gras. Er reicht den Topf an Valerie weiter, wischt sich die Hände an der Hose ab und überprüft liebevoll den senkrechten Zustand seines Iros. »Wir müssen jetzt eh los. Mülltauchen hinterm Supermarkt.«

Coby schaut Althea an. »Wie sieht's aus, Carter, wollen wir noch was machen? Dein Rad kann ich hinten auf die Ladefläche schmeißen.«

»Was denn?«, fragt Althea skeptisch.

Coby zögert. Er macht ein Gesicht, als würde er nachdenken, als würde er ganz tief graben, als wüsste er, dass er einen richtig guten Vorschlag braucht, dass sie, wenn er jetzt mit einem Videospiel oder so was ankommt, nur verächtlich schnauben und nach Hause gehen wird, und das wär dann das Ende vom Lied. Dann leuchten seine Augen auf.

»Und?«, fragt sie.

»Lass dich einfach überraschen.«

Widerstrebend folgt Althea ihm die Einfahrt hinunter zu seinem Truck, einem alten, weißen Ford F-150, mit Rostbeulen übersät, und zuckt zusammen, als er ihr Rad scheppernd auf die Ladefläche hinter dem Werkzeugkasten wirft. Sie setzt sich auf den Beifahrersitz, der mit einer dünnen Schicht von etwas überzogen ist, das nach getrocknetem Schlamm aussieht; das Fahrerhaus stinkt nach kaltem Rauch und nach Gras. In einem der Getränkehalter steckt eine leere Bierdose. Im Radio läuft, natürlich, der Klassik-Rock-Sender, und *REO Speedwagon* singt *Take it on the Run*, während sich Coby immer weiter mit ihr von der vergleichsweise zivilisierten Universitätsstadt Wilmington entfernt und immer tiefer hineinfährt in das, was einfach nur North Carolina ist. Sie kommen an einem Pfandleiher vorbei, vor dessen Eingang ein neonorangefarbenes Schild mit der Aufschrift *Wir führen Waffen* steht, gleich neben einem Spirituosenladen, und Althea stößt ein Schnauben aus.

»Du meine Güte«, sagt sie. »Wo leben wir hier eigentlich?« Je mehr sich die Distanz zwischen ihr und dem Wasser vergrößert, desto unbehaglicher wird ihr zu Mute.

Am Ende einer langen, unbefestigten Straße lassen sie den Wagen stehen. Coby beugt sich zu ihr rüber und holt eine Flasche Bourbon aus dem Handschuhfach. Er nimmt einen Schluck und reicht sie Althea, die seinem Beispiel folgt und ihm die Flasche wieder zurückgibt; dann schiebt er sie in seinen Hosenbund. Schweigend laufen sie die Straße hinunter, beschattet von einem Baldachin aus alten Ulmen. Als sie schließlich darunter hervortreten, stehen sie vor einem wuchtigen, halb verfallenen Gebäude, vier Stockwerke hoch und mit gähnenden Löchern in den Backsteinmauern, wo früher die Fenster waren. Ein beklemmender Anblick, selbst an diesem sonnigen Nachmittag, und die Stille macht ihn nur noch gespenstischer. Althea war noch nie hier, doch sie kennt das Gebäude von Fotos und aus Erzählungen und dem einen oder anderen Zeitungsartikel, in dem jedes Mal gefragt wird, wann diese heruntergekommene Todesfalle endlich abgerissen wird.

»Ist das die alte Fleischfabrik?«, fragt sie.

»Jepp.«

Sie müssen klettern, um ins unterste Stockwerk zu gelangen. Coby verschränkt die Hände zu einer Räuberleiter und stemmt Althea hoch. Staunend betrachtet sie das Innere des halb verfallenen Gebäudes. Es ist so weiträumig und still wie eine Kathedrale. Der Boden ist mit Ziegelbrocken und Mörtelresten übersät und überall finden sich die Hinterlassenschaften von Generationen neugieriger Teenager – verbrauchte Farbsprühdosen, leere Bierflaschen, Glasscherben, Zigarettenkippen und benutzte Kondome. Die Wände sind mit mehreren Schichten Graffiti bedeckt, eine neonfarbene Explosion, unleserliche Tags und Liebeserklärungen, dazwischen hier und da ein Pentagramm. Irgendwer hat einen aufgerissenen Mund mit gelben Zähnen rund um ein klaffendes Loch in der Wand gemalt. Eine Treppe aus kahlem Beton steht mitten im Raum und windet sich schwindelerregend in die Höhe, M.C. Escher auf Pilzen.

»Ziemlich cool, was?«, sagt Coby.

Althea nickt.

»Ich kenn einen, der hat hier draußen so richtig satanisches Zeug gemacht.«

»Kein Mensch betet noch den Teufel an«, sagt Althea.

Sie erkunden das Erdgeschoss, eine schier endlose Flucht von Räumen, in denen große Teile des Bodens fehlen, so dass man direkt in die Kellergewölbe hinuntersehen kann. Althea fragt sich, wofür sie wohl genutzt wurden, als die Fabrik noch in Betrieb war.

»Wollen wir mal nach oben gehen?«, fragt sie schließlich, von Neugier getrieben.

»Ich geh vor«, sagt Coby. »Pass auf, hier sind überall Löcher im Boden und so 'n Scheiß.«

Sie folgt ihm über die baufällige Treppe nach oben, den Blick immer auf ihre Schuhe gerichtet, mit denen sie die überall herumliegenden Mörtelbröckchen zu Staub zertritt. Coby streckt eine Hand nach hinten, und nach einem Moment des Zögerns greift sie danach, nur sicherheitshalber.

»Diese Ruine gibt's schon ewig«, sagt er. »Der Typ, der meinem Vater Gras verkauft …«

»Dein Vater kennt einen Drogendealer?«

»Eigentlich ist er ein Freund der Familie, der meinem Vater nebenbei auch noch Gras verkauft. Zorro heißt er. Jedenfalls hat der hier schon Partys gefeiert, als er selbst noch in der Highschool war. Er sagt, er kennt sogar zwei Jungs, die hier gestorben sind. Angeblich soll's hier spuken.«

»Minty Fresh würde sagen, das sind die Geister der Tiere, die hier geschlachtet wurden«, sagt Althea.

»Minty Fresh muss mal ordentlich flachgelegt werden.«

Im obersten Stockwerk gibt es kaum noch Wände, das Dach wird nur noch von den Stützen getragen. Coby steht am Rand, schaut über den Wald hinweg und trinkt Bourbon. Althea nimmt auch noch einen Schluck, dann schlendert sie herum und bleibt schließlich neben dem Fahrstuhlschacht stehen, durch den man bis ganz runter in den Keller schauen kann.

Als sie neun waren, hat Oliver sich das Handgelenk gebrochen. Der Tag war regnerisch und Althea hatte Langeweile, deshalb schlug Oliver vor, die Kellertreppe in einen Hindernisparcours zu verwandeln, indem sie so viele Konservendosen, Töpfe und Packen alter Zeitschriften auf die Stufen häuften, dass sie komplett unter dem Gerümpel verschwanden. Diesen Berg wollten sie dann abwechselnd auf einem zusammengefalteten Pappkarton hinunterfahren. Als Oliver Altheas Zögern bemerkte, bot er an, es als Erster zu versuchen. Vorsichtig kletterte er bis ganz nach oben, winkte ihr furchtlos zu, setzte sich auf den Karton und stieß sich ab. Gleich im oberen Drittel der Strecke blieb der Karton an einem alten Schuhspanner hängen, den sie bei Garth im Schrank gefunden hatten, und Althea musste von unten mit ansehen, wie Oliver viel zu schnell die Schräge herunterpurzelte, sich mehrfach überschlug und schließlich als wimmernde Kugel vor ihr liegen blieb.

Nachdem sein Handgelenk gerichtet worden war und Nicky und Garth ihnen ihre jeweiligen Strafpredigten gehalten hatten, machte Althea sich daran, sich ebenfalls das Handgelenk zu brechen. Mehrfach versuchte sie, es mit diversen Haushaltsgegenständen – einem silbernen Kerzenhalter, einer Flasche Bourbon, einem schweren Glasaschenbecher – zu zertrümmern, aber es blieb heil, wenn auch mit blauen Flecken übersät. Und so stand sie irgendwann oben an der Treppe und nahm ihren ganzen Mut zusammen.

Bloß, weil man seinem besten Freund dabei zusieht, wie er die Treppe herunterfällt, weiß man noch lange nicht, wie sich das anfühlt. Bis man dann plötzlich selbst kopfüber in den Keller hinuntersaust und denkt, *Aha, so ist das also*, und anders konnte es eigentlich auch gar nicht sein. Sie brach sich nicht das Handgelenk, aber als Garth sie fand, lag sie ebenfalls zusammengekrümmt am Fuß der Treppe, mit einer Platzwunde an der Stirn, die genäht werden musste.

Diese Möglichkeit hat sie diesmal nicht, diesmal kann sie nicht einfach die gleiche Dummheit wiederholen, um zu verstehen, was Oliver passiert ist. Er fehlt ihr, aber wäre er jetzt wach, würde sie hier nicht stehen, hätte sie diesen unglaublichen, furchterregenden Ort nie gesehen. Musste sie denn von nun an bei allem Schönen, das sie erlebte, während er krank war, ein schlechtes Gewissen haben?

»Geh nicht so dicht ran«, sagt Coby und erst jetzt bemerkt Althea, dass ihre Schuhspitzen schon über den abbröckelnden Rand hinausragen.

Coby hat einen Backstein in der Hand und einen verrückten Moment lang stellt sich Althea vor, dass er sie damit erschlagen will, dass es vielleicht doch noch Teufelsanbeter gibt und sie heute geopfert werden soll. Stattdessen lässt Coby den Stein in den leeren Aufzugschacht fallen, wo er kurz auf der Stelle zu schweben scheint, bis er mit einem so widerlich satten Plumpsen aufschlägt, dass es Althea durch Mark und Bein geht.

»Da sind noch mehr«, sagt Coby und zeigt auf einen Stapel in der Ecke.

Eine Zeit lang werfen sie noch Steine in den Schacht, dann klettern sie aufs Dach und lassen die Beine über die Kante baumeln, umgeben vom üppigen, gedämpften Grün der Bäume und von der

Sommersonne gewärmt. Coby holt den Whisky und eine Packung Zigaretten hervor, und sie teilen sich beides.

»Hätte ich bloß meine Kamera mitgebracht«, sagt Althea.

»Wir können doch noch mal herkommen.« Coby wischt sich den Schweiß von der Stirn und schiebt die Ärmel seines T-Shirts auf die Schultern hoch. »Du bist gar nicht so zickig, wie du immer wirkst.«

»Ich wirke zickig?«, fragt Althea empört. Höhere Töchter sind zickig; Althea ist einfach nur wütend.

Er zuckt die Achseln. »Früher jedenfalls. Aber als ich hörte, dass du dein Lauftraining geschmissen hast, indem du einfach vom Platz gegangen bist, war ich schon beeindruckt.«

»Woher weißt du das?«

»So was spricht sich eben rum. Warum hast du denn mit dem Laufen aufgehört?«

Althea weiß nicht, ob es am Whisky liegt, aber sie hat überhaupt keine Lust, sich jetzt eine Lüge auszudenken. »Ich konnte es einfach nicht mehr. Wortwörtlich. Ich habe das ganz genau gespürt. Keine Ahnung, wie ich vorher über die Hürden gekommen bin, aber es ging jedenfalls nicht mehr. Einfach so.« Sie schnippt mit den Fingern. »Deshalb habe ich auch sofort aufgehört. Bevor die anderen dahinterkommen konnten.«

»Dafür gibt es übrigens einen Namen.«

Althea zieht an ihrer Zigarette. »Versagen?«

»Steve-Blass-Krankheit«, sagt Coby. »Ein Baseballspieler, Pitcher bei den Pittsburgh Pirates. Von einem Tag auf den anderen konnte er nicht mehr richtig werfen, einfach so. Er wechselte von der ersten in die zweite Liga und hörte dann irgendwann ganz auf.«

»Die Steve-Blass-Krankheit?«

»Oder auch das Steve-Sax-Syndrom. Der war Second Baseman bei den Los Angeles Dodgers, als er plötzlich jeden Wurf zur First Base vermasselte. Irgendwann ging's dann aber wieder.«

»Du kennst dich gut mit Baseball aus«, sagt Althea.

»Ich habe früher mal Baseballkarten gesammelt.«

»Wie musterhaft.«

»Ich weiß nicht, wieso die Leute Baseball immer für so vorbildlich halten«, sagt Coby und schnipst seine Kippe über die Dachkante. »Schon mal von Dock Ellis gehört? Der hat als Pitcher mal ganz allein ein Spiel gewonnen – auf LSD.«

»Stand das auch auf seiner Baseballkarte?«

»Die Sammelreihe möchte ich mal sehen. Statt Runs und Innings eine Liste mit Drogendelikten und Entziehungskuren.«

»Irgendwie ungerecht«, sagt Althea. »Dass es für mein Problem einen Namen gibt, aber nicht für das von Oliver.«

»Du hast kein Problem«, sagt Coby. »Die Dinge ändern sich eben.«

»Es macht mir wirklich nichts aus«, versichert Althea zum dritten Mal und sieht vom Sofa aus zu, wie Nicky hektisch durchs Wohnzimmer läuft, Brieftasche und Autoschlüssel zusammensucht und dann alles in eine braune, fransenbesetzte Umhängetasche stopft, die ihr fast bis zu den Knien reicht.

»Ich bin nur ein, zwei Stunden weg«, sagt Nicky, während sie den Einkaufszettel zusammenknüllt – Althea kann die Worte *Wein, Spargel, Tomatensoße* und *Tanken* entziffern, mit rotem Edding hingeschmiert – und in der Gesäßtasche ihrer Jeans verstaut. »In diesem Zustand habe ich ihn noch nie allein gelassen. Das macht mich ganz nervös, trotz der Alarmanlage.«

»Wär's dir nicht doch lieber, wenn ich an deiner Stelle einkaufen ginge?«

»Danke, Liebes, ist schon gut. Wird nicht lange dauern.«

Althea hat den Eindruck, dass Nicky, trotz aller Sorge, auch einfach froh ist, für eine Weile aus dem Haus zu kommen, mal einen Eiskaffee zu trinken und einen Schwatz mit der Verkäuferin im Spirituosenladen zu halten. Alle Fenster stehen offen und die Vorhänge bauschen sich im Wind, doch selbst die stetige Frischluftzufuhr kann den Mief nicht überdecken, der von Nickys Kettenraucherei und dem Mülleimer in der Küche herrührt, aus dem die schimmeligen Kaffeefilter und verfaulten Avocado-Schalen schon herausquellen. Selbst der zwanghafteste Agoraphobiker wäre froh, hier mal kurz vor die Tür zu kommen.

»Zu essen ist nicht mehr viel da, aber du kannst dir gern einen Tee oder eine Limonade machen oder was du sonst noch findest«, sagt Nicky. »Ich glaube kaum, dass er in nächster Zeit aufwachen wird; heute Morgen habe ich ihn geweckt, damit er ein bisschen Müsli isst und ... na ja, die Einzelheiten brauche ich dir sicher nicht zu erzählen. Jedenfalls wird er wohl einfach schlafen. Ich komme zurück, so schnell ich kann.«

Althea streift die Schuhe ab, hockt sich im Schneidersitz aufs Sofa und greift nach einer Zeitschrift – *Spirit of Change*, ein Vierteljahresheft für ganzheitliche Medizin –, wie um zu zeigen, dass sie es sich jetzt gemütlich macht und Nicky ruhig gehen kann. »Ich komm schon klar, keine Sorge.«

Auf dem Weg zur Tür bleibt Nicky noch mal stehen und fummelt an dem zerschlissenen Riemen ihrer Ledertasche herum. »Danke, dass du das machst.«

»Kein Problem.«

Althea ist überrascht, wie leer sich das Haus anfühlt, als Nicky weg ist. Sie hat zwar noch nie Kinder gehütet, aber so ähnlich stellt sie sich das vor: eine Mutter, die ihren Nachwuchs nur widerstrebend zurücklässt; der Schützling schon schlafend im Bett; viel Zeit und die ganze Wohnung für sich allein. Im Kino ist das immer der Moment, wo die Babysitterin ihren Freund anruft, damit er rüberkommt und mit ihr auf dem Sofa knutscht, aber der einzige Junge, den Althea je geküsst hat, ist der, auf den sie gerade aufpassen soll.

Als Nicky sie anrief und um einen Gefallen bat, hatte sie nicht genauer erklärt, wie der aussehen sollte, so dass Althea jetzt bei den McKinleys festsitzt und weder Skizzenbuch und Stifte noch sonst irgendetwas dabeihat, mit dem sie sich üblicherweise die Zeit vertreibt. Den meisten Babysittern würde es vielleicht genügen, Nickys Schlafzimmer nach Hinweisen auf ihr Privatleben zu durchforsten, aber Althea kennt Nicky schon gut genug, und auch das restliche Territorium hat sie in den vergangenen zehn Jahren ausgiebig erforscht. Jeder Quadratzentimeter ist ihr ebenso vertraut wie ihr eigenes Zuhause: die immer noch leicht verfärbte Stelle auf dem Teppich, die von einem kleinen Unfall mit Knetmasse herrührt; der Riss in der gerahmten Meerlandschaft, der entstanden war, als Oliver mit einer Orange nach Althea warf und sie verfehlte; der hellbraune Fleck auf der Unterseite eben jenes Sofakissens, auf dem Althea gerade sitzt; die unangenehme Folge ihrer ersten Regelblutung.

Vor Scham war sie damals wie erstarrt gewesen und hatte nicht einmal antworten können, als Oliver fragte, warum sie denn nicht mit ihm rausgehen und Skateboard fahren wollte; warum sie sich, genau genommen, sogar weigerte, vom Sofa aufzustehen. Als sie ihm schließlich den Grund für ihre Verlegenheit gestand, wurde er blass – der Anflug von Ekel auf seinem Gesicht war ihr nicht entgangen –, erholte sich aber rasch wieder und zeigte ihr den Schrank im Badezimmer, wo Nicky »du weißt schon, so 'n Zeug« aufbewahrt, versteckte dann Altheas schmutzige Wäsche ganz unten im Müll und lieh ihr ein Paar seiner Shorts. Als sie wieder aus dem Bad kam, hatte er auch schon das Sofakissen umgedreht und damit auch den letzten Hinweis beseitigt. »Können wir jetzt endlich rausgehen?«, hatte er dann gefragt. Erst später, als Oliver in seinem Zimmer saß und über der Periodentafel brütete, hatte Althea den Fleck mit Spülmittel, kaltem Wasser und Küchenkrepp bearbeitet, bis er nur noch so aussah, als hätte jemand eine Tasse dünnen Tee verschüttet.

Dieses Haus birgt nur noch ein einziges Geheimnis, das sie interessiert, und sie ist noch keine Viertelstunde lang allein, als sie auch schon davon angezogen wird. Olivers Zimmer stinkt; sie riecht es schon im Flur, noch bevor sie die Tür geöffnet hat. Das Fenster steht einen Spaltbreit offen, doch die Luft ist trotzdem stickig; auch das Rosenwasser und die Duftkerzen können den Geruch nach alter Wäsche nicht überdecken. Oliver selbst, ebenfalls müffelnd und gelblich angelaufen, liegt in grauen Boxershorts und einem schmuddeligen, weißen T-Shirt auf dem Bett und schläft, die Arme um ein Kissen voller Sabberflecken geschlungen. Das rechte Bein hat er nach hinten ausgestreckt, der nackte Fuß hängt über der Bettkante, das linke jedoch angewinkelt; das

Standbild eines Läufers, mitten in der Bewegung erstarrt, eine aus dem Zusammenhang gerissene Einzelaufnahme.

Auch wenn seine Umgangsformen in den kurzen Wachphasen sehr zu wünschen übrig lassen, auch wenn dann ein Fremder seinen Körper zu bewohnen scheint, kann er zumindest laufen und sprechen. Jetzt hingegen, schlafend, das Gesicht in sein übel riechendes Kissen gedrückt, nicht wissend, dass Althea im Zimmer ist, sieht er wenn nicht gerade elend oder hinfällig, so doch zumindest kränklich aus. Und obwohl er hier liegt, ein lebender, atmender Mensch mit Dreck unter den Nägeln, der jetzt im Schlaf leise seufzt und sich auf den Rücken dreht, kommt ihr das Zimmer leer und unbewohnt vor. Der Lampenschirm ist von Staub bedeckt und seine Poster hängen halb von der Wand, weil ihre Klebestreifen in der sommerlichen Feuchte nicht mehr haften.

Althea schließt die Augen und wünscht sich mit aller Macht, der Wecker würde klingeln, Oliver den Arm ausstrecken und mit der flachen Hand auf die Schlummertaste hauen und dann irgendwas murmeln. Dann könnte sie sagen *Wach auf, Ol, du träumst*. Und er würde antworten *Ist doch schön*, aber dann würde er trotzdem die Augen öffnen und sagen *Ich habe vielleicht was Verrücktes geträumt*, und sie würde sagen *Ja? Was denn?* Und er wäre wieder da, zurück in seinem Körper.

Mühsam löst sie das Kissen aus seiner Umklammerung, zieht den schmutzigen Bezug ab und ersetzt ihn durch einen frischen aus dem Schrank. Als sie es ihm wieder unter den Kopf schiebt, schmiegt er das Gesicht in ihre Hand und lächelt. Sie setzt sich auf die Bettkante und streicht ihm über das fettige Haar.

Dann beugt sie sich vor und legt ihm die Hand auf die Wange.

Selbst wenn sie die Augen schließt, sieht sie sein Gesicht immer noch ganz deutlich vor sich; jeden Tag sieht sie es, überall.

Das Ganze hat so was Märchenhaftes.

Wie aus dem Nichts war sie aufgetaucht, diese seltsame, unerklärliche Krankheit, und jedes Mal, wenn Oliver den nächsten Arzt aufsuchte und ihm seine Geschichte erzählte, dachte Althea voller Schuldgefühle an den Teil, den er noch gar nicht kannte – dass er nämlich genau in dem Moment krank geworden war, als sich ihre Gefühle für ihn geändert haben, dass seine Krankheit direkt nach jenem Abend, als sie im Regen miteinander rangen und sie sich zum ersten Mal vorstellte, wie es wäre, nackt unter ihm zu liegen, ausgebrochen ist. Und obwohl sie wusste, wie albern es war, zwischen diesen Ereignissen eine Verbindung zu sehen, war doch beides gleichzeitig aufgetaucht, ihr Begehren und seine Müdigkeit, ebenso rätselhaft und unabänderlich wie der Fluch einer bösen Fee.

Sanft drückt sie die Lippen auf seinen Mund, nur ganz kurz. Aber kein Wunder geschieht, es ist kein Märchen und er schläft weiter. Sie kommt sich albern vor und richtet sich wieder auf, bleibt aber neben ihm sitzen. Wenn sie jetzt ins Wohnzimmer zurückginge, um *Spirit of Change* zu lesen oder in Nickys Plattensammlung zu stöbern, würde es keine zehn Minuten dauern, bis sie wieder hier säße. Auch wenn Oliver bewusstlos ist, gibt es keinen Ort, an dem sie lieber wäre.

Da schlägt er die Augen auf. Kein Flattern der Augenlider, kein leises Murmeln, das sie gewarnt hätte. Wie der tot geglaubte Mörder, der am Ende eines Horrorfilms plötzlich wieder zu sich kommt, um den Zuschauern einen letzten Schrecken einzujagen. Althea schnappt nach Luft.

»Oh Gott!« Es hat geklappt. Oder doch nicht?

»Ich hab Hunger«, sagt er.

Nicht ganz. Es war ihr nicht gelungen, den echten Oliver zurückzuholen, nur seinen Fette-Maus-Doppelgänger.

»Deine Mutter ist gerade los, um dir etwas zu essen zu besorgen. Sie kommt gleich zurück.«

»Aber ich hab Hunger«, sagt er.

»Gleich.«

»Du siehst gut aus.«

»Und du siehst scheiße aus«, antwortet sie.

Seine Augen sind rot geländert, sein Gesicht vom Kissen zerknittert und sein T-Shirt ist löchrig und steht vor Schweiß. Auch wenn das nicht der echte Oliver ist, fühlt er sich doch ziemlich echt an, und plötzlich übermannt sie die Freude beim Anblick seiner Grübchen, seiner blauen Augen und der feinen Härchen, die in der Mulde unterhalb seiner Kehle wachsen, in dieser aus Haut und Knochen gebildeten Vertiefung, in die sie sich am liebsten hineinkuscheln würde, um dort für immer zu bleiben. Sie streckt sich neben ihm aus, schmiegt einen Finger in diese Kuhle und versucht so zu tun, als sei alles wie immer.

Er liegt da und starrt sie an. Sie errötet unter seinem Blick und hebt unwillkürlich die Hand, um sich durchs Haar zu streichen. Damit hat sie nicht gerechnet, mit dieser geballten Aufmerksamkeit, mit der Intensität seines Blicks, die nicht durch ihre üblichen Scherze und Blödeleien gemildert wird. Die Stille ist so vollkommen, dass sie die ganze Straße zu umfassen scheint; nicht einmal die gewohnten Geräusche des Sommers dringen durchs offene Fenster herein.

Oliver zieht sie zu sich herüber, bis sie rittlings auf seinen Hüften sitzt. Seine Hand schiebt sich unter ihr Oberteil und arbeitet sich langsam und sorgfältig ihre schweißnasse Wirbelsäule hinauf. Sie spürt, wie er unter ihr hart wird. Er verharrt bei jedem einzelnen Wirbel, umkreist die Knochen mit der Fingerspitze, während seine Brust sich unter dem schmutzigen T-Shirt hebt und senkt. Althea selbst wagt kaum zu atmen und fragt sich, was geschehen wird, wenn er oben an ihrem Nacken ankommt und das Spiel beendet. Sie erschauert, wendet aber den Blick nicht ab. Kassandragleich sieht sie alles voraus, hat aber nicht die Kraft, es zu verhindern. Ihr ganzer Körper wartet auf Oliver, wartet schon so lange, und als er sie schließlich zu sich herunterzieht, verschlingt ihr Begehren jedes Schuldgefühl, bis nur noch die Krümel übrig sind.

Ein fordernder Kuss erwartet sie, alles Zögernde, Zärtliche, das in der Nacht unter dem Baum zu spüren war, ist daraus verschwunden. Gierig ist er, sie sind es beide. Früher hat Althea sich oft gefragt, ob sie je auf die Idee gekommen wäre, jemanden zu küssen, wenn sie es nicht bei anderen Leuten gesehen hätte. Warum jemand das Bedürfnis haben könnte, den Kopf eines anderen festzuhalten und sich dann so weit hineinzuschieben wie nur möglich, war ihr immer ein Rätsel. Doch jetzt tut sie es selbst, verlangt stöhnend danach, immer noch mehr von seiner sauer schmeckenden, belegten Zunge in ihrem Mund zu spüren, während seine Hände unter ihrem Top nach oben gleiten und Rippe um Rippe, wie auf einer Leiter, zu ihren Brüsten hinaufklettern.

Sie hat immer geglaubt, seinen Körper zu kennen. Doch kein Ringkampf und keine gemeinsame Nacht hat sie auf das vorbereitet, was sie jetzt erlebt, auf die Entdeckung all der anderen Teile seines Körpers, zu denen sie jetzt endlich, endlich Zugang hat. Und obwohl sie immer stärker war als er, begreift sie jetzt, unter seinem Gewicht, in welcher Weise seine Männlichkeit ihrer Weiblichkeit dennoch ebenbürtig ist. Das war keine Frage der Kraft, er brauchte nur zu sein, was er jetzt war – harte, fordernde Hände und kraftvoll spielende Schulterblätter. Er vergräbt die Fäuste in ihrem Haar, den Mund in ihrer Haut, und sie kann nicht mehr denken, sich nicht konzentrieren. Sie lässt die Hände über seinen Körper gleiten und benennt jeden Körperteil, den sie berührt – Schulterblatt, Schlüsselbein, Zungenbein. Oberarm, Kreuzbein, Unterkiefer. Das hier ist kein Ringkampf, das hier ist nicht einmal der echte Oliver, nur sein Kopf, sein Oberschenkel, sein Ellbogen. Das ist nicht Oliver, der ihr die schwarze Unterwäsche auszieht, nicht Oliver, dessen Finger knöcheltief in ihr verschwinden, bis alle medizinischen Begriffe vergessen sind.

Sie macht sich daran, ihm die Boxershorts auszuziehen, doch mit einem Ruck dreht er sie auf den Bauch und streift sich die Hose selbst herunter. Dann schiebt er einen Arm unter ihrer Taille durch, umfasst ihre Hüfte und zieht sie zu sich heran, wobei er mit den Knien ihre Beine spreizt, und sie hebt sich ihm entgegen.

Als alles vorbei ist, zieht er das Kopfkissen ab und wischt ihr mit dem Bezug die Pfütze vom Rücken ab. Diesmal wird sie das Beweisstück verstecken müssen.

Sie blutet nicht. Irgendwie hat sie immer gedacht, sie würde bluten.

Oliver rollt sich auf den Rücken und sie kuschelt sich bei ihm an, den Kopf an seiner Schulter, während ihre Hand träge über seinen Bauch wandert. Sie hofft darauf, dass er irgendetwas sagt, aber er tut es nicht, und so schließt sie die Augen und versucht, nicht darauf zu achten, wie sein Atem sich immer mehr vertieft. Er ist fast schon wieder eingeschlafen.

»Ollie«, flüstert sie.

»Mmm?«

»Kannst du nicht noch warten? Nur ganz kurz?« Doch sie weiß schon, dass sie nur noch mit sich selber spricht.

Ein paar Tage später lässt Althea am Fluss die Beine vom Steg hinunterbaumeln, während Minty Fresh und Valerie unten im Wasser herumschwimmen. Coby sitzt neben ihr; sie ignoriert ihn, so gut sie kann. Ohne T-Shirt sieht er noch magerer aus. Seine Brust wirkt irgendwie eingedrückt, seine Haltung schlaff, seine Fesseln und Handgelenke zerbrechlich.

»Ab ins Wasser mit euch«, ruft Valerie zu ihnen hinauf.

»Ich bin beschäftigt«, sagt Althea, und das stimmt: in der einen Hand eine Flasche Bourbon, in der anderen eine Zigarette, beobachtet sie die anderen mit demselben beiläufigen, distanzierten Interesse, wie sie es einer Schar fremder Partygäste entgegenbringen würde, bei denen sie noch nicht weiß, ob sie hingehen und sich vorstellen soll. Die Nacht ist diesig, aber der Mond steht am Himmel und verbreitet ein diffuses Licht, wie eine Glühbirne, die durch ein Laken scheint. Früher am Tag haben sie *Rollerball* auf Kabel angeschaut, und danach hat Valerie zwei Paar Inlineskater in ihrer Garage gefunden und vorgeschlagen, ihre Lieblingsszenen nachzuspielen. Den ganzen Nachmittag haben sie und Althea versucht, sich umzuschubsen und über den Haufen zu fahren, haben sich Knie und Ellbogen aufgeschürft, während die Jungs mit freiem Oberkörper auf den Liegestühlen lagen, Eistee tranken und sie anfeuerten.

»Wie fühlst du dich?«, fragt Coby.

»Als hätte mich jemand zusammengeschlagen«, sagt Althea. »Hast du morgen schon was vor?«

»Vielleicht fahre ich zu Val und wir machen das Gleiche noch mal.« Sie tunkt eine Hand ins Wasser und drückt die Glut ihrer Zigarette zwischen zwei nassen Fingern aus. Wasser tropft blau auf Cobys Beine, deren Haare ihm wie glatt gekämmt auf der Haut kleben. Einen Moment lang ist Althea versucht, ihm die Hand auf den Oberschenkel zu legen, bis er hart wird in seinen Shorts, und ihn dann ins Gebüsch zu zerren oder ihn unbeholfen auf dem Rücksitz ihres Wagens zu reiten oder Minty und Valerie wegzuschicken und es gleich hier auf dem Steg zu tun. Dann könnte sie für den Rest ihres Lebens, im Studentenwohnheim, auf Partys, einfach lügen und behaupten, das sei ihr erstes Mal gewesen, mit allen spießigen Klischees: viel Alkohol, ein Junge, der schon ewig für sie schwärmt, ein Sommerabend vor ihrem letzten Schuljahr, der Verlust ihrer Jungfräulichkeit unter einem Sternenhimmel und mit einem Menschen, der sich später noch daran erinnern würde. *Warum kriege ich keine zweite Chance?*, fragt sie sich. *Warum kann es bei mir nicht auch so eine blöde, alberne Geschichte sein?* Althea verscheucht eine Mücke und sieht zu, wie Val und Minty im Wasser planschen.

»Ich weiß«, sagt Coby wie aus heiterem Himmel. »Manchmal wirken sie so tugendhaft.«

»Minty Fresh hat mir schon mehrmals ein Flugblatt von *Bread and Roses* unter den Scheibenwischer geklemmt, wenn ich nicht hingeguckt habe. Er will mich dazu kriegen, dass ich bei ihnen mitmache und während der restlichen Ferien in Mülleimern wühle und Essen an Obdachlose verteile. Aber wer weiß, vielleicht ist die Idee gar nicht so schlecht?«

Coby stöhnt auf. »Bitte nicht. Warum solltest du so was tun?«

»Keine Ahnung. Als Sühne vielleicht?«

»Wofür denn?«

Sie hat keine Lust, ihm das ganze Ausmaß ihrer Sünden zu beichten, und sucht nach einer halbwegs zufriedenstellenden Antwort. »Dafür, dass ich nicht so tugendhaft bin wie sie.«

»Tugend ist was für Klosterschüler. Das macht dir doch hoffentlich keine schlaflosen Nächte?«

»Und du? Macht dir irgendwas schlaflose Nächte?«

»Nur das Übliche. Die Politik. Der Klimawandel. Der Regenwald. Babydelfine, die sich mit der Plastikhalterung von meinem Sixpack strangulieren. Schuldgefühle, weil ich die Tabakindustrie unterstütze. Das alles macht mir schwer zu schaffen.« Er kichert.

»Rutsch mal ran. Wir machen ein Spiel.«

»Was für ein Spiel?«, fragt er, während er zu ihr herüberrückt. »Wie geht das?«

Sie presst ihren linken Unterarm gegen seinen rechten, bis der Spalt zwischen ihnen komplett geschlossen ist. Seine Haut fühlt sich rau an, mit ihrer Schicht aus dunklen, borstigen Haaren.

»Wer zuerst den Arm wegzieht, hat verloren.« Sie reißt ein Zündholz an, hält die Flamme über ihren Armen in der Schwebe und schaut ihn herausfordernd an, als erwarte sie, dass er einen Rückzieher macht. Doch in seinem Blick liegt kein Zögern, nur gierige Bereitwilligkeit. »Fertig?«

»Los.«

Sie lässt das Streichholz in die schattige Kluft zwischen ihren Armen fallen. Der Instinkt behält die Oberhand und beide zucken zurück, sobald die Flamme sie berührt.

»Das war ja total armselig«, sagt Althea.

»Ist mir echt peinlich.«

Es riecht nach verbranntem Haar und beide rümpfen die Nase.

»Zweiter Versuch«, sagt sie und zündet ein weiteres Streichholz an. Er nickt entschlossen und hält ihr den Arm hin.

Diesmal ist sie vorbereitet – auf den weiß glühenden Stich im ersten Moment, den sich ausbreitenden Schmerz danach, wenn das Streichholz ihr die Haut versengt. Sie zieht scharf die Luft ein, stößt einen leisen Fluch aus und ballt die andere Hand zur Faust, mit der sie sich auf den Oberschenkel hämmert, während sich ihre abgekauten Fingernägel in ihre Handfläche bohren. Sie kneift die Augen zusammen und spannt jeden Muskel in ihrem Körper an, so fest, dass sie schon glaubt, unter dem Druck müssten ihre Knochen brechen. Und dann ist es vorbei – Coby hat seinen Arm weggezogen und untersucht jetzt die Stelle, an der die Haare verschmort sind und eine fette rote Blase aufblüht.

Sie legt die Stirn auf die Knie und fängt an zu lachen. Ihr Arm schmerzt immer mehr, als die Nerven begreifen, was los ist, aber indem sich das Unbehagen jetzt auf eine Stelle konzentriert, kann sich der Rest ihres Körpers entspannen, ausdehnen, als hätte er plötzlich mehr Raum. Die Erleichterung überwiegt den Schmerz. Alkohol und Adrenalin mischen sich in ihrem Blut und schmettern lautstark ein Kampflied. Ihre Nase läuft; zerstreut wischt sie sie mit dem Handrücken ab.

Coby atmet immer noch schwer und legt ihr, mit einer fast brüderlichen Geste, die Hand auf die Schulter. »Und, geht's jetzt besser?«

»Jetzt der andere Arm«, sagt sie.

Minty Fresh schwimmt auf sie zu und verharrt Wasser tretend vor dem Steg. »Kommt doch auch rein«, sagt er. »Wir wollen euch taufen. Von euren Sünden reinwaschen.«

»Ich bin schon mal getauft worden«, sagt Coby. »Hat nicht lange gehalten.«

»Was?«, fragt Althea. »Glaubst du etwa nicht an Gott?«

»Doch, schon. Aber ich fürchte, er glaubt nicht an mich.«

»Das ist ja wohl der erbärmlichste Spruch, den ich je gehört habe«, ruft Valerie lachend und wischt mit dem Arm über die Wasseroberfläche, um die beiden auf dem Steg nass zu spritzen, so dass die Streichhölzer feucht und unbrauchbar werden. Coby stellt die Flasche ab und taucht ins Wasser, hinter Valerie her, während Althea allein zurückbleibt und den anderen beim Toben zusieht. Minty Fresh schaut sich noch einmal nach ihr um und etwas Trauriges und Wissendes liegt in seinem Blick. Hätte er doch bloß die Macht, ihr Absolution zu erteilen.

Cobys Bourbon hat es nicht geschafft, ihre Sinne zu trüben. Der Wald hallt von ungewöhnlich lauten Geräuschen wider, nicht nur von den Rufen ihrer Freunde, sondern auch vom Vibrieren der Grillen und Zikaden, von den klangvollen Rülpsern der Frösche, dem Flüstern der Blätter über ihr. Das Wasser glitzert zu ihren Füßen und das Land jenseits des Flusses ist so schwarz, dass es zu pulsieren scheint. Benommen lässt sie sich zurücksinken und legt den verbrannten Unterarm über die Augen.

»Alles in Ordnung?«, fragt Valerie und berührt sie sanft am Knöchel.

Mit einem Satz springt Althea auf und rennt los, den Steg entlang, in den Wald hinein. Sie hört die aufgeregten Stimmen der anderen – »Was ist denn los?«, »Ist ihr schlecht geworden?«, »Wo will sie denn hin?« –, hört, wie sie ihren Namen rufen und sie bitten zurückzukommen.

Der Wind brennt in der aufgeschürften Haut an ihren Knien und Ellbogen und in der frischen Brandwunde am Arm. Die allzu geräuschvolle Welt verstummt mit einem Mal und lässt sie allein zwischen den Bäumen zurück, mit der beklemmenden Erkenntnis, für immer in ihrem eigenen Kopf gefangen zu sein.

Sie zieht sich das T-Shirt über den Kopf und windet sich aus ihren engen Shorts. Das Rufen ist schon fast verklungen, als sie zwischen den Bäumen hervorschießt und den Steg, wie eine Rollbahn, die zum Start freigegeben wurde, hinunterrennt. Ihre Füße donnern über die hölzernen Planken, bis sie an ihrem Ende abhebt und dabei gerade noch lange genug in der Luft schwebt, um das Jubeln der anderen zu hören, bevor sie ins Wasser eintaucht. Flussgräser umschlingen ihre Beine und beim Aufprall verliert sie fast ihren Slip. Der Cape Fear River hüllt sie ein. Unter Wasser ist alles ganz weit weg und gedämpft, und sie wünscht sich mit aller Macht, das könnte für immer so bleiben. Sie schickt ihren Wunsch ins All hinaus: dass diese friedvolle Leere andauern möge, dass sie, wenn sie auftaucht, wenn sie wieder aus dem Fluss steigt und in die Welt zurückkehrt, immer noch das Gefühl haben wird, allem weit entrückt zu sein.

4. KAPITEL

Oliver kann seine Sonnenbrille nicht finden. Die Straße wirkt ausgebleicht, überbelichtet, die Radkappen und Stoßstangen der parkenden Autos glitzern boshaft. Es ist nicht nur das grelle Licht, das ihn quält, sondern auch die Tatsache, die Augen überhaupt öffnen zu müssen, sehen zu müssen. Mehrmals versucht er, die Hand zu einer kraftlosen Faust zu ballen, sich nach so langer Zeit wieder an seinen Körper zu gewöhnen – zwei Monate dieses Mal. Hat er Hunger? Wann mag er zuletzt etwas gegessen haben? Vor lauter Eile, aus dem Haus zu kommen und Nicky und ihren Fragen zu entfliehen – so kurz nach dem Aufwachen wusste er doch selbst noch gar nicht, wie's ihm ging –, hatte er versäumt, zu duschen oder sich wenigstens die Zähne zu putzen, und jetzt ist ihm sein saurer Geruch und der pelzige Belag auf seiner Zunge höchst unangenehm. Seine Haare, sonst immer sehr gepflegt, haben sich in eine zottige Mähne verwandelt, die blonden Stoppeln auf seinen Wangen kann man fast schon als Vollbart bezeichnen, aber zumindest seine Nägel scheinen kürzlich geschnitten worden zu sein, wobei ihm die Vorstellung, wie Nicky diese lästige Pflicht erledigt, während er schläft, äußerst peinlich ist. Er schlüpft in den Garten hinter Altheas Haus und kneift in der Sonne die Augen zusammen. In der Laube rührt sich etwas, Eis klimpert gegen Kristallglas, Buchseiten rascheln.

»Oliver? Du bist das?« Garth blickt auf, überrascht.

»Allerdings.«

Garth hat offenbar schon den Feierabend eingeläutet. Neben ihm auf der Bank liegt ein Stapel Bücher über die Azteken, dazwischen ein verirrter Krimi, und ein Krug mit honigfarbenem Eistee und vielen Zitronenscheiben sowie ein Teller mit roten Muffins stehen in Reichweite.

»Sie haben es sich ja gemütlich gemacht«, sagt Oliver.

»Bedien dich.« Garth nimmt einen Muffin vom Teller, stellt die übrigen sorgfältig im Kreis auf und bietet sie Oliver an.

»Woran arbeiten Sie denn gerade?« Oliver zeigt auf die Bücher. »Sind die fürs nächste Seminar?«

»Eher für mein nächstes Buch.«

»Über welches Thema?«

Garth wechselt mühelos in den Dozenten-Modus. »Über zwei Spanier, Gerónimo de Aguilar und Gonzalo Guerrero, die Überlebenden eines Schiffbruchs, die Anfang des 16. Jahrhunderts dort, wo heute Mexiko ist, an die Küste gespült wurden. Die Maya nahmen sie gefangen und wollten sie eigentlich opfern, machten sie dann aber zu Sklaven. Guerrero heiratete und zeugte einige der ersten Mestizenkinder. Als Cortés hörte, dass zwei Spanier unter den Eingeborenen lebten, ließ er sie holen. Aguilar wurde sein Übersetzer, zusammen mit La Malinche, aber Guerrero wollte bei seiner Familie bleiben. Anfangs wussten sie natürlich nicht, welche Absichten Cortés verfolgte, aber es dauerte nicht lang, bis sie dahinterkamen.«

»Und was ist dann passiert?«, fragt Oliver.

Garth lacht. »Das Land heißt heute Mexiko, oder nicht?«

»Ich meine, mit den beiden Spaniern.«

»Das wird nicht verraten. Um das herauszufinden, musst du das Buch lesen.«

Oliver versucht sich vorzustellen, Menschenopfer wären auch heute noch etwas ganz Normales, wie das Feuerwerk am 4. Juli. Inzwischen ist schon August. Den Unabhängigkeitstag hat er dieses Jahr verpasst. Wer wohl das Hotdog-Wettessen gewonnen hat?

»Wo ist Althea?«, fragt er schließlich, mit einer kratzigen Stimme, die gar nicht wie seine eigene klingt.

»Ich glaube, sie ist bei Coby.«

Oliver beißt wütend in seinen Muffin. Woher kennt Garth überhaupt Cobys Namen? Wie hat Coby es geschafft, sich im Carter'schen Universum einen Platz zu erobern? Die Muffins sind unverkennbar Altheas Werk – schwer und saftig, mit wenig Glasur, nicht zu süß und nicht zu rot. Sie hat lange nach einem Rezept gesucht, das fast ohne Lebensmittelfarbe auskommt.

»Du magst ihn auch nicht«, sagt Garth.

»Ist das so offensichtlich?«

»Dein Pokerface hat sich seit deinem sechsten Lebensjahr nicht sehr verbessert.«

»Dann haben Sie ihn also kennengelernt?«, fragt Oliver überrascht.

»Nur einmal, kurz.«

»Und wie war's? Hat er sich schlecht benommen?«

Garth schüttelt den Kopf. »Ich fand ihn eher ein bisschen *zu* beflissen. Offenbar ... wie soll ich sagen? Bei meinen Studenten habe ich das auch schon öfter erlebt. Offenbar hat er Schwierigkeiten, anderen gegenüber den richtigen Ton zu treffen, so als würde er sich entweder zu viel oder zu wenig Mühe geben. Jedenfalls merkt man ziemlich schnell, dass er nicht wirklich etwas von sich preisgibt, und das wirft natürlich die Frage auf, warum nicht?«

»Weil er eine miese Type ist.«

»Ich dachte, ihr wärt befreundet?«

»Nicht so richtig. Er ist einer von denen, die einfach immer wiederauftauchen, bis keiner mehr weiß, wer anfangs mit ihm befreundet war, und wenn man dann merkt, dass man ihn eigentlich gar nicht mag, traut man sich nichts mehr zu sagen, weil man den, der ihn angeschleppt hat, nicht kränken will.«

Garth nippt an seinem Tee. »Althea wird jedenfalls froh sein, dich zu sehen. Ohne dich ist sie ziemlich einsam. Vielleicht hat das diesmal ihre Ansprüche, was Freundschaften angeht, ein bisschen gesenkt.«

Oliver spürt, wie sich ein wachsendes Unbehagen in ihm breitmacht. Irgendetwas ist schiefgelaufen. Alles sieht noch genauso aus – die Azaleenbüsche, der Riss im Fliegengitter an der Hintertür, der nachlässig aufgerollte Gartenschlauch, den jemand achtlos in der Einfahrt hatte liegen lassen. Auch dieser Spätsommertag hat jetzt seinen fast unmerklichen Wendepunkt erreicht, wo das Brummen der Benzinrasenmäher und das Lärmen der Kinder von den leiseren Tönen der Zikaden und dem rhythmischen Zischen der Rasensprenger abgelöst wird, die das Gras fächerförmig mit künstlichem Regen besprühen. Und doch wirkt dieser friedliche Nachmittag irgendwie bedrohlich. Oliver hat das Gefühl, als wäre er in einer anderen Welt aufgewacht, an einem fremden Ort, dunkler als der, den er im Juni verlassen hat, und so albern ihm dieser Gedanke auch erscheint, wird er ihn doch nicht mehr los.

»Ist alles in Ordnung?«, fragt er.

Ihre Blicke begegnen sich. Garth zögert, der Finger, von dem er gerade ein bisschen Glasur ablecken wollte, bleibt auf halbem Weg in der Luft hängen. Eine Taube gurrt in einem nahe gelegenen Baumwipfel. Zum ersten Mal, seit Oliver sich erinnern kann, blinzelt Garth und schaut dann weg.

Sie sehen ihn nicht kommen, und so kann Oliver die beiden in Ruhe beobachten, wie sie auf dem Dach der Garage sitzen und Bier trinken. Coby trägt sein T-Shirt mit der Aufschrift I ♥ SOCCER MOMS, und eine fettige Strähne seines dunklen Haars fällt ihm in die Augen. Althea hat ihre Hosenbeine bis über die Knie hochgekrempelt, ihre langen Zehen krallen sich affengleich um einen Dachziegel und die schwarzen Träger ihres BHs bilden einen starken Kontrast zu ihrem weißen Unterhemd (etwa eins von Coby?) und der tiefgebräunten Haut. Olivers Sonnenbrille sitzt ihr selbstgefällig im Gesicht. Sie hat sich die Haare schwarz gefärbt. Sie ist zu dünn. Sie lächelt über etwas, das Coby gesagt hat.

Althea öffnet eine Schachtel Streichhölzer. Sie presst ihren Unterarm gegen den von Coby, zündet ein Streichholz an und lässt es fallen. Sie ballt die Fäuste und beißt sich auf die Knöchel. Oliver macht den Mund auf, aber es kommt nichts heraus. Coby brüllt etwas Unverständliches, eine Reihe von Vokalen, die Lippen vor Schmerz verzerrt, und zieht dann den Arm weg. Das verbrannte Streichholz fällt aufs Dach. Althea schnappt nach Luft, mit einem heiseren Keuchen, wie jemand, der zu lange unter Wasser war und jetzt verzweifelt die Oberfläche durchbricht.

»Du hast schon wieder gewonnen«, sagt Coby und greift nach seinem Bier.

Schon wieder?

Coby entdeckt Oliver zuerst; seine Schultern sacken nach vorn, sosehr er sich auch bemüht, seine Enttäuschung zu verbergen. Oliver würde ihn am liebsten vom Dach runterholen, die Bierflasche in seiner Hand zerschlagen und ihn mit den Scherben in Stücke schneiden.

Althea folgt Cobys Blick, hebt die Sonnenbrille an und blinzelt verständnislos in Olivers Richtung. Er zwingt sich zu einem Lächeln, und sie fasst sich rasch wieder, als wäre ihr soeben klar geworden, dass sie sich freut, ihn zu sehen, und springt dann so eilig auf, dass Coby sie am Hosenbund festhalten muss, damit sie auf dem Schrägdach nicht das Gleichgewicht verliert.

Als sie schließlich vor ihm steht, tut sie genau das, was Oliver gehofft hat: Sie legt ihm eine Hand in den Nacken und zieht ihn zu sich heran. Als er die Stirn auf ihre Schulter sinken lässt und ihr die Arme um die Taille legt, wird sie straff gespannt wie eine Klaviersaite. Coby weicht in den Hintergrund zurück. Sie riecht nach Labello und Schwefel und verbrannten Haaren.

»Ich habe auf dich gewartet«, sagt sie.

Er schließt die Augen und Coby verschwindet völlig. »Ich bin gleich als Erstes hierhergekommen.«

Als sie sich voneinander lösen, stellt er erschrocken fest, dass er zum ersten Mal in seinem Leben auf sie hinunterschaut, dass ihre Augen sich nicht mehr auf exakt gleicher Höhe mit den seinen befinden, sondern gut zwei Zentimeter tiefer. Sie blinzelt irritiert hinter ihrer neuen schwarzen Mähne hervor und schaut dann nach, ob er seine üblichen Turnschuhe trägt.

»Scheiße noch mal!«, platzt sie heraus. »Bin ich etwa geschrumpft?«

Sie holt ihre Umhängetasche aus dem Zimmer und verabschiedet sich flüchtig von Coby, der mürrisch auf dem Dach zurückbleibt. Oliver wirft sein Fahrrad in den Kofferraum des Toyota, während sie sich ans Steuer setzt.

»Gib Gas«, sagt er, und das tut sie.

Unten am Wasser trinken sie ihren Kaffee. Die Schuhe haben sie ausgezogen, ihre nackten Füße baumeln vom Steg. Althea legt sich auf den Rücken. Der Sommer ist noch nicht vorbei, ihr letztes Schuljahr hat noch nicht begonnen, da plant sie schon wieder eifrig für Halloween, ihren Lieblingsfeiertag.

»Ich dachte, dieses Jahr könnten wir vielleicht als Jack und Sally gehen«, sagt sie. »Ich male mir so eine Wundnaht um den Hals und mach mir ein Kleid aus lauter Stofffetzen, und für dich besorgen wir im Secondhandladen einen Nadelstreifenanzug. Oder einen Überzieher.«

»Ich will aber nicht diese weiße Farbe im Gesicht haben. Ich hasse Schminke. Wenn wir als Jackie O. und JFK gehen, muss ich mir nur ein Einschussloch auf die Stirn malen.«

»Ja, aber dafür bin ich dann voller Blut. Und muss eine Perücke tragen.«

»Als Sally musst du auch eine tragen«, sagt Oliver.

»Da könnte ich einfach die Haare orange färben.« Zerstreut zupft sie an seiner Gürtelschlaufe, und er hält ihr mageres Handgelenk fest. Mit dem Daumen fährt er die frische, nässende Brandwunde entlang, auf der sich eine Blase gebildet hat. Es gibt noch andere Verbrennungen, die inzwischen verblasst sind, daneben auch alte und neue Blutergüsse. Irgendwie musste Coby daran schuld sein, vermutet Oliver; Coby, der offenbar den ganzen Sommer über wie dieser rote Comicteufel auf ihrer Schulter saß, um sie mit seinem Dreizack zu piesacken, ihr ins Ohr zu knurren und sie zu irgendwelchen Dummheiten anzustiften, während Oliver schlief, in weiße Laken gehüllt.

Althea nimmt den Plastikdeckel von ihrem Becher ab und kaut darauf herum. Manchmal erinnert sie ihn an Maulwürfe im Garten, bei denen man einen Hügel nach dem anderen einebnet, nur damit sie ein paar Meter weiter den nächsten aufhäufen: Kaum hat sie den einen Tick unterdrückt, wird er auch schon durch den nächsten ersetzt.

»Na los. Steck dir eine an«, sagt Oliver resigniert. Sie holt eine Packung Marlboro hervor, wählt bedächtig eine Zigarette aus, kontrolliert, ob das Papier irgendwo zerrissen ist, und tippt den Filter ein paarmal auf die Zündholzschachtel. Oliver sieht bekümmert, wie fachmännisch sie die Flamme vor dem Wind schützt und mit welcher Leichtigkeit sie den Rauch inhaliert, genauso, wie er es immer vorausgesehen hat. »Seit wann gibst du dich eigentlich mit Coby ab?«, fragt er schließlich.

Sie zuckt die Achseln. Es wird langsam dunkel, aber seine Sonnenbrille steckt immer noch in ihrem Haar, die Brille, die er vorhin gesucht hat, um dann feststellen zu müssen, dass sie sie die ganze Zeit getragen hat, am Strand oder auch beim Biertrinken auf Cobys Dach. Der Gedanke, dass seine blöde Sonnenbrille diesen Sommer erleben durfte, den er komplett verschlafen hat, macht ihn furchtbar wütend. Er stellt sich vor, wie Althea die Brille von seiner Kommode nimmt, weil sie denkt, dass er sie ohnehin nicht braucht. Er reißt sie ihr vom Kopf, als könne er sich auf diese Weise ein Stück Sommer zurückholen. Eine Strähne ihres Haars verfängt sich im Bügel.

»Was soll denn das?«, fragt sie.

»Das ist meine Brille.«

»Das weiß ich. Ich hatte nicht vor, sie zu behalten.«

»Was ist mit deinen Armen passiert?« Althea schnippt den Rest ihrer Zigarette in den Fluss. Sie zieht die Knie an die Brust, umschlingt sie mit den Armen und senkt den Kopf. Die Angst, die er in der Laube verspürt hat, steigt wieder in ihm auf, diesmal noch stärker. »Warum sagt mir eigentlich keiner, was los ist? Du bist total unnahbar, Garth benimmt sich auch irgendwie komisch …«

Althea hebt abrupt den Kopf. »Du warst bei meinem Vater?«

»… und ich versteh einfach nicht, warum ich in der verfluchten Twilight Zone aufgewacht bin und keiner mir sagen will, was, zum Teufel, passiert ist!«, schreit Oliver.

»Ol, ich kann mir vorstellen, dass du ziemlich durcheinander bist …«

»Bitte nicht, Althea. Tu nicht so, als würde ich mir alles nur einbilden«, sagt er müde. »Tu mir das nicht an.«

»Du hast *zwei Monate lang* geschlafen«, ruft sie aufgebracht.

»Ist doch klar, dass du das alles völlig scheiße findest! Wenn man im Juni einschläft und im August wieder aufwacht, kann man da wohl kaum nahtlos wieder anknüpfen. Was aber noch lange nicht heißt, dass sich ganz Wilmington gegen dich verschworen hat.«

»Hab Geduld mit mir. Ausnahmsweise«, sagt er rau.

»Ich versprech's dir, okay? In ein paar Tagen geht's dir wieder besser und dann wird alles wieder wie früher, als wäre nie was passiert.« Sie zieht ihre Zigaretten aus der hinteren Hosentasche und schleudert sie in den Fluss. »Siehst du?«

Eine Weile sitzen sie so da, beide zu wütenden Kugeln zusammengerollt, und hören zu, wie das Wasser gegen den Steg schwappt. Dann rückt sie näher und legt ihm zaghaft die Arme um den Hals. »Das muss furchtbar sein«, sagt sie.

Er gibt nach und erwidert ihre Umarmung, und sie drängen sich im schwindenden rosa Licht aneinander. »Ich habe meinen Geburtstag verpasst.«

»Ich back dir einen Kuchen«, sagt sie.

»Und deinen auch.«

»Da hat's geregnet.«

»Das ist doch alles bloß ein Witz«, sagt er. »Ein absolut mieser Scherz.«

Während er sie in den Armen hält, fällt ihm der Rückweg von der Party ein; für ihn ist diese Erinnerung noch ganz frisch – ihr Lachen an seinem Ohr, ihre Wimpern an seiner Wange. Und dann sein dummer Spruch hinterher, er wäre nur betrunken gewesen. Heute spürt er es wieder, dieses unterschwellige Begehren, das alles nur noch komplizierter macht.

»Dann ist Coby jetzt, also, dein Freund?«, fragt er sie.

Althea lacht. »Um Gottes willen, nein. *So* lange hast du nun auch wieder nicht geschlafen.«

Oliver weiß, dass es nicht normal ist, dass er noch nie eine Freundin hatte und sie noch nie einen Freund, dass sie nicht wenigstens schon mal darüber gesprochen haben, wie das wäre. Über Sex zu reden hätte unweigerlich die Aufmerksamkeit darauf gelenkt, sie könnten ihn irgendwann mal miteinander haben oder aber eines Tages zu jemand anderem gehören. Das Terrain war zu gefährlich. Dennoch erfüllt ihn Altheas Antwort mit großer Erleichterung.

»Ich finde deine Haare furchtbar«, sagt er.

»Du solltest mal duschen.«

»Ich will einfach nur, dass alles wieder wie früher ist.«

»Ich weiß.«

Nicky kocht an diesem Abend für ihn oder vielmehr versucht sie es, wälzt die Hühnerbrust in Mehl und Zitronensaft mit Kapern, lässt den Kohl an den Rändern verschmoren und kratzt angebrannten Jasminreis vom Topfboden. Sonst ist meist Althea in der Nähe, wenn Nicky eine Schürze anlegt, und verhindert die schlimmsten Katastrophen, dreht die Herdflamme kleiner, während Nicky auf der Suche nach dem Chardonnay bis zur Hüfte im Kühlschrank verschwindet, oder fügt hier und da noch ein bisschen Pfeffer und Paprika hinzu, wenn Nicky gerade im Wohnzimmer eine andere Platte der *Replacements* auflegt, aber diesmal hat Althea die Einladung zum Essen höflich abgelehnt – vermutlich ein weiser Entschluss. Während Nicky in der Küche hantiert, erzählt sie wehmütig von New York: von ihren Stapeln von Bringdienst-Flyern, den Shrimpsbällchen, die mitten in der Nacht geliefert wurden, und den schlabbrigen Pizzastücken, die so billig waren, dass man sie mit Kleingeld bezahlen konnte.

»Alle reden immer nur davon, wie teuer New York ist«, sagt sie, während sie mit ihren Tellern auf die vordere Veranda gehen. »Dabei kriegt man heute noch zwei Stücke Pizza und ein Root Beer für fünf Dollar. Mehr allerdings auch nicht, aber trotzdem.«

An diesem Punkt fragt er sie meist nach ihrem früheren Leben in New York und hört zu, wenn sie in nostalgischen Erinnerungen an Alphabet City und die frühen Tage des Rock 'n' Roll schwelgt. Sie hat diese Geschichten schon oft erzählt, von Partys in engen Mietwohnungen ohne Aufzug, von drückend heißen Sommertagen am Strand von Coney Island, und Oliver sieht alles ganz genau vor sich – Nicky in einem rot karierten Sommerkleid, die Haare mit einem Tuch zurückgebunden, wie sie Rotwein in Plastikbecher ausschenkt oder auf einem Badehandtuch liegt und döst, ein Bier in der Hand und den Roman *Stolz und Vorurteil* übers Gesicht gelegt. Und irgendwo im Hintergrund dieser Geschichten treibt sich auch immer sein Vater herum, ein Phantom mit blauen Augen, das sich mit Nicky auf der Feuerleiter eine Zigarette teilt, am Strand aus ihrer Flasche trinkt. In Olivers Vorstellung bildet ihr Lachen ein Dauergeräusch, wie Atmen. Oliver schaut auf seinen Teller hinunter. Fürs Kochen war aber wohl nur sein Vater zuständig.

»Das Fußballtraining hat schon wieder angefangen«, sagt Nicky, »aber wenn du willst, sprech ich mal mit dem Trainer.«

Oliver schüttelt den Kopf. »Nee, lass mal.«

»Sicher?«

»Ich bin doch überhaupt nicht mehr in Form. Ich würde eh nur den ganzen Herbst auf der Ersatzbank sitzen.«

»Hast du Althea heute Nachmittag gefunden?«, fragt Nicky, während sie ihr Hühnchen in immer kleinere Stücke schneidet.

»Sie war bei Coby«, antwortet er widerwillig.

»Warum ist sie nicht zum Abendessen gekommen?«

»Vielleicht wollte sie keine Lebensmittelvergiftung riskieren.« Er sucht auf seinem Teller nach einem essbaren Happen Reis.

»Wie findest du ihre neue Haarfarbe?«

»Hast du die auch schon gesehen?« Oliver wendet sich den Kapern zu und versucht sie mit der Gabel aufzupiken.

»Ich sehe alles.«

»Ist sie öfter mal vorbeigekommen?«, fragt er.

»Ab und zu.« Nickys Aufmerksamkeit verlagert sich vom Essen auf den Wein.

»Kommt sie dir irgendwie verändert vor?«

»Ich finde, die schwarzen Haare stehen ihr nicht so gut.«

»Falls du irgendwas weißt, sagst du's mir dann bitte? Seit ich aufgewacht bin, habe ich so ein mieses Gefühl, aber keiner gibt mir eine klare Antwort. Garth war auch so komisch, als ich nach ihr gefragt habe, dabei will ich doch nur wissen, ob's ihr gut geht.«

Nicky antwortet nicht gleich. »Warum machst du dir solche Sorgen um sie?«

Oliver denkt an die Brandwunden auf ihrem Arm. Und an Coby. »Ich habe nicht gesagt, dass ich mir Sorgen mache.«

»Bist du eifersüchtig?«, fragt sie behutsam.

Er zögert. »Meinst du, deshalb mache ich mir Gedanken?«

»Vielleicht.« Sie schmunzelt in ihr Weinglas.

»War ich eigentlich ein Unfall?«

Nicky lässt ihr Glas beinahe fallen. »Ist das dein Ernst?«

»Na ja, schließlich warst du erst – was denn? – einundzwanzig, als du mich bekommen hast.«

»Ich war zweiundzwanzig, und nein, Ol, du warst *kein* Unfall. Du warst ... eine sehr willkommene Überraschung.« Sie lächelt.

»Fragst du dich manchmal ...«

»Ich frag mich nie was. Höchstens, warum ich nicht kochen kann. Warum ich offenbar nicht in der Lage bin, meinem Sohn ein anständiges Essen zu kochen. Aber das war's dann auch.«

»Wieso hast du mich nicht in New York bekommen?«, fragt er.

»Wieso interessiert dich das auf einmal?«

»Nur so.«

Nicky starrt in den Vorgarten hinaus und beobachtet das unregelmäßige Flackern der Glühwürmchen. »Wir hätten natürlich in New York bleiben können. Ich habe viele Geschichten über Paare in kleinen Einzimmerwohnungen gehört, die Kommodenschubladen in provisorische Kinderbettchen verwandelten und all so was. Alle unsere Freunde waren dort. Sarah, und Jimmy – den gab's damals auch schon. Er wollte nicht, dass wir weggehen. Aber wir hatten keine Lust darauf, die neueste Attraktion zu sein, das blutjunge Pärchen, das trotz Kind in der Avenue B wohnen bleibt und sich unheimlich cool vorkommt. Unser Leben bestand aus Konzerten, Partys und Freunden, wir waren oft nächtelang unterwegs und haben uns dann morgens von der Feuerleiter aus den Sonnenaufgang angeschaut. Uns war klar, dass wir eine Menge Enttäuschungen erleben würden, wenn wir versuchen, da auch noch ein Baby reinzuquetschen. Ich wollte mich auf dich und Mack konzentrieren und nicht ständig darüber nachdenken müssen, worauf wir jetzt alles verzichten mussten. Deshalb sind wir fortgegangen. Wir fühlten uns wie Pioniere, die sich aufmachen, ein neues Land zu entdecken.« Sie verscheucht eine Mücke.

»Aber warum gerade Wilmington?« Er leiht sich ihr oranges Einwegfeuerzeug und zündet die Zitronenölkerze auf dem Tisch an.

»Wer in New York lebt, glaubt sowieso, dass alle anderen Orte irgendwie gleich sind, alles eine riesige, einförmige Landmasse von Nicht-New-York. Wir sind vorher mal hier zu Besuch gewesen, übers Wochenende, bei einem Freund von Mack, und fanden es ganz nett. Für uns war Wilmington so gut oder schlecht wie jeder andere Ort.«

»Haben euch die anderen nicht alle für verrückt erklärt?«

»Klar, die hielten uns für völlig durchgeknallt. Wenn Sarah mir erzählt hätte, sie würde in den Süden gehen, um dort ein Kind großzuziehen, hätte ich das sicher auch gedacht. Aber Mack kam irgendwann mal abends aus der Kneipe nach Hause, mit einem Bierdeckel in der Tasche, auf dem er alles haarklein notiert hatte, und meinte so zu mir, ›Pass auf, ich habe das alles mal durchgerechnet. Wenn wir jetzt dieses Kind kriegen, sind wir, wenn es mit achtzehn aus dem Haus geht, beide noch keine vierzig. Dann haben wir die Sache mit dem Kinderkriegen erledigt und sind trotzdem immer noch cool. Eigentlich ist das doch viel praktischer so.‹ Das war der Kalifornier in ihm, durch nichts aus der Ruhe zu bringen. Das hast du eindeutig von ihm geerbt. Und in mancher Hinsicht hatte er ja auch vollkommen recht. Wir haben viel früher die Kurve gekriegt als der ganze Rest unserer Freunde, wir haben ein Kind bekommen und ein Haus gekauft und lauter solche erwachsenen Dinge getan, während alle anderen noch wild herumschliefen und ihr Geld nicht für die Miete, sondern für Platten und LSD und Tequila ausgaben. Und es ging uns gut damit, die ganze Zeit, bis er gestorben ist. Wir haben jahrelang Glück gehabt, aber dann irgendwann nicht mehr.«

Der Plan war gut gewesen und das meiste davon war auch eingetreten. Nicky war noch keine vierzig und immer noch cool. Haus und Kinder konnte sie auf ihrer Liste der Lebensziele abhaken, und all die Jahre, die Mack ihr jenseits dieser Ziele versprochen hatte, lagen jetzt noch vor ihr. Nur eine Sache fehlte.

Oliver quetscht eine weitere Zitronenscheibe über seinem Gemüse aus, um den angebrannten Geschmack zu überdecken.

»Du musst das nicht essen«, sagt sie. »Ich weiß, dass es ungenießbar ist.«

Erleichtert legt er die Gabel hin. Hätte er vorhin doch bloß noch mehr von den roten Muffins gegessen.

Nicky reicht ihm einen Stapel Post. Uni-Broschüren. »Die sind im Lauf des Sommers gekommen.«

Oliver blättert die Kataloge durch, alle voller Fotos von prächtig verfärbten Laubbäumen und von Studenten, die auf weiten, sorgfältig gestutzten Rasenflächen lagern. »Wo sind die von der Uni Wilmington?«

»Ach komm, Oliver, du brauchst doch auf keine staatliche Uni zu gehen.«

»Die anderen sind alle zu teuer.«

»Das lass mal meine Sorge sein. Wir werden schon eine Lösung finden.«

Sehnsüchtig betrachtet er die Bilder des Massachusetts Institute of Technology und des Rensselaer Polytechnic Institute, die gut ausgestatteten Labore, die Formeln auf staubigen Kreidetafeln. Macks Eltern drängen darauf, dass er sich am California Institute of Technology bewirbt, damit sie ihn an die Westküste holen und endlich öfter sehen können, aber ihn lässt der Traum von Neuengland nicht los, von frischen Herbstwinden und verschneiten Nachmittagen in der Bibliothek. Mit einem Seufzer schiebt er den Stapel über den Tisch zu seiner Mutter zurück.

»Das wird doch eh nix«, sagt er.

»Du darfst jetzt nicht aufgeben, Ol …«

»Wie soll ich denn in diesem Zustand an eine Uni gehen? Willst du jedes Semester einen Haufen Geld bezahlen, und dann – ja, was – einfach darauf hoffen, dass ich es nicht komplett verschlafe? Wenn ich überhaupt irgendwo studieren kann, dann hier in Wilmington. Es lebe North Carolina.«

»Aber Astronomie wird hier doch gar nicht angeboten.«

Er zuckt die Achseln.

»Was hältst du davon, nach New York zu fahren?«

»Wozu?«

»Letzte Woche hat mich ein Arzt aus New York angerufen.«

»Ich will nicht schon wieder zum Arzt. Das bringt doch eh nichts.«

»Diesmal vielleicht doch. Er sagt, er weiß, was du hast.«

Die Haustür steht offen; auf Nickys Stereoanlage läuft eine Platte von den *Zombies*. Auf der anderen Straßenseite sieht man Mrs Parkers Fernseher wie blaues Kerzenlicht hinter den fest zugezogenen Vorhängen flackern. »Und was habe ich seiner Meinung nach?«, fragt Oliver.

»Das Kleine-Levin-Syndrom.«

Am liebsten würde er sich dieses Wort von Valerie auf ein T-Shirt drucken lassen und es dann jeden Tag anziehen. Er könnte es auch auf zwei Erkennungsmarken gravieren, die er sich um den Hals hängt, oder auf einen Button schreiben, den er an seinem Rucksack befestigt. Damit er endlich mal was in der Hand hat, etwas Greifbares, das er vorweisen kann, wenn das nächste Mal seine Temperatur ansteigt, seine Gelenke zu schmerzen beginnen und diese teuflische Müdigkeit wieder in den Mittelpunkt seines Daseins rückt. Damit er sagen kann, *Ich bilde mir das nicht bloß ein. Ich nehm keine Drogen, ich bin nicht verrückt und auch kein Simulant. Das ist alles echt. Ich dreh jetzt mal wieder eine Runde mit dem Nonstop-Schlafmobil, und die einzige Regel lautet, dass ich nicht Nein sagen kann.*

»Meinst du, das stimmt?«, fragt Oliver. »Meinst du, das ist die Krankheit, die ich habe?«

»Ich zeig dir was«, sagt Nicky und führt ihn ins Wohnzimmer, wo sie eine Kassette in den Videorekorder schiebt. »Vor ein paar Jahren gab's mal eine Sendung auf CNN. Von der haben sie mir eine Kopie geschickt.«

Sie setzt sich neben ihn aufs Sofa, legt ihm den Arm um die Schulter und küsst ihn auf den Kopf. Dann richtet sie die Fernbedienung auf den Fernseher und drückt auf ›Play‹.

Ein Teenager spielt mit seinem Hund im Garten, während ein Sprecher aus dem Off die Situation mit dem üblichen schmierigen Pathos erläutert: ein ganz normaler Junge, alles in Ordnung, bis eines Tages etwas passiert, das sein Leben für immer verändert.

»Ich wurde auf einmal so schrecklich müde«, sagt der Junge und beschreibt seinen ersten Schub, der mit einem unaufschiebbaren Nickerchen auf dem Linoleumboden neben den Schließfächern in der Schule anfing.

»Seine Lehrer dachten, er hätte Drogen genommen«, erklärt die Mutter unter Tränen, neben dem teilnahmsvollen Vater sitzend. »Aber wir wussten, dass unser Sohn so was nie tun würde. Dass es irgendeinen anderen Grund geben muss.«

»Sie lügt«, sagt Nicky und zündet sich eine Zigarette an. »Natürlich haben sie gedacht, dass er Drogen nimmt.«

»Soll ich Popcorn machen?«, fragt Oliver.

»Wie kann man nur zulassen, dass sie so eine Jeans bei den Aufnahmen trägt?«

»Schsch.«

Die Eltern berichten von dem seltsamen Benehmen ihres Sohns während seiner zehntägigen Schlafphase, von den Hungerattacken, der Verwirrtheit und dem Rückfall in kindliche Verhaltensmuster. Oliver verspürt einen scharfen Stich des Wiedererkennens, wie wenn man jemanden trifft, der die gleiche, ziemlich unbekannte Band gut findet. Das ist er selbst, ohne jeden Zweifel, dasselbe hat er auch, und anscheinend ist er doch nicht der Einzige.

Die Familie zählt einen ganzen Katalog von Fehldiagnosen auf und beschreibt ihre wachsende Verzweiflung, als sich die Episoden alle paar Wochen wiederholen.

»*Alle paar Wochen?*«, ruft Oliver.

Sie haben ihren Sohn beim Schlafen gefilmt, in der Hoffnung, den Ärzten damit zu helfen. Es gibt eine Menge Zeitraffer-Aufnahmen, in denen der Junge im Bett liegt und sich nur hin und wieder umdreht. Und sie haben auch eine dieser merkwürdigen Wachstunden aufgezeichnet, in denen der Junge im Wohnzimmer auf dem Boden sitzt, vor und zurück schaukelt, eine Reihe unverständlicher Silben brabbelt und mit trübem Blick vor sich hin starrt, während seine Eltern ihm ein paar harmlose Fragen stellen – *Auf welche Schule gehst du? Wie heißt unser Hund?* –, die er ganz offensichtlich nicht beantworten kann. Später, als er wieder im Bett liegt und seine Mutter ihn weckt, weil er etwas essen soll, schlägt er sie ins Gesicht. Oliver, der sich schon für das *Waffle House*-Debakel in Grund und Boden schämt, wo nur ein Dutzend anderer Gäste seinen Wutanfall beobachtet hat, ist entrüstet darüber, dass das Fette-Maus-Verhalten seines Leidensgenossen landesweit ausgestrahlt wurde. Trotzdem muss er immer weiter hinschauen. So ist er selbst dann also auch.

»Das ist er«, sagt Nicky, als im nächsten Bild ein junger Arzt lateinamerikanischer Herkunft gezeigt wird, mit stark gegelten, schwarzen Locken und einem warmen Lächeln. »Das ist dieser Typ in New York.«

»Kein Wunder, dass du den mal kennenlernen willst.«

»Ach komm, verschon mich.«

Der Arzt, in der Bildunterschrift als Dr. Crespo identifiziert, erläutert, was man bisher über das Kleine-Levin-Syndrom weiß, nämlich, wie sich herausstellt, so gut wie nichts. Es tritt vor allem bei Jugendlichen auf, und unter ihnen vor allem bei Jungs. Er zählt noch einmal die Symptome auf, reißt kurz die Frage an, ob es sich dabei um eine Schlafstörung oder eine neurologische Erkrankung handelt, und erwähnt dann beiläufig, dass es bislang zwar keine Heilung gibt, dass jedoch die meisten Patienten »diese Episoden mit Erreichen des Erwachsenenalters hinter sich lassen oder zumindest ein stark verringertes Auftreten feststellen«.

»Moment mal«, sagt Oliver und hält den Film an. »Er kann nichts dagegen tun?«

»Willst du den Rest nicht mehr sehen?«

»Dein schnuckeliger Freund hat das Ende schon vorweggenommen. Es gibt keine Heilung? Man kann überhaupt nichts machen?«

»Im Herbst will er eine Studie durchführen, zusammen mit anderen Jugendlichen, die alle das Gleiche haben. Im St.-Victor-Krankenhaus, mitten in New York. Er glaubt, du würdest dich gut dafür eignen. Man kann es nicht wirklich heilen, aber vielleicht finden sie etwas, das die Episoden verkürzt oder die Abstände zwischen ihnen vergrößert. Ich müsste das noch mit der Krankenversicherung abklären und ein paar Formulare ausfüllen, aber ich denke, das wär kein Problem.«

»Wie lange müsste ich dort bleiben?«

»Ein, zwei Monate vielleicht.«

»Zwei Monate Krankenhaus?«, fragt er. »Niemals.«

»Wenn wir gar nichts unternehmen, wirst du über kurz oder lang auch wieder zwei Monate verlieren. Dieser Dr. Schmalzlocke« – sie zeigt auf den Bildschirm – »ist unsere einzige Chance.«

»Ist mir egal.« Oliver schüttelt den Kopf.

»Das sagst du jetzt, aber was ist, wenn es das nächste Mal passiert?«

»Vielleicht passiert es ja nicht noch mal.«

»Glaubst du das wirklich?«

»Muss ich doch. Sonst würde ich ja nur noch darauf warten.«

Nicky springt auf, stampft wütend auf die Veranda hinaus und fängt an, den Tisch abzuräumen. Sie kratzt, was er übrig gelassen hat, auf ihren Teller. Die Reste würden für eine ganze Mahlzeit reichen. Er hasst es, wenn sie so wird, wenn ihr plötzlich und ohne Vorwarnung der Geduldsfaden reißt.

»Was ist denn los?«, fragt er und folgt ihr in die Küche.

Klirrend stellt sie das Geschirr im Ausguss ab. »Wie schön, dass du so Zen-mäßig über den Dingen stehst. Dass du dir noch Gedanken über Altheas Haarfarbe machen kannst, oder über die Frage, mit wem sie wohl ins Bett geht. Ich persönlich bin dieser Tage nicht ganz so entspannt. Ich kreise nämlich nur noch um die Frage, was mit dir wohl nicht in Ordnung ist, und warte jede Sekunde darauf, dass du wieder den Stecker ziehst und ich hier wochenlang rumsitzen muss, bis es vorbei ist. Von daher ist es mir völlig egal, Oliver, ob du noch weitere Ärzte konsultieren willst oder nicht, denn du wirst jeden gottverdammten Arzt konsultieren, zu dem ich dich schicke, und du wirst auch an dieser Studie in New York teilnehmen, damit wir uns irgendwann mal wieder *beide* den Luxus erlauben können, über andere Dinge nachzudenken.«

»Ja, ich weiß, eigentlich sollte ich nächstes Jahr aus dem Haus sein, damit du endlich wieder dein eigenes Leben führen kannst. Tut mir leid, wenn ich deinen Zeitplan durcheinanderbringe«, sagt er.

»Werd nicht gemein«, sagt sie.

»Wir müssen doch zusehen, dass du den ganzen Spaß, den du

versäumt hast, auch wirklich nachholen kannst. Hoffentlich weiß Sarah noch, wo man sich LSD besorgen kann.«

Sämtliche Muskeln in Nickys Gesicht sind erstarrt, doch ihre Stimme bebt. »Ich dachte, das wären gute Neuigkeiten. Ich dachte, du würdest dich freuen.«

»Weil irgendein dahergelaufener Arzt mir erzählt, ich hätte eine Krankheit, die man nicht heilen kann? Worüber soll ich mich da freuen? Und woher weißt du überhaupt, dass der Typ wirklich Mediziner ist? Aussehen tut er wie ein Stürmer von Real Madrid«, ruft Oliver, schon auf dem Weg zur Tür. »Bisher hat er der Sache doch nur einen Namen gegeben.«

Althea wirkt nicht überrascht, als Oliver ans Kellerfenster klopft. Sie macht ihm ein Zeichen, hereinzukommen, doch er bedeutet ihr, herauszukommen.

Bring die Autoschlüssel mit, formt er mit den Lippen, übertrieben deutlich, damit sie es auch wirklich versteht.

Sie macht keine Einwände, fragt auch nicht nach dem Grund, sondern trifft sich fünf Minuten später mit ihm in der Einfahrt und hält ihm einen Pullover hin.

»Wofür?«

»Falls dir kalt wird. Wo fahren wir hin?«

»Wir brennen durch.«

»Cool.«

Wenn Oliver einen Ort auf der Welt benennen müsste, wo er am meisten zu Hause ist, so wäre das der Beifahrersitz in Altheas Auto. Während sie den Wagen durch die benachbarten Straßen zum Highway lenkt, hat er das Gefühl, genau dort zu sein, wo er hingehört. Er selbst fährt nicht gern, doch er fährt gern bei anderen mit, liebt das gleichmäßige Surren der Reifen auf dem Asphalt und die verwischte Landschaft vor dem Fenster, die vorbeifliegt, bevor man sie wirklich erfassen kann. Auch der Toyota muss sich, wie der Rest der Welt, immer wieder den Launen ihrer Fantasie unterwerfen – mal ist er ein Piratenschiff, mal eine Achterbahn, mal eine U-Bahn, die nach Coney Island rumpelt –, aber heute Abend macht Althea ihn zu genau dem, was Oliver jetzt braucht: eine Maschine, die weißes Rauschen erzeugt. Sie sagt nichts, während sie fährt, aber ihr Schweigen lastet nicht, gibt ihm nicht das Gefühl, dass sie ein Gespräch von ihm erwartet. Nachts, auf den leeren Straßen, schwindet ihre Ungeduld, und es kommt ihm vor, als könne sie ewig so weiterfahren, solange er nur neben ihr sitzt.

Althea fährt an einer Raststätte ab, einem gedrungenen Backsteingebäude mit vielen Toiletten und Verkaufsautomaten und ein paar Picknicktischen am Straßenrand. Außer ihnen ist niemand zu sehen.

»Wie gefällt dir das?«, fragt sie, als wäre das die ganze Zeit ihr Ziel gewesen.

»Perfekt.«

Er wartet darauf, dass sie den Wagen wendet und umkehrt, aber stattdessen stellt sie den Motor ab, steigt aus und winkt ihm, ihr zu folgen. Sie legen sich mit dem Rücken auf einen der Tische. Der Himmel hat sich bewölkt, und Sterne sind keine zu sehen, aber die Luft ist frisch auf seinem Gesicht und sogar die Holzplanken der Tischplatte fühlen sich angenehm an, als würden sie einen Knick in seiner Wirbelsäule richten. Sie sind bestimmt noch keine dreißig Meilen gefahren, aber er kann sich nicht erinnern, wann er zuletzt so weit von zu Hause entfernt gewesen ist. Sie ist still, die Welt hier draußen, jenseits von Wilmington. Sie ist nicht verschwunden, nur weil sie kein Interesse an ihr bekundet haben. Oliver streckt den Arm aus und ergreift Altheas Hand.

»Warum hast du dir die Haare gefärbt?«, fragt er.

»Damit man uns endlich auseinanderhalten kann.«

Er lacht, und sie stimmt ein. Das war genau die richtige Antwort. Denn für die Wahrheit, das wissen sie beide, ist er noch nicht bereit.

5. KAPITEL

Althea hat eine Idee.

»He, Ol, hast du noch mehr von diesen Pillen?«, fragt sie.

»Von welchen?«

»Von diesen runden. Irgendwie beigefarbenen.«

Valerie und Minty Fresh spitzen die Ohren wie Terrier.

»Pillen? Ja, bitte.« Coby sieht Oliver erwartungsvoll an.

Oliver zuckt die Schultern und wühlt gehorsam in seinem Rucksack, bis er schließlich ein orangefarbenes Fläschchen hervorholt. Dass es für KLS keine richtige Behandlung gibt, hat die braven Ärzte von North Carolina nicht davon abgehalten, Oliver eine wahre Flut von Amphetaminen und Aufputschmitteln zu verschreiben. Pillen sind in der Highschool eine bessere Währung als Geld, und Oliver geht großzügig mit seinem Reichtum um. Er hält den anderen eine Handvoll Pillen hin, als wären es Bonbons, und sieht zu, wie sich alle darauf stürzen, als wären es wirklich welche. Althea spült ihre Ration mit dem Southern Comfort herunter, den Coby in einer Eistee-Flasche mit sich herumträgt.

Unten bei *Lucky's* haben Minty Fresh und Valerie zu Halloween ein Punk-Konzert organisiert, um Geld für *Bread and Roses* zu sammeln. Der Handzettel, von Althea gestaltet, klebt an jedem Telefonmast in Wilmington. Althea und Oliver haben sich dafür entschieden, als ›Jackie O. und JFK nach dem Attentat‹ zu gehen, weil es sicher jede Menge Gruftis gibt, die ganz scharf darauf sind, sich als ›Jack und Sally‹ zu schminken und zu verkleiden. Im Secondhandladen haben sie ein rosafarbenes Kostüm für Althea und die perfekte Krawatte für Ol gefunden und beides gleich ordentlich in künstlichem Blut getränkt. Althea hat ihre Haare unter eine braune Perücke mit Jackie-O.-Föhnwelle gesteckt, und Olivers Stirn ziert ein gemaltes Einschussloch. Val und Minty haben sich als die beiden Farmersleute auf dem Gemälde *American Gothic* verkleidet, auch wenn Mintys rasierklingenschmaler Iro hoch aufragt. Auf dem Parkplatz wimmelt es von Jugendlichen, die meisten von ihnen in den naheliegenden Verkleidungen – Zombies, Skelette –, und ja, wie erwartet, ist auch die komplette Belegschaft von *The Nightmare Before Christmas* stark vertreten. Viele Mädchen sind offenbar erstmals dahintergekommen, dass Halloween-Kostüme einen guten Vorwand dafür liefern, halb nackt zu einer Party zu gehen. Es gibt jede Menge ›Wonder Women‹ in hautengen, metallbesetzten Oberteilen und Betty Boops, die in roten Minikleidern und Stilettos über den Parkplatz stöckeln.

»Jetzt seht euch das an«, sagt Althea, als sich ein französisches Dienstmädchen in Doc Martens vorbeugt, um ihren Schnürsenkel zu binden, und allen einen unverstellten Blick auf ihre Unterwäsche gewährt. »Lässt ihr Höschen übern ganzen Platz blitzen. Mein Vater würde einen Anfall kriegen.«

»Dagegen wirkst du fast schon seriös«, sagt Valerie.

»So weit würde ich nicht gehen«, sagt Althea und streicht über ihren blutgetränkten Rock. »Aber zumindest sind meine edelsten Teile bedeckt.«

Auch dieser Abend ist wieder warm und klar; die Sterne erscheinen am dunkelblauen Himmel und eine Brise weht über den Platz. Bands laden ihre Gerätschaften aus, Jugendliche verteilen selbst gemachte Aufkleber und Handzettel für kommende Veranstaltungen; zwischen befreundeten Gruppen werden Verabredungen für After-Show-Partys draußen in Seagate oder Silver Lake ausgetauscht, ebenso wie Flachmänner und Zigarettenschachteln. Altheas Clique trinkt, an ihr Auto gelehnt, reihum aus Cobys Flasche, bis sie leer ist und er sie in die Büsche wirft.

»Was wollen *wir* denn noch machen, wenn das Konzert vorbei ist?«, fragt Minty.

»Ich weiß nicht, wie's euch geht«, sagt Oliver, »aber ich hätte Lust, ein Geheimnis aufzuklären oder so.«

Drinnen im *Lucky's* wird ein Akkord auf der E-Gitarre angeschlagen. Das Geräusch lockt die Leute vom Parkplatz ins Innere des Gebäudes. In erster Linie ist das hier Minty Freshs Konzert, und als die Jugendlichen jetzt hinter ihm in den Saal strömen, winken viele ihm zu und rufen seinen Spitznamen. Er geht auf die Bühne, um die erste Band anzukündigen, und zieht Valerie hinter sich her, damit das Publikum ihre Verkleidung in Gänze bewundern kann. An Stelle der Heugabel hält er einen Besen, und die Zuschauer jubeln, als er ihnen für die Unterstützung von *Bread and Roses* dankt.

»Nicht zu fassen«, ruft Oliver Althea zu. »Ist dir klar, dass Minty Fresh hier inzwischen so was wie der Anführer ist?«

»Echt?«

Die erste Band ist grauenhaft, aber mit Feuereifer bei der Sache. Sie nennen sich die *King Dorks*. Alle Mitglieder sind mit einem Taschenschoner und einer Krone vom *Burger King* ausstaffiert, und sie spielen ungefähr zwanzig Minuten lang. Jede nachfolgende Band kann schon etwas besser mit ihren Instrumenten umgehen als die vorige, auch wenn sich die Stücke meist alle gleich anhören – kurz, schnell und ohrenbetäubend laut. Zwischen den Auftritten gibt es keine Ansage oder Moderation, nur ein hektisches Durcheinander, wenn eine Band die Bühne noch nicht geräumt hat, während die nächste schon wieder aufbaut, nervös ihre Instrumente stimmt und nebenher versucht, ihre Beine aus dem Kabelsalat zu befreien.

Als Mintys eigene Band, *Tartar Control*, auf die Bühne kommt, hat er beim Mikrofon-Check die Ruhe weg und schielt auch nicht mehr ängstlich ins Publikum. Ein Mädchen weiter hinten im Raum – eindeutig nicht Valerie, die Stimme ist zu schrill – ruft »Minty Fresh!« und stößt einen Jubelschrei aus, aber er lacht nur leise in sich hinein, ohne den Blick von der Titelliste zu heben, die er gerade mit der Spitze seiner Chucks an die richtige Stelle schiebt, als würden ständig irgendwelche Mädchen seinen albernen Spitznamen brüllen. Sein leuchtend blauer Iro, der immer etwas monströs wirkt, wenn er die Flure ihrer Highschool entlangwippt, hat auf der Bühne genau die richtige Größe. Auch die Mitglieder von *Tartar Control* sind weit davon entfernt, ihre Instrumente zu beherrschen, doch das neue Selbstvertrauen ihres

Leadsängers verleiht ihrem ungeschliffenen Klang gerade so viel Glanz, dass sie sich, zumindest leicht, von den übrigen mittelmäßigen Musikern des Abends abheben.

Minty ist eher ein Showtalent als ein Musiker; den britischen Akzent hat er klugerweise abgelegt, aber beim Spielen kann er immer noch nicht von seiner Gitarre hochschauen, weshalb er sie manchmal einfach wie ein nutzloses Anhängsel um den Hals baumeln lässt, um sich stattdessen das Mikro zu schnappen und zu den Zuschauern hinunterzubeugen oder anklagend den Finger auf sie zu richten oder herumzugestikulieren, wie er das auch immer tut, wenn er vor seinem Schließfach steht und irgendetwas erzählt. Die Menge drängt nach vorn zur Bühne, sie sucht seine Nähe, wie er die ihre sucht.

Es dauert nicht lange, bis die Pillen und der Alkohol ihre Wirkung entfalten und Althea ihre Zurückhaltung ablegt, wie man eine Bluse aufknöpft und beiseitewirft. Sie tanzt, mit wippender Perücke, die Arme über den Kopf gereckt, und prallt dabei immer wieder mit ihren Freunden zusammen, die einen engen Kreis um sie bilden. Ihre Zehen werden in den geliehenen Stöckelschuhen zusammengequetscht und ihre Waden schmerzen, während ein Song direkt in den nächsten übergeht, und für eine Weile gelingt es ihr, all die peinlichen Momente ihres siebzehnjährigen Lebens zu vergessen, die ihr sonst keine Ruhe lassen – eine falsche Antwort in Mathe im ersten Highschool-Jahr, wo die Lösung so offensichtlich war, dass die ganze Klasse hämisch kicherte; ein cooler Spruch auf dem Schulhof, der völlig danebenging; ein ungehörig lautes Lachen, das mitten in die Stille platzt; der schicksalhafte Kuss unter dem Zuckerahorn; und natürlich der Nachmittag in

Olivers Zimmer – dieses schreckliche Geheimnis, das sie trotz allem nicht bereuen kann. Dicht an ihn gepresst und als seine Frau verkleidet, ist ihr deutlich bewusst, dass sie heute Abend nicht wie Zwillinge aussehen, sondern wie ein Paar, und wenn es je eine Nacht gab, um sich Illusionen hinzugeben, dann diese, deshalb wird sie jetzt, wenigstens eine Zeit lang, so tun, als wären sie wirklich ein Paar, als hätte sie nie etwas Unrechtes getan. Und so wird diese quälende, unablässige Bilderfolge für einen kurzen, aber segensreichen Moment ausgeblendet, verdrängt vom Pulsieren der Menge und Altheas ungestümen Bewegungen in ihrer Mitte, während *Tartar Control* die immer gleichen drei Akkorde aneinanderreiht, mit unerbittlicher, treibender Wucht.

Und dann ist es plötzlich vorbei. Minty bedankt sich beim Publikum und die Band fängt mit dem Abbau an, rollt Kabel auf, packt das Schlagzeug ein, das Klirren der Becken wie ein schwaches Echo des eben verklungenen Getöses. Der Pulk um Althea löst sich auf, so dass sie plötzlich ins Wanken gerät und ihre Unterarme sich durch den Temperaturabfall mit einer Gänsehaut überziehen. Die Beleuchtung geht an, das *Lucky's* leert sich allmählich, und irgendwie hat sie Oliver verloren. Valerie schiebt sich an ihr vorbei, kämpft sich gegen den Strom voran, gefolgt von einem zierlichen Mädchen mit wasserstoffblondem Haar, das einen Ring durch die Nase trägt und ein Kleid, das aus einem verschlissenen Regenbogen-Kissenbezug besteht.

»Los, komm«, sagt Valerie im Vorbeigehen. »Minty muss irgendwo dahinten sein.«

Sie streckt einen Arm nach hinten, mit einem ganzen Satz schwarzer Gummi-Armbänder ums Handgelenk. Erst als das

Kissenbezug-Mädchen Vals Hand ergreift, wird Althea klar, dass Vals Worte gar nicht ihr selber galten. Die Finger der Mädchen verhaken sich ineinander, alle mit dem gleichen Glitzerlack auf den Nägeln. Dicht hintereinander schlängeln sie sich durch die noch verbliebene Menschenmenge.

»Habt ihr Oliver gesehen?«, ruft Althea ihnen nach, doch sie sind schon zu weit weg.

Coby tippt ihr auf die Schulter. Er legt zwei Finger an die Lippen und nickt in Richtung Tür. Zögernd wirft sie einen letzten Blick durch den Raum und versucht, den einzigen Jungen zu entdecken, der hier eine Krawatte trägt.

Auf dem Weg zum Wagen zündet Coby zwei Zigaretten an und reicht ihr eine. Schweiß rinnt ihm über die Stirn. Er sieht nicht wirklich verkleidet aus, aber schicker als sonst, mit frisch gewaschenem, mittig gescheiteltem Haar, schwarzem Hemd und Khakihosen. »Als was gehst *du* eigentlich?«, fragt sie ihn. »Als verkappter Frauenschänder?«

»Ich gehe als gar nichts«, sagt er.

»Solltest du nicht langsam eins von diesen halb nackten Mädchen anbaggern?«

Er zuckt die Achseln. »Mit der Hälfte von ihnen war ich eh schon im Bett.«

Althea behält den Eingang im Auge, in der Hoffnung, dort gleich auch den Rest ihrer Clique auftauchen zu sehen. Jason, der vom Pech verfolgte Gastgeber, sitzt mit einem Bier in der offenen Heckklappe seines Pick-ups, umringt von einer Gruppe Jugendlicher, die sie vage von jener Party bei ihm zu Hause wiedererkennt. Als Oliver endlich erscheint, lässt sie unwillkürlich den

Rest ihrer Zigarette fallen und hustet eine letzte Lunge voll Rauch heraus. Gerade als er Althea und Coby neben ihrem Auto entdeckt hat, packt das französische Dienstmädchen ihn am Arm und fängt an zu reden.

»Was ist denn das für eine?«, fragt Althea.

Coby schnalzt mit der Zunge. »Ein Betthupferl.«

»Ein Betthupferl?«

»Eine Statistin«, antwortet er. »Unter ›ferner liefen‹.«

»Wenn sie unter ›ferner liefen‹ ist, warum redet Oliver dann mit ihr?«, fragt sie.

»Althea, du bist die First Lady, sie das Dienstmädchen. Also entspann dich. Ich an deiner Stelle würde mir eher Sorgen wegen Jason machen.«

»Wieso Jason? Das ist doch schon ewig her. Außerdem weiß er gar nicht, wer damals im Badezimmer war.«

»Da habe ich anderes gehört.«

Sie kann den Blick nicht von Oliver und dem Dienstmädchen abwenden und sieht mit einer gewissen Befriedigung, dass er zu ihnen herüberschielt. Vielleicht täuscht sie sich, aber es wirkt so, als würde er das Gespräch gern beenden. »Was hast du denn gehört?«

»Dass es schwierig ist, unbemerkt aus einem Fenster zu springen. Woher sollte ich sonst davon wissen? Du hast es mir ja nie erzählt.«

»Tja, dann weiß er's eben«, sagt sie. »Jetzt kann er doch eh nichts mehr machen.«

Endlich reißt Oliver sich los und kommt auf Altheas Auto zu.

Coby schüttelt den Kopf und steckt sich eine weitere Zigarette an. »Manchmal macht mich das echt fertig, wenn ich sehe, wie du ihn anschaust. Was passiert eigentlich, wenn dieses Spiel nicht so läuft, wie du's dir vorstellst?«

Ihr ganzer Körper spürt, wie Oliver näher kommt, als wäre er ein Magnet und sie ein Haufen Eisenspäne, die nur durch ihn zusammengehalten werden. Vielleicht sind es auch bloß die Pillen. Was sie Coby verschweigt, ist ihr Verdacht, das Spiel längst verloren zu haben. Monate sind schon vergangen seit jener Nacht unter dem Baum, und auch schon Monate, seit er wieder aufgewacht ist, aber Althea und Oliver haben noch kein einziges Mal darüber gesprochen. Sein Wunsch nach Normalität hat sich – wenigstens nach außen hin – mehr oder weniger erfüllt. Sie gehen zur Schule. Sie absolvieren ihre Prüfungen. Sie gehen zu Konzerten. An regnerischen Abenden gucken sie bei Althea im Keller einen Film und lassen sich von Garth Geschichten erzählen. Sie essen Pizza in Olivers Wohnzimmer, zusammen mit Nicky, trinken Vanillebrause aus alten Senfgläsern und hören sich ihre Platten an. Althea ist nicht dumm. Das Ockham'sche Prinzip ist ihr bekannt. Wenn Oliver sie noch mal küssen wollte, würde er das tun. Und so steht sie hier, als Jackie O. zu seinem JFK, und hofft gegen jede Wahrscheinlichkeit, dass er doch noch einmal mit ihr schläft, und zwar in wachem Zustand – ein Mal wäre schon genug –, damit sie endlich das Gefühl loswird, ihm etwas gestohlen zu haben, das sie nie mehr zurückgeben kann.

Coby wartet noch immer auf eine Antwort.

»Anarchie«, sagt sie.

Er steckt ihr seine Zigaretten in die Jackentasche ihres Kostüms. »Vielleicht solltest du die besser nehmen«, sagt er, gerade als Oliver bei ihnen ankommt.

»Ich glaub, wir müssen los«, sagt er. »Jasons Blick gerade eben hat mir gar nicht gefallen.«

»Was ist mit Minty und Val?«, fragt Althea.

Jason hat sich von seinen Freunden gelöst und kommt jetzt über den Asphalt auf sie zu.

»Lass uns einfach fahren«, sagt Oliver. »Mit denen können wir uns auch später noch treffen.«

»Aber was glaubst du denn, was er machen wird, hier, vor allen Leuten?«, fragt sie, während sie nach dem Autoschlüssel sucht.

Coby wirft einen Blick auf Jason, der ohne Eile zu ihnen herüberschlendert. »Soweit ich weiß, war er ziemlich angepisst. Sein Vater hat ihn richtig zur Sau gemacht.«

»Wie spießig.« Sie schwankt und stochert mit dem Schlüssel am Türgriff herum.

»Vergiss es, Carter. *Ich* fahre.« Oliver nimmt ihr die Schlüssel ab.

»Aber ich mag's nicht, wenn du fährst.«

»Ich auch nicht.« Er beugt sich vor, um die Fahrertür aufzuschließen, und erstarrt. »Ach du Scheiße. Al, hast du das gesehen?«

Während Jason seinen gemächlichen Spaziergang über den Parkplatz beendet, entdeckt Althea die tiefen Kratzer über die ganze Länge ihres Wagens, tiefe, absichtsvolle Kerben im silbernen Lack, vom vorderen Kotflügel über beide Türen hinweg bis unter den Kofferraum. Sie fährt eine davon mit dem Finger entlang, bis zum Ende, erschüttert über diesen kaltblütigen Racheakt, und als sie den Blick wieder hebt, steht sie Auge in Auge dem Jungen gegenüber, der ihn verübt hat.

»Ach herrje. Das ist ja echt gemein. Wer macht denn so was?«

Jasons Hände stecken in den Taschen seiner Jeans, sein lockiges blondes Haar lugt unter einer John-Deere-Kappe hervor. Sein Gesicht ist rund und flach wie ein Teller.

Anscheinend ist er nur gekommen, um sie zu verhöhnen, aber das sollte er nicht tun. Er hat schon Rache genommen, daher hat Althea nichts mehr zu fürchten. Er hat wohl gehofft, sie reuevoll vorzufinden, stattdessen ist sie nur wütend. In ihrem Innern heult ein Motor auf.

»Wer kommt denn hier raus, während du drinnen tanzt, und beschädigt mutwillig dein Eigentum?«, fährt Jason fort. Die Schweißränder unter seinen Armen bringen das verblasste Orange seines T-Shirts zum Leuchten. Seine Freunde auf der Ladefläche seines Trucks lassen ihn nicht aus den Augen.

»Das ist eine ausgezeichnete Frage«, sagt sie und macht einen Schritt auf ihn zu.

»Althea, steig ein«, sagt Oliver.

Die Warnung gilt eigentlich Jason, doch das kriegt er nicht mit. Althea macht einen weiteren Schritt.

Jason lässt seinen Autoschlüssel am Zeigefinger baumeln und lächelt. »Warum sollte irgendwer den Wunsch haben, deine alte Scheißkarre zu zerkratzen?«

Oliver tritt zwischen die beiden, um sie voneinander fernzuhalten. Coby steht etwas abseits und sein Gesicht zeigt einen seltsam konzentrierten Ausdruck. Der Motor in Althea heult wieder auf und sie ist kurz davor, richtig Gas zu geben.

»Du hast ihr doch schon das Auto zerkratzt«, sagt Oliver zu Jason. »Ihr seid quitt, also gib jetzt Ruhe, okay? Mach's nicht noch schlimmer.«

»Was mischst du dich da ein?«, kontert Jason und schlägt Olivers ausgestreckte Hand beiseite. »Ich hab schließlich nicht *dein* Auto zerkratzt.«

»Ich habe gar kein Auto, da hast du wohl noch mal Glück gehabt.«

»Wieso? Meinst du, ich hätte Angst vor dir, bloß weil du nicht ganz richtig im Kopf bist?«, sagt Jason. »Meinst du, nach deinem Ausraster im *Waffle House* trau ich mich nicht mehr an dich ran? Du warst schließlich auch mit im Badezimmer, du durchgeknallter ...«

Bevor Jason den Satz zu Ende bringen kann, senkt Althea das Kinn, rammt ihm den Kopf gegen die Brust und klammert sich dann an seine Schultern, während die Welt plötzlich schräg steht und der Boden ihnen entgegenrauscht. Jason schlägt längelang auf den Asphalt und bleibt benommen unter ihr liegen. Der Schlüssel fliegt ihm aus der Hand, doch die Kappe bleibt auf seinem Kopf, wenn auch in einem schiefen, kessen Winkel. Althea hält seine Arme fest und drückt ihm ein Knie in den Magen, während er sie von unten anstarrt, halb erstickt, die blauen Augen von blonden, mädchenhaft langen Wimpern gesäumt. Spucke rinnt ihm aus dem Mundwinkel. »Runter von mir, du Miststück!«, keucht Jason.

»Du alte Drecksau«, brüllt sie und bringt ihr Gesicht dicht an seines heran.

»Leck mich.«

Althea bewegt ihren Arm nach hinten wie den Abschusshebel an einem Flipperautomaten, der nur darauf wartet, die unheilvolle Metallkugel auf den Weg zu bringen. Oliver packt Althea am Handgelenk und zieht sie hoch.

»Hör auf damit«, flüstert er.

Eine Traube von Menschen hat sich versammelt, und Valerie und Minty Fresh drängen sich gerade von den Rändern zu ihnen durch. Althea stößt Oliver weg. Während Jason taumelnd auf die Füße kommt, entdeckt sie seinen Autoschlüssel neben ihrem Hinterrad und lässt ihn vor seinem geröteten Gesicht hin- und herbaumeln. Er greift danach, aber sie ist schneller. Wieder hebt sie den Arm und Jason zuckt zurück – »dieser feige Hund«, wird sie später sagen –, aber stattdessen wirbelt sie herum und schleudert den Schlüssel in ebenjenes struppige Gebüsch, in dem auch schon Cobys leere Flasche gelandet ist. Sie legt es auf Weite an, und die erreicht sie auch; der Schlüssel beschreibt einen schönen Bogen, seine Flugbahn verschwindet in der Dunkelheit zwischen den Bäumen, und alle Umstehenden halten den Atem an, so dass selbst das leise Klimpern beim Aufprall zu hören ist – Jasons einziger Anhaltspunkt, um ihn wiederzufinden. Zum Abschluss schenkt sie ihm noch ihr charmantestes Lächeln und steigt in ihr Auto.

Oliver hechtet auf den Fahrersitz und drückt das Gaspedal durch, während Coby mit den übrigen Schaulustigen zurückbleibt, doch Althea sieht im Schein der Rückleuchten, wie er ihnen grinsend hinterherblickt, während die Menge sich langsam zerstreut. Das Innere ihrer Brust ist warm. Ihre Beinmuskulatur ist verkrampft und zuckt unkontrolliert, als wäre sie eben dreißig Treppen hinuntergerannt. Sie steckt sich eine von Cobys Zigaretten an und bläst den Rauch aus dem geöffneten Fenster. Ihre Hand zittert, als sie sie an den Mund führt.

»Können wir gleich zu dem Teil übergehen, wo das Ganze nur noch eine lustige Anekdote ist?«, fragt sie.

»Du kriegst jedenfalls kein Speed mehr«, schreit Oliver. »Hast du im Kindergarten gefehlt, als wir besprochen haben, warum man niemanden schlagen soll?«

»Habt ihr auch besprochen, was man tun soll, wenn einem das Auto zerkratzt wird?«

»Nun bleib mal fair, immerhin hast du ihm einen teuren Spiegel zertrümmert und das Bad unter Wasser gesetzt.«

»Ach, scheiß drauf. Erinnerst du dich noch an das Götterspeisen-Fiasko bei meiner Party? Da bin ich auch nicht losgezogen, um mich an irgendwem zu rächen, oder?«, sagt sie.

»So hast du's jedenfalls nur noch schlimmer gemacht«, sagt er. »Und ich hab keine Lust, mich bei jeder Party vor diesem Arschloch in Acht nehmen zu müssen.«

»Jetzt verteidigst du ihn auch noch? Hast du nicht gehört, was er zu dir gesagt hat? Ich kann's gar nicht erwarten, ihm wieder über den Weg zu laufen. Hoffentlich bin ich dann genauso betrunken wie jetzt. Und ich an deiner Stelle wäre froh über jeden Schlag, den ich landen kann.«

»Ich will das aber nicht!«, sagt er.

»Was willst du dann? Wenn du nicht willst, dass ich unsere Gegner vernichte, was dann? Sag's mir und ich tu's.«

Er zögert.

»Nun sag schon!«, schreit sie.

»Das hab ich dir doch schon vor Monaten gesagt. Ich will, dass alles wieder normal ist.«

Sie denkt einen Augenblick nach, wirft dann die Zigarette aus dem Fenster und dreht es hoch. Ohne das Rauschen des Fahrtwinds ist es im Wagen viel zu still und das Schweigen ist voller

Spannung. Althea lehnt ihre Stirn an das kühle Glas. Sie spürt noch genau, wie es war, als sie auf Jason losgegangen ist, das sichere Gefühl für sein Gewicht, ihr gemeinsamer Sturz auf den Boden und die unerwartete Intimität, als sie rittlings auf ihm saß und er sie ansah, trotzig und doch voller Angst, angesichts der Schwärze ihres Zorns und ihrer Absichten. »Ich habe keine Lust mehr, so zu tun, als wäre alles wie immer.«

»Das ist nicht sehr hilfreich«, entgegnet Oliver.

»Vielleicht solltest du dir ein etwas realistischeres Ziel setzen. Du redest von normal und nicht normal, aber was du in Wirklichkeit meinst, ist damals und heute. Du bist nicht in einem Paralleluniversum aufgewacht. Stattdessen bist du in eine Zeitmaschine gestiegen, und die hat dich jetzt in eine Zukunft transportiert, die dir leider nicht gefällt.«

»Weil hier alles scheiße ist, und ich weiß nicht mal, warum.«

»Hör auf damit!«, kreischt sie. »Du weißt sehr gut, warum. Du bist krank, und das ist auch wirklich schlimm, aber hör auf, dich dahinter zu verstecken und so zu tun, als wär ich an allem schuld.«

Oliver schweigt; so lange, dass sie sich schon fragt, ob er so tun will, als wüsste er nicht, wovon sie spricht. Er biegt in ihre Straße ein und fährt die Einfahrt zu Altheas Haus hinauf, doch erst, nachdem er den Motor abgestellt hat, gibt er ihr eine Antwort.

»Es tut mir leid. Ich weiß schon, warum du sauer auf mich bist. Aber ich wollte einfach, dass alles wieder so wird wie früher. Ich weiß, dass es unfair war, wie das gelaufen ist. Das erste Mal, dass wir … du weißt schon, und danach mache ich mich einfach so aus dem Staub. Das muss ziemlich blöd für dich gewesen sein.«

Althea zögert und wählt ihre nächsten Worte sehr sorgfältig

aus. »Was genau meinst du denn, wenn du sagst, du weißt, warum ich sauer bin?«

»Dieser Abend«, sagt er. »Nach der Party. Der so abrupt geendet hat. Ich weiß, dass du darüber enttäuscht warst. Ich dachte, du würdest vielleicht lieber nicht darüber reden, aber wenn es dir hilft, können wir das gerne tun.«

»Wenn es mir hilft«, wiederholt sie. Seine wohlgesetzten Worte machen sie stinkwütend. Dieses Kribbeln, diese Wachheit, die sie auf dem Parkplatz empfunden hat, sind verschwunden, und mit ihnen das Gefühl von grenzenloser, ungezügelter Freiheit. Die Nacht hatte ihren Höhepunkt erreicht, als sie bei *Lucky's* losgebrettert sind, und jetzt sitzt sie hier in diesem Auto und die Flugkurve senkt sich steil herab. Vielleicht lässt auch nur die Wirkung der Pillen nach. »Glaubst du wirklich, ich wäre am Boden zerstört, weil du mir die Ehre eines, na, vielleicht dreizehnsekündigen Geschlechtsakts mit einem Besoffenen verweigert hast?«

»Das hatte ich eigentlich nicht gemeint«, sagt er, während seine Hände das Lenkrad weiterhin auf zehn und zwei Uhr umklammern.

Es kommt ihr so lächerlich vor, die ganze Zeit über diese Nacht zu reden, in der sie keinen Sex hatten, während sie immer nur an jenen Tag denken kann, wo sie dann doch welchen hatten. »Jedenfalls ist das nicht der Grund, warum ich sauer bin.«

»Was denn dann, verflucht noch mal?«, schreit er.

Althea kann das Gespräch nicht mit dieser Handbremse zwischen ihnen führen. Sie springt aus dem Wagen, rennt zur Fahrerseite hinüber, reißt die Tür auf und zerrt Oliver heraus. Mit verschränkten Armen steht er da und wartet auf ihre Antwort, während sie auf seinem Gesicht nach irgendeiner Spur dieses Jungen sucht, der sie am liebsten verschlungen hätte. »Sag, dass du nur so tust«, fordert sie ihn auf. »Sag, dass du dich an alles erinnerst und dass es dir bloß furchtbar peinlich ist. Das wäre mir egal. Sag mir nur, dass du's noch weißt.«

»Du sprichst in Rätseln und ich verstehe kein Wort.«

»Ich bin nicht sauer, weil wir *keinen* Sex hatten, sondern *weil* wir welchen hatten. Aber du erinnerst dich nicht daran, so, als wäre es nie passiert, obwohl es eben doch passiert ist, und jetzt jammerst du die ganze Zeit, alles wäre anders geworden, dabei hat sich für dich eigentlich nichts geändert.«

Er starrt sie an. »Moment mal! Was soll das heißen, wir hatten Sex?«

»Was könnte das wohl sonst noch heißen?«

»Wann, Althea? Wann?«, schreit er.

»Als du krank warst.«

»Ich habe dabei geschlafen?«, ruft er entsetzt und vergräbt sein Gesicht in den Händen.

»Herrgott, ich bin doch kein Vergewaltiger. Du warst schon wach, aber, na ja, du weißt schon. Im Fette-Maus-Modus.«

»Mir wird schlecht. Ich habe dir doch gesagt, ich bin noch nicht so weit …«

»Du wolltest es aber«, sagt Althea schneidend.

Er packt sie an den Armen und drängt sie gegen den Wagen. Sein Gesicht ist wutverzerrt und etwas darin kommt ihr bekannt vor, bestätigt ihr, dass er auch noch eine andere Seite hat, die sie sich nicht nur eingebildet hat. »*Das war ich doch gar nicht*, du blöde Kuh!«, brüllt er ihr ins Gesicht. »Du hast doch gewusst, dass ich das gar nicht bin und dass ich mich an nichts erinnern würde, und hast es trotzdem zugelassen? Ich habe dir doch gesagt, dass ich das nicht will …«

»Ach nein? Du *wolltest* das gar nicht? Wie soll es denn dann passiert sein? Meinst du, ich habe Gewalt angewendet? Meinst du, ich habe dich festgehalten und dazu gezwungen?«

Er steht so dicht vor ihr, dass sie es sofort merkt. Sein Körper hat ihn schon verraten, noch bevor er widersprechen kann, hat schon auf ihre Nähe, ihrer beider Erregung reagiert. Althea hält seinem Blick stand und spürt sein Zögern, als sein Körper sich an etwas zu erinnern scheint, das sein Verstand vergessen hat. Und während sie sich noch anstarren, wird das Aufflackern des Begehrens auf seinem Gesicht von Ekel abgelöst und von Verachtung, für sie, und vielleicht auch für ihn selbst.

»Du hast gewusst, wie wichtig mir das war«, sagt er. »Und dass ich niemals gewollt hätte, dass es so passiert. Du hättest es mir sagen müssen. Monatelang hast du mich angelogen.«

»Du wolltest doch unbedingt, dass alles wieder normal wird.«

Wieder drückt er sie hart gegen den Wagen. Sie zuckt vor Schmerz zusammen, doch er scheint es nicht zu bemerken. »Du hast gesagt, ich bilde mir das alles nur ein. Damals auf dem Steg habe ich dich gefragt, warum alle so komisch sind, und du hast so getan, als wäre nichts passiert. Wie konntest du das einfach für dich behalten? Seit wann bist du so ein hinterhältiges, feiges Aas?«

»Ich hatte mir das auch ein bisschen anders vorgestellt.« Althea schreit jetzt auch. Ihre Beine zittern. »Was glaubst du wohl, wie ich mich fühle, seit ich weiß, dass du überhaupt nichts davon mitbekommen hast? Als wäre mir das alles nur ganz allein passiert. Glaubst du, das hätte ich so gewollt?«

»Ich glaube, du wolltest, was du immer willst: das Spiel gewinnen, deinen Kopf durchsetzen.«

»Habe ich mich vielleicht wie ein Sieger benommen? Komm ich dir irgendwie triumphierend vor?«, fragt sie.

»Warum hast du es dann getan?«

Althea starrt ihn an. Wenn er das jetzt noch fragen muss, ist es wirklich aus und vorbei, dann hat sie endgültig verloren. »Ich glaube kaum, dass ich es hätte verhindern können. Und wenn du dich noch an irgendwas erinnern könntest, dann wüsstest du, was ich meine und dass ich Recht habe.«

Er lässt sie los, tritt einen Schritt zurück und schüttelt den Kopf. Seine Stimme ist rau, und so hart, wie sie es noch nie von ihm gehört hat. »Ich werde dir sagen, was ich weiß. Das mit uns beiden, das ist einfach nur Geografie. Hätte ein anderes Mädchen in meiner Straße gewohnt, wäre ich eben mit ihr zehn Jahre lang befreundet gewesen, bis ich irgendwann gemerkt hätte, dass ich sie eigentlich gar nicht so richtig mag. Du bist wie ein amtierender Präsident, den keiner ausstehen kann, der aber jedes Mal wieder gewählt wird, einfach, weil er immer schon da war, und Leute, die immer schon da waren, wird man halt schwer wieder los. Zu dir würde sie viel besser passen«, fährt er ausdruckslos fort. »Diese verfluchte Krankheit. Wenn *du* einfach so rumschreien und mit dem Ahornsirup schmeißen würdest, wäre das bloß typisch.«

Wieder schüttelt er bedauernd den Kopf, als würde ihn das alles nicht wundern, als hätte er es besser wissen müssen, als wäre nichts anderes zu erwarten gewesen, dann wendet er sich ab und rennt nach Hause.

Coby hört, wie sie die Treppe heraufkommt, und erwartet sie an der Tür.

Die kleine Wohnung über der Garage ist so weit hergerichtet, wie sie es wohl je sein wird – an den Wänden hängen ein paar Poster, und gegenüber dem braunen Samtsofa, das Coby bei einem Garagenflohmarkt erstanden hat, steht ein kleiner Fernseher. Nichts hat sich verändert, seit sie hier im Sommer auf dem Dach gesessen und Bier getrunken haben, während Rockmusik aus der Garage zu ihnen hinaufwehte, wo Cobys Vater an seinem Ford Mustang bastelte und dabei einen Joint nach dem anderen rauchte, gedreht mit der bei Zorro erworbenen Ware. Das Zimmer riecht nach den Zigarettenkippen, die in dem letzten Schluck Bier auf dem Boden einer Flasche schwimmen. Ein paar Bukowski-Gedichte, mit einer alten Schreibmaschine abgetippt, sind an die Wand genagelt. Dass es nur Abschriften sind, hat irgendwie etwas Tröstliches; Althea graut vor dem Tag, an dem Coby erstmals seine eigenen obszönen Ergüsse niederschreiben wird. Durch die Tür zum Nebenraum sieht man sein Bett, eine Matratze, einfach auf den nackten Boden geworfen, daneben ein Plastikkorb voller Bücher. Mexikanischer Rap dringt aus der Stereoanlage.

»Hast du was zu trinken?«

Coby holt einen Sixpack Bier aus dem Mini-Kühlschrank und stellt ihn auf die ramponierte schwarze Truhe, die als Sofatisch dient. Althea löst zwei Dosen aus dem Plastikhalter und wirft ihm eine zu.

»Ich hatte nicht erwartet, dich heute noch mal zu sehen.«

»Mir war langweilig. Hast du ein Kartenspiel?«, sagt sie.

Er holt eins aus dem Schlafzimmer und quetscht sich in den schmalen Spalt zwischen Sofa und Truhe. Er macht zwei Stapel, lässt sie ineinanderrauschen und fängt an auszuteilen.

»Sieben Mal«, sagt Althea. »Sieben Mal muss man mischen.«

»Ist das ein Aberglaube, oder was?«, fragt er, sammelt die Karten wieder ein und teilt das Deck erneut in der Mitte.

»Nee, Mathematik«, erwidert sie. »Was spielen wir denn?«

»Egyptian Ratscrew?«

»Gut.«

Während das Bier immer weniger und der Kartenstapel in Altheas Hand immer dicker wird, lässt ihre Anspannung langsam nach. Das Spiel lenkt sie ab und gleichzeitig wird sie vom Alkohol in einen dünnen Schleier gehüllt, der es ihr leichter macht, Coby gegenüberzusitzen und über seine unwitzigen losen Scherze zu lachen, während sie ihn ein ums andere Mal vernichtend schlägt. Auch als das Spiel immer schneller wird, bleibt sie von einer stählernen Ruhe erfüllt. Eine Welle der Apathie spült sanft über sie hinweg und plätschert wohltuend an den Rändern ihres Bewusstseins.

Coby holt zwei Gläser hervor, erstaunlich schwer und sauber, wie die geschliffenen Longdrink-Gläser von Garth, und gießt in beide einen Schluck Tequila. Er hebt sein Glas in ihre Richtung und sagt etwas, das sie nicht versteht.

»Was war das?«, fragt sie, während sie mit ihm anstößt.

»Ein polnischer Trinkspruch. Er bedeutet ›auf die nächsten Tausend‹.«

Als sie das Glas an die Lippen setzt, sieht sie den Rest dieser Nacht ganz kurz, wie einen Schimmer, eine geheime Vorschau, vor ihrem inneren Auge ablaufen, beginnend mit diesem Schluck und darin gipfelnd, dass sie irgendwo zusammengekrümmt auf dem Boden liegt, vermutlich in Cobys Badezimmer, und dazwischen nichts als Ärger. Oliver hat Recht. Eigentlich hätte sie diese Krankheit kriegen müssen. Sie hätte in Cobys Straße aufwachsen müssen, mit ihm als Spielgefährten. Sie hat überhaupt nichts mit Oliver gemein. Er war der gute Zwilling und sie der böse; zum Beweis hat sie sich sogar die Haare schwarz gefärbt.

»Tut mir leid, dass ich so lange nicht mehr hier war«, sagt sie.

»Schon gut. Du hattest eben viel zu tun.« Coby schaltet den Fernseher ein und nimmt die Videospiel-Steuerung vom Boden auf.

Nur wenn er krank war, konnte sie sich mit Oliver identifizieren. Nur dann fiel er kurzzeitig auf ihr Niveau herab. Während Coby sich schon immer hier unten befand. Bei Coby würde sich nie jemand fragen, was einer wie er mit Althea zu schaffen hatte, und umgekehrt würde Coby Althea auch niemals fragen, warum sie so war, wie sie war. Vielleicht hätte sie das schon früher erkannt, wäre sie nicht von der Vergangenheit und den Umständen geblendet worden, doch hier auf dem Sofa sorgt der Alkohol für Klarheit. Obwohl ihr vieles an Coby nicht gefällt, hat er doch auch etwas Rührendes, liegt etwas beruhigend *Jungenhaftes* darin, wie sein Hosenumschlag auf den Schuhen aufsteht und wie sich die Sehnen seiner Daumen beim Videospielen bewegen.

Sie stoßen wieder an – *auf die nächsten Tausend* – und diesmal nimmt Althea den Trinkspruch wörtlich und stellt sich ihre

Zukunft in diesem stickigen Zimmer vor, wo sie beide *Mortal Kombat* spielen und sich mit dem Schnaps von Cobys Eltern betrinken, bis diese sie irgendwann rausschmeißen, weil sie den Ford Mustang seines Vaters um den obligatorischen Telefonmast gewickelt haben. Dann kommt die kleine Mietwohnung, in der es kaum Möbel, aber umso mehr Zigarettenqualm und betrunkene Pöbeleien gibt und die sie dann bei einem ihrer Streichholz-Spiele abfackeln, so dass sie im Auto schlafen müssen, mit einer Flasche Whisky im Handschuhfach, irgendwo zwischen Mintys veganer Propaganda und einem Stapel Landkarten von Gegenden, die sie niemals sehen werden. Und eines Tages gäbe es dann ein Wohnmobil und einen Campingplatz und achtzehn identische weiße Unterhemden auf der Wäscheleine.

Doch gleich darauf kehrt ihre Apathie zurück, eine warme Decke, in die sie sich hüllt, die sie fest um sich zieht, während sie lustlos *Duke Nukem* spielt, bis die Flasche leer ist und Coby die Steuerung auf den Boden schmeißt. Umstandslos legt er ihr eine Hand auf die Brust, wühlt die andere in ihr Haar und rammt dann plötzlich sein Gesicht in ihres, während sie mühsam an ihrer Gleichgültigkeit festhält. Seine Lippen sind merkwürdig kalt, der mexikanische Rap läuft inzwischen schon zum dritten oder vierten Mal. Während sie ihre Zunge mechanisch in Cobys Mund hin und her bewegt, versucht sie im Stillen, den Text zu übersetzen, aber sie versteht nur einzelne Worte, etwas von einem Duft, einem Schmetterling. Teilnahmslos hebt sie die Arme, als er ihr die blutbespritzte Jacke ihres Halloween-Kostüms abstreift und das ärmellose Oberteil auszieht. Er fummelt an dem Verschluss ihres BHs herum und volle zwanzig Sekunden vergehen ohne

Erfolg. Dann schiebt sie seine Hände weg und hakt ihn selber auf. Je schneller das hier vorbei ist – na ja, desto schneller ist es halt vorbei. Rasch zieht sie ihm das T-Shirt über den Kopf, und als er wiederauftaucht, küsst er sie mit noch größerem Eifer; er verwechselt ihre Ungeduld mit Lust, mit Erregung. Vielleicht sogar Begehren. Er nimmt ihre Hand und führt sie ins Schlafzimmer. Sie lassen sich auf die Matratze fallen, öffnen Knöpfe und ziehen Reißverschlüsse auf. Coby strampelt seine Hose weg und Althea windet sich aus ihrem Rock, und dann sind sie beide nackt, und der Ausdruck in Cobys Augen macht ihr Angst, denn er ist siegessicher. Noch nie war sie so dankbar für die betäubenden Eigenschaften des Alkohols; vielleicht würde sie sich morgen an nichts mehr erinnern. *Andere Leute haben ständig Filmrisse, wenn sie betrunken sind,* denkt sie. *Vielleicht hab ich auch gerade einen und weiß es bloß noch nicht.*

Sie denkt an Oliver und wie er sie an sich gezogen hat. An all seine Körperteile, die ihr so vertraut waren und doch so neu. Wie er sie angesehen hat, als er sie zu sich herunterzog. Nicht siegessicher, sondern voll Verlangen.

Coby fummelt mit einem Kondom herum und setzt sich auf, als er fertig ist.

»Dreh dich um«, sagt er schroff. »Und geh auf die Knie.«

Mit jedem Grunzer von Coby wird sie nüchterner, gegen ihren Willen, wie ein Taucher, der sich viel zu schnell der Wasseroberfläche nähert. Als es vorbei ist, vergeht die Panik, wird aber durch etwas noch Schlimmeres ersetzt, als Coby sich aus ihr zurückzieht, angewidert nach unten schaut und sagt:

»Ach übrigens, du blutest.«

»Wie bitte?«

»Du blutest.«

»Ich blute?«, wiederholt sie und ihre Stimme hallt schrill in ihren Ohren wider. »Was zum Teufel hast du mit mir gemacht?« Althea dreht sich auf den Rücken und tastet mit der Hand; tatsächlich, ihre Finger sind rot.

»Viele Mädchen bluten beim ersten Mal«, sagt er. »Mit der Zeit wird das besser. Dann tut es nicht mehr so weh.«

Unvorstellbar, dass irgendetwas noch mehr wehtun könnte.

»Das war doch dein erstes Mal, oder?«, sagt er.

Sie schnappt sich ihre Unterwäsche und streift sie hastig über. Ihre restliche Kleidung liegt im Wohnzimmer. Coby folgt ihr und beobachtet selbstgefällig, wie sie sich anzieht. Steifbeinig stakst sie aus der Tür, ohne den Kies unter ihren bloßen Füßen zu spüren, ohne stehen zu bleiben oder sich noch mal umzuschauen. Sie schleppt sich bis zum Auto und stützt sich auf der Stoßstange ab. Dann steckt sie sich einen Finger in den Hals und pumpt so viel Bier und Tequila aus sich heraus, wie sie kann. Qualvoll zusammengekrümmt. Die Nacht hat fast genauso geendet, wie sie es vorausgesehen hat.

Althea ist es leid, ständig Recht zu haben.

Aus ihrer Brust kommt ein Rumpeln, wie wenn ein Zug in den Bahnhof einfährt, und dann bricht sie in Tränen aus. Sie kann sich nicht erinnern, wann sie zuletzt geweint hat, außer im Kino, aber jetzt tut sie es, während die letzten Reste von Würde sich in Luft auflösen und ihr Atem immer noch sauer nach Tequila-Kotze riecht und ihr Schamhaar juckt, von ihrem eigenen Blut verklebt. Die letzten vier Monate erscheinen ihr plötzlich wie eine einzige dichte Folge taktischer Fehler. *Wenn es je an der Zeit war, die Tränen mal so richtig fließen zu lassen*, denkt sie, *dann jetzt*, und so setzt sie sich auf den Boden und lässt ihnen freien Lauf.

Oliver kennt ihren Stundenplan so gut, dass er ihr problemlos aus dem Weg gehen kann, und als am Montag die Mittagspause beginnt, ist sie überzeugt, dass er genau das tut. Als es zum Schulschluss klingelt, rennt sie von ihrem Klassenzimmer zu seinem hinüber und wartet ungeduldig vor der Tür, während die Schüler einer nach dem anderen herauskommen, aber Oliver taucht nicht auf. Sie wirft einen Blick in den Raum, aber er ist nicht da.

»Hey, Al.« Das ist Coby, bleich und mager, in einem schwarzen Veganer-T-Shirt, das Valerie und Minty Fresh zu Gunsten von *Bread and Roses* verkauft haben. Darauf steht in weißer Schrift: MILCH IST WAS FÜR BABYS, und Althea erinnert sich an den Tag, als sie Valerie bei der Druckvorlage geholfen hat. Sie hatten auf dem Boden in Nickys Küche ein paar ihrer alten Zeitungen ausgebreitet, während Minty Fresh am Tisch saß und Gitarre spielte und Oliver im Internet nach neuen Rezepten für *Bread and Roses* suchte.

Cobys T-Shirt ist fleckig, seine Hose zu lang und die ausgefransten Säume wickeln sich um seine Turnschuhe. Er hat ein widerliches Grinsen aufgesetzt, und obwohl sie sich jetzt zu ihm umdreht, lässt er die Hand auf ihrer Schulter liegen. »Falls du Oliver suchst, ich glaub, der war heute gar nicht da.«

Althea starrt ihn nur wortlos an.

»Geht's wieder besser?«, fragt er.

Später, als sie versucht, die Geschichte zu erzählen, fällt ihr nichts Besseres ein als »Und dann ist mein Kopf explodiert«. Dabei ist es eher so wie in diesem Traum, den jeder schon mal hatte, in dem man vor etwas weg- oder auf etwas zurennen will, aber die Beine wollen nicht richtig funktionieren, und man kommt einfach nicht voran. Als Althea das erste Mal zuschlägt und ihre Faust direkt auf Cobys Unterkiefer landet, ist es wie in diesem Traum, nur genau umgekehrt: Statt ihren Körper dazu zwingen zu müssen, dass er tut, was sie will, hat er schon so schnell agiert, dass ihr Verstand das kaum verarbeiten kann.

Coby sieht ihn nicht kommen, und so erwischt der Hieb ihn mit voller Wucht und lässt seinen Kopf zur Seite schnellen. Althea schießt der Schmerz kribbelnd bis in den Unterarm hinauf. Coby wendet sich zu ihr um und starrt sie mit offenem Mund an, offenbar in den Glauben, sie habe nur einmalig etwas klarstellen wollen, denn auch mit dem zweiten Schlag hat er nicht gerechnet. Der trifft ihn an der Nase, und irgendetwas in seinem Gesicht gibt nach; Blut tropft ihm aus den Nasenlöchern.

»Was zum Teufel …«, setzt er an, wischt sich die Nase ab und starrt dann ungläubig auf seine Hand hinunter.

Der dritte Hieb ist eine Linke, auf seinen Wangenknochen gezielt, und diesmal reißt es ihm nicht nur den Kopf nach hinten, sondern auch die Beine weg. Mit dem dritten Schlag geht Coby zu Boden.

Um sie herum ist jede Bewegung erstarrt, alle schauen nur zu, und Althea fragt sich, warum niemand sie aufhält, und sie hofft, dass es daran liegt, dass Oliver direkt hinter ihr steht und alle damit rechnen, dass er es tut. Sie wartet auf seinen vertrauten Klammergriff, doch der bleibt aus, und ihr kommt der Gedanke, zärtlich, aber flüchtig, dass Oliver sie gar nicht aufhalten will, dass auch er gern sehen möchte, wie Coby in Stücke gerissen wird, und bevor Coby sich aufrichten kann, geht Althea in die Knie und setzt sich rittlings auf ihn. Sie wechselt zu ihrer rechten Hand zurück und schlägt wieder zu, noch mal und noch mal, in Erinnerung an die Zukunft, die sie sich mit ihm ausgemalt hat, an dieses erbärmliche Leben, das ihr so naheliegend und so real erschienen war, dass sie fast schon seine dreckigen Socken riechen konnte, die die Luft im Wohnwagen verpesteten. Blut sickert aus der Wunde über seinem Auge und aus dem Riss in seiner Oberlippe, und durch die Umstehenden geht ein Ruck, als sie begreifen, dass Althea nicht eher aufhören wird, als bis jemand dazwischengeht, und da schließen sich auch schon Arme um ihren Leib und ziehen sie auf die Füße, aber es ist nicht Oliver, sondern jemand anderes, ein feindseliger Erwachsener, wahrscheinlich Mr Nelson, der Schulleiter, dessen kratzige Bartstoppeln sie an ihrer Wange spürt, während Valerie und Minty Fresh eilends versuchen, Coby in Sicherheit zu bringen. Auf Händen und Füßen krabbelt er von ihr weg, im Spinnengang, während er sie immer noch fassungslos anstarrt. Minty und Val helfen ihm auf die Füße, und aus den Blicken, die sie Althea zuwerfen, spricht eine Angst, die, wie sie annimmt, berechtigt ist.

Obwohl sie sich nicht wehrt, hält der Schulleiter sie so lange umklammert, bis Coby um die Ecke des Gangs verschwindet, und ihr Gesicht schmerzt, als sie zum ersten Mal seit Tagen lächelt.

6. KAPITEL

Der Reißverschluss an Olivers Jacke ist zugezogen, die Reisetasche hängt über seiner Schulter; er sieht zu, wie Nicky in dem Chaos auf dem Küchentisch herumwühlt, als es klingelt. »Das wird das Taxi sein«, sagt er.

Nicky schiebt einen Stapel medizinischer Fachzeitschriften auseinander und findet ein dickes Taschenbuch, mit einem Titel in rotem Prägedruck. »Was ist das denn? Ist das von dir?«

»Das muss Garth gehören.«

»Und wie kommt das in unsere Küche?«

»Das frag ich mich bei der Hälfte von dem Zeug hier drin.«

»Sollten wir ihm das nicht zurückgeben?« Ungefähr im letzten Drittel steckt ein Lesezeichen. »Er hatte es nicht mal ganz durch. Wir können es ihm doch kurz vorbeibringen, bevor wir …«

»Nein. Gib es mir.« Oliver nimmt ihr das Buch aus der Hand. »Wir müssen los.«

»Althea müsste inzwischen von der Schule zurück sein; willst du dich nicht von ihr verabschieden?«

»Wir haben uns schon verabschiedet. Und jetzt beeil dich.«

»Ich bin so gut wie fertig«, behauptet Nicky.

»Du musst aber ganz fertig sein. Fix und fertig.«

Es klingelt erneut.

»Sag ihm, er soll kurz warten. Ich komme gleich.« Nicky sucht wahllos ein paar Teile der Zeitung zusammen.

»Den Wirtschaftsteil liest du doch sowieso nicht, Mom.«

Sie droht ihm mit dem Stein des Anstoßes. »Mach du lieber endlich die Tür auf!«

Oliver hat erwartet, einen verärgerten Taxifahrer auf der Veranda stehen zu sehen, doch stattdessen wird er von Valerie und Minty Fresh empfangen. Heute lassen sie ihren üblichen Elan jedoch vermissen; unruhig laufen sie mit ihren Kampfstiefeln auf den morschen Brettern hin und her, die Hände auf identische Weise in den hinteren Hosentaschen vergraben. Hatten sie sich Sorgen gemacht, weil er nicht zur Schule gekommen war? Hatten sie irgendwie Wind davon bekommen, dass er nach New York fuhr, und wollten sich von ihm verabschieden? Statt ihre Anteilnahme rührend zu finden, ist Oliver jedoch nur genervt. Um ein Haar wäre ihm ein sauberer Abgang geglückt.

»Was ist los?«, fragt er.

»Es ist was passiert«, sagt Minty Fresh. Er zögert und wechselt einen vielsagenden Blick mit Valerie, der in diesem Fall wohl so etwas bedeutet wie *Willst du's ihm erzählen oder soll ich?*

»Ich muss gleich los, vielleicht könnten wir es möglichst kurz machen?«, sagt Oliver.

»Es geht um Althea«, sagt Valerie. »In der Schule hat es heute einen Vorfall gegeben. Als wir gegangen sind, war sie noch bei

Nelson im Büro, ich glaub, sie haben versucht, ihren Vater zu erreichen. Aber wir sind ziemlich sicher, dass sie von der Schule fliegt.«

Oliver hebt schützend die Arme vors Gesicht. »Stopp, das reicht schon.«

»Hast du nicht gehört, was ich gerade gesagt habe?«

»Kein Wort mehr. Egal, was da passiert ist oder was sie getan hat, ich will's nicht wissen.«

»Früher oder später wirst du's sowieso erfahren«, sagt Valerie.

»Das glaube ich kaum.«

»Habt ihr euch gestritten, oder was?«

»Oder was.«

»Hat das irgendwie mit Coby zu tun?«, fragt Minty.

»Wieso soll Coby was damit zu tun haben?«

Valerie und Minty Fresh tauschen einen weiteren stummen Blick. Ohne ihn um Erlaubnis zu fragen, beginnt Olivers Gehirn, die Informationen zu verarbeiten – Althea, Schulverweis, Coby – und ihm verschiedene Szenarien aufzuzeigen, in denen diese drei Elemente enthalten sind. Was dabei herauskommt, klingt wie die Überschriften von Geschichten über jugendliche Straftäter: *Althea, Coby und die vereitelte Brandstiftung. Althea, Coby und der Spind voller Pillen. Althea, Coby und die unvermeidliche Strafanzeige.* »Auch egal. Ich hab gesagt, ich will's nicht wissen, und das war ernst gemeint.«

»Wir machen uns wirklich Sorgen«, sagt Valerie. »Kannst du nicht mal mit ihr reden und fragen, ob sie was braucht?«

»Ist doch nicht mein Problem, wenn die mit ihrem total normalen Leben nicht klarkommt«, brüllt er und schlägt Valeries teilnahmsvoll ausgestreckte Hand beiseite. »Und ich will auch nichts mehr von Althea und Coby hören. Von mir aus können die beiden sich haben.« Seine Augen füllen sich mit Tränen.

»Ach, Oliver«, sagt Valerie und nimmt ihn in den Arm. »Es tut mir so leid.«

»Lass mich in Ruhe«, sagt er und zieht die Nase hoch. »Du mit deinen blöden Zöpfen.«

»Was willst du eigentlich mit dem Gepäck?«, fragt Minty, der Olivers Reisetasche bemerkt hat.

»Ich fahre weg.« Oliver greift nach dem Riemen seiner Reisetasche und erinnert sich an den Titel seiner eigenen Geschichte: *Das Rätsel um Olivers seltsame Krankheit.* Im Moment ist das die einzige, die ihn interessiert.

»Wohin denn?«, hakt Valerie nach.

Eigentlich hatte Oliver sich das Ganze so vorgestellt: Er verschwindet unbemerkt, und den anderen dämmert nur ganz allmählich, dass er weg ist, weil sie, mit gutem Grund, davon ausgehen, er hätte wieder eine seiner Schlafphasen. Irgendwann käme dann jemand – Althea, natürlich – bei ihm vorbei und würde das Haus leer vorfinden. Kein Oliver, keine Nicky. Die Schule wusste, wo er war, und hatte Anweisungen, ihm seine Hausaufgaben zu schicken, aber keiner der Lehrer würde diese Information von sich aus weitergeben, und so konnte es Wochen dauern, bevor jemand auf die Idee kam, nachzufragen. Bis dahin hätten sie – oder vielmehr: hätte Althea – nicht den leisesten Schimmer, wo er war, und ja: es mochte kindisch sein, aber er hoffte tatsächlich, dass diese Zeit der Unsicherheit sie dazu veranlassen würde, ihr egoistisches und undankbares Verhalten gegenüber Oliver McKinley noch mal zu überdenken.

So war das jedoch nicht von Anfang an geplant gewesen. Die Studie in New York hatte er nur deshalb verschwiegen, weil sie all seine Bemühungen um Normalität untergraben hätte. Doch dann, als er sich nach dem Konzert bei *Lucky's* gerade dazu durchgerungen hatte, Althea von seiner bevorstehenden Abreise zu erzählen, hatte sie ihre Sex-im-Schlaf-Bombe abgeworfen und ihm vor Augen geführt, dass das Schiff namens Normalität schon vor Monaten abgesegelt war. Er hatte seine Beichte gefürchtet, weil er wusste, dass Althea ihm sein langes Zögern übel nehmen würde, doch am Ende war es zur Abwechslung einmal *er* gewesen, der *sie* anbrüllte, was, wie er überrascht feststellte, eine höchst kathartische Wirkung hatte. Diese positive Erkenntnis war jedoch weitgehend von seiner Abscheu für Althea überlagert worden. Und jetzt, wo er sich gerade leise und vorwurfsvoll aus dem Staub machen will, ist sie ihm offenbar schon wieder zuvorgekommen.

»In New York gibt es einen Arzt, der mich für eine Weile im Krankenhaus beobachten will.«

»Oh«, sagt Valerie.

»Und wann kommst du zurück?«, fragt Minty Fresh.

Das Taxi hält vor dem Haus und hupt.

»Keine Ahnung. Erzählt das aber nicht Althea, ja?«

»Und du willst wirklich nicht wissen, was heute passiert ist?«, fragt Valerie.

»Klar will ich das wissen. Aber das heißt noch lange nicht, dass ich will, dass ihr es mir erzählt.«

Auch wenn der Flughafen LaGuardia nicht gerade dafür geschaffen scheint, nostalgische Erinnerungen zu wecken, ist Oliver doch erstaunt, dass Nicky aus dem Terminal in den kühlen Novemberabend hinaustritt, ohne auch nur einen wehmütigen Blick in die Runde zu schicken. Er selbst ist auch noch ganz benommen und hat Kopfschmerzen von der trockenen, klimatisierten Luft im Flugzeug. Als er das letzte Mal geflogen ist – was zugleich das erste Mal war –, hat er Macks Eltern in Kalifornien besucht, aber das war ein langer Flug gewesen, so dass ihm genügend Zeit blieb, auch seelisch den Sprung von der Ost- zur Westküste zu schaffen. Dieser hier hat nur knapp zwei Stunden gedauert, viel zu kurz, um sich innerlich vorzubereiten.

Nicky hingegen gibt sich ganz geschäftsmäßig; sie reiht sich in die Schlange am Taxistand ein, schiebt Oliver zum nächsten freien Wagen und nennt dem Fahrer ihr Ziel, als würde sie hier tagtäglich aus dem Flugzeug steigen. Im Taxi riecht es nach Schweiß und Kunststoff; ein kleiner Maiskolben baumelt vom Rückspiegel, ein Vorbote für Thanksgiving.

Oliver lehnt sich in seinem Sitz zurück und versucht, seine Aufregung zu verbergen und Nickys Gleichgültigkeit nachzuahmen. Als sie jedoch auf Manhattan zufahren und die Skyline immer höher vor ihnen aufragt, bis sie schließlich in einem Tunnel unter ihr verschwinden, überkommt ihn ein geradezu leichtsinniger Optimismus. Sie hatten Wilmington immer für groß gehalten, bis Althea ihr Auto bekam und ihnen klar wurde, dass man die ganze Stadt in fünfzehn bis zwanzig Minuten durchqueren konnte. Der Anblick von New York, die Größe und Ausmaße dieser Stadt, erfüllt Oliver mit einer brennenden, euphorischen Hoffnung – hier muss es einfach jemand geben, der ihm helfen kann. Er gibt sich dieser Vorstellung hin, während ihr Taxi im Stau steht und die

Gebäude wie Klippen über ihnen aufragen, malt sich aus, wieder Zusagen machen zu können, »Ja, ich werde kommen«, ohne hinzufügen zu müssen »es sei denn«.

Der Taxifahrer drückt energisch auf die Hupe, jedoch ohne erkennbare Wirkung. Nicky streckt den Arm aus, legt Oliver die Hand in den Nacken und behält das Taxameter im Auge.

Nachdem sie in ihrem Hotel in der Nähe des Krankenhauses eingecheckt haben, besteht Nicky darauf, irgendwo essen zu gehen. Zu Hause sind Restaurantbesuche die absolute Ausnahme. Selbst wenn sie es sich leisten könnten, zieht Nicky die vertraute Geborgenheit der Magnolia Street vor, wo sie ihren Wein und ihren Tee trinken und nach Belieben rauchen kann. Doch die sterile Atmosphäre des Hotels macht sie schier wahnsinnig – der Geruch nach Raumspray, die bedruckten Papierstreifen auf der Klobrille, die Kissen, die so laut rascheln, als wären sie mit Zeitungen gefüllt. Sie fragt ihn, ob er Lust auf Sushi hat, richtiges Sushi, nicht dieses abgepackte Zeug, das sie manchmal im Supermarkt kaufen. Beinahe hätte er gesagt ›Lieber Pizza‹, denn seit er denken kann, schwärmt Nicky von der Pizza in New York, von den riesigen, schlabbrigen Stücken, die man zusammenklappen muss und dann gierig hinunterschlingt, während einem das Öl übers Handgelenk läuft. Im Taxi sind sie jedoch an genügend Pizzabuden vorbeigekommen, um Oliver klarzumachen, dass man diese Mahlzeit nur schnell mal zwischendurch, auf Plastikstühlen kauernd, einnimmt. Wohingegen Nicky so aussieht, als könne sie – ausnahmsweise – ein bisschen Luxus gebrauchen.

Im Restaurant behandelt Nicky ihn, als hätte er noch nie eine California Roll gesehen. Sie zeigt ihm, wie man die hölzernen Essstäbchen erst auseinanderbricht und dann aneinanderreibt, um die Splitter zu glätten. Sie erklärt ihm, dass man den eingelegten Ingwer einzeln essen muss, um den Gaumen zu reinigen, statt jedes Fischstück einzeln damit zu belegen, wie der Idiot am Nachbartisch. Als sie ihm schließlich auch noch einen Vortrag darüber halten will, was Wasabi ist und wie viel man davon nehmen sollte – »Und tunk ihn bloß nicht in die Sojasoße, sonst muss ich mich für dich schämen« –, verliert er die Geduld.

»Mom, ich kenne Wasabi. Ich hab's schon mal gesehen und auch schon mal gegessen. Wasabi und ich, wir sind alte Freunde. Also entspann dich.«

Auf ihrem Tisch flackert eine Kerze in ihrer rußigen Schale, und hinter Nicky plätschert ein kleiner, in die Wand eingelassener Wasserfall über mehrere Stufen herab, von der Decke bis zum Boden. Die Kombination entfaltet eine geradezu hypnotische Wirkung. Nicky spielt mit ihren Essstäbchen. In ihrem roten Lieblingspullover, mit dem offenen Haar, das ihr bis über die Schulter fällt, und dem weichen Kerzenlicht auf dem Gesicht ist sie immer noch schön, wie Oliver sich eingestehen muss, und er wünschte, in North Carolina würde mehr auf sie warten als ein Spülbecken mit schmutzigem Geschirr und ein Terminplan voller Kunden, die sich mit Hilfe einer Heil-Massage ihre Chakren öffnen lassen wollen.

»Wie lange willst du denn hierbleiben?«, fragt er sie.

»Ein paar Tage. Mich mit Sarah und Jimmy treffen. Die habe ich schon viel zu lange nicht mehr gesehen. Und dann muss ich wohl auch noch nach New Jersey fahren und meine Eltern besuchen.« Sie seufzt, eindeutig nicht begeistert von dieser Aussicht. »Aber ich warte auf jeden Fall, bis du dich hier eingelebt hast, bevor ich nach Wilmington zurückfliege.«

»Habt ihr schon große Pläne, Sarah und du?«

»Wir werden jedenfalls kein LSD nehmen, falls du das meinst.«

»Warum ziehst du eigentlich nicht wieder hierher?«, fragt er.

»Nach New York?«

»Ja.«

»Und was ist mit dir?«

»Ich meine, später.« Eigentlich wollte er sagen, *wenn ich zum Studium weggehe*, aber dahinter steht ja zurzeit noch ein großes Fragezeichen. »Wenn ich irgendwann mal ausziehe.«

Sie bläst in ihre Teetasse und schaut zu, wie sich die Oberfläche kräuselt. »Ich weiß nicht.«

»Ich finde, du solltest mal öfter mit Leuten in deinem Alter zusammen sein.«

»Es steht dir nicht zu, mir Ratschläge zu erteilen, mein Sohn.«

»Meinst du nicht, dass Dad das Gleiche sagen würde?«

Nicky stellt ihren Tee beiseite und schenkt sich ein Tässchen mit heißem Sake aus der Karaffe ein. »Es ist nicht so einfach, deinen Vater in diesen Dingen um Rat zu fragen, schließlich ist er schon seit zehn Jahren tot.«

»Genau das meine ich ja. Er ist schon seit zehn Jahren tot.«

Nicky lächelt. »Machst du dir Sorgen um mich? Ja? Glaubst du, ich bin einsam?«

»Ach, schon gut.« Oliver lässt das Eis in seinem Wasserglas klirren, ein Geräusch, das ihn sofort an Garth erinnert.

»Natürlich bin ich manchmal einsam. Aber weißt du, was?« Sie beschreibt mit ihren Stäbchen einen weiten Bogen durchs Lokal und richtet sie schließlich auf ein Ehepaar in ihrem Alter, das schweigend sein Sushi verzehrt. Der Mann lässt aus Versehen ein Stück Fisch in die Sojasoße fallen, die ihm über sein blaues Hemd spritzt. Seine Frau schüttelt den Kopf, während er mit einer angefeuchteten Serviette an den Flecken herumtupft. »Die beiden sehen nicht besonders glücklich aus, oder?«

Olivers Blicke folgen dem Essbesteck seiner Mutter, als sie ihm noch weitere Leute zeigt: Ein anderes Paar, jünger, hält sich unter dem Tisch an den Händen, aber die Freundin, die den beiden gegenübersitzt, streicht sich zwanghaft immer wieder dieselbe Haarsträhne hinters Ohr zurück, ohne die Tür aus den Augen zu lassen, und senkt dann leicht den Kopf, als der Kellner kommt, um das vierte, unbenutzte Gedeck abzuräumen.

»Und was ist mit ihr?«, fragt Oliver. Ganz allein in einer Ecke sitzt ein junges Mädchen Anfang zwanzig; in der einen Hand hält sie ein aufgeschlagenes Buch, mit der anderen führt sie, ohne hinzuschauen, ein Glas Wein an die Lippen. Sie setzt den Wein wieder ab, blättert eine Seite um, steckt sich dann ein einzelnes Stück Sushi in den Mund, kaut gemächlich und legt die Stäbchen auf dem Teller ab. Anschließend nippt sie wieder an ihrem Wein und schmunzelt über etwas, das sie gerade gelesen hat.

Nicky füllt ihre Tasse nach. »Wenn sie heute Abend im Bett liegt, muss sie sich nicht fragen, ob sie das Richtige gesagt hat. Das können nicht viele Leute am Ende des Tages von sich behaupten.«

»Und du meinst, das ist genug? Für die nächsten vierzig Jahre?« Seine Stimme ist plötzlich unfreundlich.

»Warum reitest du denn ausgerechnet heute Abend so darauf herum? Meinst du, ich fange an, streunende Katzen bei mir aufzunehmen, sobald du ausgezogen bist, weil ich sonst keinen zum Reden habe? Oder den Nachbarn hinterherzuspionieren, vor lauter Langeweile?«

»Ich habe immer gedacht, dass du geplant hast, eines Tages verrückt zu werden.«

»Und das Einzige, was noch zwischen mir und dem Wahnsinn steht, bist du? Danke, Ol, ich bin wirklich gerührt, dass du mich all diese Jahre vor dem Abgrund bewahrt hast.« Sie kippt den Rest ihres Sake mit einem Zug hinunter.

»Vielleicht solltest du mit dem Reiswein etwas vorsichtiger sein«, sagt er.

»Und du solltest mit deiner Mutter etwas vorsichtiger sein.« Sie spielt mit einer Locke ihres Haars. »Ich verstehe ja, worauf du hinauswillst. Gerade neulich hat Sarah mich gefragt, wie ich mir denn den Rest vorstelle. Ich wusste erst gar nicht, was sie meint. Sie sagte, ›Na, den Rest unseres Lebens. Wie stellst du dir den vor?‹ Aber ich hatte einfach keine Ahnung. Die nächsten vierzig Jahre in Wilmington zu verbringen, kam mir ziemlich lang vor. Aber der Gedanke, wieder in New York zu leben, nur diesmal allein … ich weiß nicht.«

Olivers Erinnerungen an seinen Vater – Mack hatte sie ihn immer genannt, die Abkürzung von McKinley, obwohl er eigentlich Charles mit Vornamen hieß – reduzieren sich inzwischen auf eine Cordjacke, die nach Tabak riecht, das Gefühl, auf einer Spielplatz-Schaukel ganz hoch angeschubst zu werden, und den Geruch von Zwiebeln und Knoblauch, die auf dem Herd in einer Pfanne schmurgeln. Es gab auch mal einen riesigen Sennenhund namens Jeremiah, der es toll fand, Oliver umzuwerfen und ihm dann das Gesicht zu lecken. Mack und dieser Hund waren unzertrennlich.

Für Nicky ist Mack immer noch real. Ihre Erinnerungen an ihn sind auch nach zehn Jahren noch lebendig genug, um sie wahlweise zu quälen oder zu erfreuen, je nach Stimmung. Und Oliver hat manchmal ein schlechtes Gewissen. Wer sich kaum erinnert, kann auch nur wenig vermissen, und so muss Nicky allein um den Ehemann und Vater trauern, den Oliver schon nicht mehr wiedererkennen würde. Und manchmal macht es ihn wütend, dass sie ihre Erinnerungen für sich behält, dass sie Mack nicht auch für Oliver am Leben erhalten hat, der letzte Teil, der noch von ihm übrig ist. Letztlich sind diese Gefühle der Schuld und des Zorns aber immer nur flüchtig, denn sie ändern ja nichts. Nicky ist Nicky und Mack ist tot; der Hund ist nach dem Tod seines Herrchens entlaufen; Oliver ist ohne Vater aufgewachsen und kennt es nicht anders.

»Habe ich irgendwelche Ähnlichkeit mit ihm?«, fragt er.

»In allem«, sagt Nicky sanft. Sie neigt die Karaffe über ihrer Tasse, findet sie aber leer.

Er starrt auf den Wasserfall hinter ihr. Kurz nachdem Mack gestorben und das Ehepaar McKinley halbiert worden ist, hat auch Altheas Mutter, ein paar Häuser weiter, ihre Koffer gepackt und ihre eigene Familie gespalten. Im Alter von sechs Jahren wurde ein Zwillingspaar geboren. Neulich im Coffeeshop hat die Bedienung erst noch suchend an Oliver vorbeigeschaut, bevor sie seine Bestellung aufnahm, weil sie dachte, Althea würde auch noch kommen. Sie hatte die beiden noch nie getrennt erlebt. Oliver hat kein Foto von Althea eingepackt, keine Zeichnung von ihr zwischen die Seiten seines Notizbuchs gelegt. Niemand in New York wird auch nur ahnen, dass es sie gibt.

»Ich will bloß nicht, dass du wie Mrs Parker endest und in einem hässlichen Hausmantel den Gehweg fegst«, sagt er.

»Und wenn's ein schicker Hausmantel wäre?«, fragt sie, während sie dem Kellner winkt und die leere Karaffe hochhält, zum Zeichen, dass sie für die nächste bereit ist. »So ein richtig scharfes Teil?«

Der Arzt trägt zu viel Haarpflegemittel. Er ist zu groß, zu jung und zu gut aussehend, was Oliver sofort misstrauisch macht. Er mag Ärzte mit weißem Haarschopf und dicker Hornbrille, den unverkennbaren Insignien des weisen Alters. Dieser Typ wirkt weniger wie ein Arzt als vielmehr wie ein Schauspieler, der einen Arzt darstellen soll. Nicky wartet draußen, während Dr. Schmalzlocke Oliver gründlich untersucht.

»Und ihr seid also den ganzen Weg von North Carolina hergekommen?«

»Genau«, sagt Oliver.

»Und wie gefällt's dir da unten?«

»Ganz gut. Ich hab allerdings auch nicht viele Vergleichsmöglichkeiten.« Er blinzelt, als der Arzt ihm in die Augen leuchtet.

»Zum ersten Mal in New York?«

»Ich ja.«

»Deine Mutter war schon mal hier?«

»Sie hat früher hier gewohnt. In Alphabet City.« Jetzt muss er sich schon auf die Vergangenheit seiner Mutter berufen, um glaubwürdig zu sein.

Dr. Schmalzlocke gibt ein kurzes, muppetartiges Geräusch von sich, zum Zeichen, dass er beeindruckt ist. »Und du bist jetzt, Moment, in der zwölften Klasse?«

»Ja.«

Der Arzt haucht auf sein Stethoskop, schiebt es unter Olivers Papierkittel, hört sein Herz ab und wechselt dann auf seinen Rücken. »Tief Luft holen.«

Am Ende der Untersuchung setzt sich der Arzt auf seinen Rollhocker und schaut zu Oliver hoch, der auf der Liege sitzt und mit den Beinen baumelt. »Wie viele dieser Schlafepisoden hast du bisher schon gehabt?«

»Drei.«

»Und kannst du dich noch erinnern, ob die erste durch irgendein Ereignis ausgelöst wurde?«

»Ich weiß nicht so genau, was Sie meinen.«

»Bei den meisten KLS-Patienten gibt es irgendeinen Vorfall, der ihrer ersten Episode vorausging. Eine Verletzung, eine Gehirnerschütterung oder auch nur ein schweres Besäufnis. War das bei dir auch so?«

»Ich glaube, so einen Vorfall hat es tatsächlich gegeben«, antwortet Oliver, in Erinnerung an die Götterspeisen-Ringkampf-Party. »Bier. Stress. Schlafmangel.«

»Alles klar«, sagt Dr. Schmalzlocke. »Dann schlage ich vor, du ziehst dich jetzt wieder an und wir setzen uns in mein Büro, um mit deiner Mutter das weitere Vorgehen zu besprechen.«

Oliver bekommt ein eigenes Krankenzimmer, das etwas umgestaltet wurde, um einen längeren Aufenthalt zu ermöglichen. Es gibt ein Doppelbett, einen Nachttisch mit einer Leselampe, eine kleine Holzkommode, an der mehrere Schubladengriffe fehlen, einen schlichten Schreibtisch, in dessen Platte eine Reihe von Obszönitäten eingeritzt worden sind, und einen Stuhl. Der Tisch erinnert Oliver an seinen ersten Tag in der Grundschule, als er einen Platz zugewiesen bekam und dort das Werk seiner Vorgänger entdeckte. Er weiß noch, wie schockierend ihm diese Schimpfwörter zu Anfang vorgekommen waren, wie sie dann aber, nachdem er sie Tag für Tag anstarren musste, irgendwann alles Verstörende eingebüßt hatten.

Zum Zimmer gehört auch ein eigenes Bad, mit Dusche, aber ohne Badewanne, und einem Duschvorhang aus Plastik statt einer Glastür. Neben dem Bett stehen verschiedene medizinische Apparate. Jeden Abend vorm Einschlafen kommt eine Krankenschwester, die ihn an diese Geräte und Monitore anschließt, und am Morgen kommt dann eine andere, um die Anschlüsse wieder zu entfernen, gefolgt von der Visite.

Tagsüber steht ihm und den anderen KLS-Patienten ein Gemeinschaftsraum zur Verfügung, ähnlich wie es ihn auf allen Stationen gibt: mit Brandlöchern übersäte Sofas, ein Fernseher und Klemmbretter schwingende Krankenschwestern im Hintergrund. Die Studienteilnehmer sind ausschließlich Jungen im Teenageralter, bei denen das Kleine-Levin-Syndrom am häufigsten auftritt. Jeden Nachmittag kommt ein Privatlehrer und hilft ihnen bei den Hausaufgaben, doch darüber hinaus fehlt ihrem Tagesablauf jegliche Struktur. Was dazu führt, dass im Gemeinschaftsraum eine Atmosphäre herrscht wie im Wohnheim oder auf einer Party, nur ohne Bier. Monate- oder sogar jahrelang sind diese Jungen in ihrer

Stadt – und manchmal sogar in ihrem ganzen Bundesstaat, wie der Junge mit dem rabenschwarzen Haar aus Alaska prahlt – die Einzigen mit dieser Krankheit gewesen. Jetzt hingegen gibt es mehr als ein Dutzend von ihnen, bunt zusammengewürfelte Leidensgenossen, die auf den Sofas herumlungern, die Beine über die Lehne gehängt, oder sich bei ihren Sit-ups gegenseitig die Füße festhalten, in einer flüchtigen, primatenhaften Vertrautheit. Nachdem er seine prägenden Jahre hauptsächlich in Gesellschaft von Nicky und Althea verbracht hat, fühlt sich Oliver in dieser testosterongeschwängerten Umgebung nicht wohl. Das öffentliche Sackkratzen, die ständige Erörterung von Körperfunktionen, die anzüglichen Kommentare über das weibliche Personal – er hat wenig Übung in diesen Verbrüderungsmechanismen. Den Großteil der Zeit verbringt er in seinem Zimmer, erledigt kurz mal eben die Hausaufgaben für seinen Leistungskurs in Physik, liest Graphic Novels und *Eine kurze Geschichte der Zeit* und hört sich *Parklife* auf seinem Discman an.

Alle paar Tage kommt jedoch ein Pfleger, um die papierdünnen Laken zu wechseln und die Fliesen in der Dusche abzuwischen, und dann bleibt Oliver nichts anderes übrig, als sich den übrigen Jungen in ihrem Ersatz-Wohnzimmer anzuschließen. Ansonsten könnte er sich nur auf der Schwesternstation herumtreiben, was aber bekanntermaßen nicht gern gesehen wird, oder vor seinem Zimmer warten, bis der Pfleger fertig ist, was Oliver das Gefühl geben würde, den Mann unbotmäßig zur Eile anzutreiben.

Als es eines Nachmittags also wieder mal klopft, packt Oliver die Unterlagen für seine Geschichtshausaufgaben, die er eben anfangen wollte, zusammen und geht den leuchtend weißen Gang hinunter, in Richtung des Lärms, den die halbwüchsigen Jungs verursachen, um den laufenden Fernseher zu übertönen.

Oliver lässt sich auf einen blauen Stuhl fallen, der gleich neben dem verschlierten Fenster steht und einen guten Ausblick auf die geschäftige Straße unter ihm gewährt. Die anderen Jungen fläzen sich kreuz und quer auf den Möbeln, in Flip-Flops und Jogginghose, in Jeans und grau melierten Sweatshirts, die die Namenszüge ihrer Highschool-Football-Teams tragen, oder in den Tournee-T-Shirts irgendwelcher Bands, mit einer Liste von amerikanischen Großstädten auf dem Rücken. Wie immer sucht Oliver nach einem Minty Fresh oder gar einem Coby, nach jemandem mit einem Iro oder einem selbst bedruckten T-Shirt oder einer Hose mit zu vielen Reißverschlüssen, nach jemandem, der blutunterlaufene Augen hat und nicht ganz so bieder wirkt. Der Gemeinschaftsraum hat das unangenehme Flair einer Jungenumkleide vor dem Sportunterricht. Oliver klappt das Buch auf seinem Schoß auf und versucht sich zu konzentrieren. Ein Dutzend Stockwerke unter ihm sieht er zwei Frauen auf dem Fußweg, die sich zum Schutz vor dem Wind aneinanderdrängen. Eine von ihnen hat leuchtend pinkfarbenes Haar, die andere hält ihren Infusionsständer fest, damit er nicht wegrollt. Oliver überlegt, ob es in New Yorker Krankenhäusern wohl üblich ist, die Patienten zum Rauchen vor die Tür zu lassen.

»Hat jemand CT gesehen?«, fragt einer der Jungen. Wie beim fahrenden Volk, wo sich soziale Außenseiter aus aller Herren Länder zusammenfinden, bezeichnen sich die Studienteilnehmer gegenseitig mit der Abkürzung des Bundesstaats, aus dem sie stammen. Der Junge aus Alaska wird liebevoll AK-47 genannt, der arme Kerl aus Kentucky, Abkürzung KY, schonungslos damit aufgezogen, dass er den Namen eines bekannten Gleitmittels trägt.

»Kriegst du überhaupt nichts mit? CT ist seit gestern hinüber.« AK-47 scheint sich überraschenderweise als Alphatier durchgesetzt zu haben. Er hat den besten Platz auf dem Sofa und die Kontrolle über die Fernbedienung.

Ein verstohlener Blick auf die Gruppe bestätigt Oliver, dass ihre Zahl stark abgenommen hat. Nur acht Jungen sind noch übrig; die anderen wurden von einer ihrer KLS-Schlafepisoden übermannt. In ihren Zimmern werden sie pausenlos von den dort installierten Kameras überwacht, und unablässig kursieren Gerüchte darüber, wer von ihnen was in diesem halbpsychotischen Zustand angestellt hat, den sie alle so gut kennen. Der einzige Junge, der direkt aus New York kommt, ist schon im selben Moment ausgefallen, als bei ihm erstmals der Blutdruck gemessen wurde, weshalb er beim Rest der Truppe ›das Weichei‹ heißt. Die verbliebenen acht sind anscheinend zäher als erwartet.

»Er wollte mir seine Spielkonsole leihen«, sagt der erste Junge.

»Geh doch einfach rein und hol sie dir«, sagt AK-47 achselzuckend. »Im Moment kann er sie eh nicht gebrauchen.«

Wer immer die Studie organisiert hatte, war so vorausschauend gewesen, dafür zu sorgen, dass der Fernseher den Sportsender ESPN empfangen kann. Gerade eben wird der Winston Cup live aus Atlanta übertragen. Diese NASCAR-Rennen sind eine heimliche Leidenschaft von Garth; Althea und Oliver haben ihn mehr als einmal dabei erwischt, wie er vor dem Haus irgendeines Nachbarn stand, den er kaum kannte, und sich angeregt über die Bodine-Brüder unterhielt, oder über das umstrittene Finale beim

1991er Rennen in Sonoma. Althea nahm an, dass unter Garths Kollegen an der Uni niemand seine Begeisterung für diese stolze Südstaaten-Tradition teilte, weshalb er sich darauf verlegt hatte, die Magnolia Street auf und ab zu schlendern, bis einer seiner männlichen Nachbarn herauskam, um nach der Post zu sehen, und sich dann auf ihn zu stürzen.

»Was ist das denn für'n Scheiß?«, fragt NJ. »Ich will Football gucken.«

»Das ist die NAPA 500«, sagt Oliver. »Das letzte Rennen der NASCAR-Saison.«

»Wie die Super Bowl beim Football?«

»Genau.«

»Du bist doch aus North Carolina, oder?«, fragt Kentucky, wohl in der Hoffnung auf eine verwandte Südstaaten-Seele. Er trägt eine Browning-Baseballkappe; mit ihm sollte er sich wohl besser nicht verbünden, sonst würde es keine zwei Stunden dauern, bis New Jersey den ersten Witz darüber reißen würde, dass KY und NC jetzt gemeinsam ihre Waffen reinigen.

»Wilmington«, antwortet Oliver und wendet sich wieder seinem Geschichtsbuch zu.

Eine gertenschlanke Krankenschwester betritt den Gemeinschaftsraum. Sie hat blonde Locken und schmale Hände, und Oliver mag sie schon allein deshalb, weil sie als Einzige unter allen männlichen und weiblichen Pflegern keine Gesundheitsschuhe trägt. Sie richtet ihr Digitalthermometer wie eine Waffe auf die Jungs und fordert sie auf, sich nebeneinander an die Wand zu stellen.

»Schon wieder?«, fragt New Jersey.

»Mach's doch einfach«, sagt die Schwester.

Bei keinem ist die Temperatur so weit gestiegen, dass sie auf eine nahende KLS-Episode hinweisen würde. Die Stirn der Schwester furcht sich in kaum verhüllter Bestürzung.

»Vielleicht geben wir uns einfach nicht genug Mühe«, sagt AK-47. »Vielleicht sollten wir alle auf unsere Zimmer gehen und Schäfchen zählen.«

Oliver lächelt die Schwester an, als sie ihm die Plastikspitze des Thermometers ins Ohr steckt. Er beneidet sie nicht um ihren Job; über ihre Schulter hinweg kann er sehen, wie die übrigen Jungs ihren – zugegebenermaßen perfekten – Hintern begutachten. »Warum teilen Sie nicht einfach vergiftete Äpfel aus? Soweit ich weiß, haben die doch immer zuverlässig funktioniert.«

»Wart's nur ab«, antwortet sie, nicht ganz ohne Häme. »Früher oder später machen wir das.«

Erwartungsgemäß ist sie noch nicht ganz aus dem Raum, als die anderen sich auch schon darüber unterhalten, was sie gern mal mit ihr machen würden, wenn sie mal zehn Minuten Zeit und Zugang zum Besenschrank hätten.

»Eins sage ich euch«, meint einer der Jungen – dem Akzent nach vielleicht aus Minnesota –, »wenn die in mein Zimmer kommt, während ich krank bin, weiß ich nicht mehr, was ich tue.«

»Alter, hast du nicht erzählt, dass du dich das letzte Mal an deine Schwester rangemacht hast? Wusstest du da vielleicht, was du tust?«

Minnesota zieht einen Flunsch. »Kann dir doch egal sein.«

»Ich bin schon mal bei unseren Nachbarn reinspaziert und hab deren Kühlschrank geplündert«, sagt Kentucky.

»Na und? Hat doch jeder schon mal«, sagt New Jersey abfällig.

»Kann sein, aber bei dir in der Gegend schlafen die Leute auch nicht mit einer Knarre unterm Kopfkissen und kriegen einen Steifen, wenn sie nur daran denken, einen Einbrecher abzuknallen«, sagt Kentucky. Er erntet ein Kichern und lehnt sich zurück; sein Status als Beta-Tier ist vorerst wieder gesichert.

»Wenigstens flippt hier keiner aus, falls ich mal wieder aufs Bett scheiße«, sagt ein anderer Junge. »Soll vorgekommen sein.«

Diese Enthüllung veranlasst AK-47 zu einer langatmigen Erzählung, die alle vorigen Elemente in sich vereint: das Eindringen bei den Nachbarn, fäkale Vorfälle und sexuelle Avancen gegenüber völlig unpassenden Personen.

Der Pfleger, der in Olivers Zimmer sauber gemacht hat, erscheint auf dem Gang und lässt eifrig den schmutzigen Mopp über den Boden kreisen. Oliver packt seine Bücher zusammen und verlässt den Gemeinschaftsraum.

»Wo willst du hin, NC?«, ruft Kentucky ihm nach.

Und Oliver nuschelt irgendwas davon, er müsse lernen.

An diesem Abend geht Oliver ins Bett und liest im Licht der Leselampe *Das große Sterben*, während er auf die Nachtschwester wartet. Mit einem kurzen Klopfen tritt sie ein. Nicht die Blonde, sondern eine ältere Frau mit äußerst schmalen Augenbrauen und grauen Strähnen im braunen Haar, das sie zu einem mageren Dutt zusammengesteckt hat.

»Bist du so weit?«, fragt sie. Ihre Schuhe kann er zwar nicht leiden, aber ihr geschäftsmäßiger Ton gefällt ihm.

»Bringen Sie's hinter sich«, sagt er. Es kommt viel ernster heraus als beabsichtigt.

Sie schnallt ihm einen blauen Gurt um die Brust und einen weiteren um den Bauch; mit ihnen wird seine Atmung im Schlaf überwacht. Als sie sich über ihn beugt, um die Elektroden an seinen Schläfen zu befestigen, riecht ihr Atem nach Weingummi. Aus der Nähe sieht er, dass sie gar keine Augenbrauen hat, sondern nur dort, wo sie sein sollten, solche schmalen Striche gezogen hat. Der Kleber zum Befestigen der Elektroden ist kalt und verschmiert ihm die Haare. Die Schwester wickelt ihm ein Oxymeter um den Zeigefinger, einen Streifen, der wie ein Pflaster aussieht, tatsächlich aber den Sauerstoffgehalt in seinem Blut misst.

Er überlegt, ob Nicky ihn früher, als er klein war, mit irgendeinem Ritual ins Bett gebracht hat. Hatte er vielleicht eine Lieblings-Gutenachtgeschichte? Oder gab es ein Lied, das sie ihm immer wieder vorsingen musste? Erinnern kann er sich nur noch daran, wie Althea jeden Abend »Ende der Durchsage, Ollie« in ihr Walkie-Talkie flüsterte, mit ihrer hohen, zwitschernden Stimme, worauf er stets mit dem etwas tröstlicheren »Morgen wieder auf Empfang, Al« antwortete. Manchmal staunt er darüber, was sie als Kinder alles gewusst und seitdem wieder vergessen haben: das Morsealphabet, Esperanto, die Zutaten für eine richtig gute Stinkbombe. Wodurch sind all diese wichtigen Kenntnisse bloß ersetzt worden? Durch Algebra? Althea hat das Stinkbomben-Rezept bestimmt verwahrt; oder nein, mittlerweile hat sie sich bestimmt schon das *Anarchistische Kochbuch* besorgt, um all jenen die Hölle heißzumachen, denen sie die Schuld an der unglücklichen Wendung gibt, die ihr Leben genommen hat – Coby, der Cape Fear Academy, vielleicht sogar ihrem eigenen Vater.

»So, alles bereit«, sagt die Schwester.

Am Morgen ist Oliver gerade dabei, sich anzuziehen – er weigert sich, den ganzen Tag in Jogginghose oder Schlafanzug herumzulaufen, weil es dann noch schwieriger wird, so zu tun, als wäre er nicht krank und im Krankenhaus –, als es an der Tür klopft. Beim ersten Mal reagiert er gar nicht. Er hat sich schon daran gewöhnt, dass ein Klopfen im Krankenhaus keine Bitte um Einlass bedeutet, sondern allenfalls eine Warnung, dass gleich die Tür aufgehen wird. Einen Augenblick später klopft es erneut, lauter.

»Ja, bitte?«, sagt er, während er hastig den Reißverschluss an seiner Jeans hochzieht.

Die gertenschlanke Blondine kommt herein. »Hey, guten Morgen.«

»Morgen.«

»Hast du ein paar Minuten Zeit? Der Doktor würde dich gern sprechen.«

Oliver schaut sich um, verwirrt von ihrer Andeutung, er könne schon andere Pläne haben. »Klar, ich hab nichts vor.«

»Prima. Dann komm, mein Hübscher.«

Sie hat ›mein Hübscher‹ zu mir gesagt.

Sie führt ihn in das Büro, wo Nicky und er das erste Beratungsgespräch hatten. Der Arzt sitzt an seinem Schreibtisch und füllt irgendwelche Unterlagen aus, das Stethoskop lässig um den Kragen seines weißen Arztkittels geschlungen, das dichte schwarze Haar perfekt gestylt. Oliver nimmt auf dem glatten Ledersessel gegenüber dem Schreibtisch Platz, bleibt aber misstrauisch auf der Kante sitzen. Die Schwester geht hinaus und schließt leise die Tür hinter sich. Oliver bildet sich ein, dass sie nur widerstrebend geht. Der Arzt blickt auf und schiebt seine Unterlagen beiseite.

»Wie geht es dir, Oliver? Hast du dich eingelebt? Es dir ein bisschen gemütlich gemacht?«

»Ich hab jetzt nicht mein Zimmer neu dekoriert oder so, aber ja, ich fühl mich ganz wohl.«

»Wenn du irgendetwas brauchst, wende dich einfach an Stella. Wir möchten es euch hier so angenehm wie möglich machen.«

»Stella?«, fragt Oliver, mit einem Kopfnicken in Richtung Tür. »War das Stella?«

»Ja. Sie ist äußerst fähig.«

Der vertrauliche Ton, in dem Dr. Schmalzlocke von ihr spricht, gefällt Oliver überhaupt nicht. Als wüsste er noch eine Menge anderer Gebiete, auf denen Stella äußerst fähig ist. »Mach ich.«

»Schön. Ist doch sicher nicht schlecht, endlich mal ein paar Leute kennenzulernen, die das Gleiche haben wie du, oder? Fühlt man sich da nicht gleich etwas weniger einsam und isoliert?«

»Mit Verlaub, Sir, aber im Krankenhaus zu sein, statt zur Schule zu gehen, ist schon ziemlich isolierend.«

Der Arzt lacht. »Ich weiß, dass du aus dem Süden bist, Oliver, und ich schätze deine guten Manieren, aber das ›Sir‹ kannst du gerne weglassen. Sag einfach ›Manuel‹.«

Olivers Augen verdrehen sich in ihren Höhlen, ohne dass er es ihnen erlaubt hätte. »Ist gut.«

»Ich verstehe schon, dass so ein Krankenhausaufenthalt keine angenehme Erfahrung ist, aber wenigstens bist du hier unter deinesgleichen.«

Wohl kaum, denkt Oliver.

»Nur sie können wirklich bis ins Letzte nachvollziehen, was du durchgemacht haben musst.«

»Zweifellos.«

»Bislang hast du dich sehr kooperativ gezeigt, und das wissen wir zu schätzen. Aber wie gesagt, es bleibt fraglich, ob wir dir in medizinischer Hinsicht wirklich helfen können. Über KLS ist noch sehr wenig bekannt, und diese Studie hat unter anderem das Ziel, mehr darüber herauszufinden. Sollten wir einige dieser neuen Erkenntnisse für eine versuchsweise Behandlung verwenden können – wunderbar. Aber es gibt keine Garantie, dass wir dich in einer anderen Verfassung nach Hause schicken können als die, in der du hergekommen bist. Du solltest also nicht zu viel erwarten.«

Oliver rutscht unbehaglich auf seinem Stuhl hin und her, jetzt schon genervt von diesem Gespräch. »Das ist mir klar, Manuel.«

»Das KLS bringt aber auch Symptome mit sich, die nichts mit den Schlafepisoden selbst zu tun haben. Das hast du sicher schon bemerkt, oder?«

»Könnten Sie das etwas genauer sagen?«

»Depressionen, zum Beispiel. Wut und Hoffnungslosigkeit. Hast du das auch schon mal empfunden?«

Oliver lacht verbittert auf. »Hoffnungslosigkeit? Darauf läuft das hier also hinaus?«

Manuel schaut ihn mitfühlend an. »Ja, darauf läuft das hier hinaus. Wir hoffen, dass die Chance, andere Jugendliche mit KLS kennenzulernen und eine Weile unter Menschen zu sein, die dich wirklich verstehen, dir vielleicht hilft, mit deiner Situation zurechtzukommen. Dich zumindest eine Zeit lang wieder ein bisschen normal zu fühlen. Verstehst du, was ich meine?«

»Ich weiß nicht genau.«

»Oliver, du hast dich bisher weitgehend von den anderen ferngehalten. Das ist auch nicht weiter schlimm; mir ist klar, dass ihr hier nicht im Urlaub seid, sondern im Krankenhaus. Ihr seid nicht hergekommen, um neue Leute kennenzulernen, und ihr habt im Moment auch ganz andere Sorgen. Trotzdem könntest du versuchen, dich ein bisschen mehr zu öffnen. Du musst ja nicht gleich vor einem Haufen fremder Leute dein Herz ausschütten, aber etwas mehr könntest du vielleicht doch von dir preisgeben. Du wärst sicher überrascht, wie befreiend das sein kann.«

Die Heizung unter dem Fenster springt an und bläst warme, trockene Luft in den Raum, die sofort sämtliche Feuchtigkeit aus Olivers Schleimhäuten saugt. »Ich bin halt nicht so kontaktfreudig.«

»Das weiß ich. Gerade deshalb bitte ich dich ja, das Ganze als Herausforderung zu sehen …«

»Ich bin hier. Das allein ist schon eine gewaltige Herausforderung. Für uns beide.«

Dr. Schmalzlocke kann anscheinend gar nicht laut genug seufzen. »Oliver, wir möchten einen Therapeuten hinzuziehen, der mit allen Patienten Gruppensitzungen macht. Ich erwarte von dir, dass du zumindest teilnimmst.«

Oliver zuckt die Achseln. »Von mir aus. Wenn's Ihnen hilft.«

»Meinst du nicht, es könnte auch *dir* ein bisschen helfen?«

»Mir kann nur eins helfen«, sagt Oliver.

»Ich muss leider sagen, dass mich deine Haltung überrascht.«

Oliver denkt an Althea und an ihre schönen, spitzen Fingerknöchel. »Das ist keine Haltung.«

»Sondern was?« Zum ersten Mal klingt der Arzt gereizt.

Oliver steht auf und geht zu Tür. »Sie haben's doch selbst gesagt. Wut. Und Hoffnungslosigkeit.«

7. KAPITEL

Althea bleibt im Keller.

Im Schlafanzug und von der Schule verwiesen, hat das Unterirdische einen gewissen Reiz. In die alte Steppdecke gehüllt, die sie schon seit ihrer Kindheit besitzt und die Alice für sie gemacht hat, schaut sie sich immer wieder die gleichen Filme an, Filme über gentechnisch veränderte Monster und Unwetterkatastrophen, die die ganze Welt bedrohen. Diese Filme wirken beruhigend, vor allem jene Momente, kurz bevor der Sturm nachlässt oder der Strom zurückkommt, wenn die Lage aussichtslos erscheint und die völlige Vernichtung unausweichlich. Ihr Interesse erlahmt, sobald der Hubschrauber landet und die Überlebenden in Sicherheit gebracht werden, oder der frisch vereidigte Präsident voll Optimismus über die Zukunft spricht. *Was für'n Scheiß*, denkt sie und spult an den Anfang zurück, wo alle Anzeichen der Apokalypse schon zu erkennen sind, aber niemand, bis auf den Helden, sie wahrhaben will.

Sie braucht Zeit, um dahinterzukommen, was eigentlich an

jenem Nachmittag in der Schule passiert ist, als sie rittlings auf Coby saß und ihm Schlag um Schlag verpasste. So, wie etwas in Cobys Gesicht unter ihrer Faust nachgegeben hat, muss auch in ihrem Inneren etwas nachgegeben haben, ähnlich wie der Blitz und das Knallen, wenn eine Glühbirne durchbrennt. Jetzt ist nur noch ein dünnes Fädchen übrig, das in der trüben Glashülle klimpert. Aber es stört sie nicht, sich wie eine durchgebrannte Glühbirne zu fühlen. Das wollte sie doch die ganze Zeit. Sie hofft, dass dieses Gefühl andauert.

Die Tür oben an der Treppe geht auf und Althea zieht sich die Steppdecke über den Kopf. Holz knarrt, einmal, zweimal, und kurz darauf spürt sie, wie Garth sich über das Sofa beugt. Sie riecht Knoblauch und Nudeln und Tomatensoße: Er hat ihr das Abendessen gebracht. Seit Althea sich weigert, den Keller zu verlassen, sind die Küchenpflichten wieder auf Garth übergegangen. Althea kaut auf dem Kragen ihres Schlafanzugs herum, und die Baumwolle an ihrer Zunge fühlt sich an wie ein Schwamm. Ein Lichtstrahl dringt in ihren Kokon, als Garth einen Zipfel der Decke hochschlägt. Da Althea nicht protestiert, zieht er die Decke noch etwas weiter zurück, bis Kopf und Schultern zum Vorschein kommen. Er reicht ihr einen Teller.

»Hier, setz dich auf und iss das.«

Sie nimmt den Teller und dreht lustlos Spaghetti mit der Gabel auf. Garth setzt sich in den Lehnstuhl.

»Ich habe heute mit ein paar Schulen telefoniert. Wenn du an den Prüfungen für dieses Halbjahr teilnimmst und bestehst, kannst du nach der Winterpause an der Laney High School anfangen.«

Althea zuckt die Schultern. Auf den Hackbällchen in der Soße sind noch die Kerben von Garths Fingern zu sehen.

»Du musst es dort nicht toll finden. Du sollst nur deinen Abschluss machen.«

»Kannst du mich nicht hier zu Hause unterrichten?«

»Das würde uns beiden sicher riesig Spaß machen«, sagt er und reißt mit gespielter Begeisterung die Augen auf.

»Dann bleibt wohl nur Laney.«

Garth seufzt. »Dir ist hoffentlich klar, dass der Studienplatz hier in Wilmington jetzt keine sichere Sache mehr ist. Da musst du dich schon ein bisschen ins Zeug legen. Zeigen, dass dir wirklich etwas an einem Studium liegt ...«

»Und wenn mir aber gar nichts daran liegt?«

»Dann bewirb dich an einer Kunstakademie. Zeit hast du ja weiß Gott genug.«

»Du würdest mich auf eine Kunstakademie schicken?«

»Wir sind doch reich, schon vergessen?«

»Ich dachte, wir müssten uns bloß keine Sorgen machen.«

»Ich würde mir jedenfalls erheblich weniger Sorgen machen, wenn ich dich irgendwie aus dem Haus kriegen könnte. Sollte eine Kunstakademie die Lösung sein, werde ich mit Freuden einen Teil des Familienerbes dafür opfern. Außerdem stellt sich noch die Frage, was du mit der Zeit bis zum nächsten Halbjahr anfangen willst.«

Sie macht eine ausholende Bewegung, die den Keller umfasst.

Garth erhebt sich aus dem Lehnstuhl, setzt sich neben Althea aufs Sofa und schlüpft zu ihr unter die Decke. »Ist das nicht gemütlich hier? Und dieser Geruch nach feuchtem Schwamm!«

»Das muss der Schimmel sein.«

»Und das stört dich nicht?«

»Ich riech das schon gar nicht mehr.«

Althea mümmelt ein paar von den Spaghetti. Sie spießt ein Hackbällchen mit der Gabel auf und teilt es in zwei Hälften, halbiert diese Teile noch mal und noch mal, bis nur noch Krümel übrig sind. Letztes Jahr in Mathe haben sie eine Theorie durchgenommen, die besagt, dass man etwas immer wieder halbieren kann, unendlich oft, in immer kleinere Stücke, ohne dass es jemals ganz verschwindet: wie bei Zenons Paradoxa.

Garth breitet eine dicke, verfilzte Strähne von Altheas Haaren, voller Spliss an den Spitzen, auf seiner Handfläche aus und betrachtet sie kopfschüttelnd. »Ich verstehe immer noch nicht, warum du sie unbedingt schwarz färben musstest.«

Genervt rückt sie von ihm ab. »Gibt es sonst noch was, was du mir sagen wolltest?«

»Für jemanden, der behauptet, dieser Schulverweis sei ihm völlig egal, scheinst du die Sache doch ziemlich schwerzunehmen.«

»Mir ist das bloß so peinlich. Dass alle mich so gesehen haben. Gott, in aller Öffentlichkeit.« Sie schlägt die Hände vors Gesicht, wenn sie nur daran denkt, an diesen Flur voller Menschen, die alle beobachtet haben, wie sie auf Coby einprügelte. Warum hatte sie nicht wenigstens gewartet, bis sie auf dem Parkplatz waren?

»Auch Scham lässt irgendwann nach. Versprochen.«

»Woher willst du das wissen?«

»Als deine Mutter mich verließ, ging es mir genauso.«

Althea schaut auf die Beine ihres Vaters, die er in den schmalen

Spalt zwischen Sofa und Tisch geklemmt hat. Er muss früher mal ein guter Tänzer gewesen sein; sie hat die Hochzeitsfotos gesehen, auf denen er einen todschicken Dreiteiler trägt. Er muss vieles gewesen sein, bevor er geheiratet hatte, bevor er geschieden worden war, bevor er der alleinerziehende Vater eines verzogenen, launischen Teenagers wurde.

»Hast du schon mit ihr gesprochen?«, fragt Althea.

»Das Vergnügen, sie über dein jüngstes Debakel zu unterrichten, wollte ich gern dir überlassen.«

»Du scheinst das ja auch ziemlich locker zu nehmen.«

Garth wird ernst, was immer sehr ernüchternd wirkt. »Weißt du, nach all den Gesprächen mit der Schule und so ist mir aufgefallen, dass kein Mensch sich darüber gewundert hat, warum gerade Coby zur Zielscheibe deines Zorns geworden ist. Er ist nicht sehr beliebt, oder? Nicht mal Oliver kann ihn leiden, und Oliver mag eigentlich jeden.«

Nicht jeden, denkt Althea. *Mich nicht, jedenfalls nicht mehr.* »Ich glaube, Coby versucht es mit dieser Liebenswertes-Arschloch-Masche. Den Arschloch-Teil hat er jedenfalls schon ziemlich gut drauf«, sagt sie, in dem Versuch, die unbeschwerte Stimmung wiederherzustellen, aber Garth geht nicht darauf ein.

»Hör zu, Al. Natürlich finde ich es schlimm, dass du von der Schule verwiesen worden bist. Und es beunruhigt mich, dass du die Kontrolle verloren und jemanden so schwer verletzt hast. Das macht mir Angst. Wahrscheinlich macht es dir sogar selber Angst. Und jeder, der an jenem Tag dabei war, hat bestätigt, dass ihr beide, du und Coby, euch einfach nur unterhalten habt, bis du dann plötzlich … na ja. Aber sollte doch irgendetwas vorgefallen sein, sollte Coby irgendetwas Schlimmes getan haben, vielleicht nicht gerade in dem Moment, aber sollte er …«

»Dad, willst du mich gerade fragen, ob er's verdient hat?«

Garth lässt den Kopf auf die Rückenlehne sinken. »Ich weiß nicht, was ich fragen will. Wahrscheinlich, warum du das getan hast. Ich klammere mich an die Hoffnung, dass du zumindest einen Grund dafür hattest. Auch wenn ich bei der Vorstellung, er könnte dir etwas angetan haben …«

Althea horcht auf. »Oh Gott, nein, Dad, das hat er nicht … so war das nicht … nein. Er ist schon ein mieser Typ, aber auf andere Weise.«

»Also hatte er es nicht verdient.«

»Das habe ich nun auch wieder nicht gesagt.«

»Das verstehe ich nicht.«

Althea schüttelt den Kopf. »Ich hab's ja selbst noch nicht ganz begriffen.«

»Tu mir nur einen Gefallen, ja? Ruf morgen deine Mutter an«, sagt Garth.

Sie zerdrückt ein bisschen Hackfleisch mit den Zinken ihrer Gabel. »Warum?«

»So etwas können wir wohl kaum für uns behalten. Ruf sie einfach an.« Er nimmt ein paar Spaghetti von ihrem Teller, lässt sie von oben in den Mund hinunterpendeln und leckt sich dann die Finger ab. »Ist zu viel Zucker dran?«

»Geht gerade noch.«

»Möchtest du irgendwas anderes? Ein bisschen Eis oder Popcorn?«

»Ich will gar nichts. Mir kann sowieso nichts helfen.«

Garth lehnt sich zurück, findet die Fernbedienung unter seinem Oberschenkel und richtet sie auf den Fernseher. »Was gibt's denn heute Abend? Monster oder Klimakatastrophe?«

»Dinosaurier.«

»Perfekt.«

Am Morgen wacht sie auf, in ihre Steppdecke gewickelt wie ein Burrito. Sie hat das Gesicht ins Kissen gepresst und zum ersten Mal fällt ihr auf, dass das Sofa nach Wartezimmer riecht.

Oben hat Garth sein Adressbuch neben die Kaffeemaschine gelegt. Ein uraltes Ringbuch im Miniformat, mit knitterigen Seiten und von einem Gummiband zusammengehalten. Althea findet die neueste Telefonnummer ihrer Mutter, aufgeführt unter *A* wie *Alice*. Ein halbes Dutzend anderer Nummern ist durchgestrichen.

Althea setzt sich mit einem Kaffee und dem schnurlosen Telefon an den Tisch und tippt die Ziffern ein, wobei sie jede so lange runterdrückt, bis ein lautes, befriedigendes Piepen ertönt. Dann wartet sie, lauscht auf das Knistern der Fernverbindung und sieht die Vögel vor sich, die zwischen hier und New Mexico auf den Telefondrähten hocken.

Alice hebt beim zweiten Klingeln ab. »Was verschafft mir diese Ehre?«

»Du hast jetzt wohl eine Anrufererkennung«, sagt Althea.

»Du bist aber nicht schwanger, oder?«

Vor einem halben Jahr haben sie zuletzt telefoniert.

»Warum sollte ich dich anrufen, wenn ... ach, egal, nein, ich bin nicht schwanger.« Rastlos läuft sie in der Küche auf und ab.

»Bist du in Schwierigkeiten?«, fragt Alice.

Althea zögert. »Vielleicht kannst du Schwierigkeiten erst mal genauer definieren?« Sie geht in den Keller, findet ihre Umhängetasche und kramt darin nach Zigaretten.

»Bist du von der Schule geflogen?«

»Woher weißt du das? Hast du mit Dad gesprochen?« Sie sucht nach einem Feuerzeug, einer Packung Streichhölzer, egal, irgendwas.

»Das war doch zu erwarten. Ich war immer schon der Meinung, dein Vater hätte dich lieber auf eine staatliche Schule schicken sollen. Da muss man schon einiges anstellen, um rauszufliegen. Mit dem Messer auf einen Lehrer losgehen oder so. Du bist doch nicht mit dem Messer auf einen Lehrer losgegangen, oder?«

»Vielleicht hab ich ja eine Rasierklinge genommen? Oder ein, wie heißen die Dinger, Stiletto?« Die einzige Streichholzschachtel, die sie tief unten in ihrer Tasche findet, neben einer Handvoll Pennys und ein paar Krümeln, ist leer.

»Meinst du jetzt die Waffe oder die Schuhe? Stilettos heißen auch diese Damenschuhe mit Pfennigabsatz.«

Im Hintergrund ist Musik zu hören, irgendwo im Haus von Alice, eine klare Stimme und eine E-Gitarre.

»Was du alles weißt«, sagt Althea.

»Ich hab schließlich Kabel.«

»Hörst du Bruce Springsteen?« Althea geht wieder nach oben. In der Küchenschublade findet sie den orangefarbenen Grillanzünder.

»Jetzt mal im Ernst, Thea. Was ist los?«

Althea nimmt den Kaffee und die Zigaretten mit hinaus in die

Laube, legt sich auf die Bank und starrt zu der Holzkonstruktion hinauf, die ihr Vater gebaut hat. »Ich bin von der Schule geflogen.«

»Aber weshalb?«

»Damals hielt ich es für einen Akt der Vergeltung.«

»Und jetzt?«

»Jetzt bin ich mir nicht mehr so sicher.«

Althea sieht Alice in ihrem Haus in Taos vor sich, mit selbst gebasteltem Türkisschmuck behängt und von handgetöpferten Vasen umgeben, in denen eigenhändig gepflückte Blumen stehen. Bei der Heirat mit Garth hatte ihr die Vorstellung gefallen, dass er Professor war. Sie malte sich eine dichte Folge von Lehraufträgen aus, die ihr ermöglichen würden, alle zwei Jahre umzuziehen, jedes Mal eine neue Dozentenwohnung einzurichten und einen nicht versiegenden Strom neuer Leute zu empfangen. Stattdessen hatte Garth eine feste Stelle angenommen und ein Haus gekauft, aber Alice zog immer weiter um und entschied sich für ein Leben, das in Altheas Vorstellung aus Kreuzfahrten für Singles ab vierzig und Kursen im Korbflechten und Deckenweben besteht, ein buntes Potpourri aus achtwöchigen Workshops und Lesezirkeln, in denen Frauen unaufhörlich über Selbstverwirklichung und die ganzheitliche Behandlung von Wechseljahresbeschwerden diskutieren.

Althea kann sich endlich eine Zigarette anstecken, macht sich aber nicht die Mühe, dabei die Sprechmuschel zuzuhalten.

»Hast du jetzt auch noch mit dem Rauchen angefangen?«, fragt Alice.

»Im Moment läuft's halt nicht so gut.«

»Irgendwann landest du dann bei einem Therapeuten und

zahlst ihm viel Geld dafür, dass er dir erzählt, ich sei an allem schuld.«

»Da finde ich sicher auch jemanden, der mir das umsonst erzählt.«

»Deinen Vater, nehme ich an.«

Was eigentlich nicht stimmt, aber das behält Althea für sich. Anders als die meisten Kinder, die sich nichts sehnlicher wünschen, als dass ihre geschiedenen Eltern wieder zusammenkommen, ist Althea oftmals enttäuscht, dass Garth so wenig Abneigung gegenüber Alice zeigt. »Und was treibst du so?«

»Ich bereite mich auf den Winter vor. Ich hab mir ein paar neue Schneeschuhe gekauft. Thea, du klingst aber wirklich nicht gut.« An Alice' Ende der Leitung sind Frühstücksvorbereitungen zu hören, eine Pfanne, die auf den Herd geschoben wird, eine Gabel, die Eigelb in einer Schüssel verquirlt. »Wo ist Oliver?«

»Der hat mich auch rausgeschmissen.«

»Bestimmt nicht für lange«, sagt Alice rasch.

»Ich weiß nicht, Mom. Er scheint sich ziemlich sicher zu sein.« Althea drückt die Zigarette an ihrer Schuhsohle aus und überlegt, ob man wohl auch mit einem Stiletto-Absatz auf jemanden losgehen könnte.

»Habt ihr denn endlich mal, du weißt schon, Fortschritte gemacht? In romantischer Hinsicht?«

»Kein Kommentar.«

»Ach Liebes, das musste doch irgendwann kompliziert werden. Er ist jetzt ein junger Mann. Gib ihm ein paar Minuten, damit er auf andere Gedanken kommt, und schwups! weiß er schon gar nicht mehr, warum er sauer auf dich war.«

»Aber woran erkennt man den Unterschied?«, fragt Althea. »Wenn jemand sagt, jetzt ist Schluss, woher weiß man dann, ob er's ernst meint oder nicht?«

»Beim ersten Mal ist es noch nicht wirklich ernst gemeint. Aber beim dritten oder vierten Mal hört der Spaß dann auf.« Althea hört, wie Alice am anderen Ende der Leitung kaut.

»Wie oft hast du es Dad sagen müssen?«

»Dein Vater hat nicht gerade um mich gekämpft, Thea. Am Ende musste ich es ihm nur ein Mal sagen.«

Ich war damals fünf, denkt Althea. *Hat sie auch von mir erwartet, dass ich um sie kämpfe?* »Hast du da draußen auch mal einen Freund?«

»Hin und wieder. Und wie steht es bei Garth?«

»Eine endlose Prozession attraktiver Studentinnen.« Althea blickt in den Garten hinaus und stellt sich Garth in einer Hausjacke vor, umringt von einem ganzen Harem knapp bekleideter Studentinnen, während er sich im Stillen fragt, wann er endlich wieder in sein Arbeitszimmer zurückgehen und seinen Krimi zu Ende lesen kann. »Heißt das, wenn Dad um dich gekämpft hätte, wärt ihr noch verheiratet?«

»Wer kann das schon wissen? Der Typ da oben vielleicht? Womöglich nicht mal der.« Alice seufzt. »Hör mal, wenn du möchtest, kannst du auch gern eine Weile zu mir rauskommen. Ich habe ein Gästezimmer. Und ein zweites Paar Schneeschuhe.«

Vielleicht könnte Alice durchaus eine gute Mutter sein, wenn Althea sie bloß ließe. Aber Althea sieht nur Traumfänger, halb fertige Schaukelstühle aus Holz und Tagesdecken mit indianischen Mustern vor sich. Einen von diesen komischen Gesundheitstees, die nach Erde schmecken; zu viele Bilder von Wölfen und Kojoten. Zehn Minuten mit Alice zu telefonieren, ist eine Sache; aber zehn Tage in ihrem Lehmziegelhaus zu verbringen, wäre schon eine ganz andere; sollte es in Altheas Leben tatsächlich eine Alice-förmige Leere geben, dann liegt sie irgendwo in Altheas totem Winkel versteckt. Trotzdem spürt Althea, wie so oft bei den sporadischen Gesprächen mit ihrer Mutter, dass sie gegen ihren Willen etwas weicher wird.

»Nur dass du's weißt: Dad gibt dir nie an irgendwas die Schuld«, sagt sie. »Er redet nie schlecht von dir.«

»Ich nehme an, das sollte mich freuen. Aber nun hör mal, Oliver hat dich doch gern. Hast du schon mal versucht, dich bei ihm zu entschuldigen?«

»Ich glaube kaum, dass er mir zuhören würde. Ich habe wirklich was Schlimmes gemacht. Ich an seiner Stelle würde auch nicht mit mir reden.«

»Du wirst ihn schon dazu bringen, dass er zuhört«, sagt Alice, als glaubte sie wirklich, das wäre so leicht. »Vertrau mir einfach. Rede mit ihm.«

Mrs Parker hat heute alle Hände voll zu tun: Während sie unten das Herbstlaub in den Rinnstein harkt, verlassen über ihrem Kopf schon die nächsten Blätter das sinkende Schiff. Als Althea vor Olivers Haus stehen bleibt, hört sie das tadelnde Geräusch, mit dem die Harke über den Beton kratzt – *tss, tss, tss.*

Das Haus sieht ganz anders aus. Die Vorhänge sind zugezogen und die Einfahrt ist leer. Die *Times* vom letzten Sonntag, noch in Folie eingeschweißt, klemmt zwischen Haustür und Fliegengitter, für Althea das denkbar sicherste Zeichen, dass etwas nicht in Ordnung ist. Sie schaut sich um und sieht, dass Mrs Parker immer noch damit beschäftigt ist, ein Häufchen Blätter von einem Ende des Gehwegs zum anderen zu harken, die Lippen zu einem schmalen, freudlosen Strich zusammengepresst. Falls sie weiß, wo die McKinleys stecken, wird sie es ganz bestimmt nicht verraten. Althea muss anderswo nach der Antwort suchen.

Valerie öffnet die Haustür und scheint nicht sonderlich überrascht, sie dort stehen zu sehen.

»Hey«, sagt Althea und tritt unbehaglich von einem Bein aufs andere. Jenseits der Schwelle ist es warm und duftet würzig, nach Ingwer.

»Hey.«

»Wie geht's denn so?«

»Ganz gut.« Valerie wirft einen Blick zurück ins Haus. »Ich würde dich ja reinbitten, aber …«

»Ist das Althea?«, ruft Minty Fresh aus der Küche.

»Jepp«, sagt Valerie.

Minty kommt den Flur entlang, wischt sich die Hände an seiner Schürze ab und nickt Althea zu. »Dachte mir schon, dass du früher oder später vorbeikommen würdest. Hast dir aber ganz schön Zeit gelassen.«

Sie sind nicht wirklich abweisend. Jegliche Beklommenheit, die in der Schule zu spüren war, als sie Coby auf die Füße halfen und Althea sich so seltsam euphorisch fühlte, ist verschwunden. Was sie ersetzt hat, ist wohl am ehesten als Desinteresse zu bezeichnen. Niemand weiß besser als Althea, wie überflüssig man andere Leute finden kann, wenn man glaubt, schon all die Freunde zu haben, die man braucht. Trotzdem versetzt es ihr einen Stich, diesmal auf der anderen Seite zu stehen.

»Ich bin eben bei Oliver vorbeigefahren, aber es war niemand da, und das scheint auch schon länger so zu sein. Ich dachte, ihr wisst vielleicht, wo er hingefahren ist. Ich wollte nur mal hören, wie's ihm geht.«

»Es geht ihm gut«, sagt Valerie.

Althea versucht, ein freundliches Lächeln aufzusetzen. »Schön, das freut mich. Wo steckt er denn?«

Valerie und Minty Fresh wechseln einen ihrer undurchdringlichen Blicke. Schließlich sagt Minty: »Das dürfen wir nicht verraten.«

Altheas Lächeln erlischt. »Was soll das heißen?«

»Wir haben es versprochen«, sagt Valerie. »Tut mir leid.«

»Ihr habt es versprochen? Wem?«, fragt Althea.

»Oliver.«

»Er ist weggefahren und ihr musstet versprechen, niemandem zu verraten, wo er hinfährt?«

Minty steckt die Hände in die Schürzentaschen, senkt den Blick und scharrt mit der Stiefelspitze über den Boden, was Althea daran erinnert, wie er früher war, einer dieser linkischen, spindeldürren Jungs, die sich drei Griffe auf der Gitarre beigebracht hatten und davon träumten, eine Band zu gründen, irgendwann mal, vielleicht. Sie funkelt ihn wütend an. *Damals kannte ich dich schon, du kleiner Scheißer*, denkt sie. *Ich kannte dich schon, als du noch Howard warst und keiner dich cool fand.*

»Nicht ganz«, sagt Valerie. »Hör zu, wir wissen, dass ihr beide irgendwie Stress habt, und er hat uns ausdrücklich darum gebeten, deshalb mischen wir uns da lieber nicht ein.«

»Das betrifft also nur mich? Ich bin die Einzige, die nicht wissen darf, wo er steckt?«, fragt Althea, ungläubig und zutiefst beschämt. Hier steht sie nun und muss ihre Mitschüler um Informationen anbetteln über den einzigen Freund, den sie hat auf der Welt und der sie vor seiner Abreise offenbar auch noch bei ihnen angeschwärzt hat. Irgendwo im Haus wird eine Toilettenspülung betätigt und kurz danach taucht Coby auf. Die Veilchen an beiden Augen sind zu gelblichen Flecken verblasst; die aufgeplatzte Oberlippe ist von einem weißlichen Schorf bedeckt. Ein neuer Buckel erhebt sich auf seiner Nase, die vorher schon mal gebrochen war und jetzt auch noch zu einer Seite verrutscht ist. »Nehmt euch in Acht«, sagt er zu Val und Minty. »Vielleicht versucht sie, es aus euch rauszuprügeln.«

»Du lieber Himmel«, sagt Althea.

»Deshalb wollten wir dich nicht reinbitten«, erklärt Valerie.

»Danke?« Althea kann den Blick nicht von Cobys Gesicht abwenden. Er lächelt sie an. Wie immer scheint er das Unbehagen der Leute um ihn herum zu genießen.

»Gleich rastet sie aus«, sagt er zu Valerie und Minty. »Wollt ihr's ihr wirklich nicht sagen?«

»Wir haben es ihm versprochen«, antworten beide.

»Aber ich hab ihm nichts versprochen«, sagt Coby. »Komm, Carter, wir gehen eine rauchen.« Er tritt aus der Tür und schiebt sich an ihr vorbei.

Althea folgt ihm zu seinem Truck, zögert aber, als er sich auf den Fahrersitz setzt. Will er wirklich das Risiko eingehen, auf so engem Raum mit ihr eingepfercht zu sein? Er beugt sich hinüber und öffnet die Beifahrertür. »Nun komm schon.«

»Und du sagst mir auch wirklich, wo er ist?«

»Jetzt nerv nicht rum, Carter. Steig ein, dann erzähl ich's dir.«

Althea hört zu, während Coby ihr berichtet, was er über diese Schlaf-Studie in New York gehört hat, dass Oliver dort mehrere Monate bleiben muss und keiner weiß, wann er zurückkommt, und dass die Sache wohl kein Notfall, sondern schon längere Zeit in Planung gewesen war.

»Woher willst du das wissen?«, fragt Althea.

»Als Oliver weg war, haben Valerie und Minty Fresh bei Nelson angefragt, ob sie ihm ihre Hausaufgaben schicken sollen, aber der Lehrer im Krankenhaus hatte das alles schon mit der Schule abgesprochen. Oliver muss schon lange vor eurem Streit von dieser Reise gewusst haben.«

»Hat er irgendwem erzählt, worum es bei dem Streit ging?«

»Nur kurz zur Info, Althea: Niemand interessiert sich einen Scheißdreck für euren blöden Streit.« Er lässt den Truck an und lenkt ihn vom Bordstein weg.

»Halt«, sagt Althea. »Ich hab nicht gesagt, dass ich irgendwo mit dir hinfahre.«

Er hält an. »Willst du's nicht wenigstens versuchen?«

In seinem viel zu großen Sweatshirt wirkt Coby fast schon substanzlos. Es ist nicht zu übersehen, dass das kein fairer Kampf war. Eigentlich war es überhaupt kein Kampf. Trotzdem kann sie keine echte Reue empfinden. Schließlich hatte er die erste blutende Wunde verursacht.

»Weil's schon beim letzten Mal so gut geklappt hat?«

»Wir könnten viel Spaß zusammen haben, das weißt du genau.«

»Spaß? Meinst du das ernst? Ich hab dir vor der versammelten Schule die Scheiße aus dem Leib geprügelt. Das war der größte Spaß, den wir je miteinander haben werden.« Sie fühlt sich merkwürdig frei, während sie hier sitzt und mit Coby redet. Er nimmt anscheinend überhaupt nichts übel, aber Althea ist klug genug, das nicht mit Loyalität oder Liebe zu verwechseln. Wie unfair, dass Coby bereit ist, dort anzuknüpfen, wo sie aufgehört haben, während Oliver sie weiterhin meidet, selbst aus der Ferne.

»Du kannst natürlich weiter in deinem Keller hocken und warten, aber er wird nicht kommen. Der ist weg«, sagt Coby. »Und ich bin derjenige, der dir sagen musste, wo er überhaupt steckt, also was würdest du daraus schließen?«

»Dass du mit allen Mitteln zu beweisen versuchst, was für ein netter Kerl du bist.«

»Warum sollte ich das tun? Du magst mich doch nicht deshalb, weil ich so ein netter Kerl bin, und ich geb auch gar nicht vor, einer zu sein. Ich bin halt genau wie du.«

Die wohlige Betäubung der vergangenen zwei Wochen lässt nach, wie eine Narkose, und plötzlich ist sie wieder zurück in ihrem Kopf, dem Ort, der für sie am gefährlichsten ist. Was geschieht, wenn sie morgen aufwacht und ein weiterer, endloser Tag voller Zorn vor ihr liegt, jede Stunde geprägt von Klaustrophobie der schlimmsten Sorte, eingesperrt in ihren eigenen Kopf? Vor diesem Hintergrund erscheint Cobys unausgesprochene Einladung – *Bleib bei mir, Mädchen, und dann geben wir uns das, von dem wir beide wissen, dass wir's verdient haben* – weniger wie der schlimmstmögliche Fall, sondern eher wie ihre einzige Option.

»Weißt du, was du bist?«, sagt Althea und stößt die Beifahrertür auf. »Jemand, bei dem die nächste Katastrophe schon vorprogrammiert ist, und gemocht hab ich dich noch nie.«

Später am Tag schleicht sich Althea auf ihr Zimmer, um sich ein paar frische Sachen herauszusuchen. Sie setzt sich aufs Bett und betrachtet die Fotos und Zeichnungen an der Wand. Als Kind hatte sie sich den Übergang ins Erwachsenenleben immer so vorgestellt, dass eines Tages eine ältere Ausgabe ihrer selbst aus der Spielzeugkiste am Fußende des Bettes herausklettern würde, die dann für sie die Aufgabe übernähme, die *richtige* Althea zu sein. Klein Althea könnte sich in eine Kombination aus Himmel und Kontrollstation zurückziehen und den Rest ihres Lebens stellvertretend von der großen Althea leben lassen, die praktischerweise schon voll ausgestattet bei ihr ankommen würde, mit gesundem Menschenverstand, einem Schulabschluss und großen Brüsten. Althea blickt seufzend auf ihren kleinen Busen hinunter. Diese erwachsene Althea wird nicht kommen, so viel ist klar, sie liegt nicht irgendwo im Kälteschlaf, schimmernd in einem goldenen Kokon, während eine Schar fleißiger Engel letzte Hand an die Perfektion ihrer weiblichen Rundungen legt, um sie dann als scharfsinnige Amazone auf die Menschheit loszulassen. Sie ist nun mal, wie sie ist: flachbrüstig, kratzbürstig und erbärmlich; intelligent genug, um zu wissen, wann sie Dummheiten macht, aber zu dumm, um wenigstens einige davon zu lassen – das ist das Material, mit dem sie arbeiten muss. Sie starrt ihre Zeichnungen an, denkt an ihre Eltern und fragt sich, ob ein bisschen mehr Gefühl auf Seiten ihres Vaters vielleicht einen entscheidenden Unterschied gemacht hätte.

An diesem Abend hat Garth in der Küche gedeckt und beide sitzen auf den Barhockern am Tresen. Durch die offene Tür schimmert der Mahagoni-Tisch im Esszimmer, groß und leer.

»Ich habe gesehen, dass dein Wagen jetzt woanders steht. Bist du heute ein bisschen rumgefahren?«, fragt Garth.

»Hat mir geholfen, wieder eine Stunde totzuschlagen.« Sie spießt eine Perlzwiebel mit der Gabel auf. *Und jetzt essen*, denkt sie. Sie starrt auf ihre Hand und versucht mit aller Macht, sie zum Gehorsam zu zwingen, aber sie schafft es nicht, die Zinken an die Lippen zu führen. Stattdessen beugt sie sich vor und führt den Mund an das gekochte Gemüse heran. *Und jetzt kauen.*

Garth hingegen zerteilt rasch sein gesamtes Steak, schneidet das Fleisch in lauter gleich große Stücke, trennt Fett und Knorpel heraus und legt sie auf den Rand seines Porzellantellers. Erst wenn dieser mühsame Teil der Mahlzeit erledigt ist, nimmt er den ersten Bissen und gönnt sich den Genuss. »Diese Marinade finde ich ziemlich lecker.«

Althea wartet, bis er fertig ist. »Erzähl mir doch noch mal die Geschichte von Castor und Pollux.«

Von allen Sagen des Altertums ist ihr diese am liebsten. Castor hatte die Gabe, jedes Pferd bändigen zu können; Pollux war ein gewandter Faustkämpfer. Zwillingsbrüder, unzertrennlich und einander so ähnlich, ›dass kein Sterblicher sie auseinanderzuhalten vermochte‹, wie es in einem von Garths Büchern über altgriechische Legenden beschrieben wurde. Ruhmreiche Abenteurer, die Seite an Seite mit Iason und seinen Argonauten kämpften. Eines Tages jedoch wurde Castor bei einem Streit getötet, und der untröstliche Pollux flehte Zeus daraufhin an, seine eigene

Unsterblichkeit für ihn opfern zu dürfen. Sie schlossen einen Kompromiss: Die Brüder würden abwechselnd je einen Tag in der Unterwelt, den anderen bei den Göttern verbringen. Als er zu Ende erzählt hat, holt Garth seine Flasche Scotch aus dem Schrank über der Spüle.

»Das ist quasi das ultimative Was-wäre-dir-lieber-Spiel«, sagt Althea und sieht zu, wie er sich die üblichen zwei Fingerbreit Scotch mit ebenso vielen Eiswürfeln einschenkt.

»Ich nehme an, jetzt ist klar, welcher der beiden Zwillinge du wärst«, sagt Garth mit einem schwachen Lächeln.

»Ich hab noch mal über deinen Vorschlag nachgedacht, du weißt schon, Mom zu besuchen«, sagt sie.

Schweigend korkt Garth die Flasche wieder zu, stellt sie zurück und lehnt sich mit seinem Drink an den Tresen, ihr gegenüber. »Da haben wir uns ja plötzlich von den Griechen weit entfernt. Warum hast du's dir anders überlegt?«

»Wenn ich rausgehe, komme ich mir vor wie in einem dieser Science-Fiction-Filme, wo die ganze Menschheit vernichtet wurde und nur ich noch übrig bin.« Althea ist selbst von ihrer Aufrichtigkeit überrascht, doch ihr Vater verzieht keine Miene; er schaut sie an, als säße er in seinem Büro, bei einem Beratungsgespräch mit einer Studentin.

Er nippt an seinem Scotch. »Und wie lange willst du bleiben?«

»Nur ein paar Tage. Ich dachte, ich könnte Thanksgiving bei ihr verbringen.«

»Hast du schon mit ihr gesprochen?«

»Ich wollte dich erst fragen.«

»*Du* hast doch gesagt, du willst nicht bei deiner Mutter in der

Pampa hocken. Wenn du Lust auf einen Tapetenwechsel hast, kann ich dir das wohl kaum verdenken.« Er räumt die Teller in den Ausguss und spült sie kurz ab, mit dem Rücken zu ihr.

Althea hasst es, ihn anzulügen, ihm vorzumachen, dass sie jetzt ihre Mutter braucht, aber es geht nicht anders. »Ich dachte nur, schlimmer, als hierzubleiben, kann es auch nicht sein.«

Garth erwidert ihren Blick, während er sich die Hände am Geschirrtuch trocknet, aber sein Pokerface zeigt keine Regung. »Du wirst bald achtzehn, Althea. Du bist alt genug, das selbst zu entscheiden.«

Dabei liefert sie seit Monaten handfeste Beweise des Gegenteils. Am liebsten würde sie ihm von der Spielzeugkiste erzählen, von ihrem anderen Ich mit dem gesunden Menschenverstand, auf das sie immer noch wartet. Stattdessen lässt sie sich vom Hocker gleiten, überrascht, dass ihre Beine sie noch tragen. »Dann geh ich jetzt mal packen.«

»Warte«, sagt er. Sie bleibt auf der Schwelle stehen. »Ich überlege, in der Winterpause nach Mexiko zu fliegen, ein bisschen zu recherchieren. Du sagst doch, ich würde dich nie irgendwohin mitnehmen. Hättest du diesmal vielleicht Lust, mitzukommen?«

»Im Ernst?«

»Die rituellen Menschenopfer würden dich sicher sehr interessieren. Die Details besprechen wir, wenn du zurück bist.«

Althea starrt ihn verständnislos an. Eben erst ist sie von der Schule geflogen, und jetzt wird sie anscheinend mit einer Reise nach Mexiko belohnt – obwohl sie den Verdacht hat, dass Garth sich bloß nicht mehr traut, sie allein zu lassen. »Einverstanden. Menschenopfer. Ist gebongt.«

8. KAPITEL

Oliver quält sich ziemlich herum.

Eigentlich wollte er auf seinem Zimmer lernen, aber das erweist sich als schwierig. Er schiebt die Bücher beiseite und zeichnet mit dem Finger die Kerben im Schreibtisch nach, auf der Suche nach einem Vorgänger, der vielleicht mal etwas anderes im Kopf hatte als Sex und diverse Körperfunktionen. Aber kein einziges Herz mit Initialen wurde ins Holz geritzt, keine einzige, falsch geschriebene Liebeserklärung. Nur eine Reihe von detailreichen *Fick dich-* und *Lutsch mir den Schwanz*-Illustrationen und anderen, ähnlich einfallslosen Sprüchen. Er vermisst seinen Schreibtisch zu Hause, mit der Collage aus Plattencovern auf geklauten Sägeböcken.

Kentucky steckt den Kopf durch die Tür. »Die Therapie-Stunde hat geschlagen.«

Oliver lässt alles stehen und liegen und geht zurück in den Gemeinschaftsraum, wo die normalen Möbel schon beiseitegeräumt und stattdessen ein paar Plastikstühle im Kreis aufgestellt wurden.

Der Therapeut verspätet sich. Die Jungs zappeln auf ihren Stühlen herum. Inzwischen haben zwei weitere von ihnen die Segel gestrichen: Minnesota und der Junge, der schon mal aufs Bett gekackt hat, gehören jetzt auch zu den Vermissten; Oliver bedauert schon das Pflegepersonal. Sechs Jungen sind noch übrig, die jetzt ungeduldig warten, auf die Wanduhr starren und sich genervte Blicke zuwerfen – bis auf Kentucky, der so vorausschauend war, sich ein Buch mitzubringen.

»Irgendwie sitzt man hier immer nur doof rum und wartet«, motzt AK-47. »Ich hab's satt, hier rumzuhängen, bis es endlich bei mir losgeht und sie mich an ihre Scheißmaschinen anschließen können, um rauszufinden, was mit mir nicht stimmt. Eigentlich bräuchten sie uns doch nur mal ordentlich abzufüllen. Das war bei mir damals der Auslöser.« Er schaut sich um, in der Hoffnung, dass ihn jemand auffordert weiterzuerzählen.

New Jersey tut ihm den Gefallen. »Ach ja?«

»Das war das erste Mal, dass ich mir die Kante gegeben habe – aber so richtig. Und nicht nur mit Bier, auch mit harten Sachen. Meine Eltern haben mich dann im Badezimmer gefunden, ums Klo gewickelt. Sie konnten mich nicht wach kriegen. Dachten, ich hätte eine Alkoholvergiftung. Also ab ins Krankenhaus, Magen auspumpen und alles. Haben sie mir jedenfalls erzählt; ich selber kann mich an nichts erinnern. Aber danach bin ich trotzdem nicht aufgewacht.«

»Und wann haben sie gepeilt, dass du gar keine Alkoholvergiftung hast?«, fragt Kentucky.

»Ich hatte ja wirklich eine. Ich hatte beides zusammen. Und dann bin ich aufgewacht, aber eben nicht so richtig« – hier nicken die anderen, jeder weiß sofort, was er meint –, »und bin total ausgerastet, hab rumgeflucht, mir die Infusionsschläuche rausgerissen, die Ärzte beschimpft.« AK-47 kaut auf seinem Daumennagel herum. »Meine kleine Schwester war auch dabei. Ich hab dann auf den Boden gepisst und bin wieder eingeschlafen. Jedenfalls bräuchten sie uns nur ein paar Flaschen Bourbon hinzustellen, wir würden uns mal so richtig amüsieren, und schon wär die Sache geritzt.«

Der Raum ist still. Zweifellos haben jetzt alle seine kleine Schwester vor Augen, die zusehen musste, wie ihr großer Bruder im Krankenhaus auf den Boden pinkelt. Und zweifellos sieht sie bei jedem ein bisschen anders aus – bei dem einen ist sie vielleicht erst sieben, bei dem anderen schon elf, mal hat sie zwei Zöpfe, mal offenes Haar –, aber die Wirkung ist dieselbe. Trotz der schwarzen Haare von AK-47 stellt Oliver sich seine Schwester blond und zierlich vor. Bei ihm hat sie einen knuddeligen Stoffhund im Arm und kneift die Augen zusammen, als ihr Bruder seine Hose öffnet, während ihr Vater fassungslos danebensteht, statt sie aus dem Zimmer zu schaffen.

»Das kommt übrigens häufiger vor«, sagt Kentucky. »Viele erste KLS-Episoden werden durch Alkohol ausgelöst.«

»Also sind wir jetzt alle selber schuld, oder was?«, fragt AK-47. »Hätte ich mich nicht volllaufen lassen, wär ich auch nicht krank geworden?«

»Ach Quatsch«, sagt ein anderer Junge. »Ich hab überhaupt nichts gemacht und mir ist es trotzdem passiert. Ich hab bloß gedacht, ich kriege eine Erkältung.«

»Ich war auch noch nie im Leben betrunken und bin trotzdem

hier«, sagt Kentucky. »Ich hab mir einen runtergeholt, während meine Mutter danebenstand.«

»Im Ernst?«, fragt Oliver.

»Also nicht bis zum Schluss oder so. Aber ich hab jedenfalls mein Ding rausgeholt.«

»Und woher weißt du das?«, fragt AK-47. »Das hat sie dir doch wohl kaum erzählt, oder?«

»Die Ärzte hatten ihr gesagt, sie soll alles aufschreiben. Wie ich mich verhalte und all so 'n Scheiß. Und irgendwann, als sie auf der Arbeit war, hab ich's mir dann durchgelesen.«

»Bist du verrückt?«, ruft NJ. »So was darfst du doch nicht lesen! Meine Mutter schreibt auch alles in einem Tagebuch auf. Da würde ich doch *niemals* reingucken!«

»Jetzt weiß ich das auch, du Klugscheißer«, schreit Kentucky zurück. »Ich kann ihr kaum noch in die Augen sehen. Aber als ich es erst mal in der Hand hatte, konnte ich nicht mehr aufhören.«

»Du hast das ganze Teil gelesen?«, fragt Oliver. Er hat keine Ahnung, ob Nicky auch so ein Tagebuch geführt hat. Wenn, dann würde er es in dem Chaos bei ihm zu Hause sowieso nicht finden.

»Von vorne bis hinten«, sagt Kentucky bedrückt. »Oh Gott, das war so peinlich.«

»Gab's denn noch was Schlimmeres als die Wichserei?«, fragt AK-47.

»Wie man's nimmt. Würdest du dir lieber vor deiner Mutter einen runterholen oder ›fette Fotze‹ zu ihr sagen?«

»Lieber ›fette Fotze‹ sagen«, lautet die einhellige Antwort.

»Nachdem ich dann zu unseren Nachbarn rüber bin und fast erschossen worden wäre, hat meine Familie mich etwas besser im

Auge behalten. Aber im Krankenhaus gab es trotzdem jedes Mal Ärger, aber auch jedes einzelne Mal, weil ich den Krankenschwestern an die Wäsche gegangen bin.« Kentucky schüttelt den Kopf. »Echt oberpeinlich.«

Die Gruppensitzung hat noch nicht mal begonnen, doch für Oliver nimmt sie schon die Atmosphäre eines Geiseldramas an.

»Meine Freundin hat deshalb mit mir Schluss gemacht«, meldet sich NJ zu Wort. »Sie hat mich mal besucht, während ich krank war, und danach wollte sie nie wieder ein Wort mit mir reden. Ich weiß bis heute nicht, was passiert ist. Und dann habe ich wohl auch mal versucht, die Jalousien in unserem Wohnzimmer zu vögeln. Hat mein Bruder mir erzählt.«

Oliver bricht der Schweiß aus und sein Herz pocht wie verrückt. Sein Fuß fängt an zu zucken und er zieht ihn auf den Stuhl, um ihn mit beiden Händen festzuhalten. »Das pure ES, bis zum Exzess«, murmelt er.

»Was war das, NC?«, fragt Kentucky.

»Nur so ein Spruch, den eine Freundin von mir mal gemacht hat. Wie ich mich benehme, wenn ich krank bin. ›Das pure ES, bis zum Exzess.‹«

»Und was soll das heißen?«, fragt NJ.

Kentucky antwortet für Oliver. »Das soll heißen, dass es keine innere Zensur mehr gibt. Keine Impulskontrolle. Das ist schließlich auch die Frage, oder? Wenn alle Teenagerjungs eigentlich immer nur essen, schlafen und abspritzen wollen, dann sind wir, wenn wir krank sind, vielleicht einfach wir selbst, nur hoch zehn.«

AK-47 schaut Oliver prüfend an. »Was ist mit dir, NC? Bist du auch schon mal zu den Nachbarn rüber, um ihren Kühlschrank zu plündern?«

Mit einem Jungen, der bereitwillig den Spitznamen AK-47 angenommen hat, möchte Oliver lieber nicht über Verletzungen und verlorene Unschuld reden. »Nicht direkt«, sagt er.

»Ach komm, irgendwas Peinliches muss dir doch auch schon passiert sein. Das seh ich dir doch an.«

Oliver windet sich auf seinem Stuhl. »Es gab da mal einen Vorfall im *Waffle House*. Aber die Einzelheiten möchte ich hier lieber nicht ausbreiten.« Er denkt an sein morgendliches Gespräch mit Dr. Schmalzlocke. »Habt ihr eigentlich auch manchmal so ein Gefühl, wie soll ich sagen, von Hoffnungslosigkeit?«

»Ich kann mich jedenfalls auf nichts mehr freuen«, ergreift ein anderer Junge das Wort. »Weil ich ja nie weiß, ob ich dann gerade wach bin. An Feiertagen, oder bei Partys. Wenn ein Film rauskommt, den ich sehen will, versuch ich immer, gar nicht so viel dran zu denken, denn wenn ich krank werde, verpasse ich ihn. Hinter allem steht jetzt immer ein großes Fragezeichen. Nichts davon liegt noch in meiner Hand.«

»Mein bester Freund sagt immer, ich soll auch mal das Positive sehen. Immerhin wäre ich jetzt gezwungen, in der Gegenwart zu leben«, sagt AK-47. »Ich soll mich einfach damit abfinden.«

»Das hilft mir auch nicht viel weiter, wenn ich ein Studium anfangen will«, sagt Oliver.

»Nee«, sagt NJ. »Mit so 'ner Scheiße *will* ich mich auch gar nicht abfinden.«

»Im Ernst«, fügt Kentucky hinzu. »Das ist doch kein Treffen

der Anonymen Alkoholiker. Ich bin nicht hier, um mich in Gelassenheit zu üben, sondern damit das endlich aufhört.«

Endlich erscheint der Therapeut, ein Mann mit schütter werdendem Haar, schwarzer Jeans und Cowboystiefeln. Er setzt sich in den Kreis, stützt die Hände auf die Knie und schaut die Gruppe der Reihe nach an.

»Und? Wie geht's euch so?« Schweigen antwortet ihm. »Wer würde gern anfangen?«

Die Jungen wechseln einen Blick und verbünden sich wortlos.

»Oliver? Wie wär's mit dir?«

Genervt darüber, dass es gerade ihn getroffen hat, verschränkt Oliver die Arme und zuckt die Achseln. »Ich habe nichts zu sagen.«

Nach einer äußerst ungemütlichen Stunde ist die Sitzung dann vorbei. Sobald der Therapeut gegangen ist, kommt Stella herein, das Klemmbrett einsatzbereit in der Hand. Sie trägt ein langärmeliges Shirt unter einem schwarzen Kittel, der mit winzigen, pinkfarbenen Gitarren bedruckt ist. Statt ihre Schützlinge wieder an der Wand aufzureihen, geht sie diesmal von einem zum anderen und steckt jedes Mal mit bewundernswerter Geschicklichkeit eine frische Kappe auf das Thermometer. Oliver ist als Letzter dran. Eine besonders drahtige Locke hängt ihr ins Gesicht, und er unterdrückt den Impuls, an ihr zu ziehen, nur um zu sehen, wie sie wieder nach oben schnellt.

»Na, mein Hübscher?«, flüstert sie. »Wie sieht's aus?«

»Ganz gut.«

»Schon Heimweh?«

»Nicht so richtig.«

Stella steckt ihm das Thermometer ins Ohr. »Aber du vermisst doch sicher deine Freundin.«

»Ich habe keine.« Mit dem Gegenstand im Ohr klingt seine Stimme hohl und entfernt. Das Thermometer piept und sie zieht es heraus, doch ihr Lächeln verblasst, als sie die Anzeige abliest. »Wie hoch ist es denn?«

»Siebenunddreißig. Komma neun.«

Nie hätte er gedacht, dass er bei dem Gedanken an eine Episode einmal Erleichterung empfinden würde, aber diesmal ist es so. Althea hat seine Krankheit eine Zeitmaschine genannt, die ihn immer nur in die Zukunft versetzt, und noch nie ist ihm diese Vorstellung so verlockend erschienen. Sollte das Kleine-Levin-Syndrom ihn ruhig mal drei, vier Wochen nach vorn katapultieren. Wenn das sein Fahrschein aus diesem schrecklichen Zimmer war, würde er sich nicht beklagen. »Dann bin ich jetzt wohl bald weg.«

»Du haust ab und lässt mich mit all diesen Jungs allein?«

»Tut mir leid, Stella. Deshalb bin ich ja hier.«

»Dann muss ich mir wohl bald einen neuen Liebling suchen.«

Ob Althea das auch schon getan hat? »So leicht bin ich nicht zu ersetzen«, gibt er zurück.

»Das fürchte ich auch. Oder sind die Jungs, da, wo du herkommst, alle so nett?«

»Nee, nur ich.« Sein Lächeln ist jetzt bestimmt nur noch ein dämliches Grinsen.

»Dann halt doch, wenn möglich, noch ein, zwei Tage durch.«

»Ich geb mir Mühe«, sagt er, und ihr zuliebe wird er das wirklich tun.

9. KAPITEL

Althea hatte Recht. Es fallen tatsächlich alle auf sie herein.

Der Plan war einfach: Garth erzählen, dass sie über Thanksgiving nach New Mexico fährt, stattdessen aber die Küste entlang nach New York raufdüsen. Oliver suchen, um Verzeihung bitten, danach vielleicht noch kurz ins Museum und sich die Dinosaurier ansehen. Anschließend würde sie nach Wilmington zurückfahren, von zu Hause aus ihre Abschlussprüfungen machen, Coby um jeden Preis aus dem Weg gehen, Garth ein, zwei Wochen lang durch ein paar antike Tempel hinterherlaufen, und wenn Oliver aus dem Krankenhaus zurückkam, würde alles wieder, mehr oder weniger, zur Normalität zurückkehren.

Sie nimmt einen alten Campingrucksack und stopft ihr Skizzenbuch, etwas Kleidung und ein paar Toilettenartikel hinein, außerdem zwei Kassetten, die Minty Fresh und Valerie im Sommer für sie aufgenommen haben – ein *Riot-Grrrl*-Mix von Val und eine schlecht ausgesteuerte Aufnahme von *Tartar Control* von Minty –, und dazu noch ihre eigenen abgenudelten Aufnahmen von *The Gits* und *Concrete Blonde* und *Sugar* sowie die *Doolittle*-Kassette, die sie sich von Oliver geliehen und nie zurückgegeben hat. Dann rollt sie die alte Steppdecke zusammen und schnallt sie hinten auf den Rucksack. Anschließend verwandelt sie ein halbes Brot und den gesamten Kühlschrankinhalt in Sandwiches: Frischkäse und Marmelade, Hühnerbrust, getrocknete Cranberrys, Rucola; selbst der Kartoffelbrei mit Knoblauch wird fingerdick auf Körnerbrotscheiben geschmiert und in Alufolie verpackt. Zu guter Letzt kramt sie aus den Tiefen ihrer Socken-Schublade die alten Geburtstagskarten ihrer Mutter hervor und nimmt das Geld heraus, das sie in den letzten zwölf Jahren aus Trotz nicht angerührt hat, ausnahmsweise dankbar dafür, dass sie so nachtragend sein kann. Sie stopft die Scheine, etwa zweihundert Dollar, in ihr zerschlissenes Leinen-Portemonnaie, dazu die Telefonkarte und das Benzingeld, das Garth ihr auf den Küchentisch gelegt hat, schickt den Toyota ein letztes Mal durch die Waschanlage und macht sich auf den Weg.

Es ist ein weiterer dieser schönen Herbsttage in North Carolina, wolkenlos und noch nicht zu kühl. Sobald Althea die Interstate 40 erreicht hat, spürt sie das beruhigende Rauschen des Asphalts unter ihren Rädern, Bäume und Telefonmasten ziehen als unscharfe Flecken am Fenster vorbei. Sie dreht die Musik lauter und singt mit den *Gits*, um das Innere des Wagens mit ihrer Stimme und dem Kreischen der E-Gitarren zu füllen, immer noch aufgeputscht durch die restlichen Pillen von Oliver. Eine Stunde vergeht, dann noch eine und noch eine. Irgendwo in Virginia macht sie an einer Raststätte halt und setzt sich auf einen Picknicktisch, wo sie ein Sandwich mit Bohnen und Sauerrahm isst und eine warme Limonade trinkt. Die Öffnung der Dose schmeckt ungefähr so, wie es in ihrem Auto riecht. Ein Abfalleimer aus Blech steht einige Meter von ihrem Tisch entfernt und sie versucht, die Dose mit einem Schlenker aus dem Handgelenk hineinzuwerfen, verfehlt ihn aber. Die Dose prallt auf den Boden und rollt zu ihr zurück, dabei ergießt sich ihr restlicher Inhalt zischend ins Gras.

Das Tolle am Autofahren ist zwar, dass es – wie Alkohol und Punkrock-Konzerte – Altheas Gehirn zum Abschalten bringt, aber ein Problem hat sie dabei nicht bedacht: dass dieser hypnotische Effekt nach sechs Stunden allmählich nachlässt und sie sich dann nur noch zu Tode langweilt. Sie arbeitet sich durch die Sandwiches hindurch und knetet die Alufolie, in die sie eingewickelt sind, zu kleinen Blumen, die sie neben sich auf den Beifahrersitz wirft. *Olivers Platz* war das immer für sie, und jetzt füllt sie ihn langsam mit Müll. Mit der Langeweile hat sie nicht gerechnet; bisher hat bei jeder längeren Autofahrt Oliver neben ihr gesessen und für Unterhaltung gesorgt. Und wie immer, wenn sie sich langweilt, fängt ihr Verstand an zu rattern, ein Riesenrad voll quälender Erinnerungen und unerwünschter Gedanken, das immer noch mehr unangenehme Fahrgäste aufnimmt, selbst wenn es ihr gelingt, die vorigen alle rauszuschmeißen. Im Stau auf der Interstate 95 gibt sie es schließlich auf, das Rad am Kreisen hindern zu wollen, und lässt die Erinnerungen eine nach der anderen an sich vorüberziehen, zu den Klängen von *Concrete Blonde* und in dichten Zigarettennebel gehüllt.

Da ist jener Wintermorgen, an dem sie das altmodische Gepäck ihrer Mutter – bei jemandem, der so viel unterwegs war, hätte man etwas Praktischeres erwartet, einen Rollkoffer und Kleiderhüllen, aber nein, sie hielt eisern an ihren Schrankkoffern und Reisetaschen fest – auf der vorderen Veranda stehen sah. In der Woche darauf hat sie zum ersten und einzigen Mal erlebt, dass Garth unrasiert und mit ungeputzten Schuhen herumlief. Nicht lange danach stand Oliver auf derselben Veranda, mit Apfelbäckchen und Latzhose, während Nicky Garth, den sie kaum kannte, verlegen fragte, ob er ein paar Stunden auf ihn aufpassen könnte.

Die Althea-und-Oliver-Momentaufnahmen, die jetzt eine nach der anderen hochkommen, sind ebenfalls keine glücklichen. Das eine Mal, wo sie ihn, gegen seinen lautstarken Protest, im Besenschrank eingesperrt hat, oder das, wo sie ihm seine ganzen Halloween-Süßigkeiten abgeluchst hat, oder ihn so lange getriezt hat, bis er einen Aufsatz für sie schrieb. Dann der Sommernachmittag mit Oliver als fetter Maus, der Streit nach dem Konzert bei *Lucky's*. Und dann taucht Coby auf – die Katastrophennacht mit Tequila, *Egyptian Ratscrew* und dem beschissenen Fick; und als vorläufiger Höhepunkt die Szene auf dem Schulflur, wo sie allen, aber auch wirklich *allen*, den unumstößlichen Beweis geliefert hat, dass sie nicht zu ihnen gehört. Wenn sie wollte, könnte sie das alles auch andersherum sehen, die Perspektive verschieben, könnte behaupten, die Abwesenheit ihrer Mutter hätte etwas in ihr zerstört und Garths Gleichgültigkeit hätte die Sache nicht besser gemacht und Coby hätte sich die Prügel mehr als verdient, als er jene vier Worte aussprach, die sie nie mehr vergessen würde: *Ach übrigens, du blutest.* Aber es gelingt ihr nicht, sie kann die Dinge nicht auf diese Weise betrachten.

Sie überlegt, was sie zu Oliver sagen soll, wenn sie erst einmal vor ihm steht, sie versucht, sich eine Rede zurechtzulegen, obwohl sie genau weiß, dass es sinnlos ist. Eigentlich gibt es nur eins zu sagen: *Es tut mir leid.*

»Hab ich dich irgendwann schon mal beschimpft, während ich krank war, du weißt schon, so richtig schlimm?«, fragt Oliver, als er an diesem Abend mit Nicky telefoniert.

Nicky stößt Zigarettenrauch aus, direkt in Olivers Ohr. »Zum Beispiel?«

»Na, halt irgendwas Beleidigendes. Etwas, das mir unter normalen Umständen furchtbar peinlich wäre.«

»Wenn es dir peinlich sein müsste, würde ich es dir nicht erzählen. Wieso machst du dir jetzt plötzlich darüber Gedanken?« Er hört, wie ein Auto vorbeifährt; sie sitzt offenbar auf der Veranda.

»Nur so.« Ein Pfleger schiebt seinen Eimer den leeren Gang hinunter, während Salsa-Musik aus seinen Kopfhörern dröhnt.

»Lass mich raten«, sagt Nicky. »Ihr habt mit der ganzen Bande zusammengesessen und euch gegenseitig Horrorgeschichten aufgetischt, und jetzt fragst du dich die ganze Zeit, was du wohl schon alles angestellt hast.«

»So ähnlich.«

»Ol, ich will dir keine Predigt halten, aber wann hörst du endlich auf, dir um Dinge Gedanken zu machen, die du sowieso nicht ändern kannst, statt um solche, die du ändern *kannst.*«

Wo wir gerade von Gelassenheitsübungen sprachen. Oliver haut sich ein paarmal mit dem Hörer gegen den Kopf und fragt sich, ob er den schadhaften Teil seines Gehirns nicht einfach losklopfen und aus dem Ohr schütteln kann. »Und was treibst du so? Ist Mrs Parker inzwischen deine beste Freundin, oder was?«

»Dieses Wochenende bin ich mit jemandem verabredet.«

»Mit Mrs Parker?«

»Nein, du kleiner Klugscheißer. Mit einem Mann, den ich im Spa kennengelernt habe.«

»Hast du ihm schon erzählt, dass du einen Sohn im Teenageralter hast? Ich wette, das haut ihn völlig aus den Latschen.«

Jetzt wird sie plötzlich philosophisch. »Ich finde es immer komisch, wenn die Leute sagen ›Ich habe einen Sohn‹ oder so. Genauso könnte man sagen ›Ich habe einen Ferrari‹ oder ›Ich habe eine Erstausgabe von *Der große Gatsby*‹. Ich habe dich nicht, Ol, ich habe dich höchstens in die Welt gesetzt, und jetzt kann ich nur hoffen, dass du im Alter für mich sorgst.«

»Für dich gibt's nur das Pflegeheim, bei der erstbesten Gelegenheit.«

»Wie lieb von dir.«

»Hör zu, hier passiert jetzt wohl endlich was. Meine Temperatur ist gestiegen und meine Knie bringen mich fast um. Kann also gut sein, dass diese netten Plaudereien bald ein Ende haben.«

»Und wenn du aufwachst und ich habe einen Freund, rastet du dann aus?«

»Nur wenn es so ein bescheuerter Yogalehrer ist. Oder einer von diesen Reiki-Spinnern.«

»Es ist kein Kollege, sondern ein Kunde von mir.«

»Ich hasse das, wenn du sie ›Kunden‹ nennst. Das klingt immer so nach Callgirl.« Oliver kann sich gar nicht vorstellen, dass Nicky mit einem Mann ausgeht, der regelmäßig ein Spa besucht.

Aber so selten, wie sie solche Einladungen annimmt, kann man sie sich ohnehin mit kaum jemandem vorstellen. Vielleicht ist es ein Sportler, ein alternder Zweitliga-Baseballspieler, der eine gute Masseurin für seine Schultern braucht, oder ein Feuerwehrmann, der Rückenprobleme hat, weil er jahrelang Menschen aus brennenden Häusern gerettet hat. *Bitte, lass ihn ein Held sein*, denkt Oliver. *Lass es jemand sein, der seine Arbeit liebt. Lass nicht zu, dass es irgend so ein dämlicher Schnösel ist. Keiner mit einem Dauer-Abo für Darmspülungen.*

»Übrigens hast du noch gar nicht meine Frage beantwortet: Wann hörst du endlich auf …«

»Sobald ich weiß, wo der Unterschied liegt«, sagt er.

Es ist schon nach Mitternacht, als Althea über die George-Washington-Brücke fährt. Sie reckt den Hals, um die Stadt zu betrachten, für deren Besuch sie so weit gefahren ist, und da liegt sie vor ihr – hell erleuchtet wie eine Landebahn. Die Skyline, die sie aus Filmen und von Fotos kennt, liegt jetzt direkt hinter ihrer Windschutzscheibe, so nah, dass sie die Gebäude fast berühren zu können glaubt. Das ist die Stadt aus Nickys Erzählungen, der Ausgangspunkt all ihrer Geschichten. Die Bremslichter der Wagen vor ihr leuchten auf wie ein juwelenbesetztes Band, das sich am westlichen Rand von Manhattan entlangwindet. Sie öffnet das Fenster und lässt einen klirrend kalten Novemberwind durch den Wagen peitschen, und endlich löst sich die Starre, die das Autofahren hervorgerufen hat, und ein überschäumender Optimismus ergreift von ihr Besitz. Ihr Plan wird aufgehen, das muss er einfach. Sie wird sagen, dass es ihr leidtut, und Oliver wird sagen, er hätte es nicht so gemeint. Sie werden noch einmal ganz von vorn anfangen, und dann wird alles wieder so wie früher, das muss es einfach, denn so wie jetzt kann es nicht bleiben.

Am Morgen klopft es leise an der Tür, während Oliver sich gerade den Elektroden-Kleber aus den Haaren entfernt.

»Ja?«

Kentucky steht vor ihm, einsam und verlassen in seinem Browning-Käppi und der tarnfarbenen Schlafanzughose.

»Hey«, sagt Oliver.

»Ich dachte, du wärst auch schon hinüber, aber eine der Schwestern hat gesagt, du bist noch wach.«

Olivers Arme sind schwer. »Aber nicht mehr lange, glaub ich.«

Kentucky macht ein enttäuschtes Gesicht. »Ach, echt?«

»Jepp.«

»Dann hoffe ich, dass ich als Nächster dran bin. Ich kann diese Gorillas bald nicht mehr ertragen, die immer nur Scheiße labern und sich über unseren Akzent lustig machen.«

»Die sind doch diejenigen mit Akzent.«

Kentucky lächelt. »New Jersey ist auch schon hinüber. Ich hab gehört, dass er immer einen Song aus *Die kleine Meerjungfrau* singt, wenn er pinkeln geht.«

Oliver lacht und spürt die Stelle, wo nachts der Riemen seine Brust umspannt. »Kein Scherz?«

»Nein, ehrlich.«

»Und welchen Song?«

»Das hat Stella nicht gesagt.«

»Das wär doch mal ein Spaß. Scheiß auf den Fernseher. Wir

schalten auf die Kamera in New Jerseys Zimmer um und warten auf den Refrain von ›Under the Sea‹«, sagt Oliver.

»Ich wette eher auf ›Part Of Your World‹.« Kentucky kommt weiter ins Zimmer und setzt sich an den Schreibtisch.

So ähnlich musste es auf der Uni sein – Jungs, die in Flip-Flops und Schlafanzughosen von einem Zimmer ins nächste schlurfen, um die wenigen halbwegs erträglichen Zeitgenossen in einem Meer von Idioten ausfindig zu machen.

»Diese Sache neulich, das ›pure ES, bis zum Exzess‹, hast du ja ziemlich schnell kapiert. Hast du schon mal Freud gelesen?«

»Wenn man mitkriegt, dass man sich vor seiner Mutter einen runterholen wollte, wird man schon ein bisschen neugierig auf Freud.« Kentucky kreiselt auf seinem Schreibtischstuhl.

Oliver pult sich einen weiteren Knubbel Klebstoff von der Schläfe. *Das* hätte Minty Fresh für seine Haare nehmen sollen, keine Zahnpasta. »Wieso bist *du* eigentlich hier?«

»Ich hab mich gelangweilt. Und ich wollte dir von der *Kleinen Meerjungfrau* erzählen. Schade, dass du hier kein Dartspiel hast oder so.«

»Ich meinte, hier in New York. Bei dieser Studie.«

Kentucky reißt ein Blatt von Olivers Spiralblock ab, faltet die ausgefranste Kante nach innen und fährt den Knick mit dem Fingernagel nach. Dann breitet er das Blatt wieder aus und reißt das Papier am Knick entlang ab. »Man sagt doch, dass wir krank sind, oder? Und wer krank ist, geht ins Krankenhaus.« Er macht noch weitere Knicke ins Papier. »Außerdem habe ich meinen Eltern wohl ganz schön Angst eingejagt. Diese Nacht in der Küche unserer Nachbarn – das war für meine Mutter einfach zu viel. Und du?

Hast du gedacht, sie bringen dich hier in Ordnung und danach bist du wieder ganz normal?«

»So ungefähr«, sagt Oliver.

»Das ist mir gar nicht in den Sinn gekommen. Ich bin ein fünfzehnjähriger Junge. Von mir gibt es eine total verkorkste Version und eine nicht ganz so verkorkste. Glaub mir, selbst wenn sie morgen kommen und dich für geheilt erklären, sind damit noch nicht all deine Probleme gelöst.«

»Was du neulich gesagt hast, dass wir schon noch dieselben sind, nur einfach hoch zehn, glaubst du das wirklich?«, fragte Oliver.

Kentucky betrachtet nachdenklich die Ritzereien auf dem Tisch und rückt sein Käppi zurecht. »Freud würde vermutlich sagen, ja. Und ich? Ich weiß es nicht genau. Aber manchmal denke ich schon, das ist vielleicht der Grund, warum wir uns an nichts erinnern. Weil unser krankes Gehirn uns gnädig sein will. Das Konzert wird zwar noch übertragen, aber wir zeichnen es nicht mehr auf. Damit bleibt uns die Erinnerung erspart. Denn zurückspulen können wir nicht.« Kentucky setzt einen Origami-Frosch auf den Tisch. Er drückt sein Hinterteil nach unten, lässt es dann los und der Frosch macht einen Satz. »Kennst du jemand, der Alkoholiker ist?«

Sofort fällt ihm Coby ein. »Noch nicht.«

»Die sagen immer, trocken zu werden, sei das Einfachste daran.«

»Kennst du viele Alkoholiker?«, fragt Oliver.

»Bei uns im Bezirk gibt's ein Alkoholverbot, aber trotzdem, ja.«

»Sagen sie das, *bevor* oder *nachdem* sie trocken geworden sind?«

»Meist sagen sie das, kurz bevor sie wieder rückfällig werden.«

Kentucky klingt müde, als hätte er diese Worte schon aus erster Hand gehört, und das auch mehr als einmal.

Oliver biegt den Hals seiner Leselampe erst in die eine, dann in die andere Richtung. »Und wenn etwas passiert, an das man sich erinnern *will*? Das man aber nicht aufzeichnen konnte.«

»Zum Beispiel?«, fragt Kentucky.

»Na ja, etwas ... das nur ein einziges Mal passiert.«

»Versteh ich nicht.«

»Ach, ist auch egal.« Oliver steht auf. »Komm, wir gehen rüber in den Gemeinschaftsraum.«

»Etwas, das nur ein einziges Mal passiert? So wie Windpocken, oder was?«, fragt Kentucky weiter.

»Ach, vergiss es«, murmelt Oliver und weicht dem Blick seines neuen Freundes aus.

Kentuckys Gesicht wird rot, als ihm die Wahrheit dämmert. »Nee jetzt, ohne Scheiß?«

»Ohne Scheiß.«

»Du hast im Schlaf zum ersten Mal ...«

»Ja-ha.«

»Wie ist das denn passiert?«

Oliver beißt sich auf die Wangen. »Mit einer Freundin bei mir zu Hause. Meiner besten Freundin, schon seit wir Kinder waren. Sie wohnt bei mir in der Straße.« Er zögert. »Eigentlich weiß ich gar nicht so genau, wie's passiert ist.«

»Du hast sie aber nicht ...« Kentucky kann den Satz nicht zu Ende bringen. »Oder?«

Oliver schüttelt den Kopf. »Nein, nein, so war das nicht. Sie wollte es auch, sie wollte es schon viel länger. Ich war derjenige, der nicht wollte, ich habe ihr gesagt, dass ich noch nicht so weit bin, aber sie hat es trotzdem getan. Und als ich wieder wach war, hat sie es mir monatelang nicht erzählt. Ist das dann nicht im Grunde dasselbe?«

»Du meinst, sie hätte dich … also umgekehrt …?«

Oliver windet sich vor Verlegenheit. »Ich weiß nicht so genau, was ich meine.« Er erinnert sich, wie Althea ihn in der Einfahrt angebrüllt hat: *Herrgott, ich bin doch kein Vergewaltiger.* Darüber wollte er auch gar nicht mit ihr streiten, nicht über diesen Punkt. Das Wort passte irgendwie nicht. Es war zu weit gefasst, zu ungenau für das, was Althea ihm angetan hat. Kentucky kann es nicht einmal aussprechen. »Nein, das meine ich eigentlich nicht. Nicht so direkt.«

Kentucky mustert ihn verdutzt. »Das kapier ich nicht.«

»Was kapierst du nicht?«

»Ist sie so hässlich oder so was?«

»Ach, leck mich, sie sieht super aus.«

»Jetzt hör mal: Ich hab vor meiner Mutter meinen Schniedel rausgeholt. Die Schwester von AK-47 muss wahrscheinlich jahrelang zum Therapeuten rennen. New Jersey ist geschasst worden, ohne zu wissen, was er überhaupt gemacht hat. Das sind alles Sachen, die man nie wiedergutmachen kann. Und du erzählst mir hier, du bist flachgelegt worden.«

»Aber das war doch, als wär ich gar nicht dabei gewesen.«

Kentucky springt wütend auf und zeigt zur Tür. »New Jersey hat versucht, eine Jalousie zu vögeln! Und du hast deine hübsche beste Freundin gevögelt! Worauf wartest du eigentlich noch, Mann? Sieh zu, dass du dieses Mädchen findest, und popp ihr die

Seele aus dem Leib! Und diesmal wirst du dich daran erinnern!« Er schüttelt den Kopf. »Herr im Himmel, NC, warum hast du diese Geschichte nicht gleich am ersten Tag erzählt, dann hättest *du* die ganze Zeit die Fernbedienung halten dürfen.«

»Ich will aber keine Geschichten erzählen müssen«, schreit Oliver. »Ich will mein verdammtes Leben zurück. Gut, ich bin flachgelegt worden, aber ich hab keine Ahnung, wie das war. Und erst recht nicht, wie *ich* war.«

»Du meinst, ob du gut warst, oder was?«

»Nein, das meine ich nicht. Ich meine … warum kapiert das eigentlich keiner? Das erste Mal soll doch das ganze Leben verändern, es in eine Zeit davor und danach einteilen. Stattdessen hänge ich irgendwie so komisch in der Luft. Früher war ich immer nur meinen Freunden einen Schritt hinterher, weil für mich die Zeit stehenbleibt, sobald ich krank werde, und für sie nicht. Jetzt hinke ich sogar *mir selbst* hinterher. Und wie soll ich das je wieder aufholen? Für mich wird es nie wieder ein erstes Mal geben. Nicht mit ihr und auch mit keiner anderen …« Kentucky wirkt von der Geschichte geradezu elektrisiert, aber Oliver hat das Erzählen völlig erschöpft. Er legt sich aufs Bett, einen Arm über dem Gesicht. »Wir dürfen zwar die Aufzeichnung unterbrechen, aber auf ›Pause‹ drücken oder gar zurückspulen dürfen wir nicht.«

Kentucky lässt den Frosch wieder über den Schreibtisch hüpfen. »Was sagt denn dein Mädchen zu der ganzen Sache?«

»Sie ist nicht mein Mädchen. Ich war so sauer, nachdem ich das rausgefunden hatte, dass ich seitdem nicht mehr mit ihr gesprochen habe.« Wie ein aufgeblähtes Laken senkt sich die Müdigkeit auf Oliver herab, legt sich zuerst über Gesicht und Knie, dann über den Rest seines Körpers.

»Das kann ich schon verstehen. Mich würde es auch höllisch nerven, wenn ich mich an mein erstes Mal nicht erinnern könnte. Nicht, dass es bei mir schon mal eins gegeben hätte. Du weißt, was ich meine. Aber du hast doch die Geschichten der anderen gehört. Wär doch durchaus möglich, dass du der aktivere Teil dabei warst. Und wenn sie das schon so lange wollte und du sie auch noch ermutigt hast, dann konnte sie sich vielleicht, keine Ahnung, einfach nicht mehr beherrschen.«

»Wenn ich was falsch gemacht habe, habe ich das KLS als Entschuldigung. Sie nicht.«

»Wie heißt sie eigentlich?«

»Althea.«

Kentucky schüttelt den Kopf. »Irgendwo da draußen wartet ein hübsches Mädchen, das Althea heißt und in dich verknallt ist, und du sitzt hier fest und musst dich mit mir unterhalten. Da wär ich auch angepisst.«

Stella kommt herein und winkt mit dem Thermometer. Als sie sich über ihn beugt, um seine Lymphknoten abzutasten, riecht er das Nikotin auf ihren Lippen und in ihrem Haar.

»Wie geht es dir?«

»Ich glaube, es ist bald so weit.«

»Dann sollten wir jetzt alles vorbereiten.« Sie wendet sich Kentucky zu. »Würdest du uns wohl entschuldigen?«

»Kann ich erst noch was fragen?«

»Klar.«

Kentucky mustert die Schwester mit ernster Miene, und während sie seinen Blick erwidert, wird Oliver bewusst, welche Kluft von Jahren die beiden voneinander trennt. Diese Frau hat die Niederungen ihrer eigenen Pubertät längst durchschritten. Könnte er sich selbst in zehn Jahren sehen, hätte auch er das schon hinter sich, hätte auch er sich seinen Weg durch das unbekannte Terrain zwischen Gegenwart und Zukunft gebahnt, so, wie er das schon in der Vergangenheit getan hat – unelegant und mit vielen Umwegen, ungeschickt, aber auch unbeirrbar. Vielleicht würde das KLS ihn zwingen, hier und da einen Sprung nach vorn zu machen, aber die schwierigen Strecken wird er alle selbst zurücklegen müssen. Bei dem Gedanken wird seine Erschöpfung noch größer.

»Ist die Farbe der Schwesterntracht eigentlich vorgeschrieben?«, fragt Kentucky. »Oder dürfen Sie sich die aussuchen?«

Althea steht vorm Krankenhaus, raucht und legt sich die Worte zurecht. Ihr Nacken schmerzt von der Nacht im Auto; sie sehnt sich nach einer Zigarette, obwohl sie doch gerade eine raucht, und ihr ist klar, dass sie den ganzen Tag hier draußen stehen könnte, ohne den Mut aufzubringen, hineinzugehen. Da oben ist er, nur eine Fahrt mit dem Fahrstuhl entfernt. Sie muss nichts weiter tun als durch die Drehtür gehen, die marmorne Eingangshalle durchqueren, sein Zimmer in diesem riesigen Gebäude finden und mit einer witzigen Bemerkung über das Wetter in New York durch die Tür treten. Das müsste genügen. Ein lockerer Spruch, das Wetter, ein breites Lächeln. Gut. Vielleicht ist er aber auch so sehr von ihrer Ergebenheit gerührt, von ihrer Bereitschaft, so weit zu fahren, um ihm eine ihrer seltenen Entschuldigungen anzubieten, dass er ihr auf der Stelle vergibt.

Zwei Frauen werden von der Drehtür auf die Straße gespuckt, kichernd und den Blick über die Schulter nach hinten gewandt; eine von ihnen zieht einen Infusionsständer hinter sich her und hat ein Patientenarmband am Handgelenk. Ihre Freundin fasst sie am Ellbogen und führt sie ein paar Schritte vom Eingang weg. Die Patientin sieht ein paar Jahre älter aus als ihre Freundin, und diese wiederum ein paar Jahre älter als Althea. Die beiden platzen fast vor spitzbübischer Freude über ihre gelungene Flucht. Die Freundin hat pinkfarbenes Haar und einen Nasenring; die Patientin trägt so einen superglatten Bob, wie man ihn nur mit viel Aufwand und zahlreichen Hilfsmitteln hinbekommt.

Die Pinkfarbene holt eine Packung Zigaretten heraus und bietet sie ihrer Freundin an.

»Steck du sie für mich an«, sagt die Patientin. »Dann schmecken sie immer viel besser.«

Die Pinkfarbene tut wie geheißen, und beide ziehen mit so inbrünstiger Dankbarkeit an ihren Zigaretten, dass sie schon bald in eine Qualmwolke gehüllt sind.

»Wir müssen um jeden Preis meine Mutter loswerden«, sagt die Patientin und wedelt mit ihrer freien Hand. »Uns irgendeine Geschichte für sie ausdenken.«

»Sie macht sämtliche Ärzte zur Schnecke«, sagt die Pinkfarbene. »Aber ich finde ihre Anwesenheit trotzdem irgendwie beruhigend.«

»So beruhigend wie eine Alarmanlage. Kannst du nicht irgendwas unternehmen? Damit sie verschwindet?«

»Sie braucht eine Aufgabe. Irgendwas, wo sie sich nützlich machen kann. Aber weit weg von hier.«

»Sollen wir ihr sagen, die Hunde bräuchten Bewegung? Soll ich ihr die Schlüssel für meine Wohnung geben?«

Die Pinkfarbene erschauert. »Deine Mutter trägt ein Kostüm von Donna Karan, und ich stehe hier in meinem Schlabberlook. Wer von uns beiden ist wohl eher geeignet, Hundekacke im East Village einzusammeln?«

Die Patientin reißt die Augen auf. »Ich hab's! Wir schicken sie zu mir nach Hause, damit sie ein paar Sachen für mich holt. Eine Tasche für mich packt.«

Die Pinkfarbene nickt begeistert und zeigt mit der Zigarette auf ihre Freundin. »Ja. Aber. Du musst irgendwas haben wollen, das sie nicht finden kann. Damit sie ein bisschen länger beschäftigt ist. Irgendwas, das du unbedingt brauchst. Und das sich in *meiner* Wohnung befindet.«

Althea hört neidvoll zu, wie die beiden ihren Plan aushecken. Nach außen sind sie ein ziemlich ungleiches Gespann. Wie mochten zwei solche Frauen sich in dieser Stadt gefunden haben? Die Geschichte, wie sie Olivers Vater begegnet ist, hat Nicky nur einmal erzählt – eine Party, der Freund eines Freundes, das übliche –, aber die Geschichte ihrer Freundschaft mit Sarah konnte Althea gar nicht oft genug hören. Wie sie in einem Mietshaus auf derselben Etage gewohnt und sich wochenlang beäugt hatten, erst nur lächelnd, später grüßend, wie die kurzen Begegnungen am Briefkasten zu immer längeren Gesprächen wurden und wie Nicky schließlich ihren Mut zusammennahm und Sarah zum Abendessen einlud. »Ein Schuss ins Blaue«, nannte sie das. Die ganze Nacht hatten sie mit einer Flasche Wein auf der Feuerleiter verbracht, dem Maunzen der Katzen im Hof gelauscht und dem pornografischen Duett ihrer Nachbarn von oben. Und als die Sonne aufging, sagte Nicky dann immer, wusste sie, dass es das war. Dass sie in Sarah eine Freundin fürs Leben gefunden hatte.

»Bist du auch ganz sicher?«, fragt die Pinkfarbene. »Dass du deine Mutter nicht hier haben willst? Du weißt, dass sie unbedingt in deiner Nähe bleiben will.«

Ihre Freundin hebt den Infusionsständer hoch. »Siehst du das hier? Das ist mein Trumpf gegen dein schlechtes Gewissen. Solange ich dieses Teil mit mir rumschleppe, musst du tun, was ich will.«

»Und du willst, dass wir deine Mutter in deine Wohnung schicken?«

»Je länger, desto besser, ja. Das will ich.«

»Dein Wunsch ist mir undsoweiter«, sagt die Pinkfarbene.

Nachdem sie ihre Strategie fertig ausgearbeitet haben, schiebt die Pinkfarbene den Infusionsständer ihrer Freundin Richtung Eingang, auch auf diese Weise mit ihr verbunden. Althea schaut ihnen hinterher.

»Die Kleine sah aber traurig aus, was?« Ein Windstoß trägt das Flüstern der Pinkfarbenen bis zu Althea zurück.

Ihre Freundin zuckt die Achseln und das Plastikarmband rutscht ihr aufs Handgelenk hinunter. »Wir sind schließlich im Krankenhaus. Was will man da erwarten?«

Sie drängen sich wieder durch die Drehtür, hinein in die Halle, vor der Althea seit bald zwei Stunden zurückschreckt. Sie tut so, als würde sie in ihrem Kielwasser mitgezogen, und folgt dem Duo durch die Tür, bevor diese sich zu drehen aufhört, mitgerissen von dem Schwung der beiden.

Sollte Oliver je davon geträumt haben, mit Stella ins Bett zu gehen, hat er es sich *so* jedenfalls nicht vorgestellt. Sie wartet vor der Tür, bis er seinen Schlafanzug angezogen hat – eine alte, abgeschnittene Jogginghose und sein Lieblings-Johnny-Cash-T-Shirt. Inzwischen tut ihm alles weh, die Gelenke, der Nacken, und sein Kopf ist heiß und schwer. Als er ins Bett steigt, rechnet er mit einem Gefühl der Erleichterung, doch seine Erschöpfung mischt sich überraschend mit Sorge. Zum ersten Mal seit seiner Ankunft wird ihm bewusst, dass die Welt da draußen nicht einfach zum Stillstand kommt, nur weil er hier unter Quarantäne steht. Nicky hat zwar nur im Scherz gesagt, sie hätte vielleicht einen Freund, wenn Oliver aufwacht, aber das war ja durchaus möglich, oder? Und was konnte sonst noch alles da draußen passieren?

Stella klopft an die Tür. »Fertig?«

»Ich glaub schon.«

Sie tritt ein und stellt sich vor sein Bett. »Nun guck nicht so besorgt.«

»Hoffentlich war das nicht die falsche Entscheidung.«

»Still.«

»Wollen Sie mir etwa den Mund verbieten?«, sagt er automatisch, aber sie kennt ihre Zeilen nicht. Er versucht ihr auf die Sprünge zu helfen. »Sie müssen jetzt sagen …« Aber der Rest bleibt ein verschwommenes, schläfriges Gemurmel. Nur in seinem Kopf kann er es ganz deutlich hören: *Und ob ich das will.* »Scheiße.«

»Ich soll ›Scheiße‹ sagen?«, fragt Stella.

Abrupt setzt Oliver sich wieder auf, von Panik erfüllt. »Das war überhaupt keine gute Idee. Warum bin ich hierhergekommen?«

»Damit wir dir helfen können. Also entspann dich. Ich bin hier, um dir zu helfen.«

»Ich weiß auch nicht, was mit mir los ist.« Seine Stimme zittert.

»Hier.« Stella greift hinter ihn, schüttelt sein Kissen auf und drückt dann eine Vertiefung für seinen Kopf hinein. »Leg dich hin.«

Er gehorcht. Wenn er jetzt auch nur noch *ein* Wort sagt, fängt er an zu weinen.

Zur Belohnung fängt Stella an zu singen. Ihre Stimme ist heiser und rau, aber warm, voller Honig, und passt gut zu dem ruhigen, traurigen Lied, das sie angestimmt hat. Er schließt die Augen und hört ihr zu, während sie die Elektroden wieder an die Schläfen klebt und ihn an sämtliche Apparate anschließt, und seine Brust füllt sich mit Trauer, bis das Gummiband straff gespannt ist.

Sogar noch im Halbschlaf nimmt Oliver wahr, wie Stella sich anmutig durch den Raum bewegt. Trotzdem sind es Bilder von Althea, die auf der Bühne hinter seinen Lidern vorbeischwimmen, Althea, die sich ausgelassen in der Kirsch-Götterspeise wälzt, Althea in ihrem Auto auf dem Highway, einen Arm ins offene Fenster gelegt, die andere Hand souverän auf dem Lenkrad. Er denkt an die Zeit zurück, als ihr diese einfachen Dinge genügten, eine lange Autofahrt oder ein Tag am Strand. Wie gern hätte er ihr noch zehn weitere Jahre voll solcher Tage geschenkt, an denen sie zu ihrem Glück nichts weiter brauchte als ihn auf dem Beifahrersitz und zwölf Stunden vor sich, in denen sie nirgends erwartet wurden.

Plötzlich erscheint ihm die Vorstellung, Stella könnte ihn während dieser kommenden Episode erleben, er könnte sie unwissentlich angrabschen oder etwas Unflätiges zu ihr sagen oder sich vor ihren Augen auf dem Fußboden erleichtern, unsagbar schrecklich. Lieber würde er auf der Stelle nach Wilmington zurückkehren, als sich ihre Sympathie zu verscherzen und sein Ansehen bei einem weiteren Menschen zu ruinieren. Als sie aufhört zu singen, öffnet er mit einer gewaltigen Anstrengung die Augen.

»Passen Sie auf Kentucky auf, solange ich außer Gefecht bin?«, sagt er. »Damit ihm die Gorillas das Leben nicht allzu schwer machen?«

»Das sind keine Gorillas«, sagt sie. »Nur ein Haufen Jungs, alle genauso verängstigt wie du.«

»Trotzdem.«

»Ist gut.«

»Und Sie sind gar nicht hier, okay?«

»Wieso bin ich gar nicht hier?«

Es wird immer schwieriger, die Worte sinnvoll aneinanderzureihen. »Sie werden mich gar nicht … sehen«, bringt er noch heraus.

Sie lächelt verständnisvoll. »Was auch immer passiert, ich habe nichts gesehen.« Sie beugt sich vor, um seine Decke festzustecken, und er riecht Zigaretten und Lippenbalsam und den durchdringenden Geruch ihrer Schwesterntracht, und sein dummes, dummes Herz bricht ein weiteres Mal bei der Erinnerung an Althea, und wäre er nicht kurz davor, endgültig das Bewusstsein zu verlieren, würde er unter Tränen zusammenbrechen, doch stattdessen schließt er die Augen, und es grenzt an ein Wunder, dass Stellas letzte Worte ihn noch erreichen, bevor sein Verstand ein letztes Mal wie eine Kerze aufflackert und dann erlischt.

»Aber ich werde hier sein, wenn du wieder aufwachst.«

Althea tritt aus dem Fahrstuhl, die Fäuste in den Taschen ihrer Jeans vergraben, die Schultern unter der Daunenweste nach oben gezogen, das Gesicht halb von der Kapuze verdeckt. Ein langer, gebohnerter Gang erstreckt sich vor ihr und macht dann einen scharfen Knick nach rechts. Irgendwo läuft eine Sportsendung im Fernsehen; die monotone Stimme des Kommentators übertönt nur schwach die jubelnde Menge im Stadion. Zwei Jungs schlittern in Sicht, auf Socken rutschen sie über den spiegelglatten Boden und krachen fast gegen die Wand am Ende des Gangs. Sie machen kehrt und verschwinden wieder hinter der Ecke. Ein dumpfer Aufprall ist zu hören und das Quietschen von nackter Haut auf Linoleum, als einer der beiden stürzt, dann schallendes Gelächter.

Althea versucht, Olivers Stimme aus dem Gejohle herauszuhören, aber es gelingt ihr nicht. Trotzdem geht ihr Atem schneller, wenn sie nur daran denkt, dass er ganz in der Nähe ist, dass sie vielleicht gleich schon ihr Gesicht an seinem Hals vergraben und seinen vertrauten Oliver-Geruch einatmen kann – nach Weichspüler und Honig-Shampoo, und immer auch ganz leicht nach Äpfeln. Ob er hier noch genauso riecht? Ihr ganzer Körper schmerzt, nicht nur von der langen Fahrt und der Nacht im Auto, sondern auch vor Sehnsucht nach Oliver – Oliver, der die Arme um sie legt oder einfach einen Finger in die Schlaufen ihrer Zimmermannshose hakt, Olivers Lippen an ihrer Kehle, Oliver, der all ihre Ängste und Ticks besänftigt.

Aber ihr fehlt auch noch mehr: sein Doppelgänger, der in ihren verfilzten Haaren wühlt; ob sie ihn jemals wiedersehen wird? Wenn Oliver hier die Hilfe findet, die er sucht, wird dieser andere

Oliver verschwunden sein, das ES wird keine Exzesse mehr haben, und alle werden den Tod der fetten Maus bejubeln; nur Althea wird dem unersättlichen Jungen nachtrauern, der so ausgehungert nach ihr war.

Sie ist langsam weitergegangen, bleibt jetzt aber, eine Hand auf dem geschwungenen Empfangstresen, kurz stehen. Dann fasst sich ein Herz und wagt sich weiter vor, immer dicht an der Wand, bis sie schließlich um die Ecke spähen kann und ein Grüppchen Jugendlicher entdeckt, die sich in einem Aufenthaltsraum am Ende des Flurs auf durchgesessenen Sofas und Plastikstühlen fläzen, Fußball gucken oder Liegestütze machen. Sie erkennt einen der beiden Jungs, die auf Socken herumgeschlittert sind; er humpelt gerade an seinen Platz zurück. Zwei andere unterhalten sich leise auf einer schmierig aussehenden Couch.

Von Oliver immer noch keine Spur. Eigentlich müsste sie furchtbar aufgeregt sein, doch sie verspürt nur eine unerwartete, abgrundtiefe Erschöpfung. Die Umgebung ist ihr so fremd, dass sie zum ersten Mal begreift, wie klein ihre Heimat-Galaxie in Wilmington war. Dort sind sie immer nur um den gleichen Strand, das gleiche Café und die gleichen drei Häuser ihrer gleichen drei Freunde gekreist. Hier, in diesem Krankenhaus, befindet sich ein unendlich kleiner Ausschnitt des restlichen Universums – diese Jungen, deren ganz unterschiedliche Dramen sie zu dieser Studie geführt haben; die schwindelerregende Großstadt, die draußen gegen die Fenster brandet; das pinkhaarige Mädchen von unten und ihre etwas schickere Freundin. Althea gerät ins Taumeln, als ihr schlagartig das ganze Ausmaß ihrer Unternehmung klar wird, wie wenn ein unsichtbares Band, das sie bisher noch über die ganze Entfernung hinweg an die Magnolia Street gefesselt hat, plötzlich zerrissen wäre, so dass sie jetzt haltlos dahintreibt und erstmals mit voller Wucht begreift, wie viel Distanz zwischen ihr und allem liegt, das sie bisher kannte.

Die beiden Jungs auf der Couch sind verstummt. Einer von ihnen, offenbar tief in Gedanken, öffnet und schließt unablässig das Armband an seiner Uhr. Der Junge neben ihm klopft ihm aufmunternd auf den Rücken, in einer ebenso unbeholfenen wie aufrichtigen Geste des Trosts. Olivers Leid auf dem Gesicht eines anderen Jungen zu entdecken, lässt die Verzweiflung im Raum plötzlich greifbar werden, allem Anschein von Gleichgültigkeit zum Trotz – diese vorgetäuschte Apathie würde Althea überall erkennen, schließlich hat sie diese Kunst auch jahrelang bei sich selbst verfeinert. Der Grund, warum sie hier sind, ist doch immer derselbe: die in weiter Ferne liegende Heilung, nach der sich alle so sehr sehnen.

Ein Stück den Flur hinunter öffnet sich eine Tür und Althea weicht erschrocken zurück, noch dichter an die Wand. Ein Junge in tarnfarbener Hose, der auch im Aufenthaltsraum sitzt, blickt von seiner Zeitschrift auf und mustert sie unter dem Schirm seiner Baseballkappe hervor, während eine blonde Krankenschwester auf den Gang tritt, rasch die Tür hinter sich schließt und das Krankenblatt in die dafür vorgesehene Halterung steckt. Noch bevor Althea den Namen auf der Mappe lesen kann, weiß sie schon, dass es die von Oliver sein muss, dass er sich hinter dieser Tür befindet.

»Wer bist du?«, fragt die Schwester scharf. Sie hat lange Finger und schmale grüne Augen, und Althea ist sprachlos vor Eifersucht. »Was machst du hier auf der Station?«

»Ich suche jemanden.«

»Und wen?«

Althea hat Mühe, das Wort zu bilden, das sie öfter als jedes andere ausgesprochen hat. »Oliver«, flüstert sie.

Der Ärger auf dem Gesicht der Schwester ist wie weggeblasen. »Du wolltest Oliver besuchen?«, fragt sie sanft.

Althea beißt sich auf die Lippen und nagt an den Hautfetzen, bis es wehtut, um sich einreden zu können, das sei der Grund, weshalb sich ihre Augen mit Tränen füllen. »Ich bin zu spät, stimmt's?«

»Fürs Erste, ja. Tut mir leid. Das kann doch sicher noch warten, oder?«, sagt die Schwester. »Nicht für immer, nur für ein paar Wochen. So lange hat es doch noch Zeit, oder?«

Althea wischt sich mit dem Ärmel übers Gesicht und wendet sich zum Gehen. »Ja. So lange hat es noch Zeit.«

10. KAPITEL

Althea kauft sich einen Liter *King Cobra*.

Sie verstaut das Starkbier fein säuberlich in einer Papiertüte und geht damit hinunter zum Pier. Dann starrt sie auf den Fluss hinaus, trinkt *King Cobra* und raucht. Ein Partyschiff fährt vorbei, Tanzmusik dröhnt über das schrille Gelächter der Passagiere hinweg. Danach hört man nur noch das Wasser, das geräuschvoll über den Kies schwappt.

Ihr Instinkt hat sie ans Wasser geführt. Einerseits nicht in der Lage, ihre Mission zu vollenden, andererseits aber auch nicht willens, umzukehren und nach Hause zu fahren, hat sie Manhattan in Richtung Brooklyn verlassen, so dass sie in Olivers Nähe bleiben kann, nur mit einem Fluss dazwischen. Sie hat einen Ort entdeckt, den Nicky nie erwähnt hat, eine kleine Beule auf der Landkarte, die Red Hook genannt wird, ein ehemaliger Industriehafen mit vielen unbelebten Ecken, wo sie im Auto übernachten kann, wo es nach Wasser riecht und wo sich in der Nähe des Piers ein kleiner Kiesstrand befindet, von dem aus man die Freiheitsstatue sehen kann.

New York ist scheiße kalt. Die Sonne ist längst untergegangen. Altheas leerer Magen saugt gierig den Inhalt der Flasche auf. Der Pier, der Park, die umliegenden Docks und Lagerhäuser sind alle verlassen. In Wilmington ist sie oft im Dunkeln unterwegs, treibt sich nachts am Flussufer herum oder nimmt eine unbeleuchtete Abkürzung nach Hause. Doch die Wälder sind nie ganz still; es gibt Grillen und Füchse, und Stinktiere natürlich, und das fortwährende Geraschel all der anderen Kreaturen, die ungesehen bleiben. Hier hingegen gibt es nichts, kein Auto, das leise sirrend vorbeirollt, kein irrtümlich singender Vogel, der unsichtbar im Wipfel seines Baumes tiriliert. Nur den Rhythmus des Wassers, so hypnotisch, dass er Althea auf ihrer Bank vielleicht in den Schlaf wiegen würde, wenn bloß der Wind nicht so verdammt kalt wäre. Sie fühlt sich wie betäubt, aber auch seltsam gesättigt; so lange schon hat Oliver ihre Gedanken beherrscht, dass sie jetzt, ohne die Aussicht, ihn berühren oder mit ihm sprechen zu können, keinerlei Antrieb mehr verspürt, keinen Wunsch mehr und kein Verlangen. Sie füllt sich mit Alkohol ab, frierend in ihrer viel zu dünnen Weste, und wartet darauf, dass *King Cobra* ihr sagt, was sie tun soll; bisher hat er allerdings nicht viel zu sagen.

Als sie endlich so betrunken ist, dass das Zittern aufhört, nimmt sie ihre Zigaretten und die Autoschlüssel in die Hand und steht leicht schwankend auf. Die letzten fünf Zentimeter abgestandenes Starkbier kippt sie in einem Zug runter, lässt dann die leere Flasche in einen Mülleimer plumpsen, grüßt benommen zur Freiheitsstatue hinüber und wendet sich zum Gehen. Doch diese letzten fünf Zentimeter waren anscheinend fünf Zentimeter zu viel, denn plötzlich drängt der ganze Liter wieder heraus. Sie klammert sich mit beiden Händen am Rand des Mülleimers fest und übergibt sich. Ihre Nase füllt sich mit dem Geruch nach Plastikmüllsack, verfaulter Banane und beißender Galle, während sich bittere Flüssigkeit aus ihr ergießt, unaufgefordert, und ihr Würgen übertönt das Geräusch des Wassers. Als es vorbei ist, verharrt sie noch einen Moment, um zu Atem zu kommen; ihre Augen tränen und ihre Nase läuft. Sie spuckt noch ein paarmal, richtet sich dann auf, schüttelt sich kurz und wischt sich das Gesicht mit dem Pulloverärmel ab. *Na gut, war ja halb so schlimm*, denkt sie, bis sie plötzlich bemerkt, dass ihre Hände, die eben noch Autoschlüssel und Zigaretten hielten, jetzt leer sind und dass es nur einen Ort gibt, wo beide Gegenstände gelandet sein können.

»Verfluchte Scheiße«, flüstert sie und krempelt ihre Ärmel hoch.

Es ist schon zu dunkel, um noch irgendetwas in der Tonne zu erkennen, deshalb hält sie die Augen auf die Freiheitsstatue gerichtet, während sie behutsam in dem glitschigen Unrat wühlt. Ihre Finger streifen die Bananenschale, die sie gerochen hat, das kalte Glas ihrer leeren Flasche, die durchfeuchteten Seiten einer Zeitschrift. Der Geruch ist fast unmenschlich, nach Erbrochenem und Essig und saurer Milch, und alles, was sie berührt, ist von ihrer Kotze durchtränkt. Als Erstes findet sie die Zigaretten wieder, in ihrer unverwechselbaren Klappdeckelschachtel; sie reißt das Zellophanpapier ab und schiebt die Packung tief in ihre Tasche. Dann hält sie wieder die Luft an und unternimmt einen zweiten Vorstoß, gräbt immer tiefer, bis sie fast bis zu den Schultern im Müll steckt und der Gestank sie würgen lässt, ohne dass etwas herauskommt, während ihre Fingerspitzen den Boden der Plastiktüte absuchen, wo der ganze Liter erbrochenes Starkbier sich gesammelt hat. Draußen auf dem Fluss paddelt eine einsame Ente auf den Kiesstrand zu.

Irgendwann gleitet ihr dann, eher durch Zufall, der Metallring ihres Schlüsselbunds über den Zeigefinger. Sie umschließt die Schlüssel mit der Faust und zieht ihren Arm dann so hastig aus dem Müll, dass sie gar nicht merkt, wie sie mit dem Unterarm an einer scharfen, gezackten Kante vorbeiratscht. Im ersten Moment spürt sie nur ein leichtes Zwicken, dann einen heißen Stich, dann wird es warm und feucht.

In einem Riss seitlich an ihrem Handgelenk bilden sich Blutstropfen, alle schön in einer Reihe, und laufen ihr, erst langsam, dann allmählich Fahrt aufnehmend, den Arm hinunter, warm und klebrig. Sie umklammert die Wunde mit der freien Hand, taumelt zurück und geht auf dem Pier in die Knie. Das Stechen breitet sich aus, wird intensiver, und der Schmerz fährt brennend durch den Rest ihres ausgekühlten Körpers. Erfolglos versucht sie, das Blut wegzuwischen, das sich in ihrem Ellbogen sammelt, presst wimmernd das Gesicht an die Knie, die raue, vor Schmutz starrende Jeans an ihrer Wange, und riecht das Eisen in ihrem Blut, den schalen Rauch in ihren Haaren und den Biergestank ihrer Kotze.

Sie rappelt sich auf, stolpert vom Pier herunter und auf ihren Wagen zu. Sie reißt ein T-Shirt in Streifen, tränkt einen davon mit dem Wasser aus ihrer Flasche, um die Wunde abzutupfen, und verwendet einen weiteren dafür, sich einen provisorischen Verband anzulegen. Dann holt sie die Stranddecken aus dem Kofferraum und rollt sich im Fußraum vor dem Rücksitz zusammen, den Arm über den Kopf gestreckt. Eingehüllt in ihre Decken, aus denen der Sand rieselt und die immer noch nach Wilmington riechen, versucht sie, das Ganze als eine Art Campingurlaub zu betrachten, und stellt sich vor, sie läge jetzt mit ihrem Vater im Zelt, während er eine seiner alten Mythen erzählt, von denen, soweit sie sich erinnert, keine einzige gut ausgeht.

In dieser Nacht träumt Althea von Dinosauriern. Das Motiv ist bekannt; seit Jahren hat sie es schon in unzähligen Varianten geträumt. Mal ist sie allein in einem prähistorischen Wald und beobachtet hinter einem Büschel Farnkraut hervor eine Herde von Triceratops, mal wird sie von einem klobigen Tyrannosaurus Rex durch die Innenstadt von Wilmington gejagt, kann ihn aber locker abhängen, mal kauert sie auf dem mit Sägespänen bedeckten Boden einer Lagerhalle, so groß wie ein Fußballfeld, und versucht, ein Niesen zu unterdrücken, das sie unweigerlich an die drei gefiederten Velociraptoren verraten würde, vor denen sie sich versteckt. Diese Träume haben ihr nie Angst gemacht, weil sie sich immer, zumindest undeutlich, bewusst war, dass sie schlief, waren aber doch realistisch genug, um spannend zu sein. Jedenfalls sehr viel spannender als Olivers Träume aus der Zeit vor dem KLS, die nur schlecht verhüllte Metaphern der Angst waren, Angst vor einer Geschichtsprüfung oder davor, nach einem Zeltausflug allein im Wald zurückzubleiben. Als sie ihn darauf hinwies, hatte er gestöhnt und sie gefragt, ob sie jetzt auch noch in Bezug auf ihre REM-Phasen in Konkurrenz treten müssten.

Heute Nacht ist der Traum jedoch anders: Sie schläft in ihrem

Wagen, unter ihren Decken. Die eisigen Hände hat sie zwischen die Oberschenkel geklemmt. Zwei Deinonychus-Exemplare beobachten sie durchs Fenster; sie rauchen und unterhalten sich leise miteinander. Einer klopft mit seiner schwarzen gebogenen Kralle an die Scheibe und kichert. Wie weggeblasen ist das kindliche Staunen ihrer früheren Träume und auch die Gewissheit, nicht wirklich in Gefahr zu sein. Mit Coby und Oliver kann sie es in einem Kampf vielleicht locker aufnehmen, aber gegen zwei Theropoden mit gefiederten Köpfen und dolchartigen Zähnen hat sie keine Chance. Sie kann nicht hören, was sie sagen, spürt aber, dass sie sie beobachten, über sie sprechen. Bierflaschen klirren gegeneinander. Die Autoschlüssel sind in ihrer Westentasche und bohren sich in ihre Seite. Ob sie es schaffen würde, auf den Fahrersitz zu hechten, den Anlasser zu starten und wegzufahren, bevor die beiden die Windschutzscheibe einschlagen und sie verschlingen konnten? Vermutlich nicht. *Garth wird so was von sauer sein*, denkt sie.

Die Wolken sind noch rosa, als sie aufwacht, beunruhigt von ihrem ersten Albtraum seit Jahren und unsicher, was ihn ausgelöst haben mag. Sie durchstöbert das Handschuhfach, auf der Suche nach einem vergessenen Müsli-Riegel oder einer Tüte muffig schmeckender Bonbons, findet aber nichts außer einer kaputten Sonnenbrille, den Flugblättern von Minty Fresh und einem Packen alter Lottoscheine, die dort schon liegen, seit sie den Wagen von ihrer Großmutter geerbt hat. Es ist viel zu lange her, dass sie geduscht hat; das Auto riecht nach Erbrochenem und nach Müll, aber zum Lüften ist es zu kalt. Sie bindet sich das fettige Haar zusammen und wischt mit einem spuckebefeuchteten

Daumen an den Flecken auf ihrer Hose herum. Ihr Arm tut immer noch weh.

Gestern Abend hat sie in einer schmalen Seitenstraße geparkt, in der Hoffnung, die Mietshäuser würden als Windschutz dienen. Zwanzig Minuten hat sie gebraucht, um in die winzige Lücke hineinzukommen, und war ziemlich stolz darauf gewesen, es auch ohne Oliver geschafft zu haben, der sie sonst immer mit einer Reihe von Handzeichen vom Fußweg aus einwies. Sie steigt aus dem Wagen, reckt sich und schaut prüfend die Straße auf und ab, um festzustellen, ob es noch früh genug ist, um sich rasch am Bordstein zu erleichtern; sie beschließt, dass dem so ist. Sie kauert sich zwischen ihren Toyota und den dahinter stehenden Geländewagen und stößt einen zufriedenen Seufzer aus. Die kleinen Freuden des Alltags. Hinter ihrer Stoßstange hervor behält sie den Fußweg im Auge, um sicherzugehen, dass niemand kommt und sie in einer so peinlichen Situation ertappt, dass sie sich, wäre sie nicht ohnehin dabei, ihre Blase zu entleeren, bestimmt in die Hose machen würde.

Keinen Meter von ihr entfernt liegt ein Häufchen Zigarettenkippen, sechs, sieben Stück. Mit weißem Filter. Nicht ihre Marke. Und gleich daneben rollen zwei grüne Bierflaschen über den Asphalt.

Sie springt auf, obwohl sie noch gar nicht fertig ist, zieht hastig ihre Hose hoch und schließt mit zitternden Händen den Reißverschluss. Urin sickert warm in den Schritt ihrer Jeans. Die Stille in dieser abgelegenen Seitenstraße kommt ihr plötzlich bedrohlich vor, wie eine Falle, die sie nicht rechtzeitig erkannt hat. Sie wirft sich auf den Fahrersitz, während sie unablässig *Weg, bloß weg hier!* vor sich hin flüstert, und setzt aus der Parklücke, die zu finden sie gestern Abend noch so froh gewesen war.

In Mintys Broschüren sind auch alle Ortsgruppen von *Bread and Roses* an der Ostküste aufgelistet, mit genauen Angaben, wo das Essen gekocht und wo es ausgegeben wird. Sie hat zwar noch etwas Geld, weiß aber nicht, wie lange sie damit auskommen muss. Die Adressen der Ortsgruppe Brooklyn sagen ihr nichts; sie sucht sie auf dem Stadtplan und fährt mit dem Finger die Strecke vom Red Hook über den Belt Parkway und Leif Ericson Drive zu dem winzigen Park auf Coney Island nach, wo die Valeries und Minty Freshs von Brooklyn heute Nachmittag eine Gratismahlzeit ausgeben werden.

Sie schlängelt sich durch immer engere und verlassenere Straßen, bis sie schließlich an der Surf Avenue herauskommt, hässlich und leer, ein heruntergekommener Supermarkt mit Billigmöbeln auf der einen, mit Brettern vernagelte Arkaden und Strandläden auf der anderen Seite der breiten Durchgangsstraße. Nur *Nathan's*, der berühmte Hotdog-Imbiss auf Coney Island, sieht so aus, wie sie ihn sich vorgestellt hat, zwergenhaft unter den Schildern, die verkünden, dass es hier seit 1916 die echten, weltberühmten Frankfurter gibt. Unter dem Bombast der neueren Reklametafeln hängen auch noch die bescheideneren gelben Schilder, die nicht nur die Hotdogs, sondern auch die Muschelbar und die Meeresfrüchte anpreisen und *Nathan's* als Feinkostrestaurant bezeichnen.

Althea parkt unter der Digitaluhr, die die Zeit bis zum nächsten Hotdog-Wettessen anzeigt. An jedem 4. Juli kommt Nicky zu ihnen herüber, um sich die Übertragung auf dem Sportsender anzusehen. Vor Spielbeginn rattert sie auswendig die Rekorde jedes Teilnehmers herunter, um dann, solange der Wettkampf dauert, den Fernseher in einer Weise anzubrüllen, dass Garth ein wenig blass um die Nase wird und Oliver an seinem Ende des Sofas vor Scham in den Kissen versinkt. Hinterher wird dann immer im Garten gegrillt, und Althea und Oliver veranstalten ihr eigenes Wettessen, bis ihnen schlecht wird und sie sich zur Erholung in die Laube legen müssen, während Nicky und Garth ihre Mintjuleps trinken und Altheas Apfelkuchen direkt aus der Form essen. Den letzten Juli hat Oliver allerdings komplett verschlafen, und Althea hat den Unabhängigkeitstag mit Coby verbracht, Flaschenraketen gebastelt und Southern Comfort getrunken.

Der Geruch des Atlantiks hat eine ungeheuer tröstliche Wirkung und so folgt sie ihm bis ans Wasser, quer über eine Strandpromenade aus splitternden Bohlen, die unter ihren Füßen klappern. Der Strand ist anders als bei ihr zu Hause. Der graue Sand ist mit Scherben und Zigarettenkippen übersät, und hinter ihr liegt ein alter, verlassener Vergnügungspark, und doch ist es der gleiche Ozean, der hier an die Küste brandet. Sie schließt die Augen, lässt sich von dem salzigen Wind die Haare ins Gesicht peitschen und hört zu, wie die Möwen kreischen und die Wellen brechen, immer und immer wieder, eine wohltuende Endlosschleife von Gottes weißem Rauschen. Sie könnte hier im Stehen einschlafen, würde es nicht allmählich Zeit, sich ihr Gratisessen abzuholen.

Es ist leicht, die kleine Gruppe im Park zu finden, die sich um einen Klapptisch drängt, an dem ein Transparent mit der Aufschrift KOSTENLOSE ESSENSAUSGABE befestigt ist. Hinter dem Tisch stehen ein Junge und ein Mädchen, beide etwas älter als Althea, und schöpfen dampfende Speisen aus großen Aluminiumbehältern, die auf mehreren Brennern warm gehalten werden, ähnlich denen im Chemieunterricht. Ein halbes Dutzend Leute stehen schon in der Schlange. Totes, gefrorenes Gras knirscht unter Altheas Turnschuhen, als sie die Wiese überquert, die Kapuze auf dem Kopf, die Sonnenbrille im Gesicht, und sich hinten anstellt. Das Ganze hat etwas von einem Grillfest im Garten, nur dass hier alle Gäste obdachlos sind, meist ältere Männer mit struppigen Bärten, die zerrissene Cargohosen und Mäntel über Jacken über Pullovern tragen. Althea umklammert ihre Tasche noch etwas fester.

Ihre größte Aufmerksamkeit gilt jedoch dem Essen – Spinat, Kartoffelbrei und dazu etwas, das wie Fleischklöße aussieht, aber vermutlich aus Linsen besteht, sofern die Mitglieder dieser Ortsgruppe ebenso überzeugte Veganer waren wie Minty Fresh. Der hatte ihr und Oliver erbarmungslos in den Ohren gelegen, doch auch Veganer zu werden, und für ihren Einwand, auf Käse nun mal nicht verzichten zu wollen, nur ein verächtliches Schnauben übrig gehabt. »Ihr würdet sogar Scheiße essen, solange man sie mit Käse belegt«, hatte Nicky sich früher oft beklagt, war aber zu allem bereit gewesen, um ihre Gerichte zumindest halbwegs genießbar zu machen. Als Althea ihren Teller von dem zierlichen blonden Mädchen entgegennimmt, dessen Haare unter der schwarzen Strickmütze hervorquellen und sich in der Kapuze ihrer Jacke sammeln, wendet sie den Blick ab – nicht nur von dem Mädchen, auch von dem Jungen neben ihr und von den Leuten, die überall auf den Bänken sitzen und essen. Ursprünglich wollte sie an den Strand zurückgehen, um dort zu essen, doch jetzt, wo sie den Teller in der Hand hält und die Knoblauchwürfel im Spinat und die Spuren von roter Schale an den Kartoffeln sieht, schafft sie es gerade noch bis zur nächsten Bank, bevor sie sich aufs Essen stürzt. Einige andere holen sich noch einen ersten oder sogar zweiten Nachschlag, aber sie kann kaum die Portion bewältigen, die sie bekommen hat. Als sie satt ist, steckt sie sich eine Zigarette an – keine schmeckt besser als die nach einem guten Essen.

Sie hat die Packung gerade wieder zugeklappt, als ein Mann mit Linsen im Bart auf sie zukommt. »'tschuldigung, Miss«, sagt er. »Haben Sie noch eine für mich?« Am Ende machen ihre Packung und ihr Feuerzeug im ganzen Park die Runde.

Als die Sonne am Himmel tiefer sinkt, bricht die Belegschaft der Bänke eine nach der anderen auf, jedermann zu seinem unbekannten Ziel. Das blonde Mädchen und sein Partner, ein magerer Typ mit Brille und rotem Haar, stehen immer noch hinter dem Tisch und unterhalten sich leise. Althea hat sie sich ganz anders vorgestellt, auch wenn sie nicht so genau weiß, wie – so ähnlich wie Minty Fresh wahrscheinlich, mit einer auffälligen Frisur und militanter Kleidung, aber als Brooklyn-Version auf jeden Fall noch viel extremer.

Jetzt fangen sie offenbar an zu zanken. Das Gesicht des Jungen hat sich verhärtet und das Mädchen stemmt die Hände in die Hüften. Er fängt an, das Essen wieder einzupacken, und führt die Diskussion nur noch halbherzig weiter. Besonders ernst scheint es wohl nicht zu sein. Vielleicht sind es solche Momente, die Althea am meisten vermisst, mit Oliver und allen anderen zu Hause. Diese flüchtigen Unstimmigkeiten – welche Platte man hören will, ob man anhalten und nach dem Weg fragen soll –, die so geladen wirken, aber dann so schnell vergehen, die meist einfach im Sande verlaufen, ohne dass überhaupt eine Einigung nötig war. Dieser Streit scheint jedenfalls beendet zu sein, der Junge packt das Plastikbesteck zusammen, während das Mädchen ihren Pferdeschwanz neu bindet, sich vom Tisch abwendet und mit großen Schritten über die Wiese auf Althea zuläuft und ihr irgendetwas zuruft.

»Wie bitte?«, fragt Althea. Sie schrumpft zusammen und zieht die Kapuze fester.

Das Mädchen spricht erst wieder, als sie vor Altheas Bank angekommen ist. »Zu essen«, sagt sie. »Hattest du genug zu essen? Ich wollte noch mal nachfragen, bevor wir alles einpacken und nach Hause fahren.«

»Hatte ich. Danke. War lecker.«

»Die veganen Fleischklöpse habe *ich* gemacht«, sagt das Mädchen stolz. »Du solltest morgen wieder kommen; zu Thanksgiving kochen wir ein richtiges Festessen.« Sie steckt die Hände in die hinteren Hosentaschen und schaut zu den tief hängenden Wolken hinauf, die vom Atlantik herüberziehen. »Vielleicht gibt's heute Schnee.«

Althea setzt die Sonnenbrille ab. Sogar ohne sie wird der Himmel rasch dunkler. »Meinst du?«

Der Junge versucht, das Transparent zusammenzufalten, das der Wind ihm aber immer wieder entreißt. »Matilda!«, schreit er. »Komm mal her.«

Matilda wirft noch einen Blick auf die bleiernen Wolken, die mit jeder Sekunde tiefer sinken. »Irgendwas wird da auf jeden Fall runterkommen.« Sie blickt auf Althea hinunter und grinst. »Du bist wohl nicht sehr gesprächig, was?«

Althea blickt hilflos zu Boden. »Tut mir leid.«

»Muss dir nicht leidtun. War bloß eine Feststellung. Bist du aus Kalifornien?«

»Kalifornien?«, wiederholt Althea erstaunt.

Matilda zupft an dem ausgefransten Ärmel von Altheas Sweatshirt. »Für New York bist du ziemlich einfach gekleidet.«

»Ich hab nicht gedacht, dass ich so lange hierbleiben würde, dass ich eine neue Garderobe brauche.«

»Ach du Scheiße«, sagt Matilda, als sie den Verband an Altheas Arm entdeckt. »Was ist denn da passiert?«

»Ich hab mich geschnitten, nicht weiter schlimm …«

»Sieht aber ziemlich übel aus. Zeig mal her.« Sie greift wieder nach Altheas Ärmel.

»Nicht!« Althea zuckt zurück. »Wenn ich das auch nur schief ansehe, fängt es wieder an zu bluten. Fass das bitte nicht an.«

Matilda gibt nach und steckt sich eine an.

»North Carolina«, sagt Althea schließlich. »Ich komme aus Wilmington in North Carolina.«

»Echt?« Matilda runzelt die Stirn, als wäre ihr gerade etwas eingefallen. »Gerade neulich habe ich mit zwei Leuten von dort gesprochen. Vor ein paar Wochen. Irgendwer hatte ihnen meine Nummer gegeben, und da haben sie angerufen und nach ein paar Rezepten gefragt. Verdammt, wie hießen die noch?«

»Valerie und Minty Fresh?«

»Du kennst die beiden?«, fragt Matilda überrascht.

»Wir waren befreundet, ja.«

»Ich fand sie nett. Auch wenn mir Minty Fresh ein bisschen übereifrig vorkam.«

»Das kannst du wohl laut sagen.«

Sie will gerade von seinen Flugblättern unter ihrem Scheibenwischer erzählen, wie sie die jetzt im Handschuhfach gefunden hat und von ihnen nach Coney Island geführt worden ist, als der Wind eine grüne Bierflasche in Bewegung setzt, die hinter ihr über den Weg rollt, ein hohles, trostloses Geräusch. Sie erstarrt, das angenehme Gespräch ist vergessen.

»Alles in Ordnung?«

»Ja, nur ... diese Bierflasche. Die erinnert mich an meinen Albtraum letzte Nacht.«

Matilda nickt mit großen Augen. »Der muss aber schlimm gewesen sein.«

»Eigentlich war es gar kein Traum. Oder nur zum Teil. Ich meine, ich glaube kaum, dass es tatsächlich Dinosaurier waren, die mich beim Schlafen im Auto beobachtet haben.« Sie reibt sich die Augen und versucht sich zu konzentrieren.

»Jemand hat dich beim Schlafen im Auto beobachtet?«

»Ich glaub schon.« Sie erzählt von ihrem Traum und wie sie am Morgen die Zigarettenkippen und Bierflaschen am Bordstein gefunden hat. Matilda hört aufmerksam zu und zieht die Schultern in ihrer Jacke hoch, als Althea beschreibt, wie der eine Deinonychus ans Fenster geklopft hat. »Aber wer weiß, vielleicht war *das* ja wirklich nur geträumt.«

»Du hast ziemliches Glück gehabt«, sagt Matilda ernst.

Althea nickt.

»Hast du denn überhaupt keine Bleibe?«

Althea schüttelt den Kopf.

»Und wie willst du das heute Abend machen?«

Althea zuckt die Achseln.

»Na gut, sind wir halt wieder ungesprächig.« Der Junge winkt Matilda zu und bedeutet ihr, zurückzukommen. Sie hebt die Hand, spreizt die Finger und formt mit den Lippen *Nur noch fünf Minuten*. »Hör zu, wir wohnen hier ganz in der Nähe. Du kannst gern mitkommen und bei uns übernachten.«

Der Junge hat jetzt die Hände um den Mund gelegt und brüllt Matildas Namen.

»Ich sollte jetzt lieber gehen, du wirst hier gebraucht.« Althea setzt hastig die Sonnenbrille auf und hängt sich ihre Tasche um.

»Bist du sicher?« Die Sorge in Matildas Stimme klingt aufrichtig genug, um Althea zu verblüffen.

»Ganz sicher. Ich komm schon klar. Ich such mir einen guten Platz.« Sie eilt auf den Parkausgang zu.

»Komm morgen wieder, ja?«, ruft Matilda ihr nach.

Althea nickt einmal kurz, zieht ihre Kapuze tiefer und läuft weiter.

Sie kauft sich einen Becher Kaffee und geht wieder zur Promenade zurück. Dann kramt sie die Telefonkarte aus ihrem Portemonnaie und sucht nach einer Telefonzelle. Sie hat Garth versprochen, ihn anzurufen, sobald sie bei ihrer Mutter in Taos eingetroffen ist; höchste Zeit für einen Präventivschlag, bevor er sich Sorgen macht und seinerseits bei Alice anruft. Zum Glück ist Garth noch nicht den Reizen der neuen Technologien, wie zum Beispiel Anrufererkennung, erlegen.

»Hallo?«

»Hi, Dad«, sagt sie.

»Althea?«

»Jepp.«

»Bist du schon da?«

»Gerade angekommen«, antwortet sie, während sie auf den Atlantischen Ozean hinausstarrt. »Ich war ziemlich schnell.«

»Allerdings. Ist alles in Ordnung? Geht's dir gut?«

»Was treibst du gerade?« Sie will ihn sich vorstellen können, seine genaue Position im Haus.

»Ich mache mir ein paar Notizen für das Buch.«

»Sprich: ein Nickerchen.«

»Keine schlauen Kommentare, bitte!«

»Ich kann nicht anders.« Sie presst die Sprechmuschel an ihre Weste, um an ihrer Zigarette zu ziehen. Und dann: »Vielleicht war das doch keine so gute Idee.«

»Althea.« Sie hört, wie er sich auf der Couch in seinem Arbeitszimmer aufsetzt und plötzlich hat sie das Bild klar vor Augen: die Bücher, die um ihn herum verstreut liegen, die Schlaffalten auf seiner Wange, ein halb gegessenes Sandwich, das irgendwo auf dem Boden herumliegt. Wie er die Brille abnimmt, sich die Augen mit den Handballen reibt und dann den Nasenrücken massiert. Seine Stimme bildet den Rahmen; den Rest füllt sie problemlos aus. Ob er wohl gerade dasselbe tut, ob er sie vor sich sieht, sicher untergebracht in Alice' Gästezimmer, umringt von Kristallen und mittelmäßiger mexikanischer Kunst? Stattdessen steht sie hier neben dem Brooklyn-Aquarium und hofft, dass die Geräusche der Seelöwen-Vorführung nicht bis in die Telefonzelle dringen.

»Vielleicht hätte ich lieber nicht herkommen sollen«, wiederholt sie.

»Du bist doch eben erst angekommen«, sagt Garth. »Willst du jetzt gleich wieder umkehren und zurückfahren?«

»Ich weiß nicht.«

»Gib ihr wenigstens eine Chance. Ich weiß, dass du sie nicht besonders gut kennst, aber wenn du nun schon mal dort bist, kannst du dich doch ruhig ein paar Tage von ihr bemuttern lassen. Vielleicht magst du sie ja sogar?«

Obwohl sie weiß, dass er von Alice spricht, kommt ihr unwillkürlich Matilda in den Sinn. »Und wenn sie *mich* nicht mag?«

Garths spöttisches Lächeln dringt auch bis zu seiner Stimme durch. »Aber Kind, dich muss man doch einfach mögen.«

»Keine schlauen Kommentare, bitte!«

»Ich kann nicht anders. Ich hab schließlich einen Doktor und so.«

Althea wechselt das Thema. »Wie kommst du mit dem Buch voran?«

»Wusstest du, dass Cortés eigentlich schon ein Jahr früher von Spanien in die Neue Welt aufbrechen sollte? Aber er wurde verletzt, als er im Schlafzimmer einer verheirateten Frau entdeckt wurde, und musste seine Abreise verschieben.«

»Klingt nach einem ziemlich peinlichen Auftritt.«

Garth erwärmt sich für sein Thema. Es hört sich an, als würde er einen Ausschnitt aus dem Buch vorlesen, an dem er gerade arbeitet. »Fünfzehn Jahre später lebte er in Kuba und hätte beinahe zum zweiten Mal eine große Chance verpasst. Der Mann, der Cortés auf eine Expedition schicken wollte, war kurz davor, seinen Auftrag zurückzunehmen. Er hielt Cortés für zu eigensinnig, um loyal zu bleiben. Als Cortés Wind davon bekam, beschleunigte er kurzerhand seine Vorbereitungen und stach mit seiner Mannschaft in See. Und sobald sie das Festland erreicht hatten, zerstörte er sämtliche Schiffe, damit seine Leute nicht anders konnten, als ihm zu folgen.«

»Ach du Schande.«

»Lass es dir gut gehen. Und pass auf, dass deine Mutter den Truthahn nicht zu lange im Ofen lässt.«

»Mach ich.«

Kein *Du fehlst mir*, kein *Ich hab dich lieb*, nur ein Klicken und dann das Knistern der leeren Leitung. Sie versucht, es ihm nicht übel zu nehmen, schließlich glaubt er sie wohlbehalten in Taos, New Mexico, warm und fest eingewickelt in eine Navajo-Decke ihrer Mutter. Und für einen kurzen Moment wünscht sie sich, das wäre jetzt auch so.

Minty Fresh fing als Erster mit dem Kaffeetrinken an – nicht, weil er ihm so gut schmeckte, sondern weil er im Secondhandladen eine alte Popeye-Thermoskanne aufgetrieben hatte und einen Vorwand brauchte, um damit anzugeben. Später füllten sie Whisky oder Gin hinein oder irgendwelche anderen harten Sachen, die sie bei ihren Eltern stibitzen konnten oder die ihnen, mit etwas Überredung, jemand aus der Spirituosenhandlung mitgebracht hatte. Anfangs war jedoch immer Kaffee drin, irgendeine dunkle Fairtrade-Röstung, die Minty Fresh mit der Zeit sogar lecker fand, und Althea dann irgendwann auch. Diesen Aspekt seiner Persönlichkeit hatte sie nie so richtig gewürdigt. Erst kam die Thermoskanne, und dann fand er etwas, das er hineinfüllen konnte; er ließ sich einen riesigen blauen Iro wachsen und wurde dann zu dem Jungen, der ihn wert war; sie hatten ihm den albernsten Spitznamen verpasst, den man sich denken kann, und er hatte ihn sich zu eigen gemacht.

Wenn man Minty Fresh allein auf New York City loslassen würde, würde er nicht rumsitzen und sich fragen, was er machen soll. Er hätte sich längst ein halbes Dutzend Aufgaben ausgedacht, die noch vor dem Abend erledigt sein mussten; er hätte garantiert schon ein halbes Dutzend Leute kennengelernt. Stell dir vor, wie er hier auf dieser Bank sitzt und seine Springerstiefel schnürt. Stell dir Valerie vor, wie sie ein *Dr Pepper* trinkt und an ihrem Haar rumfummelt. Stell dir zwei Leute vor, die anscheinend wirklich wissen, was sie tun. Und dann frag dich, was sie an deiner Stelle tun würden.

Die zweite Brooklyn-Adresse in der Broschüre ist ganz in der Nähe, nur ein paar Straßen vom Park und vom Wasser entfernt. Große Häuser, manche sogar fast schon Villen, wie ihr eigenes in der Magnolia Street. Einige sind verlassen, die Fenster und Türen mit Sperrholz vernagelt und mit Graffiti besprüht. Andere sind für Thanksgiving geschmückt, mit Papp-Truthähnen, die am Verandageländer hängen, über sorgfältig gestutzten Hecken. Die Straße ist eine Sackgasse, eine seltsame Mischung aus Vorort und Weltuntergang.

Sie parkt den Wagen ein paar Häuser weiter, rutscht in ihrem Sitz nach unten und behält die Haustür im Auge. Dann holt sie ihr Skizzenbuch hervor und zeichnet die beiden Dinosaurier aus dem Traum letzte Nacht, den einen mit einer Zigarette, den anderen mit einer Bierflasche. Es wird dunkel. Und kälter. Sie öffnet das Fenster einen Spalt und raucht Kette, eingehüllt in ihre Kinderdecke.

Matilda kommt aus dem Haus, einen Müllsack über der Schulter. Sie wuchtet den Beutel in eine bereits überquellende Mülltonne, fast so groß wie sie selbst, und zerrt sie dann an den Bordstein, mit diesem unverkennbaren Knirschen von Plastik auf Beton. Nachdem sie die Tonne mühsam in Position gebracht hat, hält sie inne, die Hände auf den Hüften, und ihr Atem verwandelt sich in der kühlen Spätnovemberluft zu Schwaden. Althea reibt ihre Hände; sie weiß nicht, wie sie diese Nacht überstehen soll, offenbar hat sie nur die Wahl zwischen Erfrieren und Ermordetwerden. Matilda setzt sich auf die Stufen und holt eine Packung Tabak heraus, was Althea an Nicky erinnert.

Vor Kälte ist sie schon so steif, dass sie beinahe stürzt, als sie aus dem Auto steigt. Die Sweatshirt-Ärmel hat sie über ihre eisigen Fäuste gezogen. Nicht einmal in ihrem Dinosaurier-Albtraum hatte sie solch eine Angst. Mühsam setzt sie einen fühllosen Fuß vor den anderen und verringert die Distanz zwischen ihr und dieser Fremden, wagt einen Schuss ins Blaue.

»Hi«, sagt Althea und setzt sich neben ihr auf die Stufen.

Matilda grinst breit. »Gut. Da bist du ja. Dann kann ich aufhören, mir Sorgen zu machen.« Sie lässt ein Zippo aufschnappen, hält die Flamme an ihre Zigarette und klappt das Feuerzeug dann wieder zu, in einer einzigen flüssigen Bewegung.

Auf dem Fußweg liegt eine Vierteldollar-Münze und Althea bückt sich danach.

»Nicht«, sagt Matilda. »Ich bin abergläubisch. Die ist letzte Woche hier aufgetaucht und seitdem habe ich immer nur Glück gehabt. Deshalb hab ich jetzt Schiss, sie wegzunehmen. Die ganze Zeit wollte ich schon mal mit einer Tube Kleber rauskommen. Wenn's sein muss, betonier ich die da auch ein.«

Althea betrachtet die Münze mit neuer Ehrfurcht. Unvermittelt wird ihr klar, was für ein erbärmliches Bild sie abgeben muss – zitternd und ungeduscht, mit ihrem blutverkrusteten Verband, der aus dem Ärmel hervorschaut, ihrer unübersehbaren Bedürftigkeit. Eine Sirene heult irgendwo aus Richtung des Atlantiks. Althea massiert sich unauffällig ihre kalten Waden. Die Haustür über ihnen öffnet sich und ein Mädchen mit dunklen Locken und olivfarbener Haut steckt ihren Kopf hindurch.

»Hey, Management, Kaleb sagt, du bist heute Abend dran?«

Matilda wedelt wegwerfend mit der Hand. »Sag deinem nutzlosen Freund, er soll sich keine Sorgen machen.« Das gelockte Mädchen zieht sich wieder zurück.

»›Management‹?«, fragt Althea.

»So nennen die mich hier manchmal.«

»War das deine Mitbewohnerin?«

»Eine von ihnen. Sieht so aus, als hätte ich mich beim Wetter geirrt«, sagt Matilda und nickt zum Nachthimmel hinauf, wo sich die Wolken teilen und den Blick auf den abnehmenden Mond freigeben. »Komisch. Eigentlich irre ich mich da nie.«

»Vielleicht hat deine Glücksmünze den Schnee ferngehalten.«

»Ich hab nichts gegen Schnee. Da spare ich mir mein Glück lieber für andere Sachen auf. In Wilmington schneit es wohl nicht so oft, oder?«

Althea schüttelt den Kopf. »So kalt ist es bei uns nur selten.«

»Wie lange bist du schon hier?«

»Seit zwei Tagen.«

Die Tür öffnet sich wieder und diesmal guckt der bebrillte Typ aus dem Park heraus. Er mustert sie beide mit einem finsteren Blick, herrscht dann aber nur Matilda an: »Wie wär's, wenn du jetzt endlich mal …«

»Kann man hier nicht mal fünf Minuten seine Ruhe haben?«, schnauzt sie zurück, und ihre warme, freundliche Art ist wie weggeblasen. »Verfluchte Scheiße noch mal! Und mach diese blöde Tür wieder zu, sonst geht die ganze Wärme raus.« Sie wartet, bis er wieder drin ist. »Entschuldige, aber manchmal gehen die mir alle tierisch auf die Nerven.«

Matilda und dieser Typ müssen sich ziemlich nahestehen, wenn sie ihn so anraunzen darf. Althea findet es tröstlich, diese Vertrautheit auch bei anderen zu erleben. »Wie lange bist du schon bei *Bread and Roses*?«, fragt sie dann, um das Gespräch wieder in Gang zu bringen.

»Ein paar Jahre. Es ist … gut. Vielleicht weil es … weil es so einfach ist. Hungrigen Menschen ist leicht zu helfen. Man stellt ihnen etwas zu essen hin, und dann essen sie. Die meisten Leute bitten nicht gern. Aber wer Hunger hat, vergisst schon mal eher seinen Stolz.«

»Ich finde, wenn es irgendwas gibt, für das man seine Würde opfern darf, dann für etwas zu essen.«

»Weißt du, was das Tolle an der Würde ist?«, fragt Matilda und schaut Althea an. Die Zigarette zwischen ihren Fingern qualmt vor sich hin, gefährlich dicht an ihrem Haar. Ihr Kopf ist von

Rauch umwölkt, und Althea betrachtet ihren kleinen Mund. »Die regeneriert sich. Wie ein Seestern. Wenn man dem einen Arm ausreißt, wächst der einfach wieder nach.«

»Ich glaube, da ist mir die Würde der Urzeitkrebse lieber«, sagt Althea. »Ein bisschen Wasser drauf und schon kannst du zusehen, wie meine Würde wächst.«

Matilda lacht leise in sich hinein. »Und dann stellst du sie auf den Sofatisch, gleich neben den Kresse-Igel, auf den du so stolz bist.« Sie steht auf, bürstet sich die Tabakkrümel von der Hose und verstaut die Packung in der Innentasche ihrer Jacke. »Ich muss jetzt los. Ich bin heute dran.«

»Womit?«

»Lebensmittel einsammeln.«

»Soll ich dich fahren?«

»Gern.«

Beschämt über den Zustand ihres Autos, beeilt sich Althea, die Spuren der langen Fahrt und ihrer Notsituation zu beseitigen. Sie wirft die Alu-Blumen auf den Rücksitz, zusammen mit ihrer zerlumpten Steppdecke und den leeren Kaffeebechern, und zupft an dem Lufterfrischer herum, der am Rückspiegel hängt, um seine geruchsmindernden Eigenschaften zu verstärken.

»Deine Benzinleuchte brennt«, sagt Matilda beim Ausparken.

»Kein Problem. Wenn die angeht, kann man noch fast vierzig Meilen fahren.«

Dafür, dass sie bei einer völlig Fremden mitfährt, wirkt Matilda auf dem Beifahrersitz seltsam entspannt und gibt ruhig ihre Anweisungen, wo Althea abbiegen oder anhalten soll. Den Sitz hat sie bald zwanzig Zentimeter nach vorn gezogen, weit in den

Raum hinein, der sonst von Olivers Beinen ausgefüllt wird. Vor einer Bäckerei, die schon geschlossen hat, springt Matilda aus dem Wagen und klingelt an der Seitentür; sie wird von einem großen dunkelhäutigen Mann begrüßt, der die Hände an einer Schürze abwischt, das Gesicht mit Mehl bestäubt. Der Geruch nach frischem Hefebrot dringt bis ins Auto und macht dem schalen Zigarettenqualm Konkurrenz. Der Bäcker reicht Matilda einen Müllsack mit altem Brot, das noch gut ist, aber nicht mehr verkauft werden kann. Matilda reckt sich, um ihn auf die Wange zu küssen, und wischt ihm die Mehlspuren aus dem Gesicht.

So halten sie noch mehrmals an, und Matilda rennt durch den Kücheneingang in die Restaurants hinein und kommt kurz darauf mit Tüten voller Lebensmittel wieder heraus. »Ich bin nicht etepetete oder so«, erklärt sie während der Fahrt, »aber ich hol mir die Sachen lieber gleich aus der Küche, als sie mir später aus dem Müll zu fischen. Mir persönlich gibt das nichts, bis zur Taille im Unrat zu stehen, aber manche sind gerade darauf besonders stolz.«

»So wie ich auf meinen Kresse-Igel?«

Matilda grinst. »Genau. Was machst du denn eigentlich hier in New York?« Sie beugt sich nach hinten, öffnet eine Tüte und holt ein Brötchen heraus. »Willst du auch eins?«

»Ich bin auf einem Aufklärungseinsatz.«

»Bist du Geheimagentin?«, fragt Matilda mit vollem Mund.

»Eine bescheuerte Witzfigur bin ich, sonst nichts.« Althea haut mit der Faust aufs Armaturenbrett und stöhnt auf. Als sie den Ärmel hochzieht, sickert frisches Blut durch den Verband. »Oh, verdammte Scheiße.«

Matilda sagt einen Moment lang nichts, dann fängt sie wieder an, sie durch die Stadt zu lotsen.

Zurück in der Straße, wo Matilda wohnt, stellt Althea den Wagen ab und stößt einen tiefen Seufzer aus. Matilda hält ihr wieder ein Brötchen hin. Althea zögert kurz, dann lässt sie den Kopf aufs Lenkrad sinken, erschöpft von dem Gedanken, jemandes Hilfe annehmen zu müssen.

»Brauchst du einen Platz zum Schlafen?«

Die Temperatur im Wagen fällt schon wieder. Althea würde auch bei den Hausstaubmilben unterm Sofa schlafen, solange es dort warm ist. »Im Ernst?«

»Was soll ich sagen? Ich bin halt ein richtiger Volltrottel. Außerdem finde ich es sehr praktisch, in deinem Auto herumzufahren.«

»Wenn du willst, fahr ich dich zu jeder Bäckerei in Brooklyn.«

»Na fabelhaft. Also nimm deinen Kram und hilf mir bei unserer Beute.«

Unter der Last der abendlichen Gabenfülle schwankend, steigen sie die Stufen zur Veranda hinauf. Matilda stellt ihre Tüten ab und wendet sich zu Althea um, plötzlich todernst. »Nur eins noch.«

Althea macht sich auf schreckliche Enthüllungen über die anderen Bewohner gefasst, auch wenn es zu diesem Zeitpunkt nur wenig gibt, ob nun sexuelle Vorlieben oder kriminelle Aktivitäten, das sie davon abhalten würde, Matilda ins Haus zu folgen und auf der ersten glatten Oberfläche, die sie finden kann, in Tiefschlaf zu fallen. »Ja?«

»Sollte sich herausstellen, dass du lügst oder klaust oder Drogen nimmst, kriegst du's mit mir zu tun. Es gibt nur eine Regel in diesem Haus, und die entspricht auch nur dem, was der normale menschliche Anstand ohnehin gebietet.«

»Und wie lautet diese Regel?«

Matilda wirft einen liebevollen Blick auf ihr Heim. An der Tür hängen ein paar Maiskolben, in Erwartung des morgigen Feiertages. »Brenn es nicht nieder. Bitte.«

»Die kann ich einhalten«, sagt Althea.

Das Haus riecht wie eine Bloody Mary voller Zigarettenkippen. Farbe blättert von den Wänden und rieselt auf den Teppich im vorderen Flur, das Geländer der Treppe in den ersten Stock ist voller Kratzer und Brandflecke. In einer Ecke liegt ein hüfthoher Stapel Zeitungen – nicht die *Times*, sondern die *New York Post*. Althea wirft einen Blick auf das oberste Exemplar. Die Schlagzeile lautet einfach nur: WAHNSINN, darunter ein Foto der Yankees, die ihren Sieg in der World Series mit einer Parade feiern. Im Eingangsbereich türmen sich buchstäblich Dutzende von Schuhpaaren – hauptsächlich zerfledderte Chucks und Vans und Springerstiefel, an denen das Leder vorn schon so abgeschabt ist, dass die Stahlkappe durchscheint. Matilda kickt ihre grünen Turnschuhe von den Füßen, und Althea folgt ihrem Beispiel, obwohl sie sich kurzzeitig fragt, ob sie ihre Schuhe in diesem Haufen je wiederfinden wird.

»He, Warriors! Wir haben Besuch!«, ruft Matilda laut.

»Warriors?«, fragt Althea.

»Wie in dem Film *Die Warriors*? Über diese Gang von Coney Island? Kennste den?«

Althea zuckt die Achseln. »Nee, nie gehört.«

Matilda wendet sich hinter der Treppe nach links, wo vermutlich das Wohnzimmer liegt, wie Althea aus den Geräuschen eines Videospiels und dem typischen Stöhnen und Fluchen seiner Spieler schließt. Wann hat sie zuletzt einen Raum voll fremder Menschen betreten, ohne dass Oliver an ihrer Seite war, einen witzigen Spruch machte, ein improvisiertes Liedchen trällerte oder den Arm um ihre Schulter legte und ihr zuraunte, in seiner Nähe zu bleiben. Wenn man ihn für einen Moment hierher verfrachten könnte, nur gerade so lange, um ihr etwas Aufmunterndes ins Ohr zu flüstern, was würde er dann wohl sagen? Sie sieht ihn vor sich, aus irgendeinem Grund in seinem JFK-Anzug, das Haar nach hinten gegelt, wie er an der Treppe lehnt. Oliver, der alles in sich aufnimmt und ihr dann lautlos ein paar Worte sagt, während sie um die Ecke biegt, hinter der Matilda schon verschwunden ist.

Non. Stop. Party. Mobil.

Althea kann kaum glauben, dass ihr nichts Besseres einfällt.

Der Junge mit der Brille hat sich auf einem runden Korbsessel am Fenster zusammengerollt und liest eine Graphic Novel, die Althea kennt. Das lockige Mädchen von vorhin sitzt auf der Couch, neben einem Schwarzen, der nur eine Sporthose trägt, vermutlich der zuvor erwähnte unfähige Freund. Beide beugen sich weit vor und halten eine Fernsteuerung umklammert. Noch ein weiterer Junge lümmelt sich in einen dunkeltürkisen Wildledersessel und verfolgt mit ernster Miene das Spiel, eine magere graue Katze im Arm. Das Mädchen bemerkt als Einzige, wie Althea und Matilda ins Zimmer kommen; alle anderen blicken nur deshalb auf, weil sie sich wundern, warum sie das Spiel unterbricht. Brillenschlange blickt nur kurz über den Rand seines Buches auf, schmeißt es dann aber zu Boden, als er Althea erkennt. Er stöhnt genervt und schaut Matilda an.

»Sag mal, hast du sie nicht mehr alle?«

Sie zeigt auf ihn, sticht mit dem Finger durch die rauchgeschwängerte Luft, und ihre Wildheit kehrt zurück. »Hör auf mit dem Scheiß, aber sofort! Ich mein's ernst.«

Matilda übernimmt die Vorstellung – Leala und Kaleb auf dem Sofa, die Brillenschlange heißt Ethan und Gregory ist der, der gerade mit der Katze flüstert. Er hebt sie über seinen Kopf.

»Das ist Herr Ernst«, sagt Gregory.

Herr Ernst maunzt. Althea sagt Hallo zu der Katze und zu den anderen.

»Sie kann heute Nacht hier schlafen«, erklärt Matilda den anderen.

»Wie machst du das bloß, Management?«, fragt Kaleb. »Du bringst einfach nur den Müll raus und kommst dann mit einem Mädchen wieder rein, das eine Bleibe braucht.«

»Ist halt mein besonderes Talent.«

Das Wohnzimmer ist wahrscheinlich ziemlich groß, aber mit so vielen Menschen und Möbeln darin lässt sich das nur schwer beurteilen. Auf dem Teppich zwischen Couch und Fernseher liegen überall Comics und Videokassetten verstreut; die Kabel für das Videospiel und die Stereoanlage sind völlig ineinander verheddert. Büschel von Trockenblumen hängen kopfüber am Fenster. Eine riesiger, eingetopfter Ficus ragt hinter Ethans Korbsessel auf. Der Ascher auf dem Couchtisch, groß wie ein Essteller, ist randvoll mit Kippen, und jeder im Raum hat eine Dose Bier zu seinen Füßen stehen. Eine Snare Drum harrt einsam in der Ecke aus, an sie gelehnt eine Akustikgitarre. Neben dem Fernseher hat jemand einen Nähtisch aufgebaut, mit einer alten Singer-Maschine darauf und einer Patchwork-Kiste, aus der Fadenrollen, Knöpfe und Stoffreste hervorquellen. Über dem Sofa hängt ein Wandteppich, das Porträt irgendeines Heiligen. Altheas Blick verweilt darauf.

»Das ist der heilige Kajetan«, sagt Matilda. »Der Schutzpatron der Arbeitslosen.«

»Ich wusste gar nicht, dass es einen Schutzpatron für Arbeitslose gibt.«

»Es gibt für alles einen Schutzpatron«, sagt Leala. »Wusstest du, dass Sankt Georg der Schutzpatron für Leute mit Syphilis ist?«

»Genau«, fügt Gregory hinzu, »weshalb Ethan auch jeden Abend eine Kerze für ihn anzündet.«

Kaleb schüttelt den Kopf. »Ich bitte dich! Um Syphilis zu kriegen, muss man erst mal flachgelegt werden. Unser Ethan wird niemals zum heiligen Georg beten müssen.«

»Und als du Filzläuse hattest«, sagt Ethan, »zu wem hast *du* da gebetet?«

Gregory johlt vor Lachen, während Leala ihren Freund mit zusammengekniffenen Augen anstarrt.

»Diese Mistviecher hab ich mir auf irgendeinem Klo geholt«, beteuert Kaleb. »Das war doch lange vor deiner Zeit, Süße.«

»Erzähl mir nichts. Drück die Pause raus und dann mach ich dich zu Hackfleisch.«

»Das war nicht in Ordnung, Ethan«, sagt Kaleb. »Das war nicht korrekt.«

Ethan kichert schadenfroh. »Du weißt ja, was du tun kannst, wenn's dir nicht passt.«

Leala und Kaleb setzen ihr Spiel wieder fort, Gregory sein Gespräch mit Herrn Ernst – »Bist du mein ernster kleiner Kater? Ja, das bist du, nicht wahr?« – und Ethan hebt sein Buch wieder auf. Mit seiner verärgerten Reaktion ist er der einzige von Matildas Mitbewohnern, der überhaupt näher von Altheas Anwesenheit Notiz genommen hat. Sind Gäste hier so alltäglich? Bringt Matilda ständig Leute mit nach Hause?

»Komm, wir schaffen dein Zeug nach oben«, sagt Matilda. »Du bist sicher müde. Alle anderen kannst du auch morgen noch kennenlernen.«

»Alle anderen?«, fragt Althea. Wo in diesem versifften, vollgestopften Haus konnte man überhaupt noch weitere Leute unterbringen?

»Dieser Laden läuft nur mit großer Besetzung. Wir brauchen so viele Mitbewohner wie möglich, sonst kriegen wir die Miete nicht zusammen. Ethan und Gregory teilen sich sogar ein Zimmer; sie schlafen meist in Schichten. Kaleb und Leala teilen sich auch ein Zimmer. Ein paar Leute schlafen im Wohnzimmer oder wo sonst noch Platz ist. Hier herrscht ein ständiges Kommen und Gehen. Hast du viele Geschwister?«

»Ich bin Einzelkind.«

»Man gewöhnt sich dran. An das Durcheinander, meine ich. Du kannst fürs Erste bei mir im Zimmer schlafen.«

Althea macht sich nicht einmal die Mühe, das Licht einzuschalten. Sie lässt sich bäuchlings aufs Bett fallen und schlingt die Arme um ein Kissen, das nach verbrannten Streichhölzern riecht. Ihre Steppdecke liegt noch im Auto, aber sie schläft trotzdem ein; vor Müdigkeit ist ihr alles egal.

In Wilmington konnte es schon mal vorkommen, dass sie beim Aufwachen nicht wusste, wo sie war. Sie schlief so oft bei Oliver, und er bei ihr, dass sie manchmal erst am Klang des Weckers erkannte, in welchem Bett sie gerade lag. Der von Oliver hatte einen schrillen Klingelton, während Althea die sanften Klänge des öffentlichen Radiosenders bevorzugte. Doch als sie zum ersten Mal in Matildas Zimmer aufwacht, gibt es keine Unsicherheit. Von unten sind laute Stimmen zu hören; ein paar von ihnen kann Althea bereits unterscheiden. Leala und Kaleb sind deutlich herauszuhören, in eine erbitterte Diskussion darüber verwickelt, ob es zu Thanksgiving Kartoffelbrei oder Yamsauflauf für die Leute im Park geben soll.

Verglichen mit dem Chaos im Erdgeschoss ist Matildas Zimmer geradezu minimalistisch. Keine Kleiderhaufen, keine CD- oder Bücherstapel, die jeden Moment umzukippen drohen. Was allerdings die Wände angeht – die sind dann schon eine andere Geschichte. Alle vier sind mit grüner Tafelfarbe gestrichen und mit Namen und Telefonnummern übersät, dazwischen ein krakeliger Kalender, auf dem die Tage markiert sind, an denen gekocht, die Miete eingesammelt und Essen ausgegeben wird; Vermerke darüber, wer dran ist, Toilettenpapier zu kaufen, und wann Herr Ernst seine letzte Impfung bekommen hat. Außerdem gibt es eine ganze Reihe von Listen: *Bands, die bei Benefiz-Veranstaltungen spielen würden – Leute, die ich anrufen muss – Leute, denen ich Geld schulde* – mit einer großen Schnittmenge zwischen den beiden letzten. Außen herum stehen überall Liedertexte und Filmzitate, von denen Althea nur wenige kennt. Manche Notizen sind in einer anderen Farbe und Handschrift verfasst, kryptische Botschaften wie *Sag Steve, er soll nicht an mir verzweifeln – Non Excidet – Wo ist ein Kloß?*

Althea ist immer noch dabei, diese Zeilen zu entziffern, als es leise an der Tür klopft und Matilda hereinschlüpft, mit zwei Bechern Kaffee in der Hand. Einen davon reicht sie Althea. Ein Shakespeare-Zitat steht darauf: AN SICH IST NICHTS WEDER GUT NOCH BÖSE, DAS DENKEN MACHT ES ERST DAZU. Der Henkel ist halb abgebrochen. Althea nimmt einen ordentlichen Schluck und zuckt zusammen.

»Ich weiß«, sagt Matilda. »Der zieht einem die Schuhe aus. Komm, wir gehen eine rauchen.«

Sie führt Althea ins Bad, wo sie die Dusche anstellt und sich dann auf den Boden setzt, mit dem Rücken an die Wanne gelehnt. »Das ist ein super Trick. Der Wasserdampf erweitert die Lunge, und wenn man dann eine raucht, geht das Nikotin direkt ins Blut.« Sie dreht sich rasch eine Zigarette und leckt die Klebeseite mit ihrer rosa Zungenspitze an. Dann zieht sie die Zeitung von heute aus einer Ablage neben dem Klo und blättert sie durch, bis sie das Horoskop findet. »Welches Sternzeichen bist du?«

»Zwilling.« Althea steckt sich eine Marlboro an.

Matildas Füße sind winzig, die Zehen perfekt geformt, wie bei einer Puppe. Im Badezimmer wird es warm und der Spiegel beschlägt. »Mal sehen. Wie wär's mit dem hier: ›Du kommst von weit her, Süße, also schalt einfach mal runter und entspann dich. Mit deinem Mond im Saturn sieht es finanziell nicht gerade rosig aus, aber zum Glück begegnest du einem Haufen Tagediebe, die nie was fürs Essen bezahlen. Lass dir erklären, wie das Parken auf wechselnden Straßenseiten funktioniert.‹«

»Das steht da doch nicht wirklich?«

»Ich find's lustiger, wenn man sich selber was ausdenkt.«

»Und wie funktioniert diese Parkerei …?«

»Woher soll ich das wissen? Frag Kaleb.« Matilda schnippt die Zigarettenasche über der Toilette ab.

»Wie lange wohnst du hier schon?«

»In diesem Haus? Ein paar Jahre. Seit ich mein Studium geschmissen hab. Ethan hat es gemietet – seine Mutter, Gott segne sie, hat den Vertrag mit unterschrieben. Wir ernten viele böse Blicke aus der Nachbarschaft, aber wir zahlen pünktlich die Miete und versuchen, den größten Krach nur am Wochenende zu machen. Die Kaution können wir allerdings abschreiben, fürchte ich.«

»Warum hast du denn dein Studium geschmissen?«

»Studieren ist scheiße«, sagt Matilda. »Die meisten von uns haben keinen Abschluss gemacht. Ach was, die meisten von uns haben nicht mal einen festen Job und wir kommen trotzdem klar.«

Von dort, wo sie sitzt, kann Althea den schwarzen Schimmel unter der Klobrille sehen.

Es klopft an der Tür. »Was zum Teufel macht ihr denn da drin?« Klingt wie Ethan.

»Hau ab, Mann, wir haben zu tun«, ruft Matilda.

»Dann seht zu, dass ihr fertig werdet, wir müssen ja auch noch kochen. Heute ist nämlich Thanksgiving, falls ihr euch erinnert.« Sein genervter Ton ist auch durch die Tür nicht zu überhören.

»Mach einfach weiter und achte gar nicht auf diese Spaßbremse«, flüstert sie Althea zu.

Ethan klopft wieder an die Tür, diesmal lauter. »Ich werd jetzt nicht in den Ausguss pinkeln, bloß weil ihr zwei euch da drin euer Herz ausschüttet. Und das Essen kocht sich auch nicht von allein …«

»Jaja, schon gut. Herrgott noch mal!« Matilda steht auf. Sie streckt Althea die Hand entgegen und zieht sie auf die Füße. »Gehst du heute auf deinen Aufklärungseinsatz?«

Ethan hämmert noch mal gegen die Tür, um sich in Erinnerung zu bringen.

»Wie wär's, wenn ich euch stattdessen helfe?«, fragt Althea.

»Wie wär's, wenn du mir erst mal einen Gefallen tust«, sagt Matilda mit gerümpfter Nase, »und duschen gehst.«

Althea hockt im Wohnzimmer, einen Eimer zwischen den Beinen, und schält Kartoffeln. Herr Ernst kommt ins Zimmer stolziert und miaut sie an, den Schwanz nach oben gebogen wie ein Fragezeichen. Er springt aufs Sofa und knetet mit den Pfoten ihren Oberschenkel.

»Wo schläfst *du* denn eigentlich, Ernst? Kriegst du ein Eckchen in der Badewanne, oder was?«, fragt Althea.

»Er schläft bei Gregory«, sagt Ethan, der gerade hereinkommt, einen Kartoffelschäler in der Hand. Er ist größer, als er gestern Abend, im Sessel zusammengerollt, wirkte; er hat Sommersprossen auf den Armen, unter dem flaumigen Haar, und Olivers Finger, die am Gelenk am breitesten sind. Er scheucht Herrn Ernst vom Sofa herunter, setzt sich neben Althea und greift nach einer Kartoffel.

»Ich dachte, zu zweit geht's schneller«, sagt er. Beim Schälen treten die Sehnen an seinen Händen hervor, so stark, dass Althea den Impuls verspürt, an ihnen zu zupfen wie an den Saiten einer Gitarre.

»Das gilt für so gut wie alles.«

Eine Weile arbeiten sie schweigend. Das Sonnenlicht, das durch die Gardinen fällt, bringt zum Vorschein, dass jemand *Leck mich* in den fünf Millimeter dicken Staub auf dem Fernsehbildschirm geschrieben hat. Ihr Spiegelbild wird von der Krümmung der grauen Scheibe verzerrt. Aus der Küche auf der anderen Seite des Hauses dringt Musik, Gelächter und gelegentlich ein Schrei, wenn sich wieder jemand am Herd verbrannt hat, gefolgt vom Rauschen des Wasserhahns, unter dem die Wunde gekühlt wird. Aber Althea sitzt hier im Wohnzimmer, als Zweiergruppe abgeteilt, wie immer. Ethan greift über sie hinweg nach der nächsten Kartoffel. Er riecht nach Zitrone.

»Du bist auf der Highschool, stimmt's?« Er fängt wieder an, mit Warpgeschwindigkeit zu schälen; zweifellos macht er das ziemlich oft. Althea versucht es ihm nachzutun.

»Ich war auf der Highschool.«

»Und jetzt bist du's nicht mehr?«

»Ich bin rausgeflogen«, sagt sie.

Ein langer Streifen Kartoffelschale fällt in den Eimer. Er schaut sie an. »Wie alt bist du denn?«

»Siebzehn. Und du?«

»Solltest du die Schule nicht lieber fertig machen?« Er lässt die nackte Kartoffel in die Schüssel fallen und nimmt die nächste.

»Solltest du nicht lieber arbeiten gehen?«

Er hält kurz inne. »Ich bin zwanzig.«

»Hast du denn deinen Abschluss gemacht?«, fragt Althea und säbelt jetzt energisch an ihrer Kartoffel herum.

»Klar.«

»Tja, dann bist du also zwanzig und ich bin siebzehn, du hast deinen Abschluss gemacht und ich nicht, aber wir sitzen beide hier und schälen Kartoffeln, oder?«

»Ja«, sagt Ethan. »Das ist wohl so.«

Staubkörner tanzen in den Sonnenstrahlen. Altheas Handgelenk tut weh. Schon beim Anblick der feuchten Kartoffel in ihrer Hand wird ihr schlecht. Matildas die-Schuhe-ausziehender Kaffee lässt ihr Herz rasen.

»Ich führe Hunde aus«, sagt Ethan.

»Wie bitte?«

»Ich führe Hunde aus. Manchmal gegen Geld, bei den Nachbarn. Und manchmal helfe ich umsonst im Tierheim und gehe mit den Hunden raus, die den ganzen Tag im Zwinger sind.«

»Ist das denn erlaubt? Einfach hingehen und einen Hund ausführen?«

»Die meisten Hunde im Tierheim sind Pitbull-Mischlinge, Straßenköter oder alte Kampfhunde, was weiß ich. Unterernährt, verwahrlost und bissig. Keiner will sie haben, und am Ende müssen sie meist eingeschläfert werden. Aber hin und wieder taucht einer auf, dem man ansieht, dass er kein Streuner ist. Selbst wenn er keine Hundemarke hat, weiß man genau, dass er jemandem gehört. Er ist zu zutraulich, zu gepflegt. Und man weiß, irgendwer da draußen wird fast verrückt vor Sorge, hängt Steckbriefe auf, sucht ihn an all seinen Lieblingsplätzen in der Nachbarschaft und ruft immer wieder seinen Namen.« Ethan wirft die nächste fertige Kartoffel in die Schüssel. Er rollt den Griff seines Schälers zwischen den Handflächen und schaut Althea an.

»Du vergleichst mich mit einem Hund?«, sagt sie.

Er deutet mit der Klinge auf den Eimer. »So welche sehen wir ständig bei der Essensausgabe im Park. ›Platinum-Card-Penner‹ nennen wir die immer. Im Sommer kommen viele Jugendliche aus Westchester hierher, leben auf der Straße und betteln um Kleingeld, aber wenn's dann kalt wird, fahren sie schnell wieder nach Hause zu ihren Eltern …«

»Schon klar. Platinum-Card-Penner, wirklich sehr geistreich. Vielen Dank für deine Erkenntnisse und die reizende Hunde-Analogie.« Sie schnappt sich die Schüssel und den Eimer und will in Richtung Küche verschwinden.

»Ich hab gehört, du hast ein Auto«, sagt er.

»Ja, und?« Sie dreht sich um, schon auf der Schwelle.

»Wer zahlt denn die Versicherung?«

Eine Kartoffel an den Kopf zu kriegen, tat sicher höllisch weh, und am liebsten würde sie Ethan direkt auf die Nasenwurzel treffen, damit seine Brille mitten durchbricht und ihm mindestens ein blaues Auge verpasst. Heute ist Thanksgiving; irgendwann im Lauf des Tages wird sie ihren Vater anrufen und ihm wieder etwas vorlügen müssen, ihm erzählen, dass sie Alice gerade bei der Maisbrotfüllung hilft und aufpasst, dass der Truthahn nicht zu trocken wird. Sie erinnert sich an die Popcorn-Schlacht mit Oliver, die damit endete, dass Garth die Treppe herunterkam und dazwischenging. Garth mit seinem unermesslichen Vorrat an historischen Anekdoten und seinen auf Hochglanz polierten Schuhen; Garth, der sich mit einer großen Metallgabel über den Grill beugt, um eine in die Glut gefallene Boulette zu retten; Garth, der keinerlei Schwierigkeiten hat, vor einem Hörsaal voll kichernder Erstsemesterstudenten eine Vorlesung über die sexuellen Praktiken des alten Griechenland zu halten, es aber nicht fertigbringt, mit seiner eigenen Tochter über ähnlich gelagerte, sehr viel dringlichere Angelegenheiten zu reden. Wer war dieser hakennasige Typ, dass er es wagte, sie auf ihren geliebten, unvollkommenen Vater anzusprechen, der tatsächlich ihre Versicherung bezahlte, ansonsten aber so distanziert war, dass er wahrscheinlich nicht einmal Marke und Modell benennen könnte.

Herr Ernst stellt sich auf die Hinterbeine, versenkt seine vorderen Krallen in ihrer Jeans und streckt sich. »Deine Scheißmutter zahlt meine Versicherung.«

»Du bist ja sehr charmant.« Ethan nimmt seine Graphic Novel vom Tisch und faltet sich in seinem Sessel zusammen. »Vergiss nicht, Kaleb danach zu fragen, wie das Parken auf wechselnden Straßenseiten funktioniert.«

In der Küche schwenkt Gregory Matilda herum und röhrt dazu in einer gar nicht so schlechten Imitation von Tom Waits, während Kaleb die Zucchini schnippelt und Leala die Möhren im Ausguss abwäscht.

»Waltzing Matilda, wa-altzing Matilda, you go waltzing Matilda with me«, singt Gregory und tanzt mit Matilda quer durch die Küche.

Mehrere große Suppentöpfe stehen auf dem Herd. Die Wände sind mit einer Klebefolie mit Raketen-Muster tapeziert; an der Kühlschranktür hängen reihenweise Polaroidfotos von Freunden, mit Namen und Datum beschriftet. Ein ramponiertes Blümchen-

Sofa steht hinten an der Wand. Auf dem Regal in der Ecke arbeiten Kaffeemaschine und Reiskocher Seite an Seite, mit rot glühenden Lämpchen, und auf dem unteren Regalbrett drängen sich Becher, Schüsseln und Essstäbchen zusammen.

Gregory wirbelt Matilda auf ihren nackten Füßen herum. Das Stück wird langsamer, macht eine kurze Pause und mündet dann in den Schlussrefrain.

»Scheiße!«, brüllt Kaleb, lässt sein Messer auf das Schneidbrett fallen und untersucht seinen Daumen.

»Was ist denn passiert? Lass mal sehen.« Leala zieht das Rollo vorm Fenster hoch, damit sie im Sonnenlicht besser sehen kann.

»Du hast hoffentlich nicht die Zucchini vollgeblutet, oder?« Matilda löst sich von ihrem Tanzpartner. Sie greift nach der Schüssel mit den Kartoffeln, so dass Althea mit leeren Händen dasteht und hastig nach einer neuen Aufgabe sucht.

»Deiner Scheißzucchini geht's gut, ich bin derjenige …«

»Jetzt stell dich nicht so an«, sagt Leala. »Du brauchst einfach nur ein Pflaster. Meine Güte.«

Kaleb hält die Hand hoch über den Kopf, während er ihr aus der Küche folgt. Die Zucchini bleibt unbeachtet liegen. Althea geht zum Schneidbrett und spült das Messer ab.

»Ich mach das hier fertig«, sagt sie.

Ein paar Tage später, auf dem Weg zu *Nathan's* Hotdog-Imbiss, entdeckt Althea einen leuchtend orangefarbenen Strafzettel unter ihrem Scheibenwischer. »Was zum Teufel ist das?«

»Ich hab doch gesagt, du sollst dich nach den Parkvorschriften erkundigen«, sagt Matilda. »Und was ist hier passiert?« Sie fährt mit dem Finger die krakelige Kerbe entlang, die Jasons Schlüssel in den Lack gezogen hat.

»Das ist eine lange Geschichte.«

Sie holen sich ihre Hotdogs und gehen damit auf die Strandpromenade, trotz der Kälte. »Ich dachte, du wärst Vegetarierin«, sagt Althea.

»Das ist doch das Beste am Vegetarier-Sein, ab und zu trotzdem mal Fleisch zu essen.«

»Ich glaub kaum, dass deine WG diese Sichtweise teilt«, sagt Althea.

»Du brauchst unsern kleinen Ausflug ja nicht zu erwähnen. Sonst hält Ethan mir wieder einen Vortrag über Fleischfabriken, und Leala sülzt mich stundenlang voll, dass dieser Hotdog jetzt in meinem Darm bleibt, bis ich dreißig bin, es sei denn, ich zahle irgendwem zweihundert Mäuse dafür, dass er ihn mit einem Schlauch wieder rausspült.« Matilda nippt an ihrer Limo. »Es ist so anstrengend, immer alles richtig machen zu wollen, und kostet so viel Kraft. Jedes Mal, wenn ich mit dem Rauchen aufhöre, ist das ein fürchterlicher Kampf, und jedes Mal, wenn ich wieder anfange, geht's mir super, weil ich endlich lockerlassen kann. Manchmal muss einem einfach mal alles egal sein.« Sie beißt von ihrem Hotdog ab. »So, wie wenn man als Kind mühsam die Leiter an einer Rutsche hochgeklettert ist, nur um dann oben kehrtzumachen und einfach wieder runterzuklettern. Oder rede ich gerade völligen Stuss?«

»Nee, ich versteh schon.«

Als Matilda mit dem Essen fertig ist, dreht sie sich mit geübten Bewegungen eine Zigarette. Außerhalb der Saison hat alles geschlossen und Coney Island wirkt eher wie eine Filmkulisse, nicht wie ein realer Ort – viel potenzielle Energie, aber null Bewegung. Der Himmel über ihnen ist schwer und grau, und der Turm des *Parachute Jump* stützt seinen Teil der Wolken ab. Althea kann kaum glauben, dass dieser Atlantik, nur wenige Schritte entfernt, der gleiche sein soll, in dem sie bei sich zu Hause geschwommen ist, damals, vor langer, langer Zeit.

»Schon lustig«, sagt Matilda jetzt. »Die Katze, oder vielmehr der Kater, ist Gregory vor ein paar Monaten einfach hinterhergelaufen, den ganzen Weg von der U-Bahn bis zu uns. Wir wollten ihn erst nicht reinlassen, der war schließlich herrenlos und kein Mensch wusste, wo er sich schon überall rumgetrieben hatte. Aber er blieb einfach auf der Veranda sitzen und maunzte und kratzte an der Tür und sprang immer wieder auf die Fensterbank, bis Gregory irgendwann sagte: ›Tja, ich fürchte, der meint's ernst.‹ So kamen wir zu einer Katze und die Katze zu ihrem Namen.«

Althea zeigt auf den Tabak in Matildas Jackentasche. »Was dagegen, wenn ich das auch mal versuche?«

Matilda reicht ihr die Packung. »Bedien dich.«

Althea zieht ein dünnes Papier aus der Blättchenpackung, hält es mit Daumen und Zeigefinger fest und legt eine üppige Portion Tabak darauf.

»Das ist zu viel«, sagt Matilda.

Althea tut einen Teil davon in die Packung zurück und verteilt den Rest gleichmäßig entlang der Falte im Papier. Dann nimmt sie die beiden Enden zwischen die Finger, rollt den Inhalt immer fester zusammen und nimmt die Daumen zu Hilfe, um eine gerade Kante zu bekommen.

»Ich hab mit Valerie gesprochen«, sagt Matilda.

»Oh.« Althea zieht den Kopf ein. Dann fährt sie mit der Zunge über den schmalen Klebestreifen und verschließt ihre erste Selbstgedrehte. Sie mustert das krumpelige Ding und schüttelt den Kopf.

»Manchmal geht's am Anfang besser, wenn man zwei Blättchen übereinanderlegt. Dann hat man so ein bisschen was Festeres in der Hand.«

Althea zieht zwei Blättchen aus der Packung, reißt ihren ersten, fehlgeschlagenen Versuch wieder auf und fängt noch mal von vorne an. »Was hat sie denn gesagt?«

»Ich fänd's besser, wenn *du* mir erst mal erzählst, was passiert ist.«

»Um zu sehen, ob unsere Geschichten übereinstimmen?«

»Genau.«

Althea beginnt ihre Version mit jenem weit zurückliegenden Abend, an dem Nickys Babysitter kurzfristig abgesagt hatte. In Wahrheit kann sie selbst sich kaum noch daran erinnern, aber sie kennt die Geschichte von ihrem Vater. Wie Nicky vor ihm stand – in einer Jeansjacke voller Aufnäher von irgendwelchen dubiosen Hardcore-Bands und mit schwarzem Nagellack, der schon halb abgeblättert war – und ihn, einen Nachbarn, den sie kaum kannte, darum bat, auf ihren Sohn aufzupassen, damit sie zur Arbeit gehen konnte. Althea hielt sich hinter Garths Cordhosen-Beinen versteckt, während Oliver, das Gesicht voller Grübchen, ihrem Vater zur Begrüßung die Hand schüttelte wie ein Erwachsener im Kleinformat. Beim nächsten Jahrzehnt hält Althea sich nicht allzu lange auf, sondern kommt gleich zu Olivers Krankheit, wie diese parallel zu ihren aufkeimenden, unwillkommenen Gefühlen ausgebrochen war und welche Reihe von Katastrophen die Kombination dieser beiden Dinge ausgelöst hatte. Auch den Teil mit Coby verschweigt sie nicht, obwohl es ihr erstaunlich schwerfällt, sich im Einzelnen an die Ereignisse auf dem Schulflur zu erinnern; alles ist in einen Nebel gehüllt, als wäre sie betrunken gewesen. Ihr fällt nicht mehr dazu ein als ›Und dann ist mein Kopf explodiert‹. Aber diese Situation konnte Valerie als Außenstehende sowieso viel besser beschreiben. Als Althea mit ihrer Geschichte zu Ende ist, hat sie endlich etwas zurechtgefummelt, das einer Zigarette ähnelt, und steckt sie mit großer Erleichterung an. »Ich glaube, das war so das Wichtigste. Ich bin sicher etwas mehr ins Detail gegangen als Val.«

»Wie heißt es so schön? Auf den Kontext kommt es an«, sagt Matilda.

»Das stimmt allerdings.«

»Das Ganze war Ethans Idee. Ich war erst dagegen, aber er hatte Recht.«

»Er mag mich nicht«, sagt Althea.

»Das kommt schon noch. Deshalb wollte er das ja auch möglichst schnell erledigen. Bevor wir vergessen, dass du nicht schon immer da warst. Wir mögen Spontaneität, aber keine Überraschungen. Ich wollte sicher sein, dass dir diese Ereignisse in North Carolina nicht irgendwann bis hier rauf folgen.«

»Es stehen jedenfalls keine Haftbefehle gegen mich aus. Schon klar, so ein Schulverweis, weil man einen Mitschüler zusammengeschlagen hat, ist nicht gerade angenehm, aber ich hab keine kriminelle Vergangenheit oder so. Es war eher so, dass ich zwar wusste, dass ich alles kaputt machen würde, aber ich konnte trotzdem nicht aufhören.« Sie weist mit ihrer Zigarette auf die gelbe Pappschachtel, die die Reste von Matildas Hotdog beherbergt. »Stell dir vor, wie es sich anfühlt, wenn du als Vegetarierin einen Hotdog isst. Und dieses Gefühl dann noch mal hoch zehn. Die Rutsche raufklettern, aber dann das Rutschen verweigern und einfach wieder runterklettern. Ich glaube, das bin ich: eine Abtrünnige.«

Matilda erschauert und zieht die Knie unters Kinn. »Valerie meinte, dass Coby es eigentlich nicht anders verdient hätte. Und du hättest sicher einen guten Grund gehabt, und das scheint ja auch zu stimmen. Deshalb stehen deine Klamotten jetzt auch nicht draußen auf der Veranda. Aber ich sag dir gleich, solltest du jemals die Hand gegen irgendwen in diesem Haus erheben …«

»Mach ich nicht, versprochen.«

»… bist du schneller draußen, als du ›verganer Eintopf‹ sagen kannst. Und was ist eigentlich mit deinen Eltern? Ich hab keine Lust, dass irgendwann so ein zeternder Erwachsener vor meiner Tür steht.«

»Keine Sorge, das krieg ich schon hin.«

»Gefällt es dir hier?«

»Ja«, sagt Althea.

Noch bevor Matilda sich bewegt, weiß sie schon, dass sie gleich umarmt werden wird. Sie wappnet sich für den Körperkontakt und gestattet Matilda, den Arm um ihre Schulter zu legen. Dann erwidert sie die Umarmung, wobei das zierliche blonde Mädchen fast in ihr verschwindet.

»Also, wie sieht's aus?«, fragt Matilda. »Meinst du's ernst?«

11. KAPITEL

Oliver kann sich nicht bewegen.

Seine Augen sind offen. Oder jedenfalls glaubt er das. Aber es ist seltsam: Obwohl er auf dem Bauch liegt, die Arme um das Kissen geschlungen, dessen dünne, papierne Hülle bei jeder Bewegung raschelt, kann er das ganze Krankenzimmer sehen – den alten Gebrauchtladen-Schreibtisch, den niedrigen Drehstuhl und die weiße Tür, die sich einen Spaltbreit öffnet, während er sie anstarrt. Nein, irgendwas stimmt hier nicht. Er will sich auf den Rücken drehen, schafft es aber nicht. *Nun komm schon.*

Er konzentriert seine Bemühungen auf einen Arm, den linken, versucht, ihn unter dem Kissen hervorzuziehen, während er weiterhin die Tür beobachtet, obwohl er doch weiß, dass er mit dem Gesicht nach unten liegt. Der Arm rührt sich nicht, die Tür hingegen schiebt sich ein paar Zentimeter weiter auf. *Was ist hier los?* Als Nächstes konzentriert er sich auf sein Bein – *Wo ist das Problem, das hab ich früher doch ständig gemacht* –, aber es rührt sich immer noch nichts.

Hilfe!, ruft er, aber es kommt nichts heraus. *Stella, sind Sie das?*

Die einzig logische Erklärung wäre, dass er träumt, aber das tut er nicht. Er kann nicht sprechen und sich nicht bewegen, aber er ist eindeutig wach und in seinem Krankenhauszimmer, das Oxymeter, das Stella ihm um den Finger gelegt hat, sitzt noch an Ort und Stelle, der Gummiriemen ist fest um seine Brust gespannt und die Elektroden kleben an seinen Schläfen. Die Tür schwingt noch etwas weiter auf, und obwohl er nicht hindurchsehen kann, hört er die knappen, prägnanten Wortwechsel zwischen den Ärzten und Krankenschwestern auf dem Flur und ihre Schritte, wenn sie an seinem Zimmer vorbeilaufen, ohne seine verzweifelte Lage zu bemerken.

Er beschränkt sich auf ein schwaches, gutturales Stöhnen. Das hier ist kein Traum, und doch kennt er die Regeln, wie man sie im Traum immer kennt. Wenn er es schafft, seinen Stimmbändern auch nur den kleinsten Laut zu entlocken, ist der Bann gebrochen und sein Körper gehört wieder ihm. Also konzentriert er sich jetzt auf seine Kehle und versucht, dort etwas passieren zu lassen – jedes Geräusch wäre genug. Und obwohl er alles richtig macht, hat es keinen Erfolg, und plötzlich wird er von Panik ergriffen: Vielleicht ist er ja für alle Zeiten gelähmt oder liegt in einer Art Koma? Bisher gibt es doch noch keinen Beweis dafür, dass Leute im Koma nichts von ihrer Umgebung mitbekommen, dass sie nicht doch noch alles hören, was um sie herum passiert – hat er das nicht irgendwo gelesen? Sein stummer Schrei wird intensiver, und er versucht, sich zu bewegen, und dann dreht er endgültig durch, denn woher sollen die Ärzte und Schwestern wissen, dass er wach ist, wenn er es ihnen nicht sagen kann, wie lange wird er hier liegen müssen, eingesperrt in seinem Hirn, abgeschnitten von seinen Nervenbahnen, wie in diesem *Metallica*-Video, wo ein Soldat alle seine Gliedmaßen verliert und seine Nase und seine Ohren und …

Und dann ist es vorbei. Die Angst entflieht seinem Mund als ein einzelner, abgehackter Schrei, und plötzlich sitzt er aufrecht im Bett, keuchend, und sein Herz schlägt so heftig, dass er sehen kann, wie der Stoff seines T-Shirts bebt. Die Zimmertür ist genauso fest geschlossen wie zu dem Zeitpunkt, als Stella ihn ins Bett gebracht hat, wie lange das auch schon her sein mag. Er fragt sich, ob er nicht doch nur geträumt hat, aber letztlich spielt das keine Rolle – die Panik war jedenfalls echt genug. Er reißt sich die Elektroden und das Oxymeter herunter, zieht das T-Shirt über den Kopf und windet sich aus der breiten Gummimanschette heraus. Er ist sicher, dass sie ihn auf ihrem Bildschirm sehen können und dass in Kürze ein Arzt oder eine Schwester auftauchen wird, um mit ihm zu sprechen, aber der Gedanke, auch nur eine Sekunde länger hier im Zimmer zu bleiben, ist ihm unerträglich. Hastig streift er sich etwas zum Anziehen über und stolpert auf den Flur, in Richtung Gemeinschaftsraum.

Die ganze Station ist weihnachtlich geschmückt – ausgefranstes, rotes Lametta hängt an den Wänden, eine elektrische Menora steht auf der Fensterbank, Schneeflocken aus Papier hängen von der Decke. Der Fernseher ist ausgeschaltet, zum ersten Mal, soweit Oliver sich erinnern kann. Der Grund dafür ist offensichtlich und lässt ihn schmunzeln. Das Zimmer ist leer bis auf Kentucky, der auf dem Sofa liegt und ein Buch liest, so tief versunken, dass er Oliver nicht bemerkt, bis der sich über ihn beugt und »Hey« flüstert.

»Es lebe North Carolina«, sagt Kentucky und legt das Buch aufgeschlagen auf seiner Brust ab.

»Wenn du meinst.«

»Schön, dass du wieder da bist.«

»Wie lange war ich denn …«

»Ungefähr viereinhalb Wochen«, sagt Kentucky.

Oliver seufzt. »Dann sind Thanksgiving und Weihnachten also …«

»Vorbei.«

»Und Silvester?«

»Das wurde auch schon knapp, aber du bist noch rechtzeitig aufgewacht. Sogar ein paar Tage zu früh.«

»Und wo sind die anderen?«, fragt Oliver.

»Einige sind immer noch hinüber; der Rest ist irgendwo mit dem Lehrer unterwegs.«

»Und warum du nicht?«

Kentucky hält sein Buch hoch: Howard Zinns *Geschichte des amerikanischen Volkes*. »Freiwillige Lektüre.«

Oliver setzt sich auf seinen Lieblingsplatz in der Ecke am Fenster. Es ist erst später Nachmittag, doch die Sonne verschwindet bereits hinter dem Horizont von New Jersey und übergießt den Hudson mit ihrem brennend roten Glanz. »Seit wann bist *du* wieder wach?«

»Ich hab noch gar keine Episode gehabt«, sagt Kentucky. »Kannst du dir das vorstellen? Ich war die ganze Zeit wach. Für ein paar Tage war ich der Einzige hier. Hatte Stella ganz für mich allein. Sie wissen nicht, was sie mit mir machen sollen. Sie können es ja nicht auslösen, aber ich frag mich, wie lange ich hier jetzt noch ausharren soll. Und ich wette mit dir, sobald ich abhaue, bin ich garantiert hinüber, noch bevor das Flugzeug in Louisville landet. So ist das doch immer.«

»Vielleicht ist es vorbei. Vielleicht kommt es nie wieder.«

Kentucky schüttelt betrübt den Kopf. »Das ist nicht vorbei, das weiß ich genau. Das lässt mich nur ein bisschen zappeln – gerade lange genug, um aus der Sache hier eine gigantische Zeitverschwendung zu machen. Meine Eltern haben gesagt, ich soll durchhalten, noch ein bisschen bleiben und abwarten, was passiert. Ich schätze, sie sind froh, wenn ich für eine Weile mal anderen Leuten zur Last falle.«

Etwas in seiner Stimme erinnert Oliver an sein letztes Gespräch mit dem Arzt, an seine Warnung vor den Nebenwirkungen von KLS, die sich zwischen den Schlafphasen bemerkbar machen – die Wut, die Depressionen. Hoffnungslosigkeit hat Dr. Schmalzlocke dieses Gefühl genannt, und genau das glaubt Oliver jetzt bei seinem neuen Freund zu erkennen.

Bevor er antworten kann, taucht Stella in der Tür auf, mit seiner Akte in der Hand. Sie trägt karierte Vans, und ein schmales Goldkettchen liegt um ihren langen, perfekt geformten Hals. Für Oliver sieht es nicht wie etwas aus, das sie sich selbst kaufen würde, und verschiedene mögliche Szenarien breiten sich vor ihm aus: Sie hat das Kettchen von ihrer Großmutter geerbt, die es ihr auf dem Sterbebett, als sie einen Moment lang allein sind, in die Hand gedrückt hat, damit ihre Schwester nicht neidisch wird, und jetzt hält sie es schon seit Jahren geheim und trägt es nur zur

Arbeit, wo niemand seine Bedeutung kennt; oder ihr erster Freund hat es ihr geschenkt, kurz bevor sie an verschiedene Unis gegangen sind, aber dann ist er überraschend an irgendeiner Krankheit gestorben, und auch wenn es mit den beiden wohl sowieso nicht gut gegangen wäre, hat Stella dieses Traumbild eines Achtzehnjährigen für immer in ihrem Herzen bewahrt und kann niemand anderen mehr lieben, und er ist auch der Grund, warum sie Krankenschwester geworden ist …

»Hey, Oliver«, sagt sie und die übrigen Geschichten sind vergessen, noch bevor er sie erfinden kann. »Schön, dass du wieder da bist. Wie geht es dir?«

»So weit ganz gut. Haben Sie mich vermisst?«

Sie lächelt. »Der Doktor würde dich gern sehen.«

»Ist gut.« Er schaut zu Kentucky hinüber, der sich wieder seinem Buch zuwendet. »Und du geh nicht weg, klar?«

»Wohl kaum.«

Auf dem Weg zur Tür verharrt er noch kurz neben der Couch und flüstert so leise, dass nur Kentucky es hört: »Hab ich irgendwas Schlimmes gemacht, während ich hinüber war?«

»Falls du dich vor irgendwem erleichtert hast, hab ich jedenfalls nichts davon gehört.«

Irgendetwas daran, wie der Arzt hinter seinem Schreibtisch sitzt, erinnert Oliver an einen Piloten, der aus seinem Cockpit auf die Welt hinunterschaut; so, als könnte er durch die Wände seines Büros hindurch das ganze Krankenhaus überblicken und dahinter auch noch die ganze Stadt. Demonstrativ schlägt er Olivers Akte auf und tut so, als würde er die letzten Seiten überfliegen, aber

Oliver nimmt ihm das nicht ab. Natürlich hat er sich längst auf dieses Gespräch vorbereitet.

»Also, Oliver, wie fühlst du dich?«

»Ein bisschen steif.«

»Weißt du, wie lange es her ist, seit wir zuletzt miteinander gesprochen haben?«

»Ungefähr einen Monat, oder? Abgesehen von dem, was ich vielleicht zu Ihnen gesagt habe, während ich … Sie wissen schon.«

»So was zählt für dich also nicht?«

»Nein. Und wenn's geht, möchte ich auch gar nicht wissen, wie viele von diesen ›so was‹ es gegeben hat.«

»Wie du willst. Das ist ganz allein deine Entscheidung. Gibt es denn etwas, das du gern berichten würdest? Das dir aufgefallen ist, das irgendwie ungewöhnlich war? Ich weiß, dass du dich an kaum etwas erinnerst, aber für uns gilt das Gleiche wie für die Detektive, die man immer im Fernsehen sieht. Das kleinste Detail kann von größter Wichtigkeit sein, auch wenn es dir selbst vielleicht nicht so vorkommt.«

»Nein, da fällt mir nichts ein«, antwortet Oliver, der sich plötzlich nichts sehnlicher wünscht, als wieder mit Kentucky im Gemeinschaftsraum zu sitzen.

»Ganz sicher? Überhaupt nichts?«

»Tut mir leid, Herr Doktor. Überhaupt nichts.«

»Aber gibt es vielleicht noch etwas, das du gern wissen möchtest? Hast du irgendwelche Fragen an mich?«

»Eigentlich möchte ich nur wissen, was jetzt passiert. Ich habe alles getan, damit Sie Ihre Daten oder was auch immer kriegen. Wie geht es jetzt weiter?«

»Das hängt ganz von dir ab«, sagt der Arzt.

»Und wenn ich wieder nach Hause will?«

»Du kannst jederzeit nach Hause, Oliver. Diese ganze Studie ist vollkommen freiwillig. Du bist nur auf eigenen Wunsch hier. Und wenn dieser Wunsch sich ändert, rufen wir deine Mutter an, damit sie dich abholt, und schon kannst du gehen.«

»Ehrlich?«

Der Arzt lacht, laut und aufrichtig. »Wir werden dich wohl kaum gegen deinen Willen hier festhalten.«

Oliver kommt sich vor wie ein Trottel. Natürlich hat er das nie geglaubt, aber wenn er jetzt darüber nachdenkt, fällt ihm auf, dass er nicht einmal weiß, was er stattdessen geglaubt hat. Und erst recht nicht, ob er wirklich nach Hause will.

Dr. Schmalzlocke spricht weiter: »Ich will dir aber nicht verhehlen, dass es sehr hilfreich wäre, wenn du noch ein bisschen länger bleiben würdest.«

»Hilfreich für wen?«, fragt Oliver barsch.

»Ich versteh nicht ganz, was du damit meinst?«

»Ich meine damit, dass ich jetzt schon fast zwei Monate hier bin. Ich habe alles getan, was Sie wollten, ich habe sogar eine perfekt abgepasste KLS-Episode bekommen. Aber von Ihnen kriege ich nichts anderes zu hören, als dass Sie mir nicht helfen können. Ich weiß wirklich zu schätzen, dass Sie hier zu Forschungszwecken arbeiten, aber ich bin, mit Verlaub, vor allem deshalb hier, um mir selbst zu helfen. Und nicht den medizinischen Fachzeitschriften.«

Der Arzt ist sichtlich bemüht, seine Haltung zu wahren, verliert den Kampf aber doch für einen Moment, bevor seine Maske der Nachsichtigkeit sich wieder behaupten kann. »Ich verstehe gut, dass du frustriert bist, Oliver, wirklich. Aber dir sollte klar sein, dass du, indem du hierbleibst und uns weiterforschen lässt, auch dir selbst einen Dienst erweist. Wir sind noch weit davon entfernt, KLS zu verstehen. Jede Behandlung wäre im Moment noch rein experimentell.«

»Zum Beispiel?«

Der Arzt massiert sich erschöpft die Nasenwurzel. »Es gibt Hinweise, dass eine Behandlung mit Lithium bei einigen KLS-Patienten die Häufigkeit und Dauer der Episoden vermindern kann.«

Oliver beugt sich auf seinem Stuhl nach vorn. »Also gibt es *doch* etwas. Warum haben Sie mir das nicht gesagt? Warum haben wir das nicht längst ausprobiert?«

Der Arzt seufzt. Er klappt Olivers Patientenakte zu und legt sie beiseite, so dass der Tisch zwischen ihnen leer ist. Jede aufgesetzte Beflissenheit fällt plötzlich von ihm ab und das Gesicht, das darunter zum Vorschein kommt, ist nicht unfreundlich, aber genauso bekümmert und verzweifelt wie das von Oliver. Dr. Schmalzlocke, stellt Oliver fest, ist drauf und dran, mit ihm wie mit einem Erwachsenen zu sprechen, von Gleich zu Gleich, nicht wie mit einem Patienten, und er spürt, dass sich diese Gelegenheit nicht so schnell noch einmal bieten wird.

»Bitte«, sagt er. »Ohne Beschönigung.«

»Damit das Lithium überhaupt wirken kann, müsstest du es ständig einnehmen. Zu den möglichen Nebenwirkungen zählen …« Er zögert.

»Ohne Beschönigung«, wiederholt Oliver.

Der Arzt nickt und lächelt schwach. »Gewichtszunahme. Handtremor. Lidzucken. Ständiges Durstgefühl. Schwindel. Undeutliche Sprache. Schuppenflechte. Haarausfall. Antriebslosigkeit. Das ist nur eine Handvoll, zufällig ausgewählt aus einer sehr langen Liste. Und wenn du erst mal mit der Einnahme begonnen hast, wenn sich erst mal ein bestimmter Lithium-Level in deinem Blut aufgebaut hat, kannst du auch nicht mehr einfach so aufhören, sondern musst dich über mehrere Monate wieder entwöhnen. Das ist also keine schnelle Lösung, und auch keine mit Erfolgsgarantie. Wenn du's trotzdem versuchen willst, solltest du das mit deiner Mutter besprechen.

Aber ich weiß auch, was du in Wahrheit von mir willst, Oliver, vielleicht sogar noch mehr als eine wirksame Behandlung. Du willst, dass ich dir ins Gehirn schaue und verstehe, warum das alles mit dir passiert. Aber das weiß ich nicht. Ich tue wirklich mein Bestes, aber ich weiß es einfach noch nicht.« Der Arzt, der bei seinem Interview auf CNN so charmant und selbstbewusst aufgetreten ist, wirkt jetzt genauso mutlos wie der Junge, dem er nicht helfen kann.

Eine blinde, besinnungslose Wut steigt in Oliver auf und breitet sich aus, bis ihm der Kopf dröhnt. »Ich habe diese weite Reise gemacht, ich habe alles aufgegeben, meine Mutter, meine Freunde und meinen Schulabschluss, weil ich es leid war, wegen dieser Krankheit ein Außenseiter zu sein, und jetzt erzählen Sie mir, Sie können nichts anderes für mich tun, als mich zu einem noch größeren Außenseiter zu machen?«

»Oliver, ich weiß, dass du einfach nur so sein möchtest wie die anderen Jungs in deinem Alter …«

»Ich will *nicht* so sein wie die anderen Jungs! Das sind alles

Arschlöcher! Aber ich hab keine Lust mehr, so zu tun, als wär KLS nur eine kleine Unannehmlichkeit, während es gerade dabei ist, mir mein ganzes Scheißleben zu ruinieren.«

»Wir könnten es mit Lithium versuchen. Die möglichen Nebenwirkungen sind genau das: möglich, aber nicht sicher.«

»Wieso haben Sie mir erzählt, dass ich die Hoffnung nicht aufgeben soll, wo Sie doch ganz genau wussten, dass es keine gibt?«, schreit Oliver und stürmt aus dem Raum.

12. KAPITEL

Althea schläft jetzt in der Küche.

Trotz der Flecken auf dem geblümten Stoff und der fadenscheinigen, durchgesessenen Polster ist das Küchensofa ihr Lieblingsplatz im Haus geworden. Die ganze Nacht hindurch gehen Leute ein und aus, um sich eine Schüssel Reis zu machen oder ein Bier aus dem Kühlschrank zu holen, doch der ständige Lärm aus dem Wohnzimmer kommt hier nur gedämpft an, so dass Schlaf tatsächlich möglich ist. Das Brummen der Geräte, der Geruch nach der letzten Mahlzeit, der immer noch in der Luft hängt, die Leuchtziffern der Digitaluhr am Herd – Althea findet das alles gemütlich.

Ihr war klar gewesen, dass sie nicht ewig in Matildas Zimmer wohnen konnte, doch sie hatte gezögert, sich irgendwo anders einen Platz zu erobern. Inzwischen hatte Althea schon mehrere Nächte in der Küche verbracht und war morgens vom Röcheln der Kaffeemaschine und vom Sonnenlicht, das auf die behelfsmäßige Raketen-Tapete fiel, geweckt worden. Matilda war in ihr Zimmer zurückgezogen und Althea hatte ihren Platz in der Küche übernommen, lagerte ihre Kleidung auf einem Regal in der Speisekammer, unter den Müslipackungen und den Konservendosen mit vegetarischen Baked Beans. Als Dankeschön zeichnete sie einen freundlich blickenden Pterodactylus auf Matildas Tafelwand.

Sie hatte Garth ein paar Tage nach Thanksgiving angerufen und ihm erzählt, es sei gar nicht so schlimm wie befürchtet, auf dieser Hochebene festzusitzen, und sie hätte jetzt rote Chili entdeckt und sei dabei, ihr Rezept für ›Huevos Rancheros‹ zu optimieren, und Alice sei zwar nervig, aber wohlmeinend und zum Glück die meiste Zeit mit ihren Hobbys beschäftigt. Althea achtete darauf, einige Bemerkungen über die lange Fahrt einzustreuen, und dass es ihr vorkam, als sei sie eben erst angekommen und nun müsse sie bald schon wieder fahren, bis Garth ihr am Ende von sich aus vorschlug, doch noch länger zu bleiben, falls sie Lust hätte und Alice damit einverstanden sei. Althea versicherte, dass dem so wäre, und sie kamen überein, dass sie noch bis zum neuen Jahr bei ihrer Mutter bleiben und dann mit Garth nach Mexiko fahren würde. Sie war sicher, dass Alice niemals in North Carolina anrufen würde, so dass sie die Täuschung, solange sie selbst sich hin und wieder bei Garth meldete, noch mindestens bis zum Ende der Weihnachtsfeiertage aufrechterhalten konnte. Lange vorauszuplanen liegt ihr nicht – das ist Olivers Bereich – und so hat sie sich immer wieder gefragt, was er wohl tun würde, wie er ein solches Vorhaben angehen würde. Danach hatte sie noch mehrmals mit Garth telefoniert, um von ihrer zunehmenden Geschicklichkeit im Schneeschuhlaufen und den herrlichen Sonnenuntergängen in New Mexico zu berichten, hatte die Abstände zwischen den Telefonaten aber immer größer werden lassen, zumal Garth am Semesterende immer viel zu tun hatte und die Mexiko-Reise zu planen begann. Anfangs war sie stolz darauf gewesen, das alles so schlau eingefädelt zu haben, aber als Weihnachten allmählich näher rückte und ihre Anrufe im Krankenhaus fruchtlos blieben, musste sie die Möglichkeit in Betracht ziehen, dass ihr die Zeit davonlaufen würde.

Doch die Zeit arbeitet auch auf andere Weise. Wochenlang war der Vorfall mit Coby das Erste gewesen, was ihr jeden Morgen in den Sinn kam – die Augen all ihrer Mitschüler, Cobys fassungsloses Gesicht, der Schmerz in ihrer Hand. Die Erinnerung war weniger von Schuldgefühlen geprägt als vielmehr von Erstaunen, dass das alles tatsächlich passiert war, und Beschämung, weil so viele sie dabei gesehen hatten. Jeden Morgen war sie aufgewacht und hatte sich vor Scham gekrümmt. Doch an diesem Morgen bleibt das Sichkrümmen aus, an diesem Morgen kommt nur das Verlangen nach Kaffee.

Sie reckt sich und tritt dabei gegen jemanden; am anderen Ende des Sofas wird Gewicht verlagert.

»Oh, Entschuldigung«, sagt Althea und setzt sich auf.

Ethans kupferfarbenes Haar lugt unter einer Decke hervor. Er murmelt irgendetwas. Ein sommersprossiger Arm taucht auf, dann noch einer, dann sein Gesicht, vom Schlaf zerknittert. »Meine Brille. Liegt da irgendwo meine Brille rum?«

Althea holt sie ihm vom Tresen, in Alice' Steppdecke gehüllt. »Was machst du hier in der Küche?«

»Tut mir leid. Gregory hatte das Bett belegt und Kaleb ist in meinem Sessel eingeschlafen. Er hat sich beim *Risiko*-Spielen mit Leala gestritten. Ich bin aufgestanden, um meine Zähne zu putzen, und als ich zurückkam, lag er schon im Tiefschlaf. Entschuldige, dass ich mich hier einfach so dazugequetscht habe, aber es war der letzte freie Platz im Haus.« Ethan putzt sorgfältig die Brillengläser mit einer Ecke seiner braun gestreiften Daunendecke.

Althea gießt ihm und sich selbst einen Kaffee ein. »Ich hab das gar nicht gemerkt.«

»In diesem Haus entwickelt man über kurz oder lang einen festen Schlaf«, sagt er, bläst in seinen Kaffeebecher und nippt vorsichtig daran. Althea stürzt ihren mit ein paar brühheißen Schlucken hinunter. »Mannomann«, sagt er, »ich wusste gar nicht, dass man Kaffee in diesem Tempo trinken kann.«

»Man muss es schon gezielt auf einen Herzinfarkt anlegen«, sagt sie und holt sich ein paar frische Sachen zum Anziehen aus der Speisekammer.

Oben verlässt Herr Ernst gerade das Bad und zieht eine Spur von Katzenstreu hinter sich her, die an Altheas Fußsohlen kleben bleibt. Unter der Dusche kneift sie die Augen zu, um nicht den schwarz verfärbten Fugenkitt zwischen den Fliesen und den grissligen Schmutzrand am Boden der Wanne sehen zu müssen. Während sie blind nach Shampoo und Seife auf der Fensterbank tastet, streift ihr der schimmelige Duschvorhang am Bein entlang und sie schlägt ihn angewidert beiseite. Hastig seift sie den Oberschenkel ein, der mit dem Stoff in Berührung gekommen ist, bis hinunter zu ihrer Wade, ihrer schmalen Fessel, ihrem schwieligen Fuß, und zum ersten Mal wird ihr bewusst, dass dieser Fuß zu ihr gehört und dass sie für ihn verantwortlich ist; sie ist die Einzige, die sich um diese knubbeligen Knie und völlig abgebissenen Fingernägel kümmert, und plötzlich erscheint ihr das alles unglaublich zart und zerbrechlich.

»Althea? Bist du da drin? Kann ich kurz reinkommen und pinkeln?«, ruft Matilda aus dem Flur und pocht an die Tür. Bevor Althea antworten kann, kommt sie herein und lässt sich mit einem erleichterten Seufzer auf der Toilette nieder.

Althea stellt das Wasser ab und streckt die Hand hinter dem ekelhaft schmutzigen Vorhang hervor.

»Mein Handtuch, bitte«, sagt sie.

An diesem Abend besteht Gregory, ein aufstrebender Stand-up-Comedian, darauf, sein Programm vor einem weitgehend desinteressierten Publikum vorzuführen. Ethan sitzt in seinem Sessel und liest, Leala und Kaleb mühen sich gerade ab, den nächsten Level von *Chrono Trigger* zu erreichen, und Matilda sitzt an ihrer Nähmaschine, um ein viel zu großes *Metallica*-T-Shirt in ein eng anliegendes Neckholder-Top zu ändern. Die übrige Besetzung, die Althea allmählich auseinanderzuhalten lernt – der schmale Schlagzeuger, der in einem nahe gelegenen Restaurant kellnert und immer Zimtstangen kaut, der Studienabbrecher der Columbia-Universität, der nichts sein Eigen nennt als ein Studententicket und einen Rucksack voller Socken, und der überschwängliche Tattoo-Künstler mit der gepiercten Zunge und den kaputten Zähnen –, sind irgendwo anders im Haus und durchforsten Zeitschriften und Zeitungen, die sie den Nachbarn aus der Recycling-Tonne geklaut haben, nach kostenlosen Aktivitäten in einem der fünf Stadtteile.

Althea kauert auf dem Boden neben der Couch und isst eine Schale Naturreis mit Sesamöl und Sojasoße. Der Kater sitzt neben ihr, mit leise brummendem Motor, und versucht immer wieder, die Nase in ihre Schüssel zu stecken. Als eifriger Leser von Fantasy-

Literatur hat Gregory diverse Witze über Greife und Werwölfe in sein Programm eingearbeitet. Während er gerade auf eine Pointe zusteuert, stirbt Lealas Videospiel-Figur, und sie pfeffert die Fernsteuerung auf den Boden, wobei sie den Kopf von Herrn Ernst nur knapp verfehlt. »Lasst uns rausgehen. Irgendwas unternehmen«, sagt sie.

»Wollen wir 'n bisschen knutschen?«, schlägt Kaleb vor.

Gregory ist genervt. »Ich war grad mitten in einem Witz, verdammt noch mal.«

»Los, alle aufstehen und mitkommen. Du auch, Ethan.« Leala beugt sich über ihn und entwindet ihm sanft das Buch. »Ist heute nicht sogar Freitagabend?«

»Ich hab aber keine Lust«, sagt Ethan.

»Du hast gehört, was sie gesagt hat«, erwidert Kaleb. »Hoch mit dir. Wir gehen raus.«

»Und was sollen wir da machen? Wir haben doch überhaupt kein Geld.«

»Geld? Geld?«, ruft Leala. Sie und Kaleb haben sich vor Ethans Sessel in der Ecke aufgebaut. »Geld ist was für reiche Säcke! Seit wann braucht man Geld, um sich zu amüsieren? Das muss man einfach nur wollen. Mit dir kann man echt keinen Spaß haben, Ethan!«

»Es ist kalt draußen …«

»Was bist du denn für ein Weichei?« Kaleb schüttelt den Kopf. »›Es ist kalt draußen‹! Ist das dein Ernst?«

»Was wollen wir denn machen?«, fragt Matilda, die gerade die T-Shirt-Nähte auftrennt.

»So weit bin ich noch nicht gekommen«, sagt Leala.

Der Schlagzeuger, der Studienabbrecher und der Tätowierer stehen in der Tür. »Wir gehen raus?«, fragt der Tätowierer.

Die eine Hälfte des Raums sagt Ja, die andere Nein. Kaleb fängt an sich auszuziehen.

»Ach, komm schon«, sagt Ethan. »Musst du dich denn ständig grundlos ausziehen?«

Kaleb öffnet seine Gürtelschnalle. »Gerade eben ziehe ich mich aus, um dir meinen Schwanz um die Ohren zu hauen.«

Während sie die letzten Reiskörner mit ihren Essstäbchen aufsammelt, meldet sich Althea zu Wort: »Habt ihr schon mal eine Schnitzeljagd gemacht?«

Alle fahren herum und starren sie an. »Verdammt«, sagt Kaleb, nur noch in Boxershorts. »Die kann ja reden.«

»Eine Schnitzeljagd?«, wiederholt Leala. Sie und Kaleb wechseln einen lustvollen Blick. »Hol mir doch mal jemand ein Blatt Papier.«

Stunden später sitzt eine beschwipste Althea rittlings auf einem gewaltigen Bronze-Bullen, irgendwo im menschenleeren Bankenviertel, und klammert sich an seinen Hörnern fest, um nicht herunterzufallen, während Matilda einen Polaroid-Schnappschuss von ihr macht. Althea blinzelt, vom Blitzlicht geblendet, und der scharfe Westwind lässt ihre Augen tränen. Ihr Hintern ist eiskalt, weil sie schon seit fünf Minuten auf diesem Bullen sitzt, während Matilda in ihrer Umhängetasche, in der sie ihre nächtlichen Trophäen sammeln, nach der Kamera gesucht hat. Aus den Gullydeckeln steigen Dampfschwaden auf, und kein Mensch ist auf den Straßen zu sehen, bis auf ihre johlenden Mitspieler, jeder mit einer

Papiertüte unterm Arm, in der die Literflaschen mit Starkbier versteckt sind – ›Alki-Tüten‹ sagt Gregory immer dazu.

»Hier sieht's wirklich aus wie in Gotham City, oder?« Ethan hilft ihr von der Skulptur herunter.

Matildas Hände sind, genau wie ihre Füße, sehr zierlich und klein. Sie braucht beide, um eine Literflasche richtig festhalten zu können. Als sie sie an den Mund setzt, sieht sie aus wie ein verstörtes Kleinkind, das an seiner Flasche nuckelt. »Gute Arbeit, Zwilling. Das können wir auf der Liste abhaken.«

»Was ist als Nächstes dran?«, fragt Gregory.

»Wir sind hier direkt an der Linie 4«, sagt Dennis, der Tattoo-Typ. »Wir können zum Astor Place rauffahren und den Würfel drehen.«

»Au ja!«, ruft Matilda. »Nichts wie hin!« Sie rennt auf die grüne Kugel über dem U-Bahn-Eingang zu. Alle folgen ihr. Das Kopfsteinpflaster ist erbarmungslos unter Altheas dünnen Turnschuhen.

Doch alle Begeisterung der Welt kann nicht dafür sorgen, dass die U-Bahn kommt. In einem Bahnhof unter der Erde, ebenso verlassen wie die Straßen obendrüber, können sie nichts anderes tun, als zu warten, zwanghaft häufig auf die Uhr zu schauen und zu trinken. Matilda, Gregory und Dennis beraten sich über die restlichen Punkte auf der Liste, während Althea den Bahnsteig auf und ab läuft und Ethan sich über die Gleise beugt und im Tunnel nach den ersten Anzeichen eines einfahrenden Zuges Ausschau hält.

»Würdest du das bitte lassen?«, sagt Althea. »Du stehst viel zu dicht am Rand, das macht mich ganz nervös.«

Ethan stellt seine Flasche ab und springt auf die Schienen

hinunter. »Da kommt nichts in nächster Zeit. Keine Gefahr.« Er winkt mit den Armen, um das zu betonen, ein Dirigent in einem merkwürdigen Orchestergraben.

»Komm sofort da weg!«

»Ich sag doch, das ist völlig ungefährlich.« Eine riesige Ratte mit einem halben Bagel in der Schnauze läuft nicht weit von Ethan entfernt über die Gleise. »Ich nehm an, jetzt hast du's kapiert.«

Von kurzzeitigem Schwindel erfasst, setzt sich Althea auf eine Bank, während Ethan wieder auf den Bahnsteig klettert. Scheinbar interessiert blättert sie in einer Ausgabe der *Daily News*, die dort liegengeblieben ist, und er setzt sich zu ihr. Althea dreht die Zeitung um. Obwohl die Baseballsaison schon lange vorbei ist, stehen die Yankees im Sportteil immer noch auf der ersten Seite, dank ihrem jüngsten Sieg in der World Series. Etwas weiter den Bahnsteig hinunter wird Matilda gerade hysterisch, weil so viele kostbare Minuten verstreichen. Gregory hat sie an den Schultern gepackt und versucht sie zu beruhigen.

»Ich will aber nicht verlieren, Scheiße noch mal! Ich hasse es, zu verlieren!«, kreischt sie und ihre Stimme hallt in dem leeren Bahnhof wider.

»Tut mir leid, dass ich so arschig war, als du eingezogen bist«, sagt Ethan zu Althea.

»Sagst du das im Auftrag des Managements?«, fragt sie und nickt zu Matilda hinüber, die jetzt auf und ab läuft und lautstark einen Monolog über die Vorzüge des Gewinnens hält.

»Sie kontrolliert nicht *jeden* meiner Schritte, weißt du.«

Althea denkt darüber nach. »Kennst du sie schon lange?«

»Länger als sonst irgendwen, glaube ich.« Er nimmt einen langen Zug aus seiner Flasche und hält sie ihr dann hin. Althea trinkt ein paar Schlucke von dem schalen Bier und wischt sich den Tropfen weg, der ihr das Kinn hinunterläuft. Es schmeckt wie die Tankstelle, an der sie es gekauft haben. »Ich war es, der die Ortsgruppe Brooklyn von *Bread and Roses* gegründet hat. Das hättest du nicht gedacht, oder? Du hast doch sicher gedacht, sie wär das gewesen, oder?« Althea sagt nichts dazu. »Aber sie war's nicht, sondern ich. Ich habe das Haus gefunden und die Ortsgruppe gegründet. Dann hat sie ihr Studium am Vassar College abgebrochen und ist eingezogen.«

»Du meinst, sie hat die Leitung übernommen?«

»Nein«, erwidert Ethan scharf. »Ich brauchte ihre Hilfe. Und sie macht das sehr gut. Vermutlich besser als ich. Aber sie wird ein bisschen ... erinnerst du dich noch an den Tag, als du zum ersten Mal in den Park gekommen bist? Ich *wusste* es. In dem Moment, wo du auf unseren Tisch zugelaufen bist, wusste ich schon, dass du am Ende bei uns übernachten würdest. Und das war einfach nicht richtig von ihr.«

»Vielen Dank auch«, sagt Althea und trinkt den Rest aus seiner Literflasche.

»Menschen sind keine Katzen. Man kann die Streuner nicht einfach aufnehmen. Wir sollen eigentlich nur Essen verteilen. Aber du bist ein nettes weißes Mädchen, deshalb darfst du zu uns nach Hause kommen. Alle anderen kriegen ihr Essen und werden wieder weggeschickt. Das ist nicht fair.« Er bläst die Backen auf und lässt die Luft dann nachdenklich wieder entweichen. Althea hat Druckerschwärze von der Zeitung an den Fingern und wischt sie an ihrer Jeans ab, die an den Knien schon fast durchgewetzt ist.

Ethan putzt seine Brille mit einem Zipfel seines Shirts und seine blauen Augen wirken ohne sie trüb, sein Gesicht ausgehöhlt und unvollständig. »Und außerdem weiß ich«, fährt er fort, während er die Brille wieder aufsetzt und den geschärften Blick auf sie richtet, »dass du keine Streunerin bist.«

Ein nahender Zug rattert, noch unsichtbar, durch den Tunnel, die Andeutung eines Donners, der schnell an Wucht gewinnt. Althea will schon aufstehen, aber Ethan hält sie am Ellbogen fest. »Der kommt aus der anderen Richtung.«

Der Lärm scheint von überall her zu kommen. »Woher willst du das wissen?«, schreit sie, und im nächsten Moment fährt der Zug auf der anderen Bahnsteigseite ein. Die Bremsen greifen mit einem metallischen Kreischen; sie steckt sich die Finger in die Ohren, aber Ethan berührt sie am Arm.

»Tu das nicht«, schreit er. »Sonst siehst du aus wie ein Tourist.«

Das fast leere Zug kommt ruckelnd zum Stehen und vollführt das routinemäßige Öffnen und Schließen der Türen. Niemand steigt ein oder aus. Als er wieder losfährt, hält Althea den Lärm tapfer aus.

»Woher wusstest du das?«, fragt sie noch einmal, als es im Bahnhof wieder still ist. »Aus welcher Richtung der Zug kommt?«

»Das weiß ich einfach.«

Althea kratzt mit dem Fingernagel an dem Flaschenetikett herum. »Wieso hat Matilda mich eigentlich aufgenommen?«

»In der Highschool hat sie immer großen Wert darauf gelegt, zu keiner festen Clique zu gehören. Sie hatte punkige Freunde, sie hatte spießige Freunde, sie hatte Freunde, die Theater spielen, und welche, die ständig blaumachten, um im Park LSD zu nehmen. Ich weiß nicht, irgendwie sammelt sie halt gern Leute. Sie würde eine tolle Politikerin abgeben. Aber sie ist auch sonst ein feiner Kerl. Sie würde nie jemanden aufnehmen, den sie nicht mag.« Er wirft einen Blick auf die Zeitung. »Weißt du, warum ich die Yankees so hasse? Weil die sogar noch im Dezember auf der Titelseite sind. Als wär ihre Scheißsaison einfach nie vorbei.«

»Du hörst dich an wie ein verbitterter Mets-Fan.«

»Ein Mets-Fan kann nur verbittert sein.«

»Ich kann's nicht leiden, wenn die Mets-Fans dauernd über die Yankees meckern«, sagt sie. »Es gibt zwei Mannschaften in dieser Stadt, und es steht jedem frei, sich für diejenige zu entscheiden, die immer gewinnt. Wenn du das nicht tust, hast du auch kein Recht zu jammern. Das ist der Preis dafür, wenn man einen Außenseiter unterstützt.«

»Ich bin aus Queens; ich hab mir nicht ausgesucht, ein Mets-Fan zu sein.«

»Aber wenn du's dir hättest aussuchen können, hättest du dich dann für die Yankees entschieden?«

»Natürlich nicht.«

»Dann sei gefälligst still.«

Ein stickiger Luftzug weht durch den Bahnhof und lässt die Zeitungsseiten rascheln. Matilda stößt einen Jubelschrei aus.

»*Das* ist jetzt unser Zug«, sagt Ethan. »Komm, steh auf.«

Nachdem sie den Würfel am Astor Place gedreht und die Gedenktafel draußen am Badehaus in der 11. Straße mit Kreide auf Papier durchgerieben haben – »Ein Badehaus als historisches Wahrzeichen?«, hatte Althea gefragt und Ethan damit zu einem kurzen

Vortrag über seine Bedeutung veranlasst – und anschließend noch eine Reihe anderer Aufgaben erfüllt haben, alle von einer rastlosen Matilda dokumentiert, kehrt die erschöpfte Mannschaft ins Warrior-Haus zurück. Als sie dort eintreffen, wird der Himmel schon hell, aber die Sonne ist noch nicht über Coney Island aufgegangen.

Das andere Team – Kaleb, Leala, der Schlagzeuger und der Studienabbrecher – ist noch nicht zurück. Nur Herr Ernst heißt sie willkommen und knabbert am Saum von Gregorys Jeans herum, während Matilda den Inhalt ihrer Umhängetasche mitten im Wohnzimmer ausleert.

»So ein Mist!«, schreit sie. »Das kann doch nur bedeuten, dass die immer noch da draußen rumlaufen und Punkte sammeln, während wir hier rumsitzen und warten!«

»Wahrscheinlich«, sagt Ethan, »bedeutet es nur, dass sie in der Linie D feststecken.«

»Können wir denn noch irgendwas machen, bevor die Sonne aufgeht?«, fragt Dennis. »Steht irgendwas auf der Liste, das wir hier erledigen können?«

Matilda überfliegt die restlichen Punkte. »Was würdet ihr unter einer ›radikalen Veränderung des Äußeren‹ verstehen?«

»Ein neues Tattoo?«, schlägt Dennis eifrig vor.

»Dafür haben wir keine Zeit«, sagt Matilda und schaut Althea an. »Hör mal, Zwilling. Ich fürchte, wir müssen dir die Haare kurz schneiden.«

»Wie bitte?«, fragt Althea und umklammert die schwarzen Zotteln mit beiden Händen.

»Dafür kriegen wir eine Menge Punkte«, sagt Matilda. »Das befördert uns an die Spitze. Das sichert uns den Sieg.«

»Du musst für die Mannschaft ein Opfer bringen«, sagt Dennis zu Althea.

»Das sind meine verdammten Haare!«, brüllt sie und weicht zurück.

»Man sieht eh schon den Ansatz! Du hast eine Frisur wie ein Stinktier. Du weißt doch, manchmal muss man einen Finger abschneiden, um die Hand zu retten.« Matilda kramt in ihrem Nähkästchen nach einer Schere.

»Oder das Haar, in diesem Fall. Du musst dein Haar abschneiden, um die Hand zu retten!«, ruft Gregory.

»Dein Ansatz sieht wirklich schlimm aus«, bestätigt Ethan.

»Mit deinen Wangenknochen und dem langen Hals steht dir ein Kurzhaarschnitt bestimmt super«, sagt Matilda, ihre Taktik ändernd. »Komm jetzt mit rauf! Die Sonne kann jede Minute aufgehen. Wir haben nicht viel Zeit.«

»Stinktier-Frisur«, sagt Dennis.

Alle vier umkreisen Althea, zischen wie Stinktiere – *Psssssss* – und rufen immer wieder, jeder Sieg hätte seinen Preis und Champions müssten nun mal Opfer bringen, während Matilda die ganze Zeit ›schnipp, schnapp‹ mit der Schere macht. Sie kennt diese Menschen erst seit wenigen Wochen, und als sie jetzt immer näher kommen und Matilda drohend die Schere schwingt und ihren Skalp fordert, um die Schnitzeljagd zu gewinnen, fragt sich Althea, ob sie nicht Angst haben müsste. Sie sieht die Schlagzeile der *New York Post* schon vor sich – RUMTREIBER-Tochter von Aussteiger-WG in Brooklyn ermordet – und in der Spalte daneben eine Statistik über die Verbrechen, denen Ausreißer in New York City regelmäßig zum Opfer fallen. Matilda greift nach einer Strähne ihres Haars.

»Hau mit deiner verfluchten Schere ab!«, kreischt Althea, die feuchten Hände neben ihrem Körper zu Fäusten geballt, und das vertraute Gefühl der Raserei stellt sich wieder ein, als die anderen sie jetzt immer dichter umkreisen, umzingeln.

»Diese Schnitzeljagd war vor allem deine Idee!«, ruft Gregory. »Du kannst uns doch auf der Zielgeraden nicht im Stich lassen!«

Dennis, der mit seinen drei schwarzen Tattoo-Vögeln am Hals und den dicken Plastiksteckern im Ohr anfangs so bedrohlich wirkte, krümmt sich jetzt vor Lachen, aber Gregorys Stinktier-Imitation ist auch einfach zu grotesk, und selbst Ethan giggelt leise hinter vorgehaltener Hand, während Matildas Entschlossenheit überhaupt nicht mehr grimmig, sondern fröhlich wirkt. Wie sie da vor ihr stehen, in ihren Secondhandklamotten, in ihrem zugerummelten Wohnzimmer, unter dem Vorsitz des heiligen Kajetan, ist ganz offensichtlich, dass diese jungen Leute keine Verbrecherbande sind und auch keine Schar von Möchtegernrebellen, sondern sich einfach nur bestens amüsieren. Trotzdem spürt Althea, wie sich ihre Nasenflügel blähen, und hat diesen bitteren, metallischen Geschmack im Mund, den sie früher für Adrenalin hielt, von dem sie heute aber weiß, dass es der Vorgeschmack einer Fehlentscheidung ist. Sie knirscht mit den Zähnen. Ein ungerechtfertigter Hass gegen sie alle flackert in ihr auf, so glühend, so heiß und erlösend wie ein Streichholz auf ihrer Haut.

»Wehr dich nicht gegen uns«, sagt Matilda. »Es geht viel leichter, wenn du nicht immer kämpfst.«

»Du machst es dir nur unnötig schwer«, sagt Ethan.

Denk an Minty Fresh, schießt es ihr durch den Kopf, denk an Valerie, stell dir vor, wie neidisch sie wären, wenn sie dich hier sehen könnten, umringt von genau den Leuten, die sie selbst gern wären; und diese Leute flehen sie jetzt gerade an, ihnen zum Sieg zu verhelfen. Denk meinetwegen auch an Oliver, den Erfinder des Nonstop-Partymobils, der dich auch gedrängt hat, nicht immer gegen jeden zu kämpfen, sondern einfach mal Ja zu sagen. Und wenn er hier wäre, würde sie ihn fragen, den Menschen, der sie am besten kennt: *Was meinst du, Ol? Glaubst du wirklich, das würde helfen?* Aber er ist nicht da, und wird es auch nie mehr sein, und so folgt Althea kurzerhand ihrem eigenen Gefühl.

»Na gut!«, brüllt sie. »Einverstanden! Runter mit den verdammten Haaren!«

Bei der Erinnerung an Oliver fällt Althea plötzlich auf, dass sie schon seit Stunden nicht mehr an ihn gedacht hat. Zumindest seit dem Beginn der Schnitzeljagd nicht mehr. Und davor? Irgendwann im Laufe des Tages muss sie doch an ihn gedacht haben.

Aber dann zerrt Matilda sie auch schon ins obere Stockwerk, setzt sie auf den geschlossenen Klodeckel und legt ihr ein Handtuch über die Schultern. Gregory steht in der Wanne und macht Schnappschüsse mit der Polaroid, während Matilda wild drauflossäbelt. Ethan holt ein Bier von unten, um die Patientin zu narkotisieren. Althea akzeptiert diese Freundlichkeit, wie sie hofft, mit Grazie.

»Tut mir leid, was ich zu Anfang mal gesagt hab«, sagt sie, während dicke Haarbüschel in ihren Schoß fallen. »Das über deine Mutter.«

»Hak's einfach ab«, rät er ihr, und das tut sie.

13. KAPITEL

Oliver hat kein Interesse.

»Deine Mutter ist am Telefon«, sagt Kentucky von der Tür aus.

»Sag ihr, ich hab zu tun.«

»Was könntest du wohl Wichtiges zu tun haben?«

»Keine Ahnung, denk dir was aus«, sagt Oliver.

Eine Minute später ist Kentucky zurück. »Sie sagt, wenn du nicht sofort mit ihr sprichst, steigt sie ins nächste Flugzeug und kommt her.«

»Herrgott noch mal!« Er schlurft in den Flur und greift nach dem Hörer des öffentlichen Telefons, der an seinem biegsamen silbernen Kabel baumelt. »Was ist denn?«

»Du hast keinen meiner Anrufe entgegengenommen.«

»Ich bin gerade nicht so in Plauderstimmung.« Er ist jetzt seit einem Tag wach und hat den Großteil dieser Zeit damit verbracht, immer wieder das gleiche Kapitel von *Im Hyperraum* zu lesen, die Zimmerdecke anzustarren und eisern Kentuckys zahllosen Aufmunterungsversuchen zu widerstehen.

»Manuel sagt, seit du aufgewacht bist, hättest du kaum dein Zimmer verlassen«, sagt Nicky.

»Hat er dir auch den Rest erzählt? Das mit dem Lithium?«

»Er erwähnte eine hitzige Diskussion zwischen euch beiden. Oliver, das ist jetzt genau das, wovor ich dich gewarnt habe. Ich wollte nicht, dass du enttäuscht bist. Diese Leute haben dir nie versprochen, dass sie dir jetzt und gleich helfen können.«

»Oh, sie können mir durchaus helfen. Sie können mich aufputschen, bis ich nur noch ein schlurfender Zombie bin, der keinen Satz mehr zusammenkriegt. Aber irgendwie klingt das für mich nicht so richtig nach einer Verbesserung.«

»Wenn du dermaßen unglücklich bist, kannst du auch einfach nach Hause kommen. Er könnte dir ein Rezept ausschreiben und einen Arzt in Wilmington empfehlen, der dann die Einnahme überwacht.«

»Ich hab mich aber noch gar nicht entschieden.« Der Hörer riecht durchdringend nach dem Öko-Reiniger, den das Pflegepersonal hier für alles benutzt. Angeblich aus einer streng geheimen Kräutermischung hergestellt, erinnert die konzentrierte Flüssigkeit in Geruch und Farbe sehr an *Jägermeister* – allein die Behauptung des Reinigers, nicht toxisch zu sein, unterscheidet die beiden voneinander. Oliver würgt in den Hörer.

»Probier's doch einfach mal aus«, sagt Nicky. »Vielleicht verträgst du es ja gut. Vielleicht hast du überhaupt keine Nebenwirkungen.«

»Das war doch der Sinn der Sache, oder? Diese Studie war die letzte Hoffnung, der letzte Versuch. Und was kriege ich? Noch so ein bescheuertes *Was wäre dir lieber*. Ich will mich nicht für das kleinere von zwei Übeln entscheiden müssen. Hab ich nicht schon genug verloren?«

Er legt auf und steuert direkt auf Kentuckys Zimmer zu. Der sitzt auf seinem Bett und liest Noam Chomsky.

»Ich wollte dich noch was fragen«, sagt Oliver.

Widerstrebend klappt Kentucky sein Buch *Neue Weltordnungen* zu. »Ja?«

»Wie heißt du eigentlich richtig?«

»Will.«

»Also, Will, was hältst du davon, wenn wir die Kurve kratzen und aus diesem Scheißladen hier verschwinden?«

Draußen schneit es. Oliver kann es gar nicht fassen, obwohl er nicht zum ersten Mal einen Jahreszeitenwechsel verschlafen hat und sich beim Aufwachen neu zurechtfinden musste. Die leichte Jacke, die er Anfang November getragen hat, ist vollkommen ungeeignet für Ende Dezember in New York, für dieses trügerisch fröhliche Kurz-vor-Silvester-Wetter, wo sich Horden von Touristen durch die Straßen drängen, dazwischen übermüdete Kinder und verboten schöne Frauen in knielangen, hochhackigen Stiefeln und mit Wangenknochen, die ihn an Althea erinnern. Es ist jetzt vollends Abend geworden, aber seltsam hell, und das Licht der Straßenlaternen und Bremsleuchten, der Lampen in Bars und Restaurants und Warenhäusern verwandelt den leise fallenden Schnee in ein Kaleidoskop aus metallisch schimmernden Farben.

Für zwei Jungen, die bald zwei Monate lang in einem fast ausschließlich beigefarbenen Krankenhaus eingesperrt waren, ist das alles ein bisschen viel. Oliver führt Will die Straßen hinunter, in einer überzeugenden Imitation von jemandem, der weiß, wo es langgeht. Der Broadway liegt vor ihnen wie eine Perspektiv-Übung und endet in einer schillernden Explosion so leuchtend bunter Lichter, dass der Himmel darüber taghell ist. Oliver nimmt an, dass das der Times Square ist, und sagt das auch seinem Reisegefährten.

»Da will ich nicht hin«, sagt Will. »Sonst schmilzt uns noch das Hirn.«

»In Ordnung«, sagt Oliver und biegt in eine Richtung ab, die er für Osten hält. Seine Kenntnisse der New Yorker Geografie sind sehr begrenzt und basieren fast gänzlich auf den Erzählungen seiner Mutter und dem Duschvorhang mit U-Bahn-Plan, den sie eine Weile hatten, bevor er am Ende, grau vor Schimmel, durch eine Monstrosität mit Leopardenmuster ersetzt wurde, die Oliver hochgradig peinlich findet.

»Ich hab Riesenhunger«, sagt Will und zeigt auf einen Hotdog-Stand. »Ich will so einen haben. Hast du Geld dabei?«

»Zwei Hotdogs, bitte«, sagt Oliver zu der Verkäuferin.

»Mit Senf? Oder mit Soße?«

»Ich nehm das, was Sie selbst immer nehmen«, sagt Will.

Die Verkäuferin zieht eine Grimasse. »Ich ess keine Hotdogs.«

»Wie kommt man zu Fuß von hier nach Alphabet City?«, fragt Oliver.

»Zu Fuß ist das ganz schön weit.«

»Wir haben Zeit.«

Ein Bus rumpelt vorbei, mit einer Werbung für den neuen *Beavis und Butt-Head*-Film an der Seite. Will zeigt auf das Comic-

Duo, während eine Wolke aus warmen Abgasen ihn umhüllt. »Und? Welcher von den beiden möchtest du gern sein?«

Der Schnee verflüchtigt sich, sobald er mit den Straßen und Fußwegen in Berührung kommt, hinterlässt aber eine dünne Schicht auf den prallen, schwarzen Mülltüten, die am Bordstein aufgereiht liegen.

»Ob sie schon gemerkt haben, dass wir weg sind?«, fragt Will. »Hoffentlich kriegt Stella wegen uns keinen Ärger.«

»Weißt du, was komisch ist?«, sagt Oliver. »Das ist mir völlig egal.«

»Meinst du, sie rufen unsere Eltern an?«

»Klar tun sie das.«

»Dir macht das offenbar keine großen Sorgen«, stellt Will fest.

»Meine Mutter schreit immer bloß rum. Das nervt, hat aber kaum Konsequenzen.«

»Und dein Vater?«

Oliver schüttelt den Kopf. »Es gibt nur mich und meine Mutter.«

»Oh.«

»Er ist gestorben, als ich klein war. Er hat uns nicht verlassen oder so.«

»Du musst mir das nicht erzählen«, sagt Will und schlägt den Kragen an seiner Jacke hoch.

Die U-Bahn fährt unter ihren Füßen vorbei und schickt einen Luftschwall durch das Gitter im Fußweg hinauf. »Die meisten Leute denken immer gleich, er hätte uns verlassen. Und das stört meine Mutter, weil sie richtig glücklich mit ihm war. Sie will nicht, dass sie Leute sie bemitleiden. Sie tun's trotzdem, aber dann aus anderen Gründen.«

»Das tut mir echt leid.«

»Schon komisch; Altheas Mutter ist ungefähr zur gleichen Zeit abgehauen, aber bei ihr denken immer alle, sie wäre gestorben.«

»Weil keiner glauben will, dass auch Mütter einfach weglaufen können. Das wäre zu beängstigend.«

»Al bringt die Leute gern in Verlegenheit, deshalb macht sie oft einen Witz darüber, so in dem Stil: ›Meine Mutter ist nicht tot, sie ist nur nicht mehr existent.‹« Oliver denkt kurz darüber nach, erinnert sich an die vielen Male, wo Althea diesen oder einen ähnlichen Spruch dazu genutzt hatte, um jeden Fremden, der womöglich Interesse an ihr zeigte, auf Distanz zu halten. Wie oft hatte er beobachtet, wie sie auf diesen zuverlässigen Abwehrmechanismus zurückgriff, mit der gleichen Selbstverständlichkeit, wie Wills Nachbarn beim ersten verdächtigen Geräusch ihr Gewehr unterm Bett hervorholen.

»Diese Freundin von dir hat bestimmt ihre guten Seiten, aber das klingt auch nach einem ziemlichen Schaden.«

»Allerdings.«

»Und bei dir selber?«

»Was bei mir selber?«

»Na, das mit deinem Vater. Hat das bei dir auch einen Schaden hinterlassen?«

Oliver lacht. »Irgendwas *hat* jedenfalls einen Schaden hinterlassen.« Er reibt sich die Schläfen mit den Fingerspitzen. »Irgendwas funktioniert da drin nicht so richtig.«

Je weiter sie in Richtung *Downtown* kommen und je mehr der

Abend sich zur Nacht entwickelt, desto zahlreicher werden die Bars und die Betrunkenen. Wenn sie die *Midtown* schon überwältigend fanden, so sind sie auf den Wahnsinn, der sie im nächtlichen *East Village* erwartet, erst recht nicht vorbereitet. Will bleibt dicht bei Oliver, und gemeinsam schieben sie sich an den Häuserwänden entlang, um von den Menschenmassen auf dem Fußweg nicht umgerannt zu werden.

Der Schneefall ist jetzt noch stärker geworden und verleiht dem Abend eine Besonderheit, die ausreicht, um die Vergnügungssüchtigen der Stadt in Hochstimmung zu versetzen. Eine knisternde Spannung liegt in der Luft, wie wenn ein berühmter Musiker stirbt oder ein neuer Präsident gewählt wurde oder eine sympathische Außenseiter-Mannschaft im Baseball den ersten Platz belegt. Oliver hat das Gefühl, als würde irgendeine aufregende Nachricht die Avenue A hinaufwandern, den beiden Jungs entgegen, eine fast schon greifbare Welle der Energie, die sie jeden Moment erreichen kann und mit einem unsichtbaren Band an all diese Fremden fesseln wird, die durch die Straßen strömen.

Natürlich weiß er, dass das nicht stimmt. Es sind keine bahnbrechenden Neuigkeiten im Umlauf, nur gewaltige Mengen an Alkohol, den die zehntausend Menschen, die alle in demselben Zwölf-Block-Radius nur das eine Ziel haben, nämlich heute Nacht von irgendwem flachgelegt zu werden, mit Begeisterung in sich hineinschütten. Es ist wie Jasons Party hoch zehn, das Johlen und Schreien und verschwitzte Gedränge, von der Hoffnung getragen, sich irgendwann im Lauf des Abends an der richtigen Person zu schubbern, und das wäre dann, wie Nicky gern sagt, das Ende vom Lied. Aber auch in nüchternem Zustand spürt Oliver sie ganz deutlich, diese gespannte Erwartung, ein Gefühl ungeahnter Möglichkeiten, als wäre es schon Silvester, um fünf Minuten vor zwölf, wenn alle atemlos den Moment erwarten, der das Alltägliche zu etwas Einzigartigem, Besonderem erhebt.

Oliver hat gar nicht gemerkt, dass sie stehen geblieben sind, bis die Tür zu einer Karaoke-Bar aufschwingt und ihnen fünf beduselte Barbesucher vor die Füße spuckt, zusammen mit dem Refrain von »Build Me Up Buttercup«, den ein Mädchen mit strassbesetzter Tiara gerade voller Inbrunst singt, das Mikro an die Brust gepresst. Oliver erhascht nur diese kurze Momentaufnahme, dann schwingt die Tür wieder zu und bringt das Tiara-Mädchen und ihren schrecklichen Gesang zum Verstummen, sicher verwahrt auf der anderen Seite.

»Schon komisch«, sagt Oliver. »Der Großteil dieser Leute kommt mir ziemlich bescheuert vor, aber gleichzeitig möchte ich auch einfach nur sein wie sie.«

»Wir finden bestimmt noch eine Tiara für dich, wenn dir so viel daran liegt.«

»Das meinte ich nicht.« Er führt sie weiter die Straße hinunter, an einer besonders lärmigen Bar namens *Doc Holliday's* vorbei, die anscheinend in erster Linie von Mitgliedern der *Hells Angels* frequentiert wird.

»Ich weiß, was du meinst«, sagt Will. »Glaub ich jedenfalls. Aber ich war immer schon ein bisschen anders, auch, bevor ich krank geworden bin. Selbst wenn mein Gehirn in Ordnung wäre, glaube ich nicht, dass ich viel mit diesen Menschenmassen gemein hätte. Und wenn du mich fragst, machst du mir auch nicht gerade den Eindruck.«

»Ich war nie ein Außenseiter – nicht mal, nachdem es angefangen hatte. Althea hat immer für Aufsehen gesorgt. Das fand ich damals immer blöd. Aber vielleicht hat sie mir sogar einen Gefallen damit getan. Neben ihr konnte ich immer noch der Normale sein.«

»Klingt nach einem Scheißdeal für beide Seiten. Hör mal, ich steh voll hinter diesem Abenteuer, aber könnten wir trotzdem irgendwo hingehen, wo nicht ganz so viel los ist? Dieser Trubel macht mich ganz schwummerig.« Will deutet auf das Chaos um sie herum.

»Klar. Außerdem hältst du dich echt tapfer, finde ich.«

»Wo genau wollen wir eigentlich hin?«, fragt Will.

»Keine Ahnung.«

Sie gehen zu einem Park auf der anderen Straßenseite hinüber, dem einzigen Ort, den die Menge offenbar meidet, bis auf die Obdachlosen natürlich, die als formlose Bündel, in unzählige Kleiderschichten gehüllt, die Bänke belegen.

»Meine Mutter hat hier früher gewohnt«, sagt Oliver.

»Hier im Park?«, fragt Will.

»Auf der anderen Seite.« Oliver nickt hinüber zu Avenue B. »Irgendwo da drüben.«

»Mit deinem Vater?«

»Zuerst mit Freunden, dann auch mit meinem Vater, ja. Sie sagt, damals war hier alles ganz anders. Richtig gefährlich. Mein Vater kannte einen Spruch, den er sie auswendig lernen ließ: ›Avenue A, alles gut, Avenue B, bleib vorsichtig, Avenue C, nicht clever, Avenue D, total dumm.‹ Und mir hat er den immer wie ein Kinderlied vorgesungen.«

»Und auf welche davon steuern wir gerade zu?«

»Das ist zwanzig Jahre her. Ich glaub nicht, dass du dir Sorgen machen musst. So sicher wie in einer Stadt, wo jeder eine Waffe mit sich rumträgt, bist du hier allemal.«

»Bei uns gibt's nicht nur asoziale Südstaaten-Trottel, weißt du. Meine Mutter ist Zahnpflegerin. Und mein Vater arbeitet bei den Stadtwerken. Sie lesen die Zeitung. Und wir züchten auch keine Hühner.«

Genau dieses Bild hat Oliver gehabt, aber er ist nett genug, das zu verschweigen. »Ich habe mir eher so ein Einfamilienhaus-Viertel vorgestellt, so ähnlich wie das, in dem ich wohne.«

»Und ich wette, dass wesentlich mehr von euren Nachbarn eine Waffe besitzen, als dir lieb wäre.«

Das ruft ein Bild von Mrs Parker in ihrem Hausmantel hervor, die mit einer geladenen Flinte auf dem Fußweg steht und Eichhörnchen abknallt. Gott sei Dank sammelt Garth nur historische Gegenstände und keine Waffen; Althea gehört zu den Menschen, die unter keinen Umständen Zugang zu Feuerwaffen haben sollten. Im Kino sieht es immer so aus, als brächten Frauen es nicht fertig, auch wirklich zu schießen, wenn sie überhaupt mal eine Waffe in die Hand bekommen; vielleicht zielen sie kurz auf jemanden, aber spätestens dann fangen sie unweigerlich zu zittern an und brechen weinend zusammen, so dass man sie mit Leichtigkeit entwaffnen und unschädlich machen kann. Althea hingegen – die würde nicht zögern, den Abzug zu drücken.

Obwohl, wenn er es sich recht überlegt, war ihm doch genau diese Eigenschaft immer sehr gelegen gekommen. Plötzlich weiß er gar nicht mehr, warum er eigentlich so sauer gewesen war, als sie Jason auf dem Parkplatz vor *Lucky's* angegriffen hatte – der Typ hatte schließlich ihr Auto zerkratzt und Oliver als geisteskrank bezeichnet, und genau diese plumpe Beleidigung hatte sie schließlich dazu veranlasst, sich auf ihn zu stürzen. Nein, er kann sich wirklich nicht erinnern, warum er damals wütend geworden war; er erinnert sich nur noch an den schönen, glitzernden Bogen, mit dem Jasons Schlüssel ins Gebüsch gesegelt ist, und das verrückte Hochgefühl, als sie mit quietschenden Reifen vom Parkplatz losgebrettert sind.

»Wie sieht sie eigentlich aus, deine Freundin?«, fragt Will.

»Super, hab ich doch schon gesagt. Groß, blaue Augen. Eigentlich ist sie blond, aber dann hat sie sich die Haare schwarz gefärbt. Das fand ich allerdings nicht so gut.«

Will bleibt unvermittelt stehen. »Moment mal. Sie hat schwarze Haare? Lange schwarze Haare, aber oben am Ansatz wachsen sie blond nach, wie bei einem Stinktier?«

»Ja.«

»Und groß, ja? Ungefähr so groß wie du, aber ziemlich abgerissene Erscheinung? Dicke Daunenweste und ein völlig verschlissenes Kapuzenshirt mit Daumenlöchern, als hätte die jemand in den Ärmel gekaut? Kommt dir das irgendwie bekannt vor?«

»Woher zum Teufel weißt du das?«

»Du hast Recht, Mann, die sieht wirklich gut aus.«

Oliver erstarrt. »Woher weißt du das?«, wiederholt er.

»Ich glaube, sie wollte dich besuchen. Wenn sie, was weiß ich, eine halbe Stunde früher gekommen wäre, hätte sie dich noch angetroffen, bevor du endgültig eingeschlafen bist. Ich konnte ja nicht ahnen, wer das ist – sie sah aus, als hätte sie sich bloß verlaufen, die falsche Abteilung erwischt. Aber mich wundert, dass dir das noch keiner erzählt hat.«

»Weiß Stella davon?«

»*Sie* hat ja damals mit ihr gesprochen.«

»Oh Mann, so eine Scheiße!«

»Alles in Ordnung?«, fragt Will.

»Ich glaub, ich muss mich mal irgendwo hinsetzen.«

Auf der anderen Straßenseite führt eine Treppe zum Eingang einer Billardhalle hinunter. »Komm mit«, sagt Will.

Eigentlich ist es eine Art Freizeitheim für Erwachsene. In einer Reihe von Nischen neben der Tür spielen Gruppen von Männern und Frauen in den Zwanzigern alle Arten von Brettspielen: *Scrabble, Vier gewinnt, Schiffe versenken*. Weiter hinten, an der Bar vorbei, weitet sich der Raum und bietet Platz für Air-Hockey, mehrere Billardtische und einen Tischtennis-Bereich, der von einem Netz umgeben ist, vermutlich um den Spielern zu ersparen, dem kleinen weißen Ball jedes Mal quer durch den Raum hinterherzurennen, wenn jemand einen Punkt macht. Die Luft hier unter der Erde, ohne Fenster, ist stickig und verbraucht; die Heizung läuft auf vollen Touren und es riecht nach den nassen Jacken der Gäste. Eine Reihe Sofas trennt die Billardtische von einer Freifläche auf dem Betonboden, wo mehrere Mikrofone und eine Anzahl von Instrumenten, darunter eine Orgel, bereits aufgebaut und angeschlossen sind und nur darauf warten, in Betrieb genommen zu werden.

»Spielen wir eine Runde Poolbillard?«, fragt Will.

Oliver will schon Nein sagen. Allein der Anblick des leeren Billardtischs erfüllt ihn mit Schrecken – nicht, weil er so schlecht spielt, sondern im Gegenteil sogar ziemlich gut. Althea ist diejenige, die nicht mit dem Queue umgehen kann, und eine schlechte Verliererin. Aber halt, er ist ja gar nicht mit Althea hier. »Klar, gern.«

Nachdem Oliver für das Spiel gezahlt hat, gewinnt Will beim Münzenwerfen den Anstoß und versenkt zwei Volle; Oliver kreidet seinen Queue ein und beobachtet, was auf dem Tisch passiert. Als Wills dritter Stoß danebengeht, tritt Oliver an ihn heran und schaut ihm prüfend ins Gesicht, um sicherzugehen, dass dieser Typ damit umgehen kann, beim Billard zu verlieren.

»Was ist?«, fragt Will.

Oliver lächelt. »Und jetzt pass gut auf.«

Er beugt sich über seinen Stock und visiert den ersten Stoß an, der die Dreizehn sauber kreiselnd in eine Ecktasche befördert. Oliver umrundet den Tisch, begutachtet die neue Konstellation der Kugeln und sucht nach dem besten Winkel, sie zu nutzen. Das Ganze ist einfache Geometrie, was er auch schon Althea zu erklären versucht hat. Er muss sich nicht anstrengen, um die Geräusche auszuschalten – Billardkugeln, die mit Gepolter in die Taschen krachen, das Tackern des Tischtennisballs hinten in der Ecke, das stetige Summen der angeregten, bierseligen Gespräche. Sobald er sich auf seine Aufgabe konzentriert, lässt der Lärm von alleine nach, als hätte jemand fürsorglich die Lautstärke heruntergedreht. Alles weicht zurück, bis es nur noch ihn und erst sechs, dann fünf, dann vier Halbe gibt. Er zielt erneut und eine nach der anderen verschwinden auch die übrigen Kugeln vom Tisch.

»Die Acht in die Seitentasche«, sagt Oliver, wagt aber nicht,

Will anzusehen, bevor es vorbei ist, für den Fall, dass er sich in seinem Urteil geirrt hat. Wenn Will jetzt dort steht, voller Wut oder mit Tränen in den Augen, dann will er das gar nicht wissen, er will diesen Moment nicht verderben, noch nicht, er will wenigstens zu Ende bringen, was er angefangen hat. Die Acht rollt genau dorthin, wo er sie haben will, mit einer Präzision, die sich fast schon wie Gedankenübertragung anfühlt, und Oliver bedauert, sie verschwinden zu sehen, weil dann das Spiel vorbei ist.

Ich hab gewonnen, denkt Oliver, *ich hab gewonnen und es ist kein Riesendrama*.

Will weint natürlich nicht, er ist ja ein ganz normaler Mensch, aber er scheint auch nicht sonderlich erstaunt über Olivers Leistung, und das ist enttäuschend. »Nicht schlecht«, sagt er nur und fängt dann an, die Kugeln einzusammeln. Ob er auf diese Weise, mit dieser Gleichgültigkeit, seinen Ärger über die vernichtende Niederlage kaschiert? Machen das normale Menschen nicht so? Dafür gab es doch auch einen Begriff: passiv-aggressiv. Oliver ist das alles neu, hat er doch jahrelang immer nur mit der einfachen alten Wut zu tun gehabt.

Er holt die Kugeln aus den Ledernetzen, mit denen die Taschen am Billardtisch ausgekleidet sind, und rollt sie zu Will hinüber. Er hatte schon ganz vergessen, wie sehr ihm ihr glattes, solides Gewicht gefällt und die Art, wie sie unter den Schirmlampen glänzen.

Drüben bei den Mikrofonen hat sich eine kleine Menschenmenge versammelt und bricht jetzt in Jubelrufe aus. Die Belegschaft der Sofas hat sich verdoppelt und dahinter stehen die Zuschauer in mehreren Reihen und versperren Oliver den Blick auf die Bühne, die eigentlich gar keine Bühne ist. Offenbar ist, wen auch immer das Publikum erwartet hat, soeben eingetroffen.

»Der Sieger hat Anstoß«, sagt Will und hebt die Schablone an, unter der ein perfekt symmetrisches Dreieck zum Vorschein kommt.

»Ist gut«, sagt Oliver. Er lässt den Queue durch die Finger gleiten und denkt dabei an Lithium-Tremor und Augenzucken. Hätte man ihm diese problematische Behandlung vor zwei Monaten angeboten, hätte er sie ohne Zögern akzeptiert, in dem Gefühl, schlimmer könnte es sowieso nicht kommen. Inzwischen sieht es so aus, als hätte er doch einiges mehr zu verlieren, als ihm klar war.

»Was ist los?«, fragt Will.

»Was würdest du dafür geben, dass es aufhört?«

»Wie meinst du das?«

»Oder umgekehrt: Worauf würdest du auf keinen Fall verzichten?«

»Auf meine Eier«, sagt Will. »Und meinen Schwanz.«

»Das war's?«

»Ich weiß nicht. Ein Ei würde mir vielleicht auch reichen.« Und so wiederholt Oliver, was ihm der Arzt erzählt hat.

»Das ist ja super!«

»Hast du nicht gehört, was ich über die Nebenwirkungen gesagt habe?«

»Weißt du, was dein Problem ist?«

»Mein Scheißgehirn vielleicht?«

»Dir kann man's einfach nicht recht machen«, sagt Will und schüttelt den Kopf. »Hast du gedacht, die wedeln einmal kurz mit dem Zauberstab und dann geht's dir besser? Natürlich hat das auch Nachteile. Aber einen Versuch ist es wert.«

»Also willst du das machen?«

»Scheiße, ja! Sobald wir mit dem Spiel hier fertig sind, gehe ich zurück, setze alles auf Schwarz und lasse die Kugel rollen. Vielleicht können sie mir auch einfach ein Rezept ausschreiben und mich nach Hause schicken.«

»Aber das Zeug macht dich vielleicht zu einem Zombie.«

»Das bin ich längst gewesen, glaub mir. Ich bin bereit, mit jedem Teufel, den ich noch nicht kenne, einen Pakt zu schließen. Und jetzt stoß endlich an, damit du gewinnen kannst und wir hier rauskommen.«

Während Oliver auf die weiße Kugel zielt, setzt die Orgel ein, und noch bevor die Kugeln wieder zum Stillstand kommen, ist ihm klar, dass der Stoß nichts getaugt hat. Er hat zwar weder die weiße Kugel noch die Acht versenkt, aber Will ist jetzt am Zug, und damit schwindet jeder Vorteil, den Oliver vielleicht gehabt hat.

Während er noch überlegt – *eine Orgel?* –, nimmt die Musik Gestalt an, und eine Stimme, die halb nach James-Brown-Reibeisen und halb nach Zeltmission bei den Baptisten klingt, fängt an zu singen, unterstützt von einem dreistimmigen Background-Chor. Oliver schaut Will über den Tisch hinweg an.

Gospel?, formt er mit den Lippen.

Hier?, fragt Will ebenso lautlos zurück, mit einer ausholenden Geste durch den Raum.

Oliver weist mit dem Kopf in Richtung der Musik. Will nickt, und beide stellen in stillem Einvernehmen ihren Queue zur Seite. Dann mischen sie sich unter die Menge, um auch zuzuschauen.

Es ist tatsächlich eine Gospelband, geführt von einer dunkelhäutigen Frau in einem weißen Anzug und mit einem roten, paillettenbesetzten Barett. Sie wird von ihren Background-Sängerinnen flankiert, die Oliver an drei Kardinäle erinnern. Der arme Will stellt sich auf die Zehenspitzen, um besser sehen zu können. Oliver packt ihn am Handgelenk und schlängelt sich bis ganz nach vorne durch, wo sie rasch einen Platz auf einem Sofa finden. Der Großteil des Publikums steht.

Die Frau mit dem Barett singt über Liebe, aber nicht über die Art von Liebe, die Oliver aus den üblichen Songs kennt. Die Liebe, von der sie erzählt, hat nichts Flüchtiges an sich; sie verschwindet nicht, wenn du dich mit deiner besten Freundin streitest oder wenn dein Vater stirbt oder deine Mutter die Stadt verlässt, um ihren eigenen verworrenen Weg zu gehen. Oliver glaubt, dass sie über Jesus singt, aber sie nennt ihn nicht beim Namen, sondern spricht von Dankbarkeit, Mut und Mitgefühl. Mit einem strahlenden Lächeln läuft sie vor der Zuschauermenge auf und ab, pickt sich einzelne Leute heraus und verwandelt ihren Gesang in ein Gespräch. Ein magerer Inder, mit einem flachen Filzhut auf dem glatten, schulterlangen schwarzen Haar, streckt die Hand aus und sie nimmt sie in ihre, und dann schauen sie einander in die Augen, als wären sie ganz allein im Raum. Oliver nimmt an, dass sie ihn irgendwoher kennt, bis sie weitergeht und das Gleiche mit einem tätowierten Mädchen mit Irokesenfrisur tut, dem am Ende der Begegnung Tränen des Glücks über die Wangen laufen.

In Wilmington kamen immer die gleichen Jugendlichen zu den Punk-Konzerten und unter den Mitgliedern dieses Clans gab es nur wenige ästhetische Varianten; sie *mussten* alle gleich aussehen, denn nur so konnte man ›seine Leute‹ erkennen. Hier dagegen gibt es keinen gemeinsamen Nenner, nichts, was diese Gruppe als Subkultur kennzeichnen würde. Eher wirkt sie wie eine Sekte, die die unterschiedlichsten Leute anzieht, mit der Frau am Mikro als Anführerin. Und während das Ziel von Minty Freshs Band vor allem in der kathartischen Betäubung liegt, darin, dem Publikum das Gefühl zu geben, ihm würde das Hirn aus dem Schädel gepustet, hat diese Musik genau die gegenteilige Absicht: den Zuhörer mit Freude zu erfüllen. Hinten im Raum spielen die Gäste immer noch Poolbillard und Air-Hockey. Wie konnten sie sich auf irgendetwas anderes konzentrieren als die unvergleichliche Stimme dieser Frau?

Die Band spielt über eine Stunde. Will hat vergessen, wie eilig er es hatte, ins Krankenhaus zurückzukehren und seinen Pakt mit dem Teufel, den er noch nicht kennt, zu schließen. Als die Frau das letzte Stück ankündigt, ist Oliver nicht einmal enttäuscht, so sehr schwelgt er noch in seinem Glück, überhaupt auf diese Band gestoßen zu sein.

Als die Sängerin ein letztes Mal an den Zuschauern entlanggeht, streckt Oliver die Hand aus und sie ergreift sie. Ihre Haut ist warm und trocken und rau. Ein paar Sekunden lang singt sie nur für ihn und wieder tut sich dieses schwindelerregende Gefühl ungeahnter Möglichkeiten vor ihm auf. *Hoffnungslosigkeit? Darauf läuft das hier also hinaus?*, hatte er den Arzt gefragt, und sie ist immer noch da, aber sie ist transparent geworden, er kann durch sie hindurch auf die andere Seite sehen, in eine Zukunft, wo er seine Geschichte erzählen wird, die ›Geschichte von Oliver, Teil 1‹, und dieser Moment wird nur der Anfang sein.

Alles wird wieder gut – noch nicht jetzt, noch nicht bald, aber irgendwann wird er wieder so etwas wie ein Leben haben.

Und das wird einfach fantastisch.

Als das Konzert vorbei ist, die Musiker verschwunden sind und die Zuhörer noch immer auf Wolke sieben schweben, stolpern Oliver und Will durch den Raum und suchen nach ihren Jacken.

»Ich wusste gar nicht, dass ich Gospelmusik mag«, sagt Will. »Dieser Tag war voller Überraschungen.«

Auf dem Weg nach draußen kommen sie an einem Pärchen vorbei, das in seiner Nische *Candy Land* spielt, die Köpfe tief über das Spielbrett gebeugt. Oliver bleibt kurz stehen und beobachtet sie, verwundert darüber, dass diese Erwachsenen sich mit einem so albernen Spiel abgeben, das überhaupt keine Strategie und kein Nachdenken erfordert. Man muss bloß eine Karte vom Stapel nehmen und seinen Spielstein an die Stelle rücken, die die Karte einem vorschreibt, und wer am Ende als Erster die Ziellinie überschreitet, hat das allein seinem Glück zu verdanken, nicht seinem Geschick. Aber den beiden ist egal, wer gewinnt, das kann er an ihren Gesichtern sehen. Das Spiel ist nur ein Vorwand, um zusammenzusitzen, Bier zu trinken und zu lachen, während sich ihre Füße unter dem Tisch leicht berühren. Wer auch immer hier verliert, wird keinen Wutanfall kriegen, wird nicht sein Bierglas auf den Boden pfeffern und aus dem Lokal stürmen; hier liegt kein alkoholgeschwängerter Streit in der Luft, kein unbehaglicher Subtext unter ihrem Gespräch. Bei ihnen sieht alles ganz leicht aus.

»Ich muss mit ihr sprechen«, sagt Oliver. »Jetzt sofort.«

»Dann tu's«, sagt Will.

Draußen schneit es immer noch und die Straßen sind wie mit einem zarten Schimmer überzogen. Oliver lauscht ungeduldig darauf, wie das Telefon bei Althea zu Hause klingelt und klingelt, und gerade als er glaubt, dass keiner mehr drangeht, meldet sich Garth, mit seiner allerschläfrigsten Stimme.

»Ich bin's«, sagt Oliver.

»Es ist ziemlich spät für einen Anruf, Oliver.«

»Tut mir leid, Sir. Ich wollte Sie nicht wecken.«

»Schon gut, hast du auch nicht wirklich. Bist du noch in New York?«

»Ja.«

»Wie läuft's denn da oben?« Oliver hört, wie Garth seine Position auf der Couch im Arbeitszimmer verändert, sich aufsetzt, einen Schluck von seinem Drink nimmt und einen Stapel Unterlagen von einer Ecke in die andere schiebt.

»Ich mag keine Krankenhäuser und ich misstraue den Ärzten.«

»Hört sich an, als würdest du gerade eine Menge über dich selber lernen.«

»Die Einsichten nehmen gar kein Ende. Wie läuft es mit dem Buch?«

»Macht großen Spaß. Ich fahre demnächst nach Mexiko, auf Forschungsreise.« Garth klingt seltsam, ungewohnt kumpelhaft und locker.

»In so ein Resort mit Strandhütten und Pool-Bars?«

»Denk eher an antike Tempel und verstaubte Manuskripte.«

Der ist blau, stellt Oliver voll Erstaunen fest. Garth Carter hat allein in seinem Arbeitszimmer gesessen und sich mit seinem guten Scotch einen angeschickert. Oliver kennt ihn nur mit einem Drink in der Hand, hat ihn aber noch kein einziges Mal betrunken erlebt. »Also eher Indiana Jones als Winterpause?«

»Reichtum und Ruhm, mein Junge. Reichtum und unendlicher Ruhm.«

Oliver steht sein Befremden offenbar ins Gesicht geschrieben, denn Will gestikuliert wild herum, um in Erfahrung zu bringen, was los ist. *Ihr Vater ist dran,* formt Oliver mit den Lippen. *Irgendwas stimmt da nicht.* »Hauptsache, Sie trinken nicht von dem Wasser.«

»Keine Sorge, Ol. Ich kenn mich aus.«

»Und was macht Althea in der Zeit, wo Sie weg sind?« Oliver gibt Will ein Zeichen und hält den Hörer etwas weiter vom Ohr weg. Will quetscht sich in die Zelle und beugt sich zu ihm hinüber, um mitzuhören.

»Sie will mitkommen. Gleich nach Neujahr fahren wir los, sobald sie aus New Mexico zurück ist.«

»New Mexico? Sie kann Alice doch nicht ausstehen.«

»Nach deiner Abreise gab's hier einigen Ärger. Althea hat es geschafft, mit einem Riesenspektakel von der Schule zu fliegen, und das Ganze hat sie ziemlich mitgenommen. Sie hielt es für das Beste, eine Weile aus Wilmington zu verschwinden.«

Will legt die Hand über die Sprechmuschel. »Vielleicht hab ich mich geirrt«, flüstert er. »Vielleicht war sie's doch nicht.«

Oliver schüttelt den Kopf. »Jetzt bin ich sicher, dass sie's war. Sie hasst ihre Mutter.« Er spricht wieder in den Hörer. »Ich würde gern mit ihr reden. Können Sie mir Alice' Telefonnummer geben?«

»Oliver, erinnerst du dich an die Geschichte von Cortés? Wie er nach seine Landung in der Neuen Welt die ganze Flotte von Schiffen verbrannte, um sich die Loyalität seiner Soldaten zu sichern?« Garth spricht in belehrendem Ton, den man allerdings kaum ernst nehmen kann, weil seine Aussprache so undeutlich ist.

Ist der blau?, fragt Will lautlos.

Oliver nickt, selbst immer noch darüber bestürzt. »Der Typ war doch auch völlig krank.«

»Sei einfach vorsichtig, ja? Loyalität ist nicht immer eine Tugend.«

»Ohne Cortés wären seine Soldaten nie aus Spanien rausgekommen, wären Maurer oder Schweinezüchter geblieben. Stattdessen sind sie im Kampf gefallen, die Taschen voller Gold. Und ich habe Ihnen das Thema für Ihr Buch geliefert.«

»So kann man das auch sehen.«

»Vergessen Sie Ihren Fedora-Hut nicht.« Oliver legt auf. »Sie ist nicht nach New Mexico gefahren«, sagt er zu Will. »Sie ist nach New York gekommen, weil ich hier war, und da ich das immer noch bin, wird sie es wohl auch noch sein.«

»Dann ruf ihn gleich noch mal an. Wenn du Recht hast, wird seine Tochter vermisst und er weiß es nicht einmal.«

»Sie wird nicht vermisst. Sie muss hier irgendwo sein.«

»Sie ist keine Socke, die du irgendwo verlegt hast, Oliver.«

»Ich werd sie schon finden. Und wenn ich sie finde, wird sie auch nicht mehr vermisst, denn dann ist sie ja bei mir.«

»Sie ist schon seit einem Monat hier. Wo sollen wir da anfangen zu suchen? Sollen wir in den Park zurückgehen und unter den Bänken nachschauen?«, fragt Will.

»Ich dachte, du willst ins Krankenhaus zurück und alles auf Schwarz setzen.«

»Ich geh doch nicht allein zurück. Was soll ich denen denn sagen? Dass du ein bisschen Gospelmusik gehört hast und dann losgezogen bist, um den Samariter zu spielen? Die werden denken, ich hätte dich umgebracht und deine Leiche im Fluss versenkt. Was ich ernsthaft in Erwägung ziehe.«

»Vielen Dank.«

Will zieht mit dem Fuß einen Bogen auf den Gehweg, ein verwischtes Komma im Schnee. »Also? Wo fangen wir an?«

»Wie meinst du das?«

Will knöpft seine Jacke zu, rückt seine Baseballkappe zurecht und reibt die kalten Hände aneinander. »Wenn du dieses Mädchen finden willst, dann los. Dann machen wir das jetzt. Auf geht's.«

Oliver versucht mit aller Kraft, nicht an seine Mutter zu denken. Ob sie inzwischen schon weiß, dass er getürmt ist? Und wenn ja, ist sie dann schon auf halbem Weg hierher? Nicky ist keine, die am Telefon sitzt und auf Nachricht wartet. Sie ist eher der aktive Typ, auch wenn *aktiv* in diesem Fall nur bedeutet, im Krankenhaus aufzukreuzen und das Personal anzuschreien. Hoffentlich kriegt dann dieser Scheißkerl von einem Arzt das meiste davon ab.

»Du gehst die Sache ganz falsch an«, sagt Will und winkt die Bedienung heran, um sich einen zweiten Kaffee zu bestellen. Sie sind in den nächstbesten Imbiss eingekehrt, um eine Strategie zu entwerfen. »Du kannst auf zehn Jahre voller Hinweise zurückgreifen. Stell dir vor, ihr wärt beide in Wilmington. Wo würdest du dann nach ihr suchen?«

»Ich muss nie nach ihr suchen. Sie wohnt nur ein paar Häuser weiter.«

»Gebrauch deine Fantasie. Wenn sie nicht zu Hause wäre, wo würdest du nach ihr suchen?«

»Ich würde ihren Vater fragen.«

»Das hast du schon versucht. Denk noch mal nach. Gebrauch deine Fantasie«, wiederholt Will.

Oliver schließt die Augen und stellt sich vor, er wäre zu Hause. Das letzte Mal, als er nach einer Episode aufgewacht ist, hat er zuerst Altheas Vater aufgesucht und danach nur noch eine andere Person.

»Coby«, sagt er schließlich widerstrebend. »Ich würde bei Coby nach ihr suchen.«

»Ist das ein Freund von ihr?«

»Eher so was wie ihr Erzfeind.«

»Sie hat einen Erzfeind?« Will sieht beeindruckt aus.

»Er hat irgendwie damit zu tun, dass sie von der Schule geflogen ist.«

»Ruf ihn an.«

»Was soll der schon wissen, da unten in North Carolina?«

»Erzfeinde sind immer am besten informiert.«

»Der Typ ist kein Mafiaboss oder so.«

»Mach's doch einfach, Kumpel.«

Oliver schaut sich im Lokal um, wo die hartgesottenen Zecher der Nacht mit Hilfe von Waffeln, Kaffee und Matzeknödelsuppe allmählich wieder nüchtern werden. Die Leute, die draußen mit ihren Hunden Gassi gehen und Zeitungen kaufen, sind inzwischen zahlreicher als die, die noch gar nicht im Bett waren – ein sicheres Zeichen dafür, dass die Nacht schon dem Morgen das Feld geräumt hat. Sie bezahlen ihre Rechnung und treten vor die

Tür, auf der Suche nach einer Telefonzelle. Die schwache Dezembersonne wirft ein blaugrau schimmerndes Licht über die Avenue A, und in North Carolina klingelt Cobys Telefon.

»Ja?«, meldet sich Coby, verschlafen und unwirsch.

»Hier ist Oliver.«

»McKinley. Was gibt's Neues?« Cobys Stimme klingt seltsam nasal.

»Du hörst dich so anders an. Hast du eine Erkältung, oder was?«

»Eher eine Nasenscheidewandverkrümmung.«

»Hast du dir die Nase gebrochen?«

»Nicht ich, jemand anderes.«

Das sind überraschende und erfreuliche Neuigkeiten. »Wer denn?«

»Dreimal darfst du raten, aber einmal wird sicher reichen.«

»Dafür stehen die Leute bei dir doch sicher schon Schlange.«

»Kann sein, aber wir haben nur eine gemeinsame Bekannte mit akuten Aggressionsproblemen.«

Oliver lacht. »Althea hat dir die Nase gebrochen? Das erklärt vieles.«

»Plus eine aufgeplatzte Lippe, plus zwei dicke Veilchen. Was meinst du, warum sie von der Schule geflogen ist? Wohl kaum, weil sie ein paar Stunden geschwänzt hat.«

»Braves Mädchen. Was hast du denn getan, dass sie so wütend auf dich war?«

»Ich glaub kaum, dass sie meinetwegen so wütend war. Bist du immer noch oben im *Big Apple*?«

Oliver zuckt peinlich berührt zusammen. *Big Apple.* »Ja.«

»Wieso weißt du das dann alles gar nicht? Sie ist doch raufgefahren, um nach dir zu suchen. Um einen letzten erbärmlichen Versuch zu starten, doch noch mit dir zusammenzukommen.«

Die Erkenntnis, dass Will Recht hatte, dass dieser widerliche Coby immer noch besser Bescheid weiß als er, tut weh. »Hat sie dir das anvertraut, bevor oder nachdem sie dir eine Gehirnerschütterung verpasst hat?«

»Einen Scheiß hat sie mir anvertraut. Aber sie ist bestimmt nicht nur deshalb nach New York raufgefahren, um die hohe Kunst des Mülltauchens zu erlernen und Gratisessen an Obdachlose zu verteilen. Das könnte sie ja auch mit den beiden Vegan-Gurus hier zu Hause machen. Also muss sie deinetwegen raufgefahren sein. So, wie sie auch alles andere immer nur deinetwegen tut.«

»Und bei denen ist sie jetzt? Bei *Bread and Roses*?« Damit hätte Oliver als Letztes gerechnet, dass Althea bei fremden Leuten Unterschlupf sucht.

»Moment mal, du weißt überhaupt nicht, wo sie ist?«

»Meinst du, ich hab dich nur angerufen, um deine Stimme zu hören? Sie wollte mich im Krankenhaus besuchen, während ich nicht ansprechbar war. Jetzt bin ich wieder wach und versuche sie zu finden. Vielen Dank, du hast mir sehr geholfen.«

Coby stöhnt. »Oh, ihr könnt mich alle mal. Und du ganz besonders.«

Jetzt, wo er nur mit ihm telefoniert und seine arrogante Visage nicht sehen muss – auch wenn die wohl inzwischen ein paar Korrekturen erfahren hat –, empfindet Oliver fast ein bisschen Mitleid für ihn, so näselnd und liebeskrank, wie er klingt. »Wenn sie dir gar nicht gesagt hat, wo sie hinwill, woher weißt du es dann?«

»Die Leute von *Bread and Roses* in Brooklyn haben Valerie angerufen und ihr ein paar Fragen gestellt. Ob sie Al näher kennen würde – *Al? Wie bitte?* Olivers Mitleid mit Coby ist sofort verflogen – und warum sie aus Wilmington weggegangen ist. Sie wollten wissen, ob sie sie mit gutem Gewissen auf ihrem Sofa schlafen lassen können. Valerie hat Ja gesagt und mich dann noch gefragt, ob ich das anders sehe.«

»Und du hast Nein gesagt?«

»Warum sollte ich Al in die Pfanne hauen? Es klang so, als würden die in Brooklyn sie mögen. Als hätte sie neue Freunde gefunden. Jetzt wirst du mit deinen Grübchen natürlich mitten reinplatzen und alles kaputt machen, aber das ist deine Sache.«

»Tut mir leid, dass du schon so lange auf das Vergnügen ihrer Gesellschaft verzichten musst«, sagt Oliver trocken.

Coby schnaubt verächtlich. »Oh ja, echt ein tolles Vergnügen. Tu uns dreien den Gefallen und halt sie nicht länger hin. Red endlich Klartext mit ihr. Minty Fresh hat erzählt, sie wären kurz vor deiner Abreise bei dir gewesen, um dich um Hilfe zu bitten, aber es hätte dich einen Scheißdreck interessiert, dass sie in Schwierigkeiten steckt. Erzähl ihr das doch mal, wenn ihr zwei euer romantisches Wiedersehen feiert.«

»Ich war auf dem Weg zum Flughafen, um an dieser verdammten Studie teilzunehmen. Ich war nicht in der Stimmung, mich um ihren Scheiß zu kümmern.«

»Nein, McKinley, du bist derjenige, der hier Scheiße baut. Du hast sie zappeln lassen und ihr das Herz gebrochen, und jetzt kommst du wieder angerauscht und mimst den Helden. Echt super, das wird ihr bestimmt ein Lächeln auf die Lippen zaubern und für fünf Minuten wird sie glauben, dass endlich alles so läuft, wie sie will. Aber früher oder später landet ihr wieder an demselben Punkt, weil es mit dir *nie* so laufen wird, wie sie will. Und das solltest du ihr langsam mal stecken, bevor die Sache zu dramatisch wird.«

Oliver drückt den Hörer fester ans Ohr, als könnte ihm das helfen, seinen Standpunkt deutlich zu machen. »Hör auf damit, hör auf, über uns zu reden, als wüsstest du über uns Bescheid. Und wenn du glaubst, du könntest bei Althea landen, sobald ich nicht mehr im Weg bin, dann irrst du dich gewaltig. Du bist keine verkannte Bukowski-Figur, und wenn sie dich dermaßen in die Mangel nimmt, dass sie deshalb von der Schule fliegt, dann hat sie dich wohl auch endlich durchschaut.«

»Das Beste an Althea ist all das, was du an ihr nicht magst«, poltert Coby weiter, als hätte er gar nicht zugehört. »Du bist wie ein leeres Blatt, und sie verleiht dir jede Farbe, die ihr gefällt. Weißt du, warum du sie nicht in Ruhe lassen kannst? Weil du unfähig bist, ohne sie auch nur einen Schritt zu tun. Sie muss schieben, damit du weißt, wann du ziehen sollst. Mag sein, dass ich nicht bei ihr landen kann, aber wenn sie schiebt, halt ich dagegen, und gebrochene Nase hin oder her, eins muss man Althea lassen: Sie muss nicht immer wissen, was als Nächstes passiert. Manchmal ist es ihr lieber, wenn sie es nicht weiß. Aber nur zu, ruf bei Val an, sie hat die Adresse. Und wenn du Althea siehst, richte ihr aus, dass ich nicht nachtragend bin.«

Olivers Überheblichkeit ist wie weggeblasen, als er hört, wie Coby über Althea spricht, mit einer Autorität und Vertrautheit, bei der ihm angst und bange wird. In der Nacht von Halloween, nach dem Konzert bei *Lucky's*, hat er sie zusammen auf dem Parkplatz gesehen, wie sie an ihrem Auto standen, rauchten und sich unterhielten. Ein ungeübtes Auge hätte sie leicht für ein Paar halten können, und erst damals ist ihm bewusst geworden, dass auch Althea und er so wirken mussten. Danach war irgendetwas passiert, etwas, das nichts mit ihm zu tun hatte, und auch wenn er im Grunde gar nicht so genau wissen will, was das war, lässt es ihm doch auch keine Ruhe. »Jetzt mal im Ernst. Was hast du mit ihr gemacht, dass sie so wütend auf dich war?«

»Nichts, worum sie mich nicht gebeten hätte«, sagt Coby und legt auf.

»Was hat ihr Erzfeind gesagt?«, fragt Will.

»Du hattest Recht. Erzfeinde sind immer am besten informiert.«

»Dann sollten wir uns beeilen, sie zu finden.« Wills Grinsen ist verblasst, alle Anzeichen von Unternehmungslust sind wie weggewischt. Stattdessen sieht er Oliver mit einem gequälten Lächeln an. »Ich werd nämlich gerade ziemlich müde.«

14. KAPITEL

Matilda weckt Althea, indem sie ihr die Steppdecke wegzieht und die Küchenvorhänge aufreißt. »Geh auf, oh Zwillingsstern!« Sie klatscht ein paarmal in die Hände.

»Klatsch mich nicht an«, murmelt Althea.

»Hoch mit dir, du rattenscharfes Biest.« Althea rührt sich nicht. »*Jetzt!*«, schreit Matilda. »Heute wird der schönste Tag unseres Lebens.« Das sagt sie an jedem Morgen, an dem sie keinen Kater hat.

Althea macht sich einen Kaffee und folgt Matilda nach oben, zu ihrem Morgenzigarette-im-Badezimmer-Ritual. Ethan kommt gerade aus der Dusche, nur mit einem Handtuch um die Hüfte, und tropft den ganzen Boden voll. Er ist gar nicht so mager, wie Althea gedacht hat, aber seine Haut ist so blass, dass sie fast von innen heraus leuchtet. Ohne zu fragen, nimmt er Althea den Becher aus der Hand und trinkt ihn halb leer, bevor er ihn zurückgibt.

»Danke«, sagt er. Sie starrt auf seine Rückenmuskulatur, während er den Flur entlanggeht.

»Ich weiß«, sagt Matilda, als sie sich im Badezimmer eingeschlossen haben und die Dusche läuft. »Sein Körper ist wie ein verborgener Schatz. Ab und zu mache ich für ihn die Wäsche und sorge dafür, dass all seine T-Shirts einlaufen.«

»Ich hab da gar nicht hingeguckt …«

»*Natürlich* nicht.«

Matilda sitzt an die Wanne gelehnt, Althea mit dem Rücken gegen die Tür. Ihre Beine sind ausgestreckt, und ihre nackten Füße stoßen in der Mitte fast zusammen. Der Boden ist warm. Matilda streckt ihre Zehen aus und Althea tut das Gleiche, bis sich ihre schmuddeligen Spitzen berühren.

»Heute ist also der große Tag? Schon aufgeregt?«, fragt Althea.

»Jepp. Heute ist der große Tag.«

Obwohl erst morgen Silvester ist, werden die Freunde der Warriors schon heute Nachmittag zu ihrer legendären Silvesterparty erwartet, dem sogenannten Champagner-Derby. Dieses Derby beginnt mit einer Fahrt zum Spirituosengeschäft, wo jede Sorte Sekt gekauft wird, die unter acht Dollar kostet. Und endet unweigerlich mit heftigstem Erbrechen und abgrundtiefem Elend, doch die Zeit dazwischen soll dem Vernehmen nach eine so wilde und ausdauernde Party sein – ein Fließband aus Gelächter und guter Laune, das jeden Einzelnen schneller mit Spaß versorgt, als ihn das menschliche Hirn überhaupt verarbeiten kann –, dass es selbst die schlimmsten körperlichen Strafen am Folgetag wert ist.

Weihnachten war ruhig gewesen, fast gar nicht existent, weil alle Hausbewohner widerwillig die Pilgerfahrt zu ihrer jeweiligen Familie angetreten hatten. Matilda lud Althea zu ihren Eltern nach Queens ein, aber die hatte sich beharrlich geweigert und behauptet, sie sei froh, das Haus einmal für sich allein zu haben. Stattdessen fand sie die leeren Räume unerträglich, auf unheimliche Weise still und beklemmend, als rückten der Schmutz und die rissigen Wände immer näher an sie heran, und selbst Herr Ernst hielt sich irgendwo im Schrank versteckt. Sie rief Garth an, um ihm fröhliche Weihnachten zu wünschen und eine Reihe von Geschenken zu erfinden, die sie von Alice bekommen hatte, sowie einen kürzlich unternommenen Ausflug zu den heißen Quellen. Vor lauter Einsamkeit hatte sie sogar Alice angerufen, aber in Taos ging niemand dran.

Danach zwang sie sich zu einem Entschluss: Sie fuhr zum ersten Mal ganz allein mit der U-Bahn nach Manhattan, um ein Punk-Konzert zu besuchen, in der Hoffnung, dass es ihr guttun würde, im Gedränge vor einer Bühne zu stehen, eingehüllt in den Schweiß von Fremden, und ihren Fäusten und Ellbogen auszuweichen, doch das Konzert blieb seltsam unbefriedigend, zu schlecht besucht für ein ordentliches Pogo-Getümmel, und am Ende hatte auch noch eine Handvoll glatzköpfiger Biedermänner ein paar Leute aus dem Publikum angepöbelt.

Silvester hingegen, wurde ihr versichert, ist wirklich etwas ganz Besonderes. »Zum Ausgleich für Weihnachten«, hat Gregory versprochen.

»Ich fühl mich ein bisschen komisch«, sagt Althea.

»Warum?«

»Ich werde ja überhaupt niemanden kennen.«

»Red keinen Quatsch. Uns kanntest du vor gut einem Monat auch noch nicht.«

»Klingt unglaublich, wenn du das so sagst.«

»Wie ist das denn so? Das erste Silvester fern von zu Hause? Fern von Oliver?«, fragt Matilda.

»Keine Ahnung.«

»Wir werden schon jemanden finden, der dich um zwölf Uhr küsst. Wenn du interessiert bist.«

»Bin ich nicht.« Sie legt den Kopf in den Nacken, schließt die Augen und hört zu, wie das Wasser in die schmutzige Wanne prasselt. »Wollen wir zur Promenade runtergehen?«

»Würd ich gern, aber ich muss noch einen überbackenen Nudelauflauf für zwölf Personen machen, die in wenigen Stunden hier sein werden.«

»Das findest du doch klasse.«

»Stimmt.«

»Warum wirkst du dann gar nicht so begeistert?«

Matilda seufzt. »Silvester ist *unser* Tag zum Feiern. Wie Weihnachten, nur halt mit Freunden, mit der Familie, die man sich selbst ausgesucht hat. Einmal im Jahr kommen alle in die Stadt zurück, und wir sind mehrere Tage am Stück zusammen, und das fühlt sich dann wirklich wie Familie an, als würden wir fest zusammengehören und so würde es auch für immer bleiben. Aber das stimmt natürlich nicht, und dann ist diese Zeit, auf die ich mich das ganze Jahr gefreut habe, auch schon wieder vorbei, und es ist Winter und vorm Frühjahr passiert nichts Schönes mehr. Aber für ein paar Tage ist es eben doch ziemlich toll.« Matilda streicht sich das Haar aus den Augen. »Ich hoffe allerdings, dass sich das Wetter noch ändert. Der Sonnenaufgang am Neujahrstag ist nämlich echt hart. Den übersteht man besser, wenn's bedeckt ist.«

Althea zieht die Knie an die Brust und faltet sich ganz eng zusammen. »Kopf hoch«, sagt sie. »Heute wird der schönste Tag unseres Lebens.«

In der Küche blättert Ethan vorsichtig ihr Skizzenbuch durch, von dem Althea dachte, es sei gut zwischen Sofa und Wand versteckt. Sie schenkt sich einen zweiten Kaffee ein und tut so, als wäre es ihr egal, isst eine Handvoll Müsli über dem Ausguss und schaut zu, wie die anderen draußen auf dem Hof eine Art Skulptur aus leeren Bierdosen aufbauen.

»Ich schreibe ja Geschichten«, sagt Ethan, als sei das eine Tatsache, die ihr längst bekannt sein müsste. Sie wartet. »Keine richtigen Geschichten. Eher Entwürfe, für Comics oder Graphic Novels. Dennis und ich wollten eigentlich einen Comic zusammen machen, aber dann hat er gekniffen.« Althea starrt ins Spülbecken. Ein aufgeweichtes Stück Möhrenschale hängt im Abfluss fest. »Die meisten Figuren hatte ich schon entwickelt und auch einen Teil der Handlung.«

»Bist du heute nicht mit der Essenausgabe dran?«, fragt sie unvermittelt.

»Bin ich. Und du kommst mit.«

»Ach ja?«

»Es sei denn, du bist gerade sehr beschäftigt? Oder hast schon was anderes vor?«

Und so packt Althea sich ein, so gut sie kann: ein T-Shirt unter einem Thermohemd unter ihrem schmutzigen, zerlumpten Sweatshirt unter ihrer dicken Weste. Sie zieht zwei Paar Socken übereinander und trifft dann im Flur mit Ethan zusammen, der einen Turnschuh schon angezogen hat und jetzt den Haufen nach dem zweiten durchwühlt.

»Du solltest sie an den Schnürsenkeln zusammenknoten, wenn du sie ausziehst«, sagt sie und hält ihre fest verbundenen Springerstiefel hoch. »Dann bleiben sie immer zusammen.«

»Das ist nicht warm genug, was du da anhast.«

»Mehr habe ich nun mal nicht.«

Ethan verdreht die Augen. »Das war ja klar.«

»Jetzt mach nicht wieder so ein Gesicht, ja? Ich beschwer mich doch gar nicht.«

»Kommt mit.« Er fasst sie am Ellbogen und führt sie zur Treppe.

Sie folgt ihm, zögert aber auf der Schwelle seines Zimmers, das er sich mit Gregory teilt. Alles ist voller Bücher, sie lehnen in wackelig aussehenden Türmen an der Wand und liegen stapelweise auf Kommode und Fensterbank herum. Es riecht nach Zitrone und frischer Wäsche, nicht nach den Stinkesocken, die Althea erwartet hat, auch wenn die Dose mit Lufterfrischer auf dem Nachttisch verrät, dass dieser Duft nicht auf natürliche Weise entsteht. Herr Ernst, der auf einem Kissen liegt, zu einem pelzigen, kleinen Komma zusammengerollt, maunzt den Eindringling an, die grünen Augen zu Schlitzen verengt. Die Bettdecke ist zurückgeworfen und auf dem Laken ist noch der Abdruck von Ethans Körper zu sehen. Der Anblick hat etwas unangenehm Intimes und Althea schaut schnell weg.

Ethan wühlt in einer Plastikkiste im Wandschrank herum, bis er eine grüne Strickmütze mit Ohrenklappen und passende Fäustlinge findet, unter denen, wenn man die Spitze aufklappt, fingerlose Handschuhe zum Vorschein kommen. Die Mütze und die Fäustlinge haben Augen. Er hält sie Althea hin. »Sollen das Frösche sein?«, fragt sie.

»Matilda hat sie mir mal aus Spaß geschenkt.« Althea zieht das Frosch-Ensemble an und Ethan verschwindet wieder im Schrank, um schließlich mit einem abgewetzten schwarzen Mantel hervorzukommen. »Das ist kein echtes Leder«, sagt er. »Nur so ein Billigteil aus dem Secondhandladen, aber Matilda hat ihn mit Faserpelz gefüttert.«

Als Althea ihn überstreift, steigt ihr der Geruch von Kunstleder in die Nase und erinnert sie so sehr an ihre Keller-Couch zu Hause, dass sie kurzzeitig nicht sprechen kann, weil sie sonst in Tränen ausbrechen würde. Weniger aus Heimweh oder Sehnsucht als vielmehr deshalb, weil er ihr mit schmerzlicher Direktheit in Erinnerung ruft, was auf dieser blöden Couch passiert ist – auf ihr hatte sie mit Oliver gerangelt, auf ihr hatte sie geschlafen, nachdem er gegangen war, und auf ihr hatte sie mit ihrem Vater zusammen Spaghetti gegessen und *Jurassic Park* angeschaut, um sich von dem ganzen Schlamassel abzulenken, den sie angerichtet hatte. Das alles war vorher gewesen. Das ist das Schlimmste daran. Sie hatte ein Vorher und jetzt befindet sie sich im Nachher, und es zerreißt ihr das Herz in der Brust, dass es einen solchen Bruch gegeben hat und sie es nicht einmal mehr zurückwill.

»Alles okay?«

Ethan gegenüber eine Schwäche zuzugeben, wäre sicher ein schwerer taktischer Fehler, und so reißt sie sich zusammen und atmet tief durch. »Ich seh bestimmt total albern aus.«

»Aber auf eine gute Art.«

Der Park ist leer. Sie bauen den Tisch in der Mitte der großen weißen Fläche auf und der Wind peitscht heulend um sie herum. Althea postiert sich hinter dem Kohlgemüse und stampft mit den Füßen auf, damit ihre Zehen nicht völlig taub werden. Ethan liest *V wie Vendetta* und beachtet sie nicht.

»Heute kommt keiner«, sagt sie nach einer halben Stunde. »Warum packen wir nicht einfach ein und gehen nach Hause?«

»So läuft das hier nicht.«

»Aber es hat doch keinen Sinn, hier in der Kälte zu stehen, wenn keiner kommt.«

»Das Wichtigste ist unsere Zuverlässigkeit. Die Leute sollen wissen, dass wir hier sind, wenn sie uns brauchen.«

Althea geht in die Hocke und fängt an, einen kleinen runden Schneehaufen zu machen. »Erzähl mir von diesem Comic, den du machen wolltest.«

»Was weißt du über Diamanten?«

»Ich weiß, dass sie alle bei De Beers im Tresor liegen und eigentlich überhaupt nichts wert sind.«

»*Woher* weißt du das denn?«, fragt er.

Althea ärgert sich über sein Erstaunen. »Du wirst es nicht glauben, aber auch in North Carolina gibt es Bücher.«

Ethan öffnet schon den Mund, um irgendetwas Gemeines zu sagen, das erkennt sie an seinem Gesicht, überlegt es sich dann aber anders und setzt noch einmal neu an. »Jedenfalls hatte ich die Idee, eine Geschichte über einen Juwelenraub zu machen. Über eine Bande von Dieben, die bei De Beers sämtliche Diamanten klaut. Nicht, um sie weiterzuverkaufen, sondern um sie zu verschenken. Um ihren Wert zu mindern, das Monopol zu zerstören.«

»Und wie stellen sie das an?«

»Da müsste ein Insider beteiligt sein.«

Sie nickt, ohne aufzublicken. »Und das müsste schon eine sehr disziplinierte Diebesbande sein, um so viele Diamanten zu stehlen und dann einfach zu verschenken.« Sie klappt den vorderen Teil ihrer Handschuhe weg, um die Finger frei zu haben, modelliert dann ein Paar Hinterbeine und kratzt seitlich den Schnee weg, um den Froschbauch deutlicher hervortreten zu lassen.

»Genau, das ist es ja gerade«, sagt Ethan. »Jeder von ihnen würde auch in Versuchung geraten. Darum dreht sich ja alles. Das sind schließlich ganz normale Menschen. Aber irgendwann würden sie alle begreifen, dass sie jetzt wirklich mal etwas Gutes tun können, statt einfach nur fett und reich zu werden.«

»Als ich die Geschichte von De Beers zum ersten Mal hörte, habe ich mir den obersten Typen nicht fett und blasiert vorgestellt. In meiner Vorstellung« – sie denkt an den Tag mit Valerie auf dem Schulflur zurück – »war er groß und schlank. Mit einer Taschenuhr. Und einsam. Und nachts ist er manchmal in den Tresorraum geschlichen, um seine Diamanten anzuschauen.«

Ethan macht ein spöttisches Geräusch. »Ich bitte dich.«

»Du liest zu viele Comics«, sagt sie, während sie den Rücken des Froschs etwas runder macht und seinem Hals eine stärkere Wölbung verleiht. »Der Erzbösewicht, der sich mit teuflischem Grinsen die Hände reibt und seine Schlechtigkeit genießt. So einen gibt es in Wirklichkeit nicht. Niemand hält sich selbst für böse. Ich weiß, dass diese Robin-Hood-Geschichte ihren Reiz hat, aber das wäre doch dann alles ein bisschen zu leicht, oder?«

»Du findest die Idee also blöd«, sagt Ethan.

»Ich finde sie nur zu einfach gestrickt. Was zum Beispiel, wenn der Typ an der Spitze der Insider wäre? Was, wenn *er* beschließen würde, sich von den Diamanten zu trennen? Vielleicht ist irgendwas passiert, dass er glaubt, er hätte sie nicht mehr verdient. Aber er kann das Imperium nicht einfach auflösen. Er muss es wie einen Raub aussehen lassen.«

»Die Geschichte einer Bekehrung. Nicht schlecht. Ist das ein Frosch?«

Sorgfältig formt sie zwei winzige Schneebälle für die Augen und befestigt sie zu beiden Seiten des Kopfs. »Irgendwas fehlt noch.«

»Hier.« Ethan kauert sich neben sie und zieht sich mit den Zähnen einen Handschuh aus. »Er braucht noch Zehen.«

Althea beobachtet die Dampfwolken, die Ethans Atem bildet, während er Füße mit Schwimmhäuten an die Hinterbeine fügt. Die äußerste Spitze seines Ohrläppchens guckt unter seiner schwarzen Strickmütze hervor. Sein blasser Nacken hat sich dort, wo er zwischen Mütze und Schal hervorschaut, knallrot verfärbt. Sie sieht, wie der verschneite Park sich in seinen Brillengläsern spiegelt und dahinter seine blauen Augen, die er keine Sekunde vom Boden abwendet.

»Hinten hat er fünf Zehen, nicht drei«, sagt sie, ihn korrigierend. »Und vorne vier.«

»Sicher?«

»Wir haben letztes Jahr in Bio Frösche seziert.«

»Entschuldigung?«, sagt jemand hinter ihnen.

Sie werden von einem Mann unterbrochen, der sein langes Haar zu zwei dunklen, glänzenden Zöpfen geflochten hat. Er trägt einen mexikanischen Poncho. Eine ausgestopfte Krähe sitzt auf seiner Schulter.

Ethan springt auf. »Oh, tut mir leid«, sagt er.

Althea löffelt Kohlgemüse auf einen Teller; Ethan legt die Möhren und veganen Truthahn vor.

»Vor dem müsst ihr euch in Acht nehmen«, sagt der Mann und deutet auf den Vogel. »Der war mal lebendig.«

Überraschenderweise setzt Ethan sich neben ihn, während er isst, und ermuntert den Mann – Grauer Wolf nennt er sich – zu einem weitschweifigen Vortrag über seine Exfrau und sein früheres Leben als Studiomusiker. Er will gerade von seiner Zeit bei den *Hells Angels* anfangen – »Einmal *Hells Angel*, immer *Hells Angel*, glaubt mir, durch meine Hände würdet ihr lieber nicht sterben wollen …« –, als er plötzlich innehält. »Aber das erzähl ich lieber ein anderes Mal«, sagt er und nickt zu Althea hinüber. »Über so was spricht man nicht im Beisein einer Dame.«

»Dann ein anderes Mal«, sagt Ethan.

Grauer Wolf lächelt. »Du hast es erfasst.«

Als er weg ist, schaut Ethan Althea an. »Deshalb bleiben wir hier, auch wenn's kalt ist und so aussieht, als würde niemand kommen.«

Sie nickt, ernüchtert.

»Jetzt können wir gehen.« Er legt die Deckel auf die Aluminiumschüsseln und dichtet sorgfältig die Ränder ab.

Althea nimmt das Transparent, das vor dem Tisch hängt, ab. »Ich könnte sie zeichnen. Diese Diamanten-Geschichte. Wenn du sie schreibst, könnte ich die Zeichnungen machen.«

Ethan schüttelt nur kurz den Kopf. »Das glaub ich kaum.«

»Wieso nicht? Du hast mein Skizzenbuch gesehen. Ich bin gut.«

Er geht um den Tisch herum, nimmt das eine Ende des Transparents und trifft sich dann mit ihr in der Mitte, so dass es sauber auf die Hälfte gefaltet ist. »Was glaubst du, wie lange so was dauert? Was für ein Aufwand das ist, die Geschichte auszuarbeiten, die Bilder und die ganze künstlerische Gestaltung?«

»An Zeit herrscht bei mir ja nun gerade kein Mangel.« Ärgerlich reißt sie ihm den Stoff aus der Hand und faltet ihn allein zusammen.

»Und wenn du wieder abhaust? Was dann?«

»Wer redet denn von Abhauen? Hör zu, ich hab mit Matilda gesprochen. Ich weiß, dass ihr in Wilmington angerufen habt, um euch über mich zu erkundigen …«

»Tja, so ein Pech. Das hier ist kein Zeugenschutzprogramm.«

»Du willst, dass ich verschwinde, stimmt's? Du bist schon angepisst, seit ich durch die Tür gekommen bin, und wartest nur noch darauf, dass ich endlich wieder gehe. Bin ich dir peinlich? Oder fall ich dir irgendwie zur Last? Ich versuche, zu helfen, so gut ich kann, aber du kannst mich trotzdem nicht ertragen.«

»Ich sage nur, dass du nicht bleiben wirst. Irgendwann bist du's leid, kein eigenes Zimmer zu haben und mit mir hier im Park rumstehen zu müssen …«

»Der Teil geht mir jetzt schon ziemlich auf die Nerven.«

»Über kurz oder lang wirst du bei deinem Vater anrufen und sagen, dass du nach Hause willst. Ist alles schon passiert. Und passiert auch immer wieder. Irgendwann willst du nur noch, dass alles wieder so wird wie früher.«

Sogar mitten in diesem bescheuerten Streit, wo sie ihn am liebsten erwürgen würde, wird ihr plötzlich ganz warm im Bauch und sie fängt an zu lachen.

»Was ist daran so lustig?«, fragt er verunsichert, offenbar in dem Glauben, sie lache über ihn.

»Nichts«, erwidert sie. Sie kann es ihm nicht sagen – laut ausgesprochen würde es sich einfach zu verrückt anhören.

Es tut so gut, wieder jemand zum Streiten zu haben.

15. KAPITEL

Hier endet Olivers Plan. Auf dieser Veranda, auf der er jetzt steht, vor diesem Haus, in dem Althea angeblich wohnt, während Will schon auf den Beinen schwankt und kaum noch die Augen offen halten kann.

»Wir müssen dich ins St. Victor's zurückbringen«, sagt Oliver.

»Ich gehe hier nicht weg, bevor du sie gefunden hast.«

»Wir wissen doch, dass sie hier ist. Ich bring dich zurück und dann komm ich allein wieder her.«

»Wir wissen doch gar nicht, was im Krankenhaus los ist. Wenn du mich hinbringst, lassen sie dich vielleicht gar nicht mehr weg. Du kannst mich ja nicht einfach dort absetzen und dann sagen, du müsstest schnell noch mal los. Vielleicht wartet sogar schon deine Mutter auf dich. Los, klopf jetzt an diese Tür und dann sehen wir weiter.«

»Verdammter Mist.«

»Ich hab ja gesagt, bei mir ist es noch nicht vorbei. Es hat nur genau den Moment abgewartet, wo es mir endlich mal wieder richtig gut geht.«

»Tut mir echt leid.«

»Ich werd's überleben. Und jetzt los.«

Oliver macht einen zaghaften Schritt in Richtung Tür. Drinnen sucht sich jemand stockend ein paar Akkorde auf einer schlecht gestimmten E-Gitarre zusammen.

»Bleib bei mir, Herr Ernst, und sei gewiss, dass du von mir bestimmt keine Krätze kriss'«, verspricht der Sänger, unterbricht sich dann und ruft: »He, wer ist eigentlich der Schutzheilige gegen Krätze?«

»Die heilige Radegunde«, antwortet jemand. »Viel Glück bei der Suche nach einem Reim.«

Oliver blickt sich um zu Will, der unten auf dem schneebedeckten Rasen stehen geblieben ist.

»Was ist?«, fragt Will.

»Mir fällt gerade auf, dass ich gar nicht weiß, was ich zu ihr sagen soll.«

Will stapft die Stufen hinauf und drückt dreimal kurz die Klingel. »Dann denk dir schnell was aus.«

Oliver hört, wie alle im Haus kurz die Luft anhalten – »Ist jemand an der Tür?« – »Guck mal nach, wer da ist.« Keine der Stimmen klingt wie die von Althea. »War vielleicht doch keine so gute Idee«, sagt er.

»Zu spät.«

Ein junges Mädchen öffnet die Tür. Sie ist klein und blond und trägt ein viel zu großes Shirt von den *Replacements* als Kleid. Oliver schätzt sie ein paar Jahre älter ein, und trotz ihrer zierlichen Statur strahlt sie eine Autorität aus, die ihn an Nicky erinnert. Irgendetwas an der Art, wie sie ihn mit ihren scharfen grünen Augen taxiert, macht ihm unmissverständlich klar, dass sie hier zu Hause ist und er nur ungebeten auf ihrer Veranda steht. Sie sagt nicht Guten Tag und fragt auch nicht, ob sie ihm helfen kann; sie starrt ihn nur an und wartet darauf, dass er spricht.

»Hi«, sagt er.

»Hallo«, erwidert sie. Sie schaut Will nicht einmal an, sondern hält ihren Blick unverwandt auf Oliver gerichtet.

»Ich suche Althea.«

»Wen, bitte?«

»Althea Carter.«

Das Mädchen lächelt schmal und schüttelt den Kopf. »Tut mir leid, da hast du dich wohl in der Adresse geirrt.«

Der enge Flur hinter ihr liegt voller Schuhe und Zeitungen, und an den Haken in der Wand hängt eine Reihe von Jacken und Mänteln. Altheas dicke Daunenweste ist auch dabei. »Tut mir leid, aber das glaube ich kaum«, sagt er.

»Hier gibt's keine Althea, verstanden?«, sagt sie und macht Anstalten, die Tür zu schließen.

Oliver drückt mit der Hand dagegen, beugt sich vor und schaut auf das Mädchen hinunter. »Ich weiß, dass sie hier ist. Ihr Auto parkt auf der anderen Straßenseite und drei Schritte hinter dir hängt ihre Lieblingsweste. Ich will nur mit ihr sprechen. Und ich weiß, dass sie auch mit mir sprechen will.«

Ein Mädchen mit braunen Locken und knallrotem Lippenstift stürmt vom Ende des Flurs heran, flankiert von zwei Typen und gefolgt von einer genervt aussehenden Katze. »Was ist los,

Matilda?«, fragt das andere Mädchen und mustert Oliver, der sich zwischen Tür und Rahmen gedrängt hat. »Und wer zum Teufel bist *du*?«

»Oliver?«

Oliver fährt herum, und da steht Althea auf dem Fußweg, neben einem Typen mit Brille. Sie trägt einen Klapptisch wie einen Koffer und ist mit einem abgewetzten Ledermantel und einer lächerlichen grünen Mütze bekleidet, die Wangen leuchtend rot vor Kälte. Sie sieht aus wie immer und doch völlig verändert.

Still stehen sie da und starren sich an. Oliver vergisst ihre Zuschauer, vergisst sogar, dass er was sagen wollte. Er will sie einfach nur anschauen. Sie ist wunderschön, und er ist völlig durcheinander, aber da steht sie vor ihm, er hat sie gefunden und das erfüllt ihn mit einem törichten Stolz.

»Hey«, sagt er.

»Wie hast du mich gefunden?«, fragt sie.

»Weißt du nicht mehr, an Halloween, auf dem Parkplatz vor *Lucky's*? Wie ich gesagt hab, ich hätte Lust, ein Geheimnis aufzuklären?«

»Doch.«

»Das war kein Scherz.«

Sie nimmt die Froschmütze ab. Das ganze schwarze Haar ist weg; sie ist wieder blond, ihr schmales Gesicht blank vor Erstaunen über sein Kommen. Sie sieht klasse aus, auch wenn die Frisur ein Schock ist. Es kommt ihm vor, als wäre sie drei, vier Zentimeter gewachsen, bis ihm klar wird, dass sie sich einfach nur sehr gerade hält. Ihre Verblüffung schwindet allmählich und ein Mundwinkel verzieht sich zu einem schiefen Lächeln. Er erforscht diesen Ausdruck, sucht ihn zu deuten, zu erraten, ob sie verlegen ist wegen all der Leute oder nur erfreut über seinen Anblick. Jede Sekunde, die vergeht, ohne dass einer von beiden die wenigen Meter zwischen ihnen zurücklegt, lenkt nur noch mehr Aufmerksamkeit auf die Tatsache, dass sie sich bisher nicht umarmt haben.

»Was ist mit deinen Haaren passiert?«, fragt er.

Sie zieht einen Flunsch, tut beleidigt. »Was denn?«, fragt sie und wuschelt sich filmstarmäßig durch die kurz geschorenen Locken. »Gefällt's dir nicht?«

Sie flirtet mit ihm. Vor aller Augen. Jetzt ist Oliver an der Reihe, überrascht zu sein, und diese knisternde Spannung, die er letzte Nacht auf der Straße empfunden hat, kehrt zurück, dieses Gefühl ungeahnter Möglichkeiten, das sich nur einstellt, wenn man alles Vertraute hinter sich lässt. Althea und Oliver stehen im Mittelpunkt dieser spontanen Veranda-Versammlung, und das ist ein seltsam gutes Gefühl. All diese Leute, die er nicht einmal kennt, beobachten den Fortgang dieser Szene, als nähmen sie tatsächlich Anteil an dem, was hier passiert, und das ist natürlich auch der Grund dafür, dass Althea und Oliver wie gelähmt sind. Denn was als Nächstes passiert, ist absolut entscheidend. Und so gibt Oliver sich schließlich geschlagen und streckt die Hand nach ihr aus.

»Himmelherrgott noch mal«, sagt der Typ mit der Brille, reißt Althea ärgerlich den Tisch aus der Hand und marschiert zur Tür. »Du lässt die ganze Wärme raus, Matilda. Und wer zum Teufel ist denn das da?«, ruft er und zeigt auf die hintere Ecke der Veranda, wo Will, in Fötushaltung zusammengerollt und heftig zitternd, eingeschlafen ist.

Althea schaut Oliver mit völlig ausdrucksloser Miene an, was ihn so lebhaft an Garth erinnert, dass er fast schon das Eis in seinem Glas klappern hört.

»Lass mich raten«, sagt sie. »Der gehört zu dir.«

Wann immer Oliver davon geträumt hatte, irgendwann einmal auf seinen rechtmäßigen Platz in der Welt, den Beifahrersitz in Altheas Auto, zurückzukehren, hatte er sich die Situation sicher etwas anders vorgestellt.

»Komm schon, Will!«, ruft er, den Oberkörper weit über die Rückenlehne nach hinten gebeugt, und schüttelt den schlaffen Arm seines Freundes. »Wach auf!«

»Zu spät«, sagt Althea. »Der Stecker ist schon raus. Glaub mir, ich kenn mich da aus.«

»Er muss aber wach bleiben, bis wir am Krankenhaus sind.«

»Was macht das für einen Unterschied?«

»Ich kann ihn nicht selber auf die Station hochbringen. Wer weiß, was mich da oben erwartet.«

»Dann bring ich ihn rauf.«

»Nein!«, ruft Oliver. »Von dir glauben alle, du wärst in New Mexico. Will und ich sind gestern abgehauen, ohne irgendwem Bescheid zu sagen. Sie haben bestimmt unsere Eltern angerufen. Wenn Nicky den nächsten Flug genommen hat, ist sie womöglich schon hier. Und wenn sie dich sieht …«

»Warum seid ihr denn aus dem Krankenhaus abgehauen?«

»Althea, *konzentrier dich*!«

»Schon gut, ich hab verstanden, wir müssen ihn unbemerkt einschleusen.« Sie tritt aufs Gas und wechselt, ohne zu blinken, die Spur. Der Fahrer neben ihr zeigt ihr den Stinkefinger, den sie ungerührt erwidert. »Dann geh nach hinten und weck ihn auf.«

»Dein Fahrstil ist noch schlimmer geworden.«

»Nein, das scheint nur so, weil hier alle genauso fahren wie ich«, sagt sie und drückt ausdauernd auf die Hupe. »Fand ich auch ziemlich erstaunlich. Und jetzt geh schon nach hinten.«

Oliver quetscht sich zwischen den beiden Vordersitzen hindurch und kauert sich neben Will auf den Boden. Er gibt ihm ein paar sanfte Klapse ins Gesicht und redet dabei auf ihn ein. »Hey, Will, wach auf. Stella ist hier, splitterfasernackt!«

Will stöhnt leise, öffnet aber nicht die Augen.

»Du musst härter rangehen«, sagt Althea ungeduldig.

»Irgendein Vorschlag?«

»Versuch's mal mit Kneifen. Bei dir hat das immer gewirkt.«

Oliver schiebt die Hand in Wills Ärmel und zwirbelt die weiche, glatte Haut innen am Ellbogen. Ohne die Augen zu öffnen, holt Will aus und schlägt Oliver ins Gesicht.

»Verdammt!«, schreit Oliver.

»Lass das!«, sagt Will und rollt sich auf die Seite.

»Alles okay, Ol? Das klang nicht so gut«, sagt Althea und beobachtet ihn im Rückspiegel. Der Wagen federt hart ein und schleudert Oliver gegen die Rückbank. »'tschuldigung. Schlagloch.«

»Macht nichts.«

»Versuch's weiter.«

»Vielleicht hast du Recht, vielleicht ist es schon zu spät«, sagt er.

»Soll ich kurz anhalten und wir tauschen? Ich wette mit dir, um was du willst, dass ich ihn wach kriegen kann.«

»Alles muss immer ein Wettkampf sein«, brummt Oliver.

»Bestimmt, ich schaff das. Bei dir hab ich's auch geschafft, weißt du noch?«

»Nein, danke. Ich hab keine Lust, der einzige Fahrer weit und breit zu sein, der unversehrt ans Ziel kommen will.« Oliver lässt sich gegen die Tür sinken. »Vielleicht können wir ihn einfach vorm Krankenhaus ablegen, mit einem Zettel um den Hals oder so. Oder wir zahlen einem Obdachlosen einen Zehner, wenn er ihn auf die Station zurückbringt.«

Er beobachtet Will im Schlaf und beneidet ihn um seine Selbstvergessenheit. Althea fährt immer noch, als wäre sie acht und würde an einem dieser Spielautomaten mit den Autorennen hinterm Steuer sitzen. »Du brauchst nicht so zu rasen«, sagt er. »Wir haben's ja nicht eilig.« Seinetwegen könnte die Fahrt ruhig noch länger dauern, denn an ihrem Ende wird er sich entweder mit seiner stinkwütenden Mutter streiten oder allein mit Althea im Auto sitzen – eine Aussicht, die er plötzlich genauso beängstigend findet wie ihren Fahrstil.

»Vielleicht hab *ich* es ja eilig«, sagt sie.

»Und wo willst du so schnell hin?«

»Ähm, dahin zurück, wo ich wohne?«

»Ach, du meinst Wilmington, North Carolina?«, stichelt er.

Sie schweigt für einen Moment, und Oliver jubelt im Stillen, dass er einen Treffer gelandet hat. »Du weißt genau, was ich meine«, sagt sie dann leise.

Wills Füße zucken im Schlaf und das bringt Oliver auf eine Idee. Er zieht ihm einen Turnschuh aus und streift ihm die schweißige Socke ab.

»Oh Gott, was stinkt denn hier so?«, fragt Althea und öffnet das Fenster.

»Fahr einfach weiter«, sagt er. Dann hält er die Luft an und kitzelt Will unter der Sohle.

Die Wirkung ist unmittelbar. Will reißt die Augen auf und brüllt los. Seine Arme und Beine rudern wild herum, und sein nackter Fuß trifft Oliver genau ins Gesicht und schleudert ihn rücklings gegen die Tür. Althea verliert fast die Kontrolle über den Wagen und schwenkt kurzzeitig auf die angrenzende Spur, zum unüberhörbaren Ärger aller anderen Fahrer auf dem Brooklyn-Queens Expressway. Hastig kurbelt sie das Fenster wieder hoch, um das Hupkonzert und die schillernden Flüche auszusperren.

Will fährt auf und greift sich an die Brust. »Oh mein Gott. Oh mein Gott.«

»Was ist denn da los, verdammt noch mal?«, schreit Althea. »Hat er einen Herzinfarkt?«

»Alles in Ordnung, Will?«, ruft Oliver. Seine Augen tränen und er nimmt Will nur verschwommen wahr.

»Ich bring dich um, McKinley«, keucht Will.

»Tut mir leid, aber ich *musste* dich wecken.«

Sobald sein Atem sich ein wenig beruhigt, streckt Will sich auch schon wieder auf der Rückbank aus.

»Halt ihn wach, Ol«, sagt Althea.

Oliver zieht Will am Arm. »Will, hör mir zu. Wir sind fast da. Wir bringen dich ins Krankenhaus zurück. Aber, bitte … du musst wach bleiben, bis wir dort sind. Bitte.«

»Oh verflucht«, sagt Will und setzt sich vorsichtig auf. »Wir haben sie gefunden.«

»Oh ja«, sagt Oliver. »Wir haben sie gefunden.«

»Du hast Nasenbluten.«

Oliver wischt sich mit dem Handballen unter der Nase entlang, und er ist tatsächlich voller Blut. »Stimmt.«

Will schaut Oliver zerknirscht an. »War ich das?«

Oliver tätschelt ihm den Knöchel. »Keine Sorge. Ich werd's überleben.«

Als sie vor dem Krankenhaus anhalten, ist Will noch so gerade bei Bewusstsein. Oliver öffnet die Autotür und stolpert unbeholfen auf die Straße hinaus. Kaum zu glauben, dass sie wohlbehalten angekommen sind. Althea lässt den Motor laufen, schaltet die Warnblinkanlage ein und springt aus dem Wagen. Zwei Frauen stehen auf dem Bürgersteig und rauchen. Die eine hat pinkfarbenes Haar und einen Nasenring, die andere einen glatten schwarzen Bob und einen Infusionsständer neben sich. Beide starren unverhohlen zu ihnen herüber, neugierig und amüsiert. Oliver nickt ihnen zu. »'n Abend«, sagt er und wendet sich dann wieder zum Auto um. »Komm, Will.«

»Sie hat mir zu viel Soße auf den Hotdog gemacht und jetzt kann ich ihn nicht essen«, jammert Will.

»Er träumt«, sagt Althea. »Wir müssen ihn irgendwie auf die Beine kriegen.«

Oliver beugt sich zum Rücksitz hinunter und fasst Will sanft um die Taille. »Ich weiß, aber ist nicht schlimm, wir kaufen dir einen neuen. Und jetzt steh auf.«

»Kekse auch?«

»Hotdogs und Kekse, klar. So viele du essen kannst.«

Mit viel gutem Zureden holen sie Will schließlich aus dem

Auto und halten ihn im Gleichgewicht. »Will, weißt du, wo du hingehen musst?«, fragt Oliver. »Weißt du noch, auf welcher Station wir waren?«

»Aber keine mit Streuseln drauf«, schreit Will.

»Leg dir seinen Arm über die Schulter«, sagt Althea. »Alleine schafft er das nicht.«

Oliver schüttelt den Kopf. »Ich geh da nicht rauf.«

»Wir können ihn doch nicht hier draußen lassen.«

»Gut, dann eben bis zum Aufzug.«

»Du willst ihn im Aufzug liegenlassen?«

»Wir bringen ihn zum Aufzug und schicken ihn in den achten Stock. Mehr können wir nun mal nicht tun.«

Die Frau mit den pinkfarbenen Haaren hat zu Ende geraucht und tritt die Zigarette mit dem Absatz ihrer Springerstiefel aus. »Wo soll er denn hin?«, fragt sie und zeigt auf Will.

»In die Abteilung für Schlafmedizin«, sagt Oliver. »Achter Stock.«

Sie schaut ihre Freundin an und zuckt die Achseln. »Wir können ihn raufbringen.«

»Ehrlich?«

»Klar. Ihr Jungs seht aus, als hättet ihr eine harte Nacht hinter euch.« Sie fährt sich mit dem Finger über die Oberlippe und Oliver erinnert sich an sein Nasenbluten.

»Danke«, sagt er.

Althea und Oliver überlassen Will den beiden Frauen.

»Moment«, sagt Will, als sie ihn zwischen sich nehmen.

Alle halten in der Bewegung inne. Will sieht Oliver aus halb geschlossenen Augen an, doch sein Blick ist plötzlich wieder klar.

»Erzähl ihr von dem Lithium«, sagt er. »Frag sie, was sie davon hält.«

Althea und Oliver schauen den beiden Frauen hinterher, wie sie Will in die Eingangshalle und dann zu den Aufzügen hinüberbugsieren. Als das seltsame Trio verschwunden ist, bleibt ihnen nichts anderes mehr übrig, als den Kopf zu drehen und sich anzusehen.

Althea rückt verlegen ihre Froschmütze zurecht.

»Wir sollten jetzt lieber fahren«, sagt sie.

»Ja«, sagt er. »Das sollten wir wohl.«

Als sie zurückkommen, ist es schon dunkel. Drinnen im Haus sieht es für Oliver so aus, als hätte jemand Nickys Küche genommen, einmal im Keller von Garth verteilt, das Ganze dann in Brand gesetzt und anschließend darin eine Party geschmissen. Ein elfenartiger Typ mit dunklem, abstehendem Haar, der ein kariertes Shirt trägt und an einer Zimtstange kaut, begrüßt Althea herzlich und fragt, welche Musik sie hören möchte. Die knackige Brünette mit dem roten Lippenstift fragt Althea, ob sie etwas zu trinken haben will. Irgendwer drückt Oliver ein Bier in die Hand, an dem er gewohnheitsmäßig nippt. Althea nimmt ihn an der Hand und führt ihn durch die schmutzige Küche – das ganze Haus riecht nach Curry, nasser Katze und angebranntem Kaffee – und am hinteren Ende wieder hinaus.

Der Hof ist ein schmales Rechteck, ungefähr halb so groß wie der Garten bei Oliver oder Althea zu Hause. Alte, verrostete Fahrräder lehnen an einem windschiefen Holzzaun und die Reste einer Seilrutsche führen von einem Fenster im ersten Stock zu einem Baum, der einsam hinten in der Ecke steht. Weiße Weihnachtslichterketten sind am Zaun entlang gespannt, auch wenn mehrere längere Abschnitte nicht mehr leuchten, und in den Bereichen, wo der Schnee geschmolzen ist, sieht man, dass darunter kein nennenswertes Gras wächst. Im Zentrum der Fläche steht eine riesige Skulptur aus leeren Bierdosen, die gerade von Matilda und ungefähr dreißig ihrer Freunde bewundert wird.

»Wer sind diese ganzen Leute?«, fragt Oliver. »Wohnen die alle hier?«

»Natürlich nicht. Ein paar ihrer Freunde von außerhalb sind zu Besuch gekommen. Morgen gibt's hier eine große Silvesterparty.«

»Und wer von ihnen wohnt nun hier?«

»Die Warriors. Warte mal.«

Althea fröstelt und Oliver legt ihr den Arm um die Schulter. Überraschenderweise schmiegt sie sich bei ihm an, statt ihn wegzuschubsen. »Matilda hast du schon kennengelernt. Das andere Mädchen ist Leala; die beiden kennen sich, ach, schon ewig.«

»So wie wir?«

Althea lacht. »Nicht ganz so wie wir, nein. Kaleb ist so ein richtig wilder Kerl. Irgenwann im Laufe des Abends wird er wahrscheinlich einfach so seine Hose ausziehen. Er ist mit Leala zusammen. Der Typ mit den Haaren und der Katze ist Gregory. Er ist echt süß, manchmal ein bisschen laut, aber lustig. Und er vergöttert diese blöde Katze.«

Oliver nickt in Richtung des mageren Typen mit der Brille, der vorhin auf der Veranda rumgemeckert hat. »Und wer ist der Rotschopf?«

»Das ist Ethan. Der ist okay.« Sie zeigt auf einen heftig tätowierten Typen mit schwarzen Ohrsteckern, der sich zu Matilda herunterbeugt und ihr die Zigarette anzündet. »Das ist Dennis; er ist Tattoo-Künstler. Er ist gut. Ich glaube, er steht auf Matilda. Er kommt oft zum Schlafen her. Genauso wie der Typ in dem karierten Shirt; der ist Schlagzeuger, mit wechselnden Bands und Wohnungen.«

»Das werde ich mir nie alles merken können.«

»Hat bei mir auch eine Weile gedauert.«

»Und welcher ist dir der Liebste?«, fragt Oliver.

»Der Liebste?«

»Ja.«

Althea trinkt ihr Bier aus und lächelt. »Du natürlich.« Sie hält die leere Dose hoch. »Ich guck mal, wo ich die hier unterbringen kann, und hol mir noch eine.«

Oliver beobachtet, wie sie zu der Gruppe hinübergeht und nach einem Platz für ihre Dose in diesem lächerlichen Aluminium-Bauwerk sucht. Die anderen rücken zur Seite, um sie durchzulassen, schließen ihre Reihen dann wieder und nehmen sie nahtlos in sich auf. Sie steht dicht neben Kaleb, um sein Werk zu begutachten, und unterhält sich mit ihm mit einer Leichtigkeit, einer Mühelosigkeit, die sie früher mit anderen Leuten nie hatte, nie. Und alle scheinen sie zu mögen. Doch schon im nächsten Moment schämt er sich für diesen Gedanken – natürlich mögen sie sie. Warum auch nicht? Wenn Althea bislang außer ihm kaum Freunde hatte, dann nur deshalb, weil sie auf die meisten Leute mit Verachtung herabsah. Und die wenigen Freunde, die sie hatte, waren immer seine gewesen, weil er nirgends hingegangen wäre, wo sie nicht willkommen war. Es ist seltsam, sie von ihren eigenen Leuten umringt zu sehen, Leuten, mit denen er nichts zu tun hat. Wie oft hatte er sich über ihre Launen und Stimmungsschwankungen beklagt, dabei waren sie für ihn doch auch immer ein Vorteil gewesen. Er hatte Althea nie teilen müssen, mit niemandem, nicht wirklich. Und noch etwas fällt ihm auf, vielleicht das Überraschendste von allem: Althea scheint diese Leute zu mögen.

»Tut mir leid, das mit vorhin.« Matilda hat sich unbemerkt von ihren Freunden gelöst und steht jetzt neben ihm an der Hintertür. »Normalerweise bin ich nicht so unfreundlich.«

»Schon gut. Ich bin ja auch einfach ungebeten bei euch aufgekreuzt.«

»Wie geht's deinem Freund? Wieder besser?«

»Will? Ja, wir haben ihn ins Krankenhaus zurückgebracht. Der ist gut versorgt.«

»Hör zu, ich weiß nicht, wie deine Pläne aussehen, aber ich würde mich freuen, wenn du zumindest über Silvester bleiben würdest. Das feiern wir immer ganz groß.«

»Althea hat schon erwähnt, dass hier eine Riesenparty stattfinden soll.«

»Das Champagner-Derby, genau. Ich fänd's schön, wenn du dabei wärst. Die Stimmung ist immer super.«

Oliver steht einfach nur da und beobachtet, wie sich die Dampfwolken seiner Atemzüge in nichts auflösen. »Danke für die Einladung.«

»Tja, dann trage ich jetzt mal meinen Teil zum Dosen-Eisberg bei. Sag Althea, ihr zwei könnt heute Nacht in meinem Zimmer schlafen. So hackevoll, wie die jetzt schon alle sind, werdet ihr in der Küche keine Ruhe finden.« Matilda lässt ihn stehen und kehrt zu der Gruppe zurück, wo sie Althea etwas zuflüstert, die sich daraufhin zu Oliver umschaut, als hätte sie ihn für einen Moment fast vergessen, sich dann widerstrebend von den anderen trennt und auf ihn zukommt.

»Du siehst unglücklich aus«, sagt sie.

»Was du nicht sagst!«, antwortet er. »Hör zu, ich müsste dringend mal telefonieren.«

»Nicky?«, fragt sie.

»Ich möchte nicht, dass sie sich Sorgen macht.«

»Klar. Warte kurz.« Sie geht ins Haus und kommt mit einem schnurlosen Telefon zurück. »Aber nur R-Gespräch.«

Oliver schleicht sich auf die vordere Veranda und ruft bei Nicky an. »Hi, Mom.«

»Oliver! Ich könnte dir den Hals umdrehen!«

»Bitte nicht.« Oliver hat sich auf die Stufen gesetzt und sein ganzer Körper sackt zusammen, als er die Stimme seiner Mutter hört.

»Wo zum Teufel bist du?«, ruft sie aufgebracht.

»Hör auf zu schreien, ja? Ich bin in New York und es geht mir bestens.«

»Ich wollte gerade zu diesem verdammten Flughafen fahren und versuchen, einen Flug nach New York zu kriegen.«

»Nicht nötig. Du brauchst nicht herzukommen und wie Godzilla durch die Stadt zu trampeln, auf der Suche nach mir. Ich bin in so einer Punk-Bude in Brooklyn, mit ein paar Freunden von Valerie, und übermorgen hau ich hier wieder ab.« Oliver ist selbst beeindruckt, wie lässig er diese Lüge aus dem Ärmel geschüttelt hat.

»Nach Hause? Oder zurück ins Krankenhaus?«

»Den Teil hab ich mir noch nicht überlegt.«

»Und wann gedenkst du das zu tun?«

»Ich werde einfach eine Münze werfen, morgen Nacht, wenn es zwölf geschlagen hat.«

»Ach komm, Oliver, lass die blöden Sprüche.«

»Das war ernst gemeint, ich weiß es wirklich noch nicht. Ehrlich gesagt klingt beides nicht sehr verlockend.«

Nicky unterbricht das Gespräch, um sich eine Zigarette anzuzünden; Oliver hört, wie das Rädchen am Feuerzeug Funken schlägt. »Warum bist du denn einfach so abgehauen? Ich hab mir schreckliche Sorgen gemacht.«

»Ich hab mich gefühlt, als säße ich in einem Aufzug fest, der zwischen den Stockwerken hängengeblieben ist. Ich wollte einfach nur noch raus. Schlimm genug, dass ich über Weihnachten im Koma lag. Wenn ich jetzt auch noch Silvester mit diesen Gorillas verbringen müsste, würde ich mir wahrscheinlich die Pulsadern aufschneiden.« Er pult ein Stück loses Gummi von der Ferse seiner Turnschuhe ab. »Und du? Hast du jetzt einen Freund oder nicht?«

»Was für ein Freund? Was redest du da?«

»Als ich noch im Krankenhaus war, kurz bevor's bei mir losging, hast du mir von einem Date erzählt. Wie ist das denn gelaufen? Bist du jetzt mit ihm zusammen?«

Nicky lacht. »Ach so, *der* Typ! Gott, das fühlt sich an, als wär's schon wieder ewig her. Nein, es hat irgendwie nicht geklappt.«

»Wieso nicht? Hat er nicht für alles gezahlt? Hat er dir nicht den Stuhl zurechtgerückt?«

»Doch, die kleinen Sachen hat er alle richtig gemacht«, sagt Nicky.

Ein einsamer Pizzabote fährt mit seinem Rad die Straße entlang, eine rote Isolierbox am Lenker festgezurrt. »Was war dann das Problem?«

»Keine Ahnung, Ol. Irgendwie war mir das alles zu anstrengend. Manchmal ist es leichter, wenn alles einfach so bleibt, wie es ist. Nur wir beide, du und ich.«

»Aber warum …«

»Du musst nicht glauben, dass ich unglücklich bin. Ja? Das bin ich nämlich nicht, ich bin nicht die arme, traurige Mom. Aber als dein Vater … als ich … Vielleicht hatten wir einfach nicht die Chance, so alt und unglücklich zu werden wie alle anderen auch. Wir hatten eine richtig gute Zeit. Zu gut. Das hat mich für alle anderen verdorben.«

»Also kaufst du dir jetzt auch bald einen Hausmantel?«, fragt Oliver. »Und hockst mit Mrs Parker vorm Fernseher?«

»Jetzt hör mal zu, du undankbarer Wicht, wenn du zu Neujahr nicht in aller Frühe entweder auf dem Weg zum Flughafen oder zurück im Krankenhaus bist, werde ich Valerie diese Adresse aus dem Kreuz leiern und dann kannst du mal einen Godzilla erleben.«

Godzilla gegen den Dosen-Eisberg, denkt Oliver mit einem Lächeln. »Was machst du zu Silvester?«

Nicky schnaubt spöttisch. »Soll das ein Witz sein?«

»Ich dachte, du hättest vielleicht irgendwas vor.«

»Garth hat mich tatsächlich zu irgendeiner Fachbereichsparty eingeladen. Hat vorgeschlagen, mir ein paar Lehrbeauftragte für Geschichte vorzustellen.«

»Geh doch hin.«

»Silvester mit Akademikern? Vielen Dank.«

»Komm schon, Mom, rasier dir die Beine, zieh dir was Hübsches an und geh hin.«

»Könnten wir jetzt bitte auf das eigentliche Thema zurückkommen? Hast du inzwischen einen Entschluss gefasst, was das Lithium angeht?«

»Möchtest *du* das vielleicht entscheiden? Lithium oder nicht? Nach Hause oder ins Krankenhaus?«

»Ich habe wenig Lust, für das Ergebnis verantwortlich zu sein, sollte es dir am Ende vielleicht nicht gefallen. Diese Entscheidung überlasse ich lieber dir.«

»Die ist aber nicht so einfach.«

»Tja, was ist schon einfach im Leben?«

Nachdem er aufgelegt hat, macht Oliver keine Anstalten, wieder zu den anderen im Hof zurückzugehen, sondern bleibt lieber auf der Veranda, um düsteren Gedanken nachzuhängen. Am meisten beschäftigt ihn die Frage, wie lange er wohl hier sitzen muss, bis Althea sich von den Festivitäten losreißt und nach ihm sucht.

Zwölf Minuten später öffnet sie die Tür. »Komm mit.«

Sie führt ihn an der Hand in den ersten Stock hinauf.

»Keiner verlässt den Raum«, ruft jemand von unten.

Das Geländer unter Olivers Hand erzittert unter der Lautstärke, mit der das ganze Haus antwortet.

Althea schließt die Tür hinter ihnen. Sie setzen sich aufs Bett, kicken die Schuhe von den Füßen. Das grelle Licht der Straßenlaternen verwandelt das Fenster in einen verschwommenen Spiegel, ansonsten ist es dunkel.

»Schläfst du immer in der Küche?«

»Normalerweise schon. Was macht eigentlich deine Nase? Will hat dich ganz schön hart erwischt. Du kannst froh sein, dass sie nicht gebrochen ist.«

»Wo wir gerade von gebrochenen Nasen sprechen – ich habe heute mit Coby gesprochen. Er lässt dir sagen …«

Althea verzieht das Gesicht, als Cobys Name fällt. »Bist du deshalb hergekommen? Um mir eine Nachricht von Coby auszurichten?«

»Ich bin nach New York gekommen, weil ich an dieser Studie teilnehmen wollte. Und du, warum bist du gekommen?«

»Ist doch jetzt egal.«

»Das ist überhaupt nicht egal. Willst du deinem Vater nicht endlich sagen, wo du steckst?«

»Muss ich wohl irgendwann.«

»Wohnst du schon den ganzen Monat hier? In diesem Haus? Mit diesen Leuten?«

»Das sind meine Freunde, Ol.«

Diese Worte treffen Oliver wie ein Hieb in den Magen. Am liebsten würde er ihr die Kehle zudrücken. Freunde? *Freunde?* Was wissen die denn schon von ihr? Sie kennen weder ihren Jähzorn noch ihre fiebrigen Dinosaurier-Träume. Die haben doch keinen blassen Schimmer, was sie mit einem Filzstift und einer Papierserviette fertigbringt. Die haben doch noch nie gesehen, wie sie mit Rollschuhen eine Straße hinunterrast oder mitten in der Nacht im Meer schwimmt. Wie konnte sie diese Leute für ihre Freunde halten?

»Ich weiß, was du denkst«, sagt sie.

»Ach, und das wäre?«

»Du denkst, ich bin so, wie du mich im Kopf hast. Du denkst, du bist der Einzige, der mich wirklich kennt. Du denkst, ich bin schwierig und verzogen, und du kannst nicht glauben, dass irgendjemand außer dir es mit mir aushalten kann. Aber ich bin nicht bloß deine Erfindung. Ich bin nicht nur so, wie du mich siehst. Diese Leute hier sehen mich auch.«

»Und was ist mit Coby? Sieht der dich auch? Und was genau hat Coby von dir gesehen?«

»Weißt du«, sagt sie nachdenklich, »wenn du krank bist, ist das die einzige Zeit, wo wir etwas gemeinsam haben.«

»Das ist nicht wahr«, sagt er.

»Ich rede nicht von alten Geschichten und Anekdoten oder gemeinsamen Erfahrungen. Und auch nicht von Körpergröße und Augenfarbe. Ich rede von dem, wer ich bin und wer du bist. Ich bin ganz anders als du. Aber wenn du krank bist, dann verstehe ich dich. Dann sehe ich mich selbst in dir. Erinnerst du dich noch an den Gesichtsausdruck dieser fetten Maus? Diese verzweifelte Gier? Und dann hast du eines Tages die Augen aufgeschlagen und mich mit genau diesem Blick angesehen. Als wäre *ich* das Objekt deiner verzweifelten Begierde und nicht bloß wieder ein blödes Sandwich. Aber es tut mir leid, Ol – es tut mir leid, dass ich nicht warten konnte, bis du wirklich wach warst und bereit, mich auf diese Weise anzusehen. Wahrscheinlich hatte ich einfach Angst, dass du es niemals tun würdest.«

»Und du glaubst, du hast mehr mit Coby gemeinsam als mit mir?«

»Ich weiß nicht. Ich weiß nur, dass ich nicht mehr will, dass das meine einzigen beiden Optionen sind. Verstehst du? Auf einer Skala von eins bis Oliver bin ich vielleicht ein Coby. Aber ich will einfach nur eine Althea sein.«

Seine Fragen nach Coby hat sie damit geschickt umgangen, aber er braucht ihre Antwort nicht mehr. Wie bei allem, was Althea angeht, ist er durchaus in der Lage, seine eigenen Schlüsse zu ziehen, sobald er über ein gewisses Maß an Informationen verfügt, und allmählich passt alles zusammen. Sie hat mit Coby geschlafen, ganz bestimmt, und wahrscheinlich gleich nach dem letzten Streit bei ihr in der Einfahrt, wo Oliver ihr gesagt hat, wie schrecklich er sie findet. Hinterher hat sie es dann bereut, warum, kann Oliver nicht beurteilen, jedenfalls wollte sie wieder zurück auf Los, wollte es ungeschehen machen, und als das nicht ging, hat sie das Nächstbeste getan und Coby die Nase gebrochen, um ihm eindeutig klarzumachen, dass sie ihre Meinung geändert hatte. Wenn man so wie Althea gestrickt war, ergab das durchaus einen Sinn.

»Ich bin nicht nur deinetwegen die ganze Strecke hier raufgefahren. Ich bin hergekommen, um mich zu entschuldigen und dich zu fragen, ob das ernst gemeint war, als du gesagt hast, dass du mich nicht mal so richtig magst. Und jetzt bist du hier, deshalb sage ich es noch mal, Oliver: Es tut mir leid. Und wenn es nach mir ginge, hätte ich diese Krankheit und nicht du, und das weißt du auch genau, weshalb es, nebenbei bemerkt, ziemlich arschig von dir war, mir das an den Kopf zu werfen.«

»Das war nicht ernst gemeint, dieser ganze Quatsch von wegen, ich würde dich nicht mögen, das weißt du doch.«

»Es gefällt dir, dass ich so bin, wie ich bin, weil du neben mir immer so schön normal sein kannst. Du hast immer so getan, als würde es dich ärgern, dass ich die Aufmerksamkeit von dir ablenke, aber eigentlich war dir das ganz recht. Du wolltest der Normale sein, und dank mir bist du das auch immer noch. Auf der Skala von eins bis Althea darfst du ein Oliver sein.«

»Das ist doch völlig bescheuert.«

»Komm schon, Oliver, sei ehrlich. Was wäre dir lieber? Selber verrückt zu sein oder der beste Freund einer Verrückten? Selber den beschissenen Bus zu fahren oder nur der beschissene Fahrgast zu sein? Komm schon, Ol, überleg nicht zu lange.«

»Der Fahrer, okay? Ich wäre lieber der Fahrer.«

»Na also.«

»Und du wärst lieber der Fahrgast?«

»Oliver, genau das versuche ich doch gerade zu erklären. Ich will nicht mehr spielen. Ich will mich nicht mehr für eins von beiden entscheiden müssen. Ich mach da nicht mehr mit. Das Spiel ist vorbei.«

»Aber du kannst doch nicht einfach wegrennen.«

»Ich renne nicht weg«, sagt sie. »Ich gehe weg.«

»Du hast immer gedacht, ich käme leichter ohne dich klar als du ohne mich, aber das war ein Irrtum. Ich kann keinen Schritt ohne dich tun. Du bist für mich die treibende Kraft, das warst du immer schon, und ich habe mich nur mitziehen lassen. Und nach zehn Jahren stellt sich heraus, dass ich von einem Haufen schmuddeliger Studienabbrecher und ein paar Dosen Bier ersetzt werden kann.«

»Natürlich können sie dich nicht ersetzen …«

»Aber sie dürfen dich haben, und ich darf, na was, ab und zu mal bei dir anrufen?«, blafft er. »Ich versteh das nicht. Ich versteh nicht, warum dir das alles so leichtfällt.«

Althea fährt sich mit der Hand durchs Haar. »Mir fällt das nicht leicht. Nichts davon ist mir leichtgefallen. Du fehlst mir so sehr, du fehlst mir die ganze Zeit. Ich denke an früher, als es mich glücklich gemacht hat, einfach mit dir durch die Gegend zu fahren, dich neben mir zu haben, und alles, was du gesagt hast, war komisch, und alles, was ich gesagt habe, war klug, und jedes Lied im Radio war genau das, was ich hören wollte. Und an solchen Tagen war ich einfach nur froh, jemand zu haben, mit dem ich mich so fühlen kann, und mich überhaupt so fühlen zu können, und es war mir völlig egal, ob es dir genauso geht oder nicht. Das alles fällt mir überhaupt nicht leicht. Du kannst dir nicht vorstellen, wie schwer das für mich ist. Deshalb weiß ich ja auch, dass ich das Richtige tue.«

»Und wenn wir zusammen wären? Würdest du dann zurückkommen?«

»So richtig zusammen?«

»Ja.«

»Der Trick zieht bei mir nicht mehr. Ich hab endlich aufgehört, mir was vorzumachen. Fang du jetzt nicht wieder damit an.«

Er weiß, dass sie Recht hat. Es ist nicht fair, sie mit diesem Versprechen zu locken, aber Gott weiß, wie gern er sein Angebot ernst meinen würde. Er legt sich hin und klopft sich einladend auf die Brust. Sie nimmt ihren Platz dort ein und er schließt sie in die Arme und streichelt über das, was von ihrem Haar noch übrig ist. »Manchmal denke ich, wir sind zwei Seiten derselben Medaille, aber ich weiß nicht, auf welcher Seite ich bin.« Althea sagt nichts dazu. »Ich erinnere mich auch an diese Tage«, flüstert er.

Sie legt ihren Finger sanft in die Kuhle unten an seinem Hals und spielt mit den wenigen Härchen, die dort wachsen, den Handballen auf seine Brust gepresst. Er fährt mit dem Finger ihre Wirbelsäule entlang, erst über ihrem Shirt, dann darunter, und dann küsst er sie. Diesmal, denkt er, wird es anders sein. Diesmal wird sie es nicht bereuen, und er wird sich an alles erinnern.

Es gibt kein plötzliches Wiedererkennen, als sie sich ausziehen, auch wenn er auf irgendeine Erinnerung seines Körpers hofft, die ihn führen könnte. Was immer er damals mit ihr gemacht hat, was immer ihr gefallen hat – er kann nicht mehr darauf zurückgreifen. Er legt die Hand auf die Wölbung ihres Bauchs und streichelt ihre Hüftknochen. Sie haben schon so oft das Bett geteilt, sind schon so oft im Badeanzug im Meer geschwommen, in Unterwäsche im Cape Fear River; er hat schon so viel von ihrem Körper gesehen, dass er nie gedacht hätte, welchen Unterschied diese letzten Quadratzentimeter machen würden. Und während sie zwei verschiedene Olivers gekannt hat, den echten und seinen Doppelgänger, weiß er, dass das, was er jetzt sieht, authentisch ist. Das ist sie, die echte Althea, keine Cargohosen oder Springerstiefel oder Zigaretten oder Umhängetasche, kein Becher mit kochend heißem Kaffee, keine schwarz gefärbte Mähne, keine Spur von diesem Flunsch, den sie jahrelang bis zur Perfektion geübt hat. Sie ist nackt, bis auf seine Hände und ein scheues Lächeln. Was macht es schon, wenn er es nicht zum ersten Mal sieht, solange es sich so anfühlt, als wäre es das erste Mal.

»Althea …«

»Sei still.«

»Willst du mir etwa den Mund verbieten?«

Selbst im Dunkeln ist ihr strahlendes Lächeln zu sehen. »Und ob ich das will.«

Er schwebt über ihr, kniet zwischen ihren Beinen, drückt seine Lippen an ihren Hals. »Und ich will das auch.« Ihr Körper leuchtet weißlich blau im Scheinwerferlicht eines vorbeifahrenden Autos.

»Guck nicht so besorgt«, sagt sie. »Angeblich soll es Spaß machen.«

Und sie hat Recht. Wie immer.

16. KAPITEL

Althea wacht neben Oliver auf, während er noch schläft.

Im Zimmer ist es kalt, aber er ist warm, wie immer, wie ein Welpe, das Gesicht im Kissen vergraben und eine Faust unters Kinn geklemmt. Sie drückt die Nase an seinen Hals und schließt die Augen, aber sie kann nicht wieder einschlafen. Ihre Wangen sind wund von Olivers Bartstoppeln; ihre Lippen sind rau und aufgerissen. Unten ist das Haus schon wieder lebendig, in der Küche brutzelt irgendetwas in der Pfanne, Matilda sammelt Geld für die Fahrt zum Spirituosengeschäft, Gregory klimpert auf einer Gitarre herum und dichtet weiter an dem Lied über Herrn Ernst. Althea rollt sich auf die Seite und betrachtet die Wände. Die Telefonnummern und Einkaufslisten und Songtexte, die chaotische Inventarliste von Matildas kleinem, kostbarem Leben.

Das Management steht unten im Flur und zählt einen Stapel kleiner Scheine ab, meist Eindollarscheine, auf dem hüfthohen Stapel von Zeitungen. Das offene blonde Haar umrahmt ihr kleines Gesicht, die Daumen ragen aus zwei Löchern in ihren Pulloverärmeln heraus. Auf der Bauchtasche ist ein Flicken aufgenäht, mit der Aufschrift BETET UM NAHRUNG. Ethan stolpert blind in seinen Boxershorts herum.

»Tut mir leid, dass ich gestern Abend einfach verschwunden bin«, sagt Althea.

»Wir vergeben dir«, sagt Ethan.

»Dieser Depp kann mal wieder seine Brille nicht finden.« Matilda deutet mit freundlicher Herablassung auf Ethan.

»Die liegt oben auf dem Kühlschrank«, erinnert ihn Althea.

Mit einem Grunzen tastet sich Ethan in Richtung Küche.

Althea folgt ihm. Im Wohnzimmer rühren sich allmählich auch die zahlreichen Besucher; sie hört, wie sie husten, Zigaretten anzünden und sich leise über ihren Katzenjammer unterhalten. Das Gummiband von Ethans Boxershorts hat eine schmale rote Linie unten auf seinem Rücken hinterlassen. Sein Gesicht leuchtet auf, als er die Brille aufzieht und den Blick durch die Küche schweifen lässt; sie schaut weg, als er sich seine braune Decke wie einen Umhang überwirft.

»Und wie war *deine* Nacht?«, fragt Ethan.

»Das geht dich einen Scheißdreck an.«

»War's denn schön?« Er lehnt sich ans Spülbecken, ein schmieriges Grinsen im Gesicht. »Seid ihr glücklich wiedervereint?«

»Es reicht.«

»Und geht ihr jetzt auch zusammen zum Abschlussball?«

Matilda kommt mit ihrem Packen Scheine in die Küche. »Hör auf zu sticheln, Ethan. Althea, können wir mit deinem Auto zum Schnapsladen fahren, damit ich das ganz Zeug nicht zu Fuß nach Hause schleppen muss?«

Althea schaut instinktiv in Richtung Treppe, weil sie an Oliver denkt.

»Der kommt schon klar«, sagt Matilda.

»Warte kurz.« Althea rennt nach oben in Matildas Zimmer und nimmt ein Stück Kreide von der Kommode. Sie findet einen freien Platz auf der Tafel und kritzelt eine Nachricht für Oliver hin – *Bin kurz los, Sekt kaufen, bald zurück* – und umkringelt sie mit einem dicken Rand, so dass er sie nicht übersehen kann. Sie zieht die Decke über seine nackte Schulter. Eine Sekunde lang ist sie versucht, ihn zu wecken, nur um sicherzugehen, dass sie es kann, überlegt es sich dann aber anders und schlüpft leise hinaus.

Oliver wacht eine Weile später auf und wartet, nackt und frierend, auf Altheas Rückkehr. Er weiß nicht, wie lange sie schon weg ist, aber er scheut sich, ohne sie aus dem Zimmer zu gehen. An den Rändern ist die Matratze eisig, und so bleibt er in der Mitte liegen, an der Stelle, die sie mit ihren Körpern angewärmt haben. Die Minuten vergehen, und noch immer kann er ihre Stimme nicht aus dem Chor des Hauses heraushören; sie kommt nicht mit zwei dampfenden Bechern durch die Tür, ein verlegenes Grinsen auf dem Gesicht, und hüpft noch mal zu ihm ins Bett. Er hat Kopfschmerzen und muss dringend pinkeln, doch jenseits der relativen Sicherheit dieses Zimmers vibriert dieses Haus vor lauter Fremden, die mit den Türen knallen und sich über die Flure hinweg etwas zurufen; die Luft riecht jetzt schon süß nach Gras und muffig nach Tabak, und gerade eben fällt ihm kein einziger Name mehr ein.

Irgendwann gewinnt seine Blase die Oberhand. Seine Kleidung

liegt überall auf dem Boden verstreut; er sammelt sie ein und zieht sich an.

Die Badezimmertür ist verriegelt. Er wartet, an die Wand gedrückt, und lauscht immer noch auf ihre Stimme.

Der rothaarige Junge kommt, zusammen mit einer Wolke heißer Dampfschwaden, aus dem Bad und reinigt mit einem Zipfel des ausgeblichenen violetten Handtuchs, das er um die Hüfte trägt, seine beschlagenen Brillengläser. Wasser tropft ihm aus dem Haar auf die nackten Schultern und sammelt sich in der Vertiefung seiner Schlüsselbeinknochen. Dann setzt er seine Brille auf und bemerkt Oliver.

»Du bist also der Typ aus North Carolina«, sagt er.

»Oliver.« Er stellt sich aufrechter hin.

»Ethan. Ich glaube, wir sind uns gestern Abend schon begegnet. Kurz.«

Ein Mädchen stöhnt in einem Zimmer weiter hinten im Flur. Oliver räuspert sich irritiert. »Ich glaube auch. Bist du … Gehört dir dieses Haus?«

»Es ist Matildas Haus. Ich wohne bloß hier. Wenn du Althea suchst, die ist zum Spirituosenladen gefahren.« Ethan wirft einen Blick zu Matildas Zimmer hinüber. »Bleibst du länger?«

Das Mädchen stöhnt wieder, lauter. Bettfedern knarren unter ihr. Olivers Blase kämpft mit ihrem Inhalt. »Ich glaube nicht.«

»Haut sie dann mit dir zusammen ab?«

Obwohl Ethan derjenige ist, der nur ein Handtuch umgeschlungen hat, fühlt Oliver sich seltsam entblößt. Er ist zwar weiterhin überzeugt, dass diese Leute nichts über Althea wissen, aber vielleicht wussten sie umso mehr über ihn? Wie mochte sich ihre ganze Geschichte aus Altheas Blickwinkel anhören? Vielleicht können ihn die Warriors alle nicht leiden. Obwohl sie gestern alle ganz okay zu ihm waren. Die Unzucht hinten im Flur nimmt weiter an Lautstärke zu, ein Typ grunzt jetzt auch im selben Rhythmus wie das Mädchen und die Bettfedern quietschen, während sich das Tempo bei allen dreien immer mehr erhöht. Oliver fragt sich entsetzt, ob er und Althea heute Nacht auch so laut gewesen sind. Vielleicht hat auch bei ihnen jemand vorm Badezimmer gewartet und die ganze Zeit zugehört? Aber selbst, wenn niemand sie gehört hat, weiß trotzdem jeder, was da bei ihnen im Zimmer passiert ist; wenn es je ein Haus ohne Geheimnisse gab, dann dieses hier. Alle wussten Bescheid. Matilda. Das Pärchen da drüben im Zimmer. Und dieser Ethan hier mit Sicherheit auch. Ob er sich die Szene gerade vorstellte? Überlegte er gerade, wie Althea wohl nackt aussah, oder zog er Olivers Fähigkeiten in Zweifel? Trug er deshalb dieses höhnische Grinsen zur Schau, weil er sicher war, dass er es besser konnte? Die Bettfedern und die Schreie verstummen abrupt; einen Moment lang ist es still, dann hört man gedämpftes Kichern und Flüstern. Oliver wundert sich, warum sie jetzt auf einmal versuchen, leise zu sein. »Bei ihr weiß man nie, was sie tun wird«, sagt er dann.

»Oh ja, wem sagst du das.« Ethan geht in sein Zimmer zurück, und seine Fußsohlen sind schon wieder schmutzig.

Die andere Zimmertür springt auf und das Pärchen stürmt heraus, das lockige Mädchen in ein weißes Laken gehüllt, der Typ in Unterhose, ein schmutziges Papiertaschentuch in der Faust. Immer noch kichernd rennen sie ins Bad, und bevor Oliver protestieren kann, haben sie auch schon die Tür hinter sich verriegelt und die Dusche aufgedreht. Er versucht, das Geräusch von fließendem Wasser zu ignorieren. Er macht sich trockene Gedanken.

Im Spirituosenladen schiebt Matilda den Einkaufswagen durch den Gang. »Ich überlege, ob ich mir von Dennis heute Abend ein Tattoo stechen lassen soll«, sagt sie. »Er will mir schon lange eins machen, aber ich weiß nicht so recht. Was meinst du?«

Althea greift nach einer dunkelgrünen Sektflasche mit Schnörkelschrift auf dem orangefarbenen Etikett. »Ich meine, dass der Typ noch viel mehr mit dir vorhat, als dich nur zu tätowieren.«

»Nein, nein, nein, stell die wieder weg. Bist du verrückt? Das Zeug kostet 45 Mäuse. Die magische Zahl lautet acht.« Sie geht weiter und bleibt dann vor dem Kopfschusswasser stehen. »Die nehmen wir. Eine Flasche von allem, was billig ist und prickelt.« Sie zögert. »Glaubst du wirklich?«

Althea achtet jetzt auf die Preisschilder und lädt den Wagen voll. »Findest du das so unvorstellbar?«

»Sonst fahren alle nur auf Leala ab. Sie ist die wandelnde Erotik-Show. Bei allem, was sie tut. Wenn sie ein Videospiel macht, ist das, als würde sie einen Strip hinlegen. Aber wenn es irgendwas gibt, das überhaupt nicht sexy ist, dann ist das die Rolle der Wendy, die auf die Verlorenen Jungs von Brooklyn aufpasst. Keiner ist scharf auf das Mädchen, das immer das Klo putzt.« Matilda hat eine milchig weiße Flasche am Hals gepackt und liest mit zusammengekniffenen Augen das Etikett. »Was ist das?« Die Flüssigkeit im Inneren hat die Konsistenz von geronnenem Eigelb.

»Ich glaube, das ist ein fertig gemischter Mimosa-Cocktail«, sagt Althea, die ihr über die Schulter schaut.

»Mir ist schon schlecht, wenn ich das nur in der Hand halte. Kannst du dir vorstellen, was passiert, wenn wir das trinken?«

»Kostet nur vier Dollar.«

Kopfschüttelnd legt Matilda die Flasche in den Wagen. »Frühstück, würde ich sagen.«

»Meinst du, du würdest gern, du weißt schon, von Dennis tätowiert werden?« Althea mustert eingehend eine Flasche Brombeerwein.

»Ich bin schon lange nicht mehr tätowiert worden. Könnte ja nett sein. Vorher müsstest du natürlich meine Bettwäsche wechseln.«

Althea schaut auf ihre Schuhe hinunter.

»Jetzt genier dich nicht. Jeder sollte sich zu Silvester tätowieren lassen. Apropos, wie war's denn eigentlich?«

Anfangs hatte sie damit gerechnet, dass Oliver sich wieder auf sie stürzen würde, sie auf den Bauch drehen, auf den Boden werfen oder ihren Kopf in die Matratze drücken würde. Sie hatte ihm in die Augen gesehen und sich gefragt, ob sein Blick plötzlich leer werden würde und er dann nicht mehr da wäre. Was, wenn es *ihre* Berührung war, die die fette Maus zurückbrachte? Was, wenn sie der Auslöser war? Aber Oliver war die ganze Zeit bei sich geblieben. »Ich glaube, es war so, wie es sein soll.«

Matilda senkt die Stimme. »War es, du weißt schon, besser? Oder schlechter?«

»Ich würde sagen, es war besser. Ich meine, wenn ich mich zwischen Oliver und seinem Doppelgänger entscheiden müsste, würde ich Oliver nehmen. Aber das ändert nichts. Es bedeutet nur, dass er mir verziehen hat.«

»Das ändert nichts?«, fragt Matilda und mustert Althea scheu von der Seite. »Überhaupt nichts?«

»Was glaubst du, wie genau ich ihn im letzten Jahr beobachtet habe, auf der Suche nach irgendeinem Zeichen, dass er mich anders sieht als vorher? Wenn sich etwas geändert hätte, wäre mir das bestimmt nicht entgangen. Und weißt du, warum? Weil er dann erleichtert wäre. Er wäre so unglaublich erleichtert, mich endlich glücklich machen zu können, kein schlechtes Gewissen mehr haben zu müssen, weil er mich jeden Tag enttäuscht, dass ihm das übers ganze Gesicht geschrieben stünde. Das Tattoo heute Nacht war eine Notwendigkeit, aber ändern tut es nichts.«

»Also bist du jetzt immer noch enttäuscht?«

Althea streicht mit dem Finger über die Schrift auf dem Flaschenetikett. »Natürlich bin ich enttäuscht. Aber früher hat es sich immer so angefühlt, als könnte ich nie wieder Ruhe finden, bevor er nicht nachgibt, als hinge alles davon ab, dass ich bekomme, was ich will.«

»Klingt ziemlich traurig.«

»Allerdings. Und es ist auch immer noch traurig. Aber jetzt, verstehst du, kann ich mir zumindest schon mal wieder vorstellen, dass es nicht immer so sein wird.«

»Wird es auch nicht.« Als Matilda die Flasche in Altheas Hand entdeckt, seufzt sie. »Gott, dieses Zeug habe ich früher geliebt. An der Uni haben wir nichts anderes getrunken. Los, komm, wir haben jetzt alles.«

Matilda geht zur Kasse voraus und zieht den Packen Scheine aus der Tasche, der von einem Gummi zusammengehalten wird, mit dem üblicherweise Spargel oder Brokkoli gebündelt werden.

»So ein Haufen Dollars, und morgen früh kotzen wir die alle bloß wieder aus.«

»Heute ist immerhin dein Lieblingsfeiertag. Ein bisschen mehr Begeisterung, bitte.«

»Du hast Recht, es ist echt bescheuert, aber ich fürchte mich jetzt schon vor morgen, wenn alle wieder abreisen.«

Althea wartet, bis sie wieder an ihrem Auto sind, bevor sie antwortet. »Nicht alle reisen morgen wieder ab.«

Matilda hebt eine Augenbraue. »Ach nein?«

Althea zuckt die Achseln und versucht, gleichgültig zu wirken. »Ich mein, ich hab doch eben erst kapiert, wie das mit dem Parken auf wechselnden Straßenseiten funktioniert. Da kann ich doch nicht gleich wieder abreisen.«

Matilda denkt darüber nach. »Und du bist sicher, dass du das wirklich willst? Weiterhin in der Küche schlafen?«

»Was ich wirklich will, ist, dass Oliver eines Tages aufwacht und merkt, dass er in mich verliebt ist. Aber das wird nicht passieren, also ja, ich will weiterhin in der Küche schlafen. Ich schlafe gern in der Küche. Viel lieber als im Keller.«

»Na ja, deine Muffins sind schon ziemlich lecker. Und du lässt dich nicht von Ethan ärgern. Mit den anderen muss ich das aber erst noch klären. Und du musst dann auch deinen Teil der Miete ausspucken. Hast du dir schon mal überlegt, wo du das Geld dafür herkriegen willst?«

»Ich dachte, Geld ist was für reiche Säcke?«

»Na ja, uns wird schon irgendwas einfallen.« Matilda blickt zu Althea auf und kneift nachdenklich die grünen Augen zusammen. Sie lacht.

»Was denn?«, fragt Althea.

»Schon lustig. Vor einem Monat hast du dich kaum zu fragen getraut, ob du bei uns übernachten kannst.«

»Da siehst du mal, wie ich gewachsen bin.«

Sie legen die Tüten in den Kofferraum, auf Altheas alte Stranddecken, mit Salz und Sand verkrustet.

»Dein Auto riecht nach Sommer«, sagt Matilda.

Althea tätschelt liebevoll das Nummernschild an ihrer Stoßstange: »›North Carolina. First in Flight‹. Du kannst echt von Glück sagen, dass ich ein Auto habe. Ich weiß nicht, wie du das sonst alles nach Hause gekriegt hättest.«

»Mein Reden. Seit diese Vierteldollar-Münze aufgetaucht ist, habe ich ständig Glück.«

Bis Oliver endlich unter der Dusche steht, ist kein heißes Wasser mehr da. Es fängt lauwarm an und wird dann immer kälter, bis er es nicht mehr erträgt und aus der Wanne steigt, noch bevor er das Shampoo komplett aus den Haaren gespült hat. Als er aus dem Bad kommt, kratzt schon die graue Katze an der Tür, die dringend das Katzenklo benutzen will. Gibt es in diesem Haus überhaupt mal eine Zeit, wo keiner vorm Badezimmer Schlange stand?

Unten organisiert er sich einen Becher Kaffee. Die meisten Warriors und ihre Gäste stehen schon wieder warm eingemummelt im Hof, um an dem Dosen-Eisberg weiterzubauen. Das lockige Mädchen kommt in die Küche geschlendert, in einem Sex-Pistols-Shirt und mit Socken, die ihr bis zu den Oberschenkeln reichen. Sie schenkt sich Kaffee nach und beobachtet Oliver, wie er die anderen beobachtet.

»Sie ist mit Matilda zum Sektkaufen gefahren«, sagt sie und stellt sich neben ihn ans Fenster. »Falls du dich fragst, wo sie ist.«

»Danke, ich weiß schon Bescheid.«

»Sieht so aus, als würde das da draußen noch länger dauern«, sagt sie. »Hast du Lust, *Tomb Raider* zu spielen?«

Sie setzen sich auf den Wohnzimmerboden, den Rücken an die Couch gelehnt, die Kabel in einem Knäuel zu ihren Füßen. Sie reicht ihm eine Fernsteuerung, und er wird ruhiger, als er den stimmungsvollen Soundtrack hört und die Handbewegungen ausführt, die wieder an Sicherheit gewinnen, je länger er spielt. Das letzte Mal ist schon eine Weile her. Leala schlägt ihn mehrmals hintereinander, mit Leichtigkeit, aber da Althea immer nur gewinnen wollte, hat er notgedrungen gelernt, ein guter Verlierer zu sein.

»Wie lange wohnst du schon hier?«, fragt er.

»Ungefähr ein halbes Jahr. Vorher habe ich mit einem Typen zusammengewohnt … na ja, die Details brauchen dich nicht zu interessieren. Matilda hat damals gesagt, ich könnte hierbleiben, bis ich mich wieder ein bisschen sortiert habe.«

»Das hat wohl länger gedauert als erwartet.«

»Ich bin dann mit Kaleb zusammengekommen, deshalb bin ich geblieben. Aber wer weiß, vielleicht wäre ich auch ohne ihn geblieben.« Sie deutet mit der Fernsteuerung durch den Raum. »Ich weiß, dass das hier nicht viel hermacht. Alles dreckig und viel zu voll. Einmal war das Klo verstopft und das Wasser tropfte schon von der Decke, und Matilda konnte nur noch heulen. Meinte, wir würden doch bloß auf einer Müllhalde wohnen.

Aber es ist immer jemand da, mit dem man reden kann, und wenn man allein sein will, kann man zum Strand runtergehen. Und es ist billig. Immer noch besser, als für die Miete arbeiten zu müssen.«

»Du gehst gar nicht arbeiten?«, fragt Oliver erstaunt.

»Das macht kaum einer von uns. Jedenfalls nicht regelmäßig. Wir jobben hier und da ein bisschen.«

»Und wie kann man davon leben?«

»Wie die Made im Speck, siehst du doch«, sagt sie, und dann klappert ein Schlüssel im Schloss.

Altheas Lieblingsbecher trocknet auf dem Abtropfer neben dem Spülbecken, der gleiche Becher, den Matilda ihr am ersten Morgen ans Bett gebracht hat. AN SICH IST NICHTS WEDER GUT NOCH BÖSE, DAS DENKEN MACHT ES ERST DAZU. Auf dem Boden der Kanne steht noch ein Fingerbreit Kaffee; Althea nimmt den Rest und setzt frischen auf. Auch wenn die einzige offizielle Regel im Haus lautet, es nicht niederzubrennen, hat Althea inzwischen noch ein paar weitere Umgangsformen gelernt. Am Eingang zieht man sich die Schuhe aus. Wer die Kaffeekanne oder den Reiskocher leer macht, sorgt auch wieder für Nachschub. Wenn der Müll stinkt, bringt man ihn raus und wartet nicht, bis Matilda das macht.

Althea setzt sich mit ihrem Kaffee und dem Telefon auf die Stufen vorm Haus. Matildas Glücksmünze klebt immer noch auf dem Fußweg. Ein scharfer Wind weht von der anderen Straßenseite herüber, kalt und schneidend; er sticht ihr in den Nacken und beißt ihr beim Wählen in die Finger.

»Hey, Dad.«

»Althea. Wie läuft's denn so da draußen? Hast du schon alles für die Rückfahrt vorbereitet?«

Sie sieht ihn vor sich, wie er am Küchentisch sitzt, in dem stillen Haus, wo nur das Ticken der alten Standuhr zu hören ist und vielleicht noch das Rauschen der Heizkörper. »Es läuft echt viel besser, als ich gedacht hätte.«

»Das sagst du aber nicht nur so?«

Althea hört, wie die anderen im Hof sich mit Schneebällen bewerfen und gegenseitig beschimpfen. Sie nimmt einen Schluck von ihrem Kaffee und holt dann tief Luft. »Dad, ich bin gar nicht in New Mexico.«

»Wie bitte?«

»Ich bin nicht in New Mexico. Da bin ich gar nicht erst hingefahren. Ich bin in New York City.«

»Mit Alice?«, fragt Garth verwirrt.

»Nein, nicht mit Alice. Ich bin ganz allein hergekommen.«

»Oh. Um Oliver zu sehen?«

»Ja.« Sie presst den Hörer dichter ans Ohr und hält sich das andere mit dem Finger zu, um die Geräusche hier in Brooklyn auszublenden und sich ganz auf seine Reaktion zu konzentrieren.

Garth sagt einen Moment lang nichts, vermutlich, um sich zu sammeln. Als er schließlich spricht, klingt seine Stimme seltsam angespannt, seine Worte abgehackt. »Althea, ich weiß nicht, was ich sagen soll. War es wirklich nötig, mir dieses ausgeklügelte Märchen über den Besuch bei deiner Mutter aufzutischen, statt mir einfach zu sagen, dass du deinen besten Freund im Krankenhaus besuchen willst? Und du bist jetzt über vier Wochen lang unterwegs – was hast du denn die ganze Zeit gemacht? Hast du im Auto geschlafen oder in irgendeiner Notunterkunft?«

Althea fällt es schwerer, ruhig zu bleiben; die Worte sprudeln nur so aus ihr heraus. »Oliver war schon wieder eingeschlafen, als ich hier ankam, aber ich bin hier bei ein paar Leuten in Brooklyn untergekommen, und das, also, das hat irgendwie gleich gepasst. Ich habe mich mit ihnen angefreundet. Das ist keine Notunterkunft, sondern ein richtiges Haus, mit einer Katze, einer Küche und einer Kaffeemaschine.«

Sein Stuhl schrammt über den Boden, als er aufsteht; sie hört, dass er jetzt in Bewegung ist, wahrscheinlich läuft er in der Küche auf und ab. »Althea, es ist mir vollkommen egal, ob du Zugang zu frischem Kaffee hast oder nicht. Ich will nur wissen, wann du wieder ins Auto steigst und nach Hause kommst.«

Sie tastet nach einer Strähne, auf der sie herumkauen kann, bis ihr einfällt, dass Matilda ihr die Haare abgeschnitten hat. »Das wird wohl noch eine Weile dauern.«

»Was soll das heißen?« Verärgerung schleicht sich in seine Stimme. »Du bist schon seit einem Monat da oben. Du kannst doch nicht ewig darauf warten, dass Oliver aufwacht.«

»Er ist schon wieder aufgewacht. Er ist hier, bei mir.«

»Er ist nicht im Krankenhaus? Weiß Nicky schon Bescheid?«

»Er hat gestern mit ihr gesprochen.«

Er schweigt einen Moment, um das Gehörte zu verarbeiten. »Ich verstehe das nicht. Wenn du nach New York gefahren bist, um mit Oliver zu sprechen, und ihn jetzt gesprochen hast, warum kommst du dann nicht wieder nach Hause?«

»Hör zu, Dad, ich weiß, dass du darauf hoffst, dass ich meinen

Schulabschluss mache und dann studiere, und wer weiß, vielleicht mache ich das auch irgendwann«, sagt sie und versucht, möglichst souverän zu klingen, so, als hätte sie sich das alles genau überlegt und als sei das auch vollkommen logisch. »Aber jetzt möchte ich erst mal an dem Ort bleiben, wo ich offenbar den geringsten Schaden anrichte. Du hast doch selbst gesagt, dass ich bald achtzehn werde und allein entscheiden kann.«

»Dabei ging es um North Carolina oder New Mexico«, sagt Garth. Er schreit nicht, aber er ist so kurz davor wie schon lange nicht mehr. »Bei irgendwelchen Fremden in New York zu bleiben, war damals keine Option.«

»Alice ist mir fremder als irgendwer sonst«, blafft Althea. »Sie ist einfach nur DNA und eine Stimme, die ich alle halbe Jahr am anderen Ende der Leitung höre. Was hat sie je getan, das dich auf den Gedanken bringt, ich könnte ausgerechnet bei ihr besser aufgehoben sein?«

»Und all diese Geschichten über Schneeschuhwanderungen und rote Chilischoten …«

»Tut mir leid, Dad. Es gab keine Schneeschuhwanderungen. Tut mir leid, dass ich dich anlügen musste …«

»Du musstest mich nicht anlügen. Du hast dich dafür *entschieden*, mich anzulügen. Immer wieder, einen ganzen Monat lang. Was für einen Grund könntest du haben … Althea, nimmst du etwa Drogen?«

»Nicht das kleinste bisschen«, sagt sie und versucht, beruhigend zu klingen. »Ich schwöre. Keine Drogen. Ich esse ja nicht mal mehr Fleisch.«

»Soll ich jetzt etwa glauben, dass du in New York City ein

Leben der Enthaltsamkeit führst?«, fragt Garth mit sarkastischem Unterton. »Oder hast du da oben vielleicht einen Jungen kennengelernt?«

»Wieso muss immer ein Junge dahinterstecken? Ein bisschen mehr könntest du mir schon zutrauen.«

»Und was ist mit Oliver?«

»Ich kann nicht ewig mein Herzblut für ihn vergießen, Dad. Wenn ich hierbleibe, habe ich wenigstens eine Chance.«

»Eine Chance worauf?«

»Über ihn hinwegzukommen. Wenn ich wieder vier Häuser weiter die Straße runter wohne, schaffe ich das nie.«

»Also steckt doch ein Junge dahinter?«

Sie holt tief Luft; im Grunde ist sie selbst noch nicht ganz dahintergekommen. »So einfach ist das nicht. Es geht jedenfalls nicht nur um Oliver. Und auch nicht um dich, falls dir das Sorgen macht, oder darum, dass du irgendwas getan hättest. Du hast gar nichts getan.« Die Worte bleiben unbehaglich zwischen ihnen hängen, denn sie sind im allerwörtlichsten Sinne wahr. Garth hatte tatsächlich gar nichts getan, und genau das war ein Teil des Problems.

»Ich weiß, dass die letzten Monate nicht leicht für dich waren«, sagt er. »Vielleicht erscheint dir das gerade jetzt wie eine gute Idee – ein Tapetenwechsel, ein paar neue Gesichter. Ein bisschen Abenteuer. Aber hast du auch schon mal überlegt, wovon du leben willst? Was für einen Job kannst du finden, wenn du nicht mal einen Schulabschluss hast? Und wie gut kennst du diese Leute, bei denen du wohnst? Du glaubst vielleicht, dass du gerade was Heldenhaftes und Aufregendes tust, aber es gibt einen großen Unterschied zwischen Mut und Leichtsinn.«

»Du hast doch gesagt, du willst mich aus dem Keller raushaben, erinnerst du dich?«

»Du weißt genau, wie das gemeint war. Und tu jetzt nicht so, als hättest du mich angerufen, um zu fragen, ob du in New York bleiben darfst, wo immer du da gerade steckst. Wir wissen beide, dass du mich nicht um Erlaubnis fragen wirst.« Am andere Ende ist ein lauter Knall zu hören – wie eine Schranktür, die zugeschlagen wird. Garth holt sich seinen Scotch, ohne Zweifel.

»Das stimmt, das werde ich nicht«, räumt sie ein. »Bist du jetzt sauer?«

»Wann hättest du mich jemals sauer erlebt?«, fragt er.

»Da gab's mal so einen Vorfall mit Götterspeise«, erinnert sie ihn.

Garth zögert einen Moment. »Letzte Woche habe ich einen erwachsenen Mann dazu gebracht, in Tränen auszubrechen.«

»Du hast *was*?«, fragt Althea ungläubig. Sie greift nach ihrem Becher, aber der Kaffee ist inzwischen kalt geworden.

»Vielleicht war er doch eher noch ein halbes Kind«, fährt Garth fort. »Ein Student im letzten Semester. Ich bin dahintergekommen, dass seine Abschlussarbeit ein reines Plagiat war. Er ist dann zu mir ins Büro gekommen und ich habe es geschafft, dass er in Tränen ausbricht. Ich habe ihn nicht einmal durchfallen lassen. Ich war enttäuscht und verständnisvoll und habe ihm sogar angeboten, die Arbeit für eine schlechtere Zensur noch mal neu zu schreiben. Je freundlicher ich war, desto mehr hat er geweint, und am Schluss hat er sich mit Sicherheit doppelt so mies gefühlt, als wenn ich ihn angeschrien hätte. Ich halte nicht viel von dramatischen Szenen, Althea. Die überlasse ich lieber den Griechen. Was soll ich jetzt also tun? Die Polizei rufen? Nach New York raufkommen und dich an den Haaren nach Hause schleifen?«

Sie überlegt, ob sie ihm sagen soll, dass nicht mehr viele Haare übrig sind, an denen er sie nach Hause schleifen könnte, aber das scheint jetzt nicht der Moment für Scherze.

»Ich kann auch hier oben die Schule fertig machen. Und in New York gibt es Hunderte von Kunstakademien.«

»Oder du kommst schön nach Hause und machst hier deinen Abschluss auf der Laney High School. Wenn es dich wirklich so sehr nach New York zieht, kannst du im Herbst wieder hinfahren.«

Althea macht einen Versuch, sich in der Sprache von Garth auszudrücken. »Das ist wie bei diesem Cortés, Dad. Wer an Land geht, muss alle Schiffe verbrennen. Es gibt kein Zurück.«

»Ich kann einfach nicht glauben, dass du mich angelogen hast. Wochenlang.« Auch wenn er bestritten hat, sauer zu sein, kann Althea den Ärger in seiner Stimme hören. Nicht nur Ärger, auch etwas Schlimmeres. Eine schmerzliche Enttäuschung, die unter seinen Worten lauert und an die Oberfläche drängt. »Ich wollte dir die Ruinen von Tenochtitlán zeigen. Ich habe Termine mit Kollegen gemacht, zwei Wochen für Recherchen eingeplant. Wenn ich jetzt absage …«

»Warum solltest du denn absagen? Du kannst doch auch ohne mich fahren. Ist doch sogar besser, wenn du alleine fährst. Ohne mich kriegst du dort viel mehr geschafft. Oliver kommt sicher bald nach Hause. Du kannst ihn fragen, wenn er wieder zurück ist. Frag ihn, ob es mir hier gut geht, besser als gut sogar, ob ich hier glücklicher bin, als er mich seit Jahren erlebt hat. Frag ihn, ob ich hier in Sicherheit bin. Frag ihn, ob das der richtige Ort für mich ist. Er wird es dir sagen.«

»Und wenn wir irgendwo anders hinfahren statt nach Mexiko?«, fragt er, plötzlich leise und bittend. »Ich kann die Reise stornieren und wir fahren nach Kreta. Oder sonst irgendwohin. Wohin du willst.«

Sie hört ihm mit geschlossenen Augen zu, lauscht auf das sanfte Timbre seiner Stimme, den Georgia-Akzent, der sie an Debütantinnen mit weißen Handschuhen und an Zeiten denken lässt, als das Leben noch einfacher war. Althea hat sich immer für aufmüpfig gehalten, aber jetzt wird ihr klar, dass sie sich ihrem Vater eigentlich noch nie offen widersetzt hat; bisher konnte sie nur deshalb tun und lassen, was sie wollte, weil er dem keine Beachtung geschenkt hatte, nicht, weil sie sich gegen ihn durchgesetzt hatte. Sie fühlt sich, als hätte sie zu viel Kaffee auf leeren Magen getrunken oder ein paar von Olivers Pillen geschluckt – schwitzig, ein bisschen flau und seltsam euphorisch. Vielleicht hat er Recht. Vielleicht geht es schief und dann wird sie irgendwann nach Hause fahren und sich das größte ›Hab ich dir doch gesagt‹ ihres Lebens anhören müssen. Aber jetzt, in diesem Moment, gibt es keinen Raum für Zweifel. »Ich will nirgendwohin fahren«, sagt sie schließlich. »Ich will hierbleiben und die Neue Welt entdecken.«

Die Sanftheit in seiner Stimme verschwindet. »Cortés war ein Arschloch, der taugt wahrlich nicht als Vorbild. Er war ein größenwahnsinniger Tyrann, und du bist ein junges Mädchen mit seinem ersten Liebeskummer. Die Sache ist noch nicht vom Tisch, deshalb würde ich an deiner Stelle den Toyota nicht zu früh in Brand setzen. Du hast dir ein paar zusätzliche Wochen erkauft, aber dieses Gespräch ist noch nicht beendet.«

Althea denkt darüber nach. Vielleicht hat Garth, wenn er aus Mexiko zurückkommt, so viel mit seinem Buch und dem neuen Semester zu tun, dass sie ihn noch ein bisschen länger hinhalten kann. Im Juni wird sie achtzehn – noch sechs Monate, aber trotzdem, wenn sie sich genügend Mühe gibt, schafft sie es vielleicht, bis dahin auf Zeit zu spielen. Er ist ein ernst zu nehmender Gegner, aber sie hat oft genug *Risiko* gespielt; sie weiß, wie man einen Zermürbungskrieg führt. »Kann ich mir denn Kreta für ein anderes Mal aufheben?«

»Ich hätte dich in diesen Keller sperren sollen, solange ich noch die Möglichkeit hatte«, sagt er, und sie ist sich ziemlich sicher, dass er es auch so meint.

»Und wenn es mir in Wilmington noch so schlecht gegangen wäre, ich wäre niemals zu Alice gefahren«, sagt sie, als könnte ihn das irgendwie trösten. »Ich würde niemals so kurz vor Schluss noch die Mannschaft wechseln.«

»Soll ich deine Loyalität etwa rührend finden?«, fragt er. Das muss der Tonfall sein, den er auch bei seinem Plagiats-Studenten angeschlagen hat: sanft, aber eisig. Genau diese Zuversicht macht ihn so furchteinflößend, diese Sicherheit, dass seine Worte ins Schwarze treffen werden. »Wenn man bedenkt, wie sehr du deine Mutter verabscheust, hast du doch mehr mit ihr gemeinsam, als ich mir je hätte träumen lassen.«

Sie öffnet schon den Mund, um mit einer vergleichbaren Gemeinheit zu antworten, lässt es dann aber. Für heute haben sie einander genug verletzt, und so sagt sie nur noch: »Komm gut ins neue Jahr, Dad.«

»Wiedersehen, Althea.«

Sie legt auf. Hinten im Hof ertönt ein Krachen, das Scheppern Hunderter von Bierdosen, als der Dosen-Eisberg zusammenbricht, und dann ein kollektiver Aufschrei abgrundtiefer Verzweiflung.

Oliver versucht, Althea nicht anzustarren, während sie im Wohnzimmer Kartoffeln schälen. Vor allem ihr Nacken lässt ihm keine Ruhe. Bisher hatte er noch nie bemerkt, wie lang der ist.

Althea hantiert geschickt mit ihrem Schäler, und Kartoffelschalen plumpsen in den Eimer. Oliver kann nicht mit ihr Schritt halten. Sie hat eine rosa Narbe am Handgelenk, die er noch nicht gesehen hat; er streicht mit dem Finger über die gezackte Linie. »Die ist neu«, sagt er.

»Halb so wild.« Sie zuckt die Achseln, ohne eine Erklärung anzubieten. Erst letzte Nacht hat er sie endlich nackt gesehen, hat er alle noch verbliebenen Geheimnisse ihres Körpers enthüllt. Doch jetzt ist schon wieder ein neues aufgetaucht, und er ist voller Hass auf dieses kleine Stück ihrer Geschichte, das sie nicht mit ihm teilen will.

»Erzähl mir von dem Lithium«, sagt sie.

»Von dem Lithium?«

»Vorm Krankenhaus, kurz bevor er reingegangen ist, hat Will dir doch gesagt, du sollst mir von dem Lithium erzählen. Also leg schon los.«

Er wiederholt, was der Arzt gesagt hat, über die Wirkung des Mittels und die möglichen Begleiterscheinungen.

»Und jetzt weißt du nicht, was du machen sollst?«

»Genau.«

»Wirf doch eine Münze«, sagt Althea.

Er schüttelt den Kopf. »Hätte ich dir das bloß nicht erzählt.«

»Wenn ich richtig verstehe, hat der Arzt also zu dir gesagt, dass er dir helfen kann, und du bist daraufhin aus dem Krankenhaus weggerannt. Bist du wirklich sicher, dass du willst, dass es dir besser geht?«

»Aber das Lithium wäre doch auch keine Verbesserung, oder? Gerade jetzt bin ich ja gar nicht krank. Gerade jetzt sitze ich hier und schäle Kartoffeln und es geht mir gut. Und zwar genau so lange, bis es mir nicht mehr gut geht, und dann schlafe ich ein und bin jemand anders, bis es vorbei ist und ich wieder ich selbst bin. Aber wenn ich es mit dem Lithium versuche, bin ich womöglich die ganze Zeit jemand anders. Vielleicht bin ich dann der Typ mit dem nervösen Zucken im Gesicht, der vorm Supermarkt rumhängt und den Boden nach Münzen absucht, um sich davon ein *Snickers* zu kaufen. Was, wenn ich plötzlich nicht mehr richtig laufen kann? Oder nicht mehr richtig reden?«

Sie schält weiter Kartoffeln, ohne seinen Blick zu erwidern. »Du denkst jetzt vielleicht, KLS wäre gar nicht so schlimm, weil du wenigstens weiß, was dich erwartet. So ungefähr jedenfalls. Du denkst jetzt vielleicht, du musst dich nur zusammenreißen, dann wirst du die Sache schon durchstehen. Aber das alles hast du doch längst probiert. Du hast doch nicht den weiten Weg nach New York auf dich genommen, weil es gar nicht so schlimm war, sondern weil du schon völlig verzweifelt warst. Zwischendrin redest du dir ein, es ginge dir gut, aber es geht dir nicht gut, denn du bist wie gelähmt vor Angst. Die ganze Zeit. Du machst dir Sorgen, die Behandlung könnte dich verändern. Meinst du, das vergangene Jahr hätte dich *nicht* verändert?«

»Du kommst mir auch ein bisschen verändert vor. Müssen wir dich jetzt auch gleich mit Medikamenten vollstopfen?«

Die Kartoffel rutscht ihr aus den Fingern und landet auf dem Teppich in einem Büschel Katzenhaare. Sie hebt sie auf und macht Anstalten, sie abzuwischen. Oliver nimmt sie ihr weg und legt sie auf den Sofatisch. »Wir essen nichts, das voller Haare ist.«

»Wie sehen denn deine Alternativen aus?«, fragt Althea. »Dich weiter allein durchbeißen? Komm schon, Ol, gib dir selbst eine Chance. Du solltest wirklich studieren. Du hast doch noch so viel vor. Du musst noch ein Wurmloch finden.«

Sie arbeiten schweigend weiter, ein angenehmes Schweigen, als lägen sie auf Olivers Bett und würden ihre Hausaufgaben machen, statt hier in diesem merkwürdigen Haus in Brooklyn Kartoffeln zu schälen, die sie aus einem Müllcontainer herausgefischt haben. Die nikotinverfärbten Gardinen, der ausgefranste Teppich, das verstaubte Bild des heiligen Kajetan überm Sofa – eigentlich erstaunlich, dass ihm das alles nicht noch viel surrealer erscheint. Oliver ist überrascht, wie schnell er sich an diese Wirklichkeit gewöhnt hat, nach all der Angst vor dem Unbekannten; selbst bei Altheas kurzem blondem Haar muss er jetzt nicht mehr zweimal hinschauen, wenn es am Rande seines Blickfelds auftaucht. Ihre Knie berühren sich. In der Küche spielt Salsa-Musik.

Althea hatte es geschafft. Sie saß nicht mehr im Keller und wartete auf ihn; sie suchte nicht mehr hoffnungsvoll nach Anzeichen, dass ihre Beziehung wieder so würde wie früher oder sich endlich in der Weise ändern würde, wie sie es wollte – sie wusste jetzt, dass das niemals eintreten würde. Sie hatte alles auf Schwarz gesetzt und diese Leute kennengelernt; sie hatte etwas gewonnen, etwas Reales. Vielleicht würde ihm das ja auch gelingen? Vielleicht war es an der Zeit, dass auch er mal nachschaut, was da draußen noch so auf ihn wartet?

»Weißt du, was?«, sagt er. »Deine neue Frisur finde ich richtig gut.«

In der Küche schaufelt Kaleb das Essen auf in Fächer unterteilte Pappteller und reicht sie an die Leute weiter, die jetzt einer nach dem anderen aus dem Hof wieder hereinkommen und sich dann in Richtung Wohnzimmer weiterbewegen, wo schon 25 Leute mit ihren Tellern auf dem Schoß zu Abend essen. Althea und Oliver bleiben im Türrahmen stehen und balancieren ihre Teller unbeholfen auf einer Hand, aber Ethan springt auf und macht seinen Korbsessel frei.

»Hier«, sagt er. »Den könnt ihr haben.«

Gregory und die Katze, der Schlagzeuger, der Studienabbrecher, ein Typ aus Philadelphia und ein Mädchen aus Cambridge quetschen sich alle gemeinsam aufs Sofa; Matilda und Dennis hocken vor ihnen auf dem Boden. Kaleb sitzt im Sessel und hat Leala auf dem Schoß, und der Rest drängt sich überall zusammen wie ein Wurf junger Hunde. Althea und Oliver kauern sich auf ihren Sessel, eng aneinandergepresst, und hören zu, wie die anderen sämtliche Anekdoten und Missgeschicke des letzten Jahres austauschen.

»Erzähl ihnen von der Schnitzeljagd«, sagt Dennis und stupst

Matilda mit dem Ellbogen an. »Erzähl ihnen, wie du ausgeflippt bist, als du dachtest, wir würden verlieren, und dich wir eine Irre aufgeführt hast.«

»Eine Schnitzeljagd?«, fragt die Brünette aus Cambridge. »Was für eine super Idee.«

»Die war von Althea«, sagt Matilda rasch.

»Und wer hat gewonnen?«, fragt jemand anders.

»Wir«, sagte Ethan.

»Und zwar meinetwegen«, meldet sich Althea zu Wort. »Weil ich bereit war, den Finger zu opfern, um die Hand zu retten.«

»Wieso? Was hast du denn gemacht?«, fragt die Cambridge-Brünette.

Althea stellt ihren Teller auf dem Boden ab und Herr Ernst springt sofort vom Sofa, um sich über die Möhren herzumachen. Im Hof wartet eine Mülltonne voller Sekt und Bier, und die Uhr tickt weiter auf Mitternacht zu. Oliver legt einen Arm um Altheas Schulter; er riecht nach Äpfeln. Irgendetwas kribbelt tief in ihr drin. Nicht dieses Gefühl der Raserei, nein, das nicht. Eher so etwas wie Zufriedenheit, aber sie weiß es nicht genau.

Nach dem Essen schleppen Leala und Matilda sie mit nach oben, um sich umzuziehen.

»Ich hab doch schon was an«, sagt Althea.

»Aber nichts für Silvester«, sagt Leala.

Die beiden älteren Mädchen streifen sich enge, schwarze Kleider über; Althea ist zu groß für Matildas Sachen, doch Leala findet hinten im Schrank etwas für sie, ein königsblauer Fummel, kurz und eng.

»Nie im Leben zieh ich das an«, sagt Althea.

»In diesem Kleid hast du echt kilometerlange Beine«, sagt Matilda.

Leala malt sich vor ihrem Schminkspiegel die Lippen rot. »Du hast so tolle Beine, Kind. Wär 'ne Schande, die nicht zu zeigen. Und übrigens hab ich da neulich ein Gerücht gehört.«

»Das mit Ethan und der Syphilis?«, fragt Matilda. »Hab ich auch gehört, aber das stimmt nicht.«

»Nein, was anderes.« Leala lächelt in den Spiegel und bürstet sich ihr Haar. »Ich habe gehört … Ach scheiß drauf, ich hab keine Lust auf die Geheimniskrämerei. Stimmt es denn, Althea? Dass du noch ein bisschen länger hierbleiben willst?«

Althea zerrt an dem Saum ihres Kleids. »Wenn das in Ordnung ist.«

»Aber klar ist das in Ordnung«, sagt Leala. »Endlich noch ein Mädchen.«

»Was ist mit Oliver?«, fragt Matilda. »Willst du den wirklich allein nach Hause schicken?«

»Weißt du, was?«, sagt Althea. »Ich will nicht über Oliver reden. Ich hab es satt, dass ich scheinbar über nichts anderes mehr rede als über Oliver.«

Die Mädchen steigen unter den Pfiffen der anderen die Treppe hinunter. Kaleb teilt die Sektflaschen aus, eine für jeden, und als sie der Reihe nach ihre Korken knallen lassen, klingt es wie ein Feuerwerk im Haus, und allen läuft der Schaum über die Hände. Der Fernseher hat keinen Empfang, und so können sie nicht zusehen, wie am Times Square der Ball heruntergelassen wird, sondern zählen stattdessen mit der Wanduhr die Sekunden bis

Mitternacht. Als alle »Frohes neues Jahr« jubeln, zieht Oliver Althea zu sich heran und gibt ihr einen innigen Kuss. Die Leute drängen ins Wohnzimmer, wo Leala und Matilda spontan eine Tanzparty organisieren, während Gregory völlig aufgelöst nach seinem Kater sucht, bis er ihn schließlich auf dem Kühlschrank entdeckt, wo sein Fell in der Frequenz des brummenden Kühlschranks vibriert.

Die bunten, blinkenden Lichterketten an der Decke sind die einzige Beleuchtung, während sich alle im Halbdunkel winden und krümmen, ähnlich wie der Pogo-Pulk bei *Lucky's*. Althea tanzt mit Matilda zur Musik der *Replacements* und fühlt sich merkwürdig nackt ohne die schwarze Mähne, die ihr sonst immer ums Gesicht flog, ist aber betrunken genug, um sich nicht weiter davon stören zu lassen. Ausgelassen wirbelt sie ihre neue Freundin – und jetzt auch Mitbewohnerin – herum, während die Wohnzimmerfenster von der Wärme ihrer Körper immer mehr beschlagen. Matildas blondes Haar hat sich beim Tanzen aus seinem festen Knoten gelöst; die beiden Mädchen umkreisen einander, grölen den Text und stampfen mit den Füßen.

Leala kommt mit ihrer Polaroidkamera auf sie zu und fordert sie auf, zu lächeln. Matilda legt ihren Arm um Altheas Taille und beide schauen in die Kamera; der Blitz flammt auf, das Bild gleitet heraus und Leala wedelt es durch die Luft.

»Das kleben wir auf den Kühlschrank«, sagt sie.

Kaleb kommt nackt ins Zimmer marschiert und wird von einem vielstimmigen genervten Stöhnen empfangen.

»Das war ja klar«, sagt Leala. »Ich weiß auch nicht, warum der auf Partys immer nackt rumlaufen muss.«

»Ey, Alter! Halt wenigstens dein Gehänge zu«, brüllt Ethan.

»Leck mich, du Wichser«, schreit Kaleb zurück und deckt eine Hand über seinen Schritt.

Althea, die befürchtet, sie könnte anfangen zu kichern oder zu starren oder in sonst einer Weise ihr jugendliches Alter zu verraten, schlüpft auf die vordere Veranda hinaus, um zu rauchen und frische Luft zu schnappen. Draußen steht auch schon Dennis mit ein paar anderen Leuten, und so schnorrt sie sich eine Zigarette und erzählt ihm, vom Alkohol mutig geworden, dass sie viel zeichnet und malt. Eine Weile reden sie darüber, wie man Tattoo-Künstler wird, und er erzählt von seiner Ausbildung und wie toll es ist, ein Handwerk zu lernen, denn wenn man es gut beherrscht, hat man immer sein Auskommen. Er fragt, ob sie schon ein Tattoo hat, und so findet sie sich schließlich im Badezimmer wieder, wo sie rittlings auf der Toilette sitzt, das Gesicht zur Wand, und sich von ihm das Symbol für das Sternzeichen der Zwillinge auf den unteren Nacken tätowieren lässt, während Matilda in der Badewanne steht und Fotos macht und Kaleb, jetzt wieder in Boxershorts, Althea versichert, dass man mit ihr offensichtlich doch Spaß haben kann.

Als es drinnen zu warm wird, ziehen alle ihre Schuhe an und nehmen den Sekt mit hinaus in den Hof, wo sie vorsichtig auf den Eisberg-Resten herumklettern. Ethan holt seinen Baseballschläger heraus und Kaleb schiebt den Schnee zu einem Pitcher-Hügel zusammen. Dann versuchen alle reihum, die leeren Bierdosen aufs Hausdach hinaufzuschlagen. Althea trifft drei Mal hintereinander, bevor sie den Schläger an Oliver weiterreicht.

»Probier du's mal«, sagt sie.

Kaleb hebt eine weitere Dose auf und holt aus. »Fertig, Kumpel?«

»Na los, Ol«, sagt Althea. »Schlag ihn aus dem Stadion raus.«

Er zeigt mit dem Schläger aufs Dach, im Stil von Babe Ruth, und blinzelt ihr zu. Kaleb schleudert die Dose aus dem Handgelenk hoch und Oliver holt zum Schlag aus.

Ethan schiebt sich an Althea heran. »Ihr beide seid echt ein hübsches Paar, wenn auch irgendwie etwas inzestuös.«

Althea trinkt ihr Bier aus und zerdrückt die Dose in der Hand. »Mann, verpiss dich. Ich mein's ernst.«

Ethan nimmt die Brille ab, legt sie zusammen und steckt sie in seine Jackentasche. Dann beugt er sich zu ihr hinüber, so dicht, dass sie jede Pore, jede Sommersprosse und die winzigen grünen Sprenkel in seiner Iris sehen kann und den Whisky auf seinen leicht geöffneten Lippen riecht. Sie spürt, wie Oliver hinter ihr erstarrt. Alle schauen zu ihr her und warten, Dutzende von Leuten, die sie kaum kennt, stoßen sich mit den Ellbogen an und flüstern, halten gemeinsam den Atem an, und sie spürt das aufgeregte Summen des Bienenstocks, so, als wäre sie an den Stromkreislauf ihrer Gedanken angeschlossen und alle würden sich gerade dasselbe fragen: *Wird Ethan Althea wirklich küssen?*

»Mach schon«, sagt er leise, aber es kann trotzdem jeder hören. »Ich möchte es gern. Schlag zu. So fest du kannst.«

»Was?«

»Schlag mir mit der Faust ins Gesicht. So fest du kannst.«

»Nein.« Sie zittert.

»Aber ich möchte es gern. Komm schon. Das ist bestimmt ein gutes Gefühl.«

Das bezweifelt sie nicht. Es wäre bestimmt ein herrliches Gefühl. Aber sie ist nicht bis hier oben auf die Rutsche geklettert, um jetzt doch nicht zu rutschen, um sich doch wieder querzustellen und zu kämpfen. Mag sein, dass irgendetwas sie immer wieder dazu treibt, alles kaputt zu machen, und über kurz oder lang wird ihr das wohl auch wieder passieren, denn Matilda hat Recht, es ist anstrengend, sich ständig am Riemen zu reißen, und irgendwann wird sie müde werden und einen Fehler machen. Aber nicht heute Nacht, und nicht auf Ethans Einladung hin.

»Lass stecken, Ethan«, sagt sie und wendet sich ab. »Du machst dich bloß lächerlich.«

»Herrgott noch mal«, sagt Matilda. »Ihr zwei benehmt euch wie im Kindergarten.«

Zu Altheas riesengroßer Überraschung löst sich der harte, herausfordernde Ausdruck auf Ethans Gesicht plötzlich auf, und er fängt an zu lachen. Und auch nicht höhnisch, sondern aufrichtig. Althea weicht einen Schritt zurück, irritiert von seiner plötzlichen Heiterkeit, bis Kaleb herüberkommt und Ethan einen Klaps auf den Hinterkopf versetzt.

»Arschloch.«

Und das war's. Es ist vorbei. Alle schütteln den Kopf, zucken die Achseln und greifen in die Mülltonne, um sich noch ein Bier herauszuholen. Immer noch lächelnd, setzt Ethan die Brille wieder auf.

»Tut mir leid, das eben«, sagt Ethan. »Manchmal geht es einfach mit mir durch.«

Am Ende haben alle Bierdosen ihren Weg aufs Dach gefunden und liegen eine neben der anderen in der Regenrinne, wohin der Wind sie über die bröckelnden Dachziegel geblasen hat. Die Gäste wandern ziellos herum, enttäuscht, dass das Spiel vorbei ist. Matilda, schon ziemlich betrunken, starrt mit zusammengekniffenen Augen zum Dach hinauf.

»Ist das schlimm, wenn die da oben liegen?«, fragt sie. »Oder schmeißen wir die da jetzt immer hin?«

»Sie machen eine hübsche Musik«, sagt Leala. »Wie ein Windspiel. Jedenfalls ungefähr.«

»Wir müssen sie wieder runterholen, um das Pfand zu kassieren«, sagt Ethan. »Wer hat Lust, aufs Dach zu klettern?«

»Frag lieber, wer noch nüchtern genug ist, um aufs Dach zu klettern«, sagt jemand anders.

»Keiner«, sagt Matilda. »In der ganzen Stadt gibt es keinen, der noch nüchtern genug dafür wäre.«

»Ich mach das«, sagt Oliver, der gern ein paar Minuten für sich haben möchte, irgendwo, wo es ruhig ist, fern von den anderen. Da hört sich das Dach genau richtig an.

»Bist du sicher?«, fragt Matilda.

»Klar.«

»Aber sei vorsichtig. Wir können uns keine Prozesskosten leisten.«

»Ich geh mit rauf«, sagt Althea.

Er folgt ihr nach oben, in das Zimmer, das Kaleb und Leala sich teilen und das er bisher noch nicht gesehen hat. Ein räudiger, ausgestopfter Hirschkopf hängt an der Wand über dem Bett, ein Tangaslip baumelt am Geweih. Die Matratze ist nackt und fleckig, daneben liegen die schmutzigen Laken in einem Haufen auf dem Boden. Althea bahnt sich einen Weg durch das Chaos und reißt das Fenster auf, wobei sie Oliver verschmitzt über die Schulter anlächelt.

»Kommt dir das nicht auch irgendwie bekannt vor?«, fragt sie und klettert auf die Feuerleiter hinaus.

»Manchmal bewegt sich das Nonstop-Partymobil offenbar im Kreis.«

Sie schleudern die Bierdosen in den Hof hinunter. Oliver versucht, nicht allzu offensichtlich auf Ethans Kopf zu zielen. Als sie fertig sind, klettern sie nicht ins Haus zurück, sondern bleiben auf der Dachkante sitzen und lassen die Beine baumeln. Althea holt zwei frische Bierdosen aus der Jackentasche und hält Oliver eine davon hin.

»Wo hast du die denn her?«, fragt er.

»Aus dem Spülkasten.«

Oliver denkt kurz darüber nach und beschließt dann, dass er schon zu betrunken ist, um sich noch daran zu stören. »Ich weiß noch, wie ich dich zu solchen Partys immer förmlich hinschleifen musste. Und jetzt krieg ich dich hier gar nicht mehr weg.«

»Du könntest bestimmt auch hierbleiben. Sie nehmen jeden auf, der verspricht, ihnen nicht das Dach überm Kopf anzuzünden.«

»Ich weiß aber nicht, ob ich mir diese Option nicht lieber offenhalte.«

»Du musst sie ja nicht mögen ...«

»Keine Sorge, das werde ich auch nicht.«

»Willst du mal was Komisches hören?«

»Was denn?«

»Eines Tages werde ich einen Freund haben. Eines Tages werde ich einen Freund haben, und das wirst nicht *du* sein.« Althea starrt verträumt in den Himmel hinauf.

Oliver trinkt von seinem Bier. »Aber ich wette, der sieht genauso aus wie ich. Nicht haargenauso, nur gerade so viel, dass man stutzig wird. Und natürlich auch nicht ganz so gut, eher so die Billigvariante, aber dafür älter, mit mehr Tattoos und Drogenerfahrung. Er wird Gitarre spielen, klar, aber mehr schlecht als recht. Und er wird genauso launisch sein wie du. So ein Typ, mit dem man eine Menge Porzellan zerschlägt.«

»Und ihr beide werdet euch absolut hassen. Du wirst abweisend, aber höflich sein, wenn du ihn kennenlernst. Und er wird es kaum schaffen, seine Feindseligkeit zu verbergen.«

»Und du wirst dir einen Spaß daraus machen, uns beide in Verlegenheit zu bringen.«

»Oh ja, McKinley, das glaube ich auch. Und du hast dann irgendwann eine ganz schrecklich perfekte Freundin, die Softball spielt und Chemie studiert und so einen ganz hohen Pferdeschwanz trägt. Wie diese Mädchen, die man immer in der Bibliothek sitzen sieht. Und dann versuchen wir vier, zusammen essen zu gehen, aber nur ein einziges Mal, denn das wird so grauenvoll sein, dass du dich am Ende betrinkst und im Restaurant eine Szene machst.«

»*Ich* werde eine Szene machen? Glaubst du wirklich?«

»Oh ja. Du weißt es vielleicht noch nicht, aber die staut sich jetzt schon in dir auf. Das wird eine richtige Schlammschlacht.«

»Und dann werfen sie uns irgendwann aus dem Restaurant?«

»Nein, du rennst von alleine raus, und dann kommt dieser

peinliche Moment zwischen deiner blöden Freundin und mir, wo unklar ist, wer von uns beiden dir hinterherlaufen soll. Ich reagiere dann schneller und renne los, und sie bleibt auf der Rechnung sitzen.«

»Und dein schmieriger Freund?«

»Soll das ein Witz sein? Dieser Clown hat doch nie einen Cent in der Tasche.«

»Ich hoffe doch, dass wir es ein bisschen besser treffen werden.«

»Ich will den Typen ja nicht heiraten.«

»Das meinte ich auch nicht. Aber das alles klingt wie eine schlechte Liebeskomödie. So berechenbar will ich nicht sein.«

»Bist du nicht, Ollie. Und wirst du auch nicht sein.«

Die übrige Gesellschaft hat sich nach drinnen verzogen, nicht wegen der Kälte an sich, sondern aus Angst, sie könnte sie nüchtern machen. Althea und Oliver blicken von oben auf den leeren Hof hinunter. Die ganze Straße ist still, und es fühlt sich an, als gehörte sie ihnen. Jeden Moment kann es so weit sein, dass einer von ihnen wieder reingehen will, um sich aufzuwärmen, pinkeln zu gehen oder mehr Alkohol aufzutreiben. Oliver verspürt plötzlich den Drang, diesen Moment zu etwas Besonderem zu machen, ihr eine Erinnerung zu schenken, wie eine unbeholfene Valentinskarte, etwas, das sie immer wieder anschauen kann, wenn er nicht mehr da ist.

»Was wirst du sagen, was ich für dich war?«, fragt er sie. »Wenn du diesem Saufbold mit seinen Tattoos zum ersten Mal von mir erzählst und er dann fragt, ›Wer ist eigentlich dieser Oliver?‹, was wirst du dann sagen?«

Sie will schon antworten, weil es ihr wie eine leichte Frage erscheint, doch dann merkt sie, dass hier keine der Standardantworten passt. Ihn einfach ihren besten Freund zu nennen, hieße so viel zu verschweigen, dass es fast bewusste Täuschung wäre. Ihr Freund ist er aber nie gewesen; dass sie sich gegenseitig entjungfert haben, war doch nur ein kleiner Teil der letzten zehn Jahre. Ihre Stirn legt sich in Falten vor lauter Anstrengung, das richtige Wort zu finden, und als sie es schließlich hat, nickt sie still, als sei die Lösung ganz naheliegend. »Ich werde sagen«, erwidert sie schließlich, »dass du mein Liebster warst.«

»Dein liebster was?«

»Sonst nichts«, sagt sie. »Einfach nur mein Liebster.«

Er nimmt ihre Hand und zusammen schauen sie in den bewölkten, sternenlosen Himmel hinauf. Die verrutschten Dachziegel bohren sich in seinen Rücken und der kalte Januarwind beißt ihm große Stücke aus dem Nacken, aber er will nicht derjenige sein, der jetzt vorschlägt, wieder reinzugehen. So soll sie das nicht in Erinnerung behalten.

»Und du?«, fragt sie. »Was erzählst du diesem Mädchen, wenn du auf einmal ganz komisch wirst, weil ich an den Feiertagen vorbeikommen will?«

Irgendwo in den letzten vierzehn Monaten hat sich ein Fehler eingeschlichen, und wenn er diese Zeit wie einen Strickpullover aufribbeln könnte, würde er ihn bestimmt entdecken. Wo dieser Fehler seinen Anfang nahm, in ihrem oder in seinem Kopf, spielt letztlich keine Rolle mehr. Irgendwann war er jedenfalls da, und alles, was danach folgte, war von ihm überschattet worden, von dieser Ahnung, dass da irgendetwas nicht mehr stimmt. Und diese Ahnung war auch nie mehr verschwunden, sondern hatte sich mit der Zeit zu einem dauerhaften, alles durchdringenden Gefühl der Unvertrautheit entwickelt, das vielleicht – wie er zugeben muss – sogar einen gewissen Reiz hat. Noch vor einem Jahr war ein Tag wie der andere gewesen, die endlose Variation eines einzigen Themas: Althea und Oliver. Heute weiß er nicht einmal mehr, wann er sie wiedersehen wird. Er küsst sie, ein feuchter, gefühlvoller Kuss, wie geschaffen für eine Silvesternacht, und er fragt sich, wie viele davon – Silvesternächte, nicht Küsse – es noch geben wird, bis ihre Geschichte das Ende ihres Wegs erreicht hat.

»Ich werde der Softballspielerin sagen, du warst nah dran«, sagt er dann.

Althea setzt sich auf, um ihr Bier auszutrinken, zerdrückt dann beiläufig die Dose, als würde sie eine misslungene Zeichnung zerknüllen, und wirft sie in die Tonne, die gleich unter ihren Füßen steht. »Das wird ihr sicher sehr gefallen«, sagt sie dann und schiebt sich etwas weiter auf die Dachkante zu.

»Tja, kann ich auch nicht ändern«, sagt er. »So war das eben und dazu stehe ich. Du willst doch wohl nicht durchs Fenster zurückklettern?«

»Durchs Fenster klettert man raus, nicht rein. Und von Dächern springt man runter.« Was sie dann auch tut.

Der Rest der Nacht ist für sie ein einziges Spiel. Sie jagen sich die Treppe hoch und runter, machen Armdrücken, streiten sich und knutschen herum. Sie halten sich dicht beieinander. Gelächter tönt unablässig durchs Haus, über das Geräusch von splitterndem

Glas und das tiefe Wummern der Bässe hinweg, die aus der Stereoanlage dringen. Matilda und Dennis verschwinden für ein Weilchen nach oben; Althea und Leala lächeln und tauschen einen wissenden Blick. Irgendwann wird die Musik abgestellt und die Feiernden kommen wieder im Wohnzimmer zusammen, reichen sich die Gitarre herum und holen die alte Snare Drum aus der Ecke hervor. Althea klatscht, bis ihr die Handflächen wehtun. Als die Sonne aufgeht, ist der Himmel so wolkenverhangen, dass man kaum sagen kann, ob es wirklich Tag geworden ist. Und als dann irgendwer ruft »Los, wir gehn runter zum Strand!«, liegt es tatsächlich im Bereich des Möglichen, sich nach draußen zu wagen, ohne fürchten zu müssen, im harschen Licht der Neujahrssonne zu Staub und Asche zu zerfallen, und *en masse* zur Coney Island Promenade zu laufen, die meisten von ihnen immer noch mit einer halb leeren, lauwarmen Sektflasche in der Hand. Althea und Oliver bilden die Nachhut dieses ungewöhnlichen Zugs, der sich durch die leeren Straßen von Brooklyn aufs Meer zuschlängelt.

Wenn das hier ein Film wäre, denkt sie, dann müsste er jetzt enden. Mit Sekt, am Strand, während alle noch feiern und sie selbst noch alles hat, was sie braucht. Bevor die Sonne sich durch die Wolken schiebt, bevor ihr Katzenjammer sich meldet, bevor ihr neues Tattoo verschorft und zu jucken anfängt und sie im Haus beim Saubermachen helfen muss. Denn dann müsste sie niemals zusehen, wie Oliver fortgeht, oder aufwachen, nachdem er gegangen ist, mit dem entsetzlichen Gedanken, dass sie vielleicht das Falsche getan hat. Jetzt müsste er enden, bevor ihre Entscheidung Wirklichkeit wird und sie beweisen muss, dass sie stark genug ist, um damit zu leben. Er müsste enden, während Oliver sich noch darüber freut, schließlich doch noch eine Wahl zu haben, und bevor ihn die Erkenntnis lähmt, dass er von nun an für alles, was geschieht, ganz allein verantwortlich ist. Sie schaut zu, wie Dennis sich die kreischende Matilda über die Schulter wirft, hebt ihre Sektflasche an die Lippen, das dicke grüne Glas knallt gegen ihre Zähne, und hält sie dann Oliver hin. »Jetzt trinkst du die Hälfte.«

Sie reichen die Flasche hin und her, bis sie am Ende auch noch den letzten Tropfen schalen Sekts immer weiter zu halbieren versuchen. Oliver sieht einfach umwerfend aus, wie er da in den frühen Morgenstunden angetrunken am Strand steht und der Wind ihm das blonde Haar zerzaust. Es wäre so leicht, jetzt einfach ihren Rausch auszuschlafen und dann mit ihm ins Auto zu steigen und wegzufahren. Und wenn sie das täte, wenn sie wirklich mit ihm nach Wilmington zurückführe, würde alles wieder so werden wie früher – nicht ganz genauso, aber fast … Dann wären sie wieder die *Althea-und-Oliver-Show*, rund um die Uhr auf Sendung. Aber sie erinnert sich noch genau an das Gespräch mit Matilda und an ihre Worte über die Familie, die man sich selber aussucht. Mit Oliver gäbe es immer nur Oliver, weil sie es mit ihm einfach nicht anders kennt. Matilda und ihre Warriors tanzen im Sand umeinander herum. Vielleicht werden sie Althea nie so wichtig sein, wie sie es für Matilda sind; vielleicht sind sie nicht einmal für Matilda so wichtig, wie sie selbst es annimmt. Doch für Althea ist die Entscheidung gefallen. Der Keim ist gelegt. Da draußen wartet noch mehr auf sie, mehr als nur ein einziger Mensch, der sie kennt, seit sie sechs war. Hätte er sie so lieben können, wie sie ihn liebt, wäre alles anders gekommen; dann würde das Universum immer noch aus einem einzigen Sternbild bestehen:

Castor und Pollux, nur diese zwei, inmitten der anderen Sterne, untrennbar miteinander verbunden. Aber er kann es nicht.

Sie weiß, dass er das nicht versteht, aber sie wünschte, sie könnte es ihm verständlich machen, sie könnte ihm all die Dinge zeigen, die sie gern tun möchte, wenn er fort ist. Mit Ethan einen Comic zeichnen, von Dennis ein Handwerk lernen, diese fremde, schmutzige Stadt erkunden, bis sie sie in- und auswendig kennt. Von Matilda lernen, wie man kocht und wie man näht und wie man eine gute Freundin ist. Und auch noch andere Bilder schießen ihr durch den Kopf, die sie selbst kaum erfassen kann – eine eigene Kaffeemaschine, eine Wohnung ganz für sie allein, eine Reihe Topfpflanzen auf einer Feuerleiter, eine Staffelei neben dem Fenster, Fotos auf dem Kühlschrank von Dutzenden von Leuten, denen sie noch gar nicht begegnet ist. Irgendwo auf der Welt gibt es einen Platz, der genau ihre Maße hat und der nur darauf wartet, dass sie ihn in Anspruch nimmt. Sie lässt die Flasche, die niemals endgültig leer sein kann, in den Sand fallen.

»Ich muss wieder ins Krankenhaus zurück«, sagt Oliver.

»Ich kann dich hinfahren.«

»Bis du wieder so nüchtern bist, dass du Auto fahren kannst, können noch Tage vergehen.«

»Du hast aber auch so einiges intus.«

»Kann sein.«

»Also willst du's versuchen?«

Er wird es versuchen. Er wird diese verdammten Pillen nehmen, und wenn seine Hände dann zittrig werden, wenn er die Gleichungen nicht mehr so ordnen kann wie früher, wenn er nicht mehr in den Himmel schauen und auf Anhieb die Kassiopeia finden kann, dann setzt er sie wieder ab. Aber er wird es versuchen. Er will nach Hause fahren und seinen Abschluss machen, er will zuhören, wenn Mintys Band bei *Lucky's* spielt, er will im Cape Fear River schwimmen und eines Nachmittags im Frühjahr den dicken Umschlag vom Massachusetts Institute of Technology im Briefkasten finden; er will sehen, wie sich in Massachusetts im Herbst die Blätter verfärben, will mit eigenen Augen sehen, ob das Laub wirklich so schön aussieht wie in den Katalogen. Er will einen nervigen Zimmernachbarn haben und diese Softballspielerin kennenlernen, die Althea ihm prophezeit hat, und seiner Mutter Postkarten aus Neuengland schicken. Er will wissen, wie sich das anfühlt, nicht mehr Klassenbester zu sein. Er will sein Teleskop an einem neuen Ort aufbauen. Er will sehen, was da draußen noch alles auf ihn wartet.

Wenn er bisher über das Ende des Universums nachgedacht hat, und über das Wurmloch, das sie alle retten würde, hatte es auf der anderen Seite dieses Lochs immer genauso ausgesehen wie hier. Selbst im Angesicht des Weltuntergangs hatte er immer von einer Lösung geträumt, bei der alles so bleiben konnte, wie es war, wo selbst eine Paralleldimension keine Unsicherheiten bereithielt, wo jeder die Schwelle überqueren konnte, ohne das Geringste an seinem Leben zu ändern, ohne auch nur einen Hauch von Verwirrung. Dabei würde es in Wahrheit, wenn plötzlich das Sonnensystem kollabiert, niemand auch nur einen Scheißdreck interessieren, was ihn auf der anderen Seite erwartet.

Das ist es also, das Ende der Hoffnung. *Ihrer* Hoffnung, dass er ihre Liebe doch noch erwidern könnte, und *seiner* Hoffnung, dass alles wieder normal werden würde. Beides ist nicht eingetreten, sosehr sie sich das auch gewünscht haben, und ihre beidseitigen Bemühungen haben sie nun hierher geführt, ausgerechnet nach Coney Island, wo sie jetzt am Strand stehen, als wären sie soeben in einer neuen Welt gelandet, und die Chance auf eine Rückkehr in die alte ist ihnen genauso verstellt, als hätten sie nach der Landung alle Schiffe in Brand gesteckt. Es gibt jetzt nur noch einen Weg: nach vorn, ins Unbekannte hinein. *Welcome to the Jungle.*

Weiter unten am Strand stürmt gerade der Polar Bear Club von Coney Island ins Wasser. Althea begegnet Matildas Blick, lächelt und öffnet schon den ersten Knopf. Matilda tut es ihr nach und ihre Mäntel fallen gemeinsam zu Boden.

»Los, kommt!«, ruft Matilda ihren Freunden zu, und alle folgen ohne Zögern ihrem Befehl. Althea und Oliver schauen zu, wie sie ihre Springerstiefel aufschnüren, aus ihren Secondhandjacken schlüpfen und ihre Kleiderhaufen auf dem Sand verstreuen, die milchweißen Teile ihres Körpers freilegen, die schon so lange kein Tageslicht mehr gesehen haben, bis alle in Unterwäsche am Strand stehen. Kaleb zieht natürlich auch die noch aus. Althea steigt aus ihren Stiefeln.

»Bist du verrückt?«, fragt Oliver.

»Nur betrunken«, sagt Althea. »Scheiße, ist das kalt! Machst du mir den Reißverschluss auf?«

»Das wird kalt.«

»Dir ist doch schon kalt.«

»Und wehtun wird es auch.«

»Aber wenn man erst mal drin ist, fühlt es sich richtig gut an«, gibt sie zurück.

Matilda und die anderen rennen schon aufs Wasser zu. Oliver

fügt sich und zieht sich ebenfalls aus. Althea greift nach seiner Hand und zieht ihn hinter sich her, und ihre Zehen sind schon taub, bevor sie überhaupt das Meer erreichen. Der nasse Sand brennt unter ihren Fußsohlen, die Strömung saugt an ihren Knöcheln und zieht sie weiter hinein. Als ihr das Wasser bis zu den Oberschenkeln reicht, lässt sie seine Hand los und taucht kopfüber hinein, mit den Füßen paddelnd. Das eisige Wasser brennt auf ihrer Haut wie Hunderte kleiner Streichholzflammen, aber sie weiß, dass sie das aushalten kann. Als sie wieder hochkommt, rechnet sie halb damit, dass Oliver zum Strand zurückgelaufen ist, doch er schwimmt geradewegs auf sie zu, die Lippen schon bar jeder Farbe. Voller Freude wartet sie auf ihn. Er legt die Hälfte der Entfernung zwischen ihnen zurück, dann wieder die Hälfte, und als er sie erreicht, hat er den Beweis erbracht, dass Zenons These der unendlichen Teilbarkeit nur genau das ist: eine These. Mit aufgerissenen Augen und einem unbändigen Lachen, weil er kaum glauben kann, was er hier gerade tut, tritt er neben ihr das Wasser und sieht gleichzeitig entsetzt und völlig begeistert aus. Die Empfindungen schieben alle Gedanken beiseite, und es ist eine Wohltat, sie verschwinden zu sehen. Übrig bleibt nur noch diese unglaubliche Kälte, das sanfte Wiegen der Wellen, der erste verräterische Spalt in den Wolken. Alle zappeln wie wild im Wasser herum, laut schreiend und mit den Zähnen klappernd, und als Althea brüllt »Keiner verlässt den Raum!«, erwidern alle den Ruf, doch sie hört nur Olivers Stimme, laut genug, dass der Polar Bear Club zu ihnen herüberstarrt.

Wie sich zeigt, haben sie beide Recht: Es fühlt sich gut an und es tut trotzdem weh.

DANKSAGUNG

Ich danke meinen Agenten, Michele Rubin und Brianne Johnson, dafür, dass sie so fest an meine Kinder geglaubt haben, und für all den beruhigenden Zuspruch. Und ich danke Sharyn November, der Lektorin meiner Träume, die dafür gesorgt hat, dass dieses Buch das beste wird, das mir möglich ist.

Mein Dank an alle am Brooklyn College, die dieses Manuskript mit viel gutem Zureden durch seine Anfangsstadien geschleust haben, vor allem Michael Cunningham, Ernesto Mestre-Reed, Joshua Henkin und Francisco Goldman. Mein besonderer Dank gilt auch der Carole and Irwin Lainoff Foundation für ihre großzügige Förderung und dem einzigartigen Jim Shepherd für all seine Freundlichkeit. Dank auch an Reese Kwon, die sich immer namentlich nach den Kindern erkundigt, Marie-Helene Bertino, die auf mein Herz aufpasst, und Andy Hunter, der wusste, warum Althea an den Medizinschrank wollte.

Ich danke meiner Familie für ihr Vertrauen und ihre Unterstützung – das mit meiner Teenie-Zeit tut mir leid, Mom und Dad. Ich danke allen meinen Freunden – ein Teil von jedem von euch steckt auch irgendwo in diesen Seiten. Ein großes Dankeschön an Caitlin Meister, die mir von dem Kleine-Levin-Syndrom erzählt hat, an Saki Knafo für seine Tacos und seine unendliche Geduld und an die *Warriors of 30K*, die mich sehr inspiriert haben; und ein besonderer Dank an Ryan Hanlon, einen Freund, der meiner Seele so guttut, wie er meiner Leber schadet. Liebe, Dank und *heartlights* für Sarah McCarry, meine liebste Seelenverwandte und Saufkumpanin – auch wenn ich dieses Buch geschrieben habe, bevor ich dir begegnet bin: Es ist trotzdem für dich.

WWW.KOENIGSKINDER-VERLAG.DE

This edition published by arrangement with Viking Children's Books
a division of Penguin Group, a member of Penguin Group (USA) LLC,
a Penguin Random House Company
Originaltitel: Althea & Oliver
Umschlaggestaltung und -typografie: Suse Kopp
Aus dem Englischen von Annette von der Weppen
Lektorat: Barbara König
Herstellung: Gunta Lauck
Satz: Dörlemann Satz, Lemförde
Druck: GGP Media GmbH, Pößneck
ISBN: 978-3-551-56005-6
Printed in Germany

FSC
www.fsc.org
MIX
Papier aus verantwortungsvollen Quellen
FSC® C014496

Klangstürme

Götterspeise

Leselächeln

WONNEWILD

HIRNHONIG

Seelensalz

DUNKELSTUNDE

Sternenblick

GOLDGLÜHEN

WORTRAUSCH

Seligsuche